楊天石文集

房德昌題

杨天石 著

东畅楼随笔

第 * 叁 * 卷

海南出版社

·海口·

图书在版编目（CIP）数据

东畅楼随笔 / 杨天石著 . -- 海口：海南出版社，
2025. 2. -- ISBN 978-7-5730-2023-9

Ⅰ . I267

中国国家版本馆 CIP 数据核字第 2025WY7688 号

东畅楼随笔
DONGCHANGLOU SUIBI

作　　者：杨天石
策 划 人：彭明哲
责任编辑：闫　妮
执行编辑：姜雪莹
责任印制：郐亚喃
印刷装订：天津联城印刷有限公司
读者服务：张西贝佳
出版发行：海南出版社
总社地址：海口市金盘开发区建设三横路 2 号
邮　　编：570216
北京地址：北京市朝阳区黄厂路 3 号院 7 号楼 101 室
电　　话：0898-66812392　010-87336670
电子邮箱：hnbook@263.net
经　　销：全国新华书店
版　　次：2025 年 2 月第 1 版
印　　次：2025 年 2 月第 1 次印刷
开　　本：787 mm×1 092 mm　1/16
印　　张：33.5
字　　数：432 千字
书　　号：ISBN 978-7-5730-2023-9
定　　价：138.00 元

| 自序 |

多年以前，我为《光明日报》写专栏，后将该专栏的作品结集成册，出了一本《横生斜长集》，作为《说文谈史丛书》之一，据说卖得还不错。是啊，此类文章，没有八股套腔，不受条条框框约束，叙事可、抒情可、议论、考辨亦可，在极其有限的篇幅中要言不烦、纵马由缰、信笔写来、挥洒自如。这类文字，作者也许不易写，但读者却易读。茶余饭后、车上舟中、一编在手，无沉重难举之感；一篇入目，几分钟即可读完，主旨立悟，无费时耗目、头昏脑涨之苦，而有长知识、启心智、娱性情之效。读此类书，诚一乐也。后来，我在从事主业，写作长文、大书之余，偶有所感，也继续写点既短且小的随笔，其体裁、风格大体与拙作《东畅楼随笔》中的文章类似。我还联络过几个朋友，共同写作《小文丛书》，在序言中高度推崇小文，论证千古以来，家喻户晓、脍炙人口，传诵不衰的名文佳作，大都是小文。

呈献在读者面前的这本《东畅楼随笔》在前作的基础上增删了部分文章并重新进行了修订。最初，本拟定名为《道古说今集》，然而，转念一想，"道古"固属著者本行，"说今"却非敝人专业，可能涉"雷"，似乎不宜突出，还以藏拙为佳。之所以定名为《东畅楼随笔》者，取地名也。敝人工作机构在北京东厂胡同，明代为特务机关，名字、形象都不好，因取其谐音之第四声，作"东畅"，以示躬逢改革开放年代，敝人自1978年调入新机构以后，命运自此转折，心情舒畅、愉快也。

是为序。

杨天石

2020年7月

目　录

自序 杨天石

一、说文篇

二、谈史篇

三、随感篇

四、论辩篇

五、激扬篇

六、怀人篇

七、回忆篇

八、讲话篇

九、问答篇

十、卷首语选刊篇

［一］

说
文
篇

抒情诗的人物语言和动作描写

一、姐在门前纳鞋底

抒情诗，并不全是作者主观激情的直接倾泄，有时，它也有对现实生活的客观描绘。这类诗，往往摄取生活中的一个镜头，展现一个画面、人物活动的一个片段。这时，作者完全隐没了，它像小说、戏剧或叙事诗一样，借助于事件本身来说话，有人物语言，也有动作描写。但它又是一首抒情诗，具有强烈的抒情色彩。

几年前，我读过一首由诗改编的安徽民歌：

姐在门前纳鞋底，

郎问鞋底哪个的；

身子一磨面朝里，

"不是你的哪个的？"

——《纳鞋底》

很短，很朴素。民歌中活动着两个人物：一个略带调皮的"郎"，一个温柔多情的"姐"。"身子一磨面朝里"是动作描写，它很好地表现出了少女的羞涩和娇嗔。"不是你的哪个的"是人物语言，语气中似乎微微有点不满，但又流露出无限的喜悦。在这首民歌里，动作描写和人物语言交相辉映，相互补充。动作是无声的语言，它泄露了主人公的内心秘密，把人物的神情笑貌凸现在你面前，使得诗仿佛具有了画的直观效果；语言则是未发的动作，虽是寥寥一句，却包含了许多与生活相关的内容。这首民歌若是作为一个戏剧小品的形式展现，将会对演员提出很高的表演要求。

二、死老头子脑子还是死疙瘩

在一般的小说、戏剧中，人物语言可以滔滔不绝，动作描写也不妨精工雕镂，但在我们讨论的这类抒情诗里，这都不行。它要求更高的鲜明性、准确性和概括性，要脱肤见骨、遗貌得神，要以少胜多、以约制博、以一当十。动作描写不能烦琐，人物语言大多只是一两句。枝叶多了，常常会扰乱视线，妨碍对花朵美的欣赏。前者，要高度典型化；后者，要高度性格化。在它短小的形式中，容不得任何一点多余的东西，反而要压进去几倍、几十倍的生活内容。

不妨看一首大家都熟悉的民歌：

> 树枝上喜鹊叫喳喳，
>
> 前村上人儿笑哈哈。
>
> 我当是谁家迎新人，
>
> 原来是女学生把粪拉。
>
> 爷爷摸着胡子说了话：

> "我老汉活了八十八，
>
> 没见过拉粪的是大学堂的女娃娃。"
>
> 奶奶伸手把爷爷拉，
>
> "死老头子脑子还是死疙瘩！"
>
> ——《大学生拉粪》

"摸着胡子"正是上了年纪的人的一种习惯动作，其中颇有一点自我欣赏的意味；"娃娃"通常都是对婴儿、幼童的称呼，大学生少说也该有十八九岁了，但居然被称为"女娃娃"，这又只能是这位八十八岁的爷爷的独特语言。以他这样的年纪，十八九岁的人自然还只是个娃娃而已。至于奶奶说的"死老头子脑子还是死疙瘩"这句话，则为这首短诗带来了无限的风趣和浓厚的喜剧色彩。"死老头子"表面上是骂，实际上是一种爱称，它启示我们在这一对老年人之间存在着一种极为亲密、和善的关系。我们仿佛可以看到奶奶是带着笑容"骂"出这一句话来的。"奶奶伸手把爷爷拉"，这个动作也是极富特征的。爷爷在这人多眼众的场合下说了一句不很得体的话，奶奶显然有点不满，但又不宜大声批评，只能"伸手把爷爷拉"，潜台词是："快别说这样的话了。"通过这一动作描写的启示，我们又可以猜测到奶奶的"死老头子"这句骂语一定是很轻很轻的。够了，民歌作者的几行短诗却引起了我们这样絮絮叨叨的分析。不难看出，这首民歌的艺术魅力就在这里，它通过人物语言和动作描写，使我们神游于诗歌所表现的生活境界和人物关系里，留给了我们极其丰富的想象、回味的余地。从来，一览无余都是艺术的大忌。艺术家永远不必将他所想到的全部写在作品里，不必过低地估计读者的欣赏力。

"诗不患无言，而患言之尽；诗不患无景，而患景之烦。"（陆时雍《诗镜总论》）抒情诗的人物语言和动作描写何尝不是如此？

三、我一头挑着一座山

人物语言要性格化，这就是要求它具有鲜明的性格色彩、感情色彩，符合人物的身份和特点，能够揭示出人物在特定场合下的特定心理状态。它是不可移易的，只能由此时此地此人的口中说出，换个地方是不成的。若运用得好，人物语言可以使人物神情毕现，呼之欲出，如见其人，如闻其声；可以情趣横溢，兴味无穷。

再举一首许多人都知道的民歌吧：

筐头装得满满，

扁担压得弯弯，

娃的妈呀你快来看，

我一头挑着一座山！

——《一头挑着一座山》

"一头挑着一座山"，这是一种夸张的修辞手法，表现出来的是一种雄伟的英雄气魄；"娃的妈"，这是我国劳动人民对爱人的一种传统称呼法，它表现出来的是一种细腻的情味。这两者结合在一起，就使得这首诗散发出一种扑面而来的生活气息，夸张而又具有真实感，真中有假，假中有真。然而，还不只此，这声"娃的妈"实在喊得好，喊得妙。有了它，在这首抒情诗中活动的人物就不仅是一个身强力壮、富于幽默感、对于劳动充满热情的青年农民（这都是笔者玩味出来的，不知读者同意否？）。在这首民歌的外边，还活动着一个同样对生活充满热情的农村少妇和一个活蹦乱跳的胖小子。"娃的妈呀"一共是四个字，加上"你快来看"，一共也不过八个字。然而，在这八个字后面，却隐藏着、联系着无数东西。设想，我们将这一句改为"你们大家快来看"，不难看出，这一句话的生活气息将多么贫弱。这样一改，全诗立刻黯然无光了。

这首民歌在收入《红旗歌谣》时，"娃的妈"被改成"孩子的妈"了，也许是考虑语言的规范化、全民化的要求吧？虽然看起来差别不大，但我却依然认为"娃"字更好，它的地方色彩、劳动人民的色彩更足，泥土气更足，因而，也更加性格化。

诗人的责任就在于从人物可能说的几句话中挑选最富于表现力的那一句。

抒情诗和小说、戏剧是不同种类的文学体裁，它们中间是隔着一"行"的，但有时，不同"行"的艺术互相吸收一些特点，却更能使自身发出绚丽的色彩。

叶圣陶与放社

很多人都知道辛亥革命时期有一个文学团体叫南社，然而，知道放社的人恐怕就不多了。

1912 年 9 月 8 日、9 日，上海《太平洋报》连载《放社简约》，编者介绍说："叶圣陶、顾颉刚、胡石予诸君在吴门组织放社。"据此可知，叶圣陶是放社的主要组织者，《放社简约》是研究他早期文学活动的重要资料。

《放社简约》分"总约""入社约""金钱约""月刊约"四大部分。

"总约"四条，说明社址设于苏州观前洙泗巷梓义公所内，通讯处设于濂溪坊四二号叶圣陶宅；社内设编辑室、书报室、艺事室、音乐室、敲棋室、游晏室六部。

"入社约"两条，说明入社须得本社社友二人介绍；须付入社金一元，填入社书一纸。

"金钱约"四条，说明本社社友不纳月费；临时发生事项，社友有捐垫费用之义务；"有愿纳本社储蓄金者，尤佩公谊"。

"月刊约"七条，说明月刊定名为《放社丛刊》，每册约十万字，其内容分放社消息、文艺集、文艺专集、美术集、技术集、文艺话、美术话、说部、剧部、妇女世界、文美纪事、文美批评、法言、译著、笔记、游记、稗乘、通讯、编辑谈、附录等二十类;非社友著作以"外集"的形式刊出,分文艺外集、美术外集、技术外集、杂著、读者俱乐部五类;所有稿件一律寄叶圣陶宅;《放社丛刊》发售股票一种,每股两元,营业盈余后分给红利。

从《放社简约》可以看出,放社是一个文学团体,但又兼具文艺俱乐部的性质。它在介绍社友、交纳入社金、填写入社书、出版丛刊等方面都受到南社的影响,但又有明显的不同。其最重要之点在于《南社丛刻》仅发表中国传统的诗、文、词,而《放社丛刊》所刊内容比较广泛,除"文艺"外,还包括美术、科学、小说、戏剧、译著等,比之前者,要新鲜、活泼得多。辛亥革命前后,文化界弥漫着浓厚的复古主义思潮,《放社简约》表明了叶圣陶等人反其道而行之,力图巩固和发展戊戌维新以来新的文化启蒙运动成果的意愿。

放社成立于 1910 年[1],成员除叶圣陶、顾颉刚外,还有王伯祥、吴宾若等,他们当时都是苏州公立第一中学堂(草桥中学)的学生。《太平洋报》提到的胡石予,名蕴,字介生,南社社员,是该校的国文教师。他可能是后来才参加放社的。放社的取名,由白居易的五首《放言》诗而来,意在放言高歌,抒发自己的志向和政治见解。叶圣陶因为诗做得好,被推为放社的盟主。

最初,放社的活动限于校内,在社会上未发生影响。1912 年 8 月,苏州有人创办了《大声报》,邀请叶圣陶主持文艺栏。叶圣陶接受聘请后,得到顾颉刚、王伯祥等人的积极支持,但稿件刊出后,却已面目

---

[1]商金林所著《叶圣陶年谱》认为放社成立于 1908 年,恐误,此据顾颉刚 1912 年 8 月 17 日所云:"犹记庚戌之岁,与伯祥辈结放社于草桥精舍乎?"见《叶圣陶日记》,《新文学史料》1983 年第 4 期,第 194 页。

全非，叶圣陶决定辞职。顾颉刚提出："我等为《大声报》搜罗了丰富的材料，弃置可惜，何不办一个《放社丛刊》？"[1]他说干就干，第二天就起草了与叶圣陶联名的宣言书。叶圣陶等人赞同顾颉刚的建议。当时的苏州工党党员袁彬之提出："该社为极高尚之人所结，均应有极高尚之作为。"他主张立一社址，使社友可以在其中"较论文艺，从事美术"，"或则丝竹群陈，风琴间奏，或则言笑晏晏，投壶敲棋，至于弄球弹子，阅报读书等事，亦皆为社中之所应有"。

这大概就是《放社简约》中规定社内除设编辑室外，又设书报、艺事、音乐等室的由来。

根据《叶圣陶日记》，《放社简约》是叶圣陶、顾颉刚、冯应千三人议定的，时在1912年8月22日；8天后，《放社简约》和《放社宣言》一起印讫。现在《放社简约》已于《太平洋报》发现，不知《放社宣言》尚存人世否？此外，《放社丛刊》是否出版过，该社后来的情况如何，均不得而知，很希望此文能引起叶老及有关人士的回忆，为研究近代文学史者留下一份珍贵的资料。

---

〔1〕《叶圣陶日记》，1912年8月17日、22日，《新文学史料》1983年第4期，第194-195页。

《冯婉贞》的真相与历史学家的困惑

徐珂的《清稗类钞》中有一篇文章，题为《冯婉贞胜英人于谢庄》，说的是英法联军入侵，火烧圆明园时，一位女英雄冯婉贞英勇杀敌的故事。故事梗概如下：

距圆明园十里处，有一谢庄，居民均为猎户。其中，山东人冯三保精于技击，其女婉贞，年方十九，也身手不凡。一日中午，英兵百余人来犯，冯三保率众潜伏于寨墙后，待敌军接近时，猎户们众枪齐发，敌兵纷纷倒下。正当众人兴高采烈之际，冯婉贞却忧虑地说："小敌退，大敌将到。如果敌人携炮来攻，咱村就将变成齑粉了！"冯三保矍然醒悟，忙问有什么办法。于是，冯婉贞讲了一通道理："西人长于火器，短于技击。火器的长处在攻远，技击的长处在巷战。咱村是十里平原，与敌人比火器，如何能胜？不如操刀持盾，以我所长，攻敌所短，与敌人进行近身的搏斗。"于是，冯婉贞将全村会武术的年轻人召集起来，一律黑衣白刃，埋伏在村边的森林里。不久，果然有敌兵五六百人抬着大炮来攻，冯婉贞率众奋起，持刀猛劈。英兵仓皇失措，以枪上刺刀迎击。自然，洋鬼子的刺杀比不上中国的武术。冯婉贞刀锋所至之处，敌人非死即伤，纷纷退却。冯婉贞大喊道:"快追!快追!不要让鬼子开枪开炮!"于是,谢庄的年轻好汉们死死缠住敌人,在交互错杂中展开白刃战。直杀到天暮日落,敌兵死了百余人,弃炮而逃,谢庄得以保全。

第二次鸦片战争是让中国人感到特别窝囊和憋气的一场战争。1860年10月初,英法联军由北京东郊绕至北郊,闯入圆明园大肆抢掠,将文物、珠宝劫夺一空。18日,英军又出动大批士兵,焚烧圆明园,致使这一中国古典园林的杰作毁于一炬。当时,咸丰皇帝逃到热河去了,似乎也没有清兵奋起抗争、杀敌复仇的记载。然而,就在圆明园的近侧,却有一个小女子,率领一批热血男儿狠狠地惩罚了侵略者。虽然只是小胜,但总可以让一切有爱国心的炎黄子孙略舒一口气。因此,这篇文章逐渐受到人们的重视,并被选入中学语文课本,冯婉贞的知名度也就大为提高了。

前些年,北京的几位历史学家对冯婉贞产生兴趣,想查清这位女英雄的身世和事迹。于是,他们组织起调查队,从文献和实地两方面展开调查。自然,这是极为应该的。为了弘扬爱国主义传统,人们对这位女英雄的了解多多益善。然而,万事就怕认真,一调查,问题就来了:他们不仅找不到冯婉贞其人的记载,而且,圆明园附近也没有谢庄其地,《清稗类钞》所云,完全是子虚乌有。

史学的生命是真实,《冯婉贞胜英人于谢庄》的记载既然完全失实,对于历史科学来说,自然没有任何价值。因此,有一次讨论一部书稿的选材时,有些历史学家就主张将该文删去。

我很早就读过关于冯婉贞的这一篇文章,很遗憾,虽然身居北京多年,我却从不曾想到过去调查。听了有关历史学家的介绍后,除了敬佩其科学精神,我就想,这也许是一篇小说。作为史学,该文没有任何价值;作为文学,其价值就不低了。

研究工作中常常有这样的经验,有时候,你花了大量时间和精力,要查找一份资料，却怎样也找不到；有时候，它却不请自来，跃入你的眼帘。某日，我在查阅 1915 年 3 月 19 日的《申报》时，突然发现，它有一个专门栏目，名为《爱国丛谈》，其中一篇就正是《冯婉贞》。该文的作者是陆士谔，徐珂只是将它收入了自己所编的书中。"类钞"者，正说明了徐珂是编者，而不是作者。

陆士谔是何许人呢？再查。原来此人名守先，江苏青浦（今上海市青浦区）人，自幼习医，后在上海以出租小说为生。久而久之，他自己便也写起小说来。由短篇而中篇，由中篇而长篇，先后出版了《三剑客》《白侠》《黑侠》《红侠》《八大剑侠传》《新三国侠义传》《新梁山英雄传》等大量武侠小说。他有时也写清代历史或宫闱小说，如《顺治太后外纪》《清朝开国演义》《清史演义》等。他大概做梦也不曾想到，他的那么多长篇小说都淹没在历史的长河里了，一篇小小的《冯婉贞》却在新中国受到重视。

《冯婉贞》在《申报》发表时，篇幅稍长。徐珂收入《清稗类钞》时不仅改了题目，而且对描写人物和作战气氛的部分细节做了删节。末尾，作者有一段议论：

> 救亡之道，舍武力又有奚策！谢庄一区区小村落，婉贞一纤弱女子，投袂奋起，而抗欧洲两大雄师，竟得无恙。矧什百于谢庄，什百于婉贞者，呜呼可以兴矣！

这是对《冯婉贞》一文主题的最好说明。作者写这篇小说的时候，日本帝国主义者正压迫袁世凯接受旨在独占中国的《二十一条》。当时，全国人民的爱国热潮汹涌澎湃。作者塑造出冯婉贞这样一位女英雄的形象，也是有寓意的吧！

由"爱斯不难读"说起

多年前，我编过一份资料，资料中收入了柳亚子的《与杨杏佛论文学书》。该文原刊于 1917 年 4 月 27 日上海《民国日报》，其中有一段话：

> 彼倡文学革命，文学革命非不可倡，而彼之所言，殊不了了，所作白话诗，直是笑话。中国文学含有一种美的性质，纵他日世界大同，通行（爱斯不难读），中文中语，尽在淘汰之列，而文学犹必占美术中一科，与希腊、罗马古文相颉颃，何必改头换面，为非驴非马之恶剧耶！

文中所说的"彼"，指胡适。"五四"前夜，柳亚子对胡适倡导的"文学革命"有意见，对他的白话诗更不认同，认为中国文学有着永恒的美学价值，不必搞什么"非驴非马"的"革命"。全段意思清楚明白，只是"（爱斯不难读）"（前后括弧为原文所有）云云，不知何解，似乎也没有什么书可以查考。斟酌再三，我不敢不懂装懂，只好加了个注释："此处疑有脱误。"多年过去了，这个问题一直没有解决，我总觉得有负于读者，于心不安。

后来，人民出版社出版了《柳亚子选集》一书，恰巧也收了这篇《与杨杏佛论文学书》。编者将"通行"二字断归上句，将"（爱斯不难读）"断归下句，然而，我仍然读不懂，这个"爱斯不难读"到底是啥玩意儿呢？

再后来，我读清末的《时报》，偶然从夹缝中看到一份上海世界语学社的招生通告，中云："世界新语即爱司泼兰多，亦名国际语。"

天哪，这真是"踏破铁鞋无觅处，得来全不费工夫"。"爱斯不难读"，不就是"爱司泼兰多"吗？"爱司泼兰多"不就是世界语 Espranto 的音译吗？

世界语是一种人造的国际辅助语，种类很多，其中流传最广的就是"爱斯不难读"。1887 年由波兰人柴门霍夫创造，20 世纪初传入中国，当时在日本和法国的中国留学生中间，以及上海、广州等地，都有一些人提倡和推广世界语。"五四"时期，钱玄同更主张废汉字、汉语，代之以世界语。柳亚子的文章是极而言之，意思是说，即使他年"世界大同"，通行世界语，中文中语都淘汰了，中国文学也将如希腊、罗马古文一样，永葆艺术魅力。至于"爱斯不难读"前后的括弧，想是柳亚子不熟悉新式标点符号，误当引号用了。多年积疑，一旦冰释，不无欣欣。然而，欣欣之余，我又有些想法。

"爱斯不难读"译得很巧妙，不仅发音近似，易于记忆，而且鼓励人们学习，译者显然费过一番心思。然而，谁会想到它是外来语？

其实，不仅这种"中国化"的外来名词认明正身难，即使是严格音译的外来名词，认明正身也很难。1915 年，梅光迪赴美国哈佛大学读书，胡适写过一首诗送他，中云："但祝天生几牛敦，还求千百客儿文，辅以无数爱迭孙"，"自言但愿作文士，举世何妨学倍根，我独远慕萧士比，岂敢与俗殊酸咸"，"居东何时游康可，为我一吊爱谋生，更吊霍桑与索虏，此三子者皆峥嵘。应有烟士披里纯，为君奚囊增琼英"。其中，"牛敦""客儿文""爱迭孙""倍根""萧士比""爱谋生""霍桑""索虏"是人名，"康可"是地名，"烟士披里纯"是抽象名词，读者试一一认明正身看！幸亏胡适加注了原文，不然，可就费事了。

由此想到，整理近代典籍、出版学术著作，凡涉及中外关系者，似均应附译名对照表或加注原文。是不是应该有一部外来语词典，将中国自翻译印度佛经以来的各种译名，一一收罗诠释？

《新青年》的文风

　　1915 年 9 月，《青年杂志》创刊时，在《社告》中称："本志以平易之文，说高尚之理。"诚是。一篇好的文章，总要尽可能地让读者易读，易明白，其效果才大。《青年杂志》和后来的《新青年》之所以在近代中国产生了如此巨大影响，和它的作者们都遵照这一原则写作当不无关系。否则，说理虽高尚，其奈读者无法卒读何！反观时下的某些理论或学术文章，或有"高尚之理"，或本无"高尚之理"，但文风却一律晦涩难懂，作者故为艰深，好像不吓跑读者誓不罢休似的。这种情况，是不是应该参照《青年杂志》的《社告》，改变一下呢？

想起了林纾的《荆生》和《妖梦》

最近，我听说一件事，颇觉有点意思。

某地某刊，因为坚决拥护改革开放方针，坚持以"实事求是、解放思想"为办刊原则，敢于说真话，因此受到知识界和广大读者的欢迎，但是，却受到少数人的忌恨，欲置之死地而后快。他们突生一计，向"上面"写"匿名信"，状告某刊"宣扬自由化"等诸种罪状，自然，这是极容易的。有些人受过长期"反右"和"反修"训练，要为该刊罗织几条罪状还不是小菜一碟！

"匿名信"送上去了，他们几位（也许只有一位，或两位，或三四位，资料缺乏，无可查考）就准备喜听该杂志"停刊整顿"的消息了。然而，出乎他们意料的是，"上面"并没有轻信，而是批了"查实"两字。这一查，不对了："匿名信"不仅"左"气熏蒸，而且使尽了断章取义、移花接木、歪曲事实、上纲上线等诸般手法，甚至连基本的统计数字都是捏造的。自然，该刊安然无恙，出版如常。

听说此事后，我想起了林纾的《荆生》和《妖梦》。

那还是"五四"时期，陈独秀、李大钊、鲁迅、钱玄同、胡适等大闹文坛的时候。这几个"捣乱分子",不仅反对"定孔教于一尊",而且高喊"民主""科学",又倡导什么"白话文学",将"引车卖浆"一流人物的语言视为"正宗"。是可忍,孰不可忍!于是就有一位精通桐城"义法"的名士林纾跳出来"卫道",写了两篇小说,一曰《荆生》,一曰《妖梦》。

《荆生》写了四个人:田必美影射陈独秀,金心异影射钱玄同,狄莫影射胡适。三人在北京城南的陶然亭高谈阔论,田指责孔子,狄主张白话,忽然,隔壁跳来"伟丈夫"荆生,大骂田、金、狄三人,"伟丈夫"用两个手指头摁住田必美的脑袋,用脚猛踹狄莫,狠狠地摘下金心异的近视眼镜扔掉。据描写,田等或脑痛如锥刺,或腰痛欲断,或叩头求饶不已。"伟丈夫"于得意洋洋地傲视三人的狼狈状之后,大笑说:"尔可鼠窜下山,勿污吾简!"

《妖梦》以田恒影射陈独秀,以秦二世影射胡适,二人提倡白话,反对旧的伦理纲常,得到白话学堂(影射北京大学)校长元绪公(影射蔡元培)的支持,结果,突来妖魔,张开大嘴,将三人统统吞掉。

写"匿名信"的"左"派很有点儿像林纾。当年的林纾无法阻挡新文化运动的浩荡潮流,只能将胜利寄托于幻想中的"伟丈夫"和"妖魔";今天的"左"派自身也无法阻挡当代中国实事求是与思想解放的潮流,于是寄希望于"上面"。然而,他们忽略了今之"上面"以实事求是为原则,"查实"的结果是查明"匿名信"本身不"实"。

社会上各色人等都有,观点自然也会不同。张三视为正确,李四却视为错误;赵五认为"好得很",王六却认为"糟极了"。怎么办?堂堂正正地站出来辩论就是了。人们常云:"真金不怕火烧。""真理愈辩愈明。"通过辩论,真理最后一定会被群众掌握。李大钊当年对林纾一流旧派人物说过一段话:

你们应该本着你们所信的道理，光明磊落地出来同新派思想家辩驳、讨论。公众比一个人的聪明质量广、方面多，总可以判断出来谁是谁非。你们若是对于公众失败，那就应当真要有个自觉才是。若是公众袒右你们，哪个能够推倒你们？你们若是不知道这个道理，总是隐在人家的背后，想抱着那位伟丈夫的大腿，拿强暴的势力压倒你们所反对的人，替你们出出气，或是作篇鬼话妄想的小说快快口，造段谣言宽宽心，那真是极无聊的举动。

我觉得李大钊的这段话很值得深思。

当年的林纾写小说时还署了名；今之"左"派虽然自视为真理的捍卫者，颇有"誓扫异端不顾身"的气概，却只能"匿名"告状。呜呼！

新诗发展的忧思

近年来，诗歌刊物、诗集似乎出版得不少，写诗的人也不少，不能说没有成绩，但名家、名作似乎不多。人们回答不出，当今中国的大诗人是谁，使得洛阳纸贵的畅销诗集是什么，脍炙人口、传诵不衰的名篇有哪些。新诗越来越没有人看，也看不懂。很多诗，特别是有些所谓的现代诗，充满着怪诞的、破碎的、意义不明的形象，反复揣摩，根本不知所云。不少人，宁可写旧诗；有些很有成就的新诗人，也回过头去写旧诗。我们的诗歌到底出了什么问题？

我以为，毛病在于三脱离：脱离现实、脱离群众、脱离传统。"诗言志。"在一切文学样式中，诗也许是最富于个人特点的。但是，诗所抒发的诗人个人的喜怒哀乐，总应该是人民的喜怒哀乐。如果诗歌脱离现实，那么，它也就成了无根之木、无源之水，必然无法引起人们的共鸣。抒情诗中的"我"，既是诗人个人，又不只是诗人个人。它所抒发的情感，既是诗人个人的，又不只是诗人个人的。诗人所表达的，应该是"人人心中所欲言而又不能言者"。我们的作者们似乎忘了这句话的前半句："人人心中所欲言"，即诗人所抒发的，必须是人们在现实中有所感，普遍想抒发的，只是因为他们"不能言"，所以抒不出，抒不好，一旦诗人替他们抒发了，而且是以诗人独特的方式抒发了，自然会触发人们心灵的火花，引起普遍的灵魂震颤。这样的诗，就是好诗、妙诗，就会广为传诵，不胫而走。记得俄国诗人涅克拉索夫说过："没有一个人能因为只歌唱自己而显得伟大。"讲的就是这个道理。近年来，我们的诗人们似乎只注意抒个人之情，而没有想到此情一定要植根于现实生活的土壤上，一定要和人民的感情息息相通，要有一定的普遍性。

一切文学都是为群众的，或曰为读者的，诗也不能例外。因此，诗人不能不考虑读者的审美要求。或许有人说："你这是老教条，我写作不为别人，只为自己。"好！那么请问：你为什么要发表，要出版？可见，你还是希望有人读、有人欣赏的。既然希望有人读、有人欣赏，就应该眼睛中有群众、有读者，让他们能懂、能理解、能感悟。前些年出现了所谓的朦胧诗，风行了好一阵子。有些诗论家大喊其好，出来说："诗歌美学的最高境界就是朦胧。"于是，你也"朦胧"，我也"朦胧"。据说，"朦胧"已经成为当今诗坛无可争辩的主流。其实，朦胧只是诗歌风格的一种，不能以"朦胧"压倒一切，代替一切。而且，朦胧不等于晦涩。由朦胧而晦涩，这就走上了魔道。从中国古典诗歌的艺术经验看，大部分好诗都是明朗和含蓄、朴素和深厚的统一，即它所要表达的内容是人们易于理解、一读就能明白的，同时，又是含蓄而耐人寻味的。中国古典诗歌美学虽然讲究"弦外音、味外味"和"探之愈深，引之弥永"，但是，首先必须以明朗为基础。如果一首诗离开了明朗，也就失去了诗歌所要求的形象的直观性，那么，这种诗也就成了谜语。李商隐，是被某些诗论家视为古代的朦胧诗人的。其实，使他不朽的大抵也还是"春蚕到死丝方尽，蜡炬成灰泪始干"一类作品，并不专以朦胧取胜。假使他专写《锦瑟》，会不会在中国诗史上有如此崇高的地位，恐怕是个问题。中国古代还有一个吴文英，是南宋时的写词高手，他主张"用字不可太露"，追求笔墨幽邃，情思深曲，应当算是正宗的"朦胧派"了。然而，当时就有人批评他，"其失在用事下语太晦涩处，人不可晓"；更有人批评他的作品"如七宝楼台，眩人耳目，碎拆下来，不成片段"。这些，都是值得今之"朦胧派"引以为鉴的。近年来，在所谓朦胧诗之外，又出现了大量冠以"现代派"头衔的怪诞诗，更加不知所云。我的一位朋友，是诗论家，他向我讲过这么一个故事：上海的一个年轻诗人请他为自己的诗集作序，他读不懂，于是，诗人为他一首首讲解，他似乎懂了。但是，过了几天，他又读不懂了。这样的诗，人们怎么会爱读，又怎么会流传呢！最近，有一个年轻诗人说："诗是中国的强项，但近些年在中国诗歌走向现代化的过程中，有些诗让人听不懂、看不懂，不明白是什么意思，这是很奇怪的事情，这样的创作也无法向历史交代。"（见 1997 年 4 月 15 日《北京青年报》）我以为，这是很值得重视的反思。

中国古典诗歌积累了丰富的艺术传统，中国新诗的发展必须吸收这一传统，才能创造出具有中国作风、中国气派，为中国人所乐于吟诵的作品。什么是中国古典诗歌的优秀艺术传统呢？我以为至少有四点：

一是和音乐的密切结合。自《诗经》、楚辞、汉魏乐府、古体诗、近体诗（律诗、绝句）以至宋人长短句、元人的散曲，无一不是在音乐的基础上发展起来的，也无一不能入乐歌唱。它们的广泛流传，也常常要借助于音乐的翅膀。人们熟悉的"阳关三叠"和"有井水处皆能歌柳词"的故事，都说明了这一点。"五四"新诗打破了旧诗的格律，这是必要的，是历史的进步，但是，其负面作用是丢掉了中国诗歌和音乐密切结合的优良传统，不少作品过于自由化、口语化，缺少格律，不能歌唱，或不便于入乐、谱曲。其间，少数人曾呼吁并企图建立新格律诗，但并不成功。近年来，一面是诗歌语言自由化，以至散文化的倾向更为严重，诗人们愈加不注意对格律、节奏的追求；一面是歌词写作的庸俗化和非文学化，许多歌词充满陈腔滥调，甚至文理不通。我以为，诗和音乐的再结合应该是中国新诗的发展方向之一。

二是以创造意境作为最高的美学追求。中国诗歌讲究情景交融，诗中有画，说的是诗歌要有意境，鲜明、具体，在仿佛历历可见、可感的形象中蕴含丰富、动人的感情，并留给读者广阔的想象和回味的天地。白话诗，特别是近年来的新诗忽略了这一点。许多诗淡而无味。或有意无境，或有境无意，有的既无境，又无意，不知道写的是什么。

三是高度精练的文学语言。一切文学样式都要求精练，中国古典诗歌在这一方面的要求尤为严格。一首五绝不过 20 个字，一首七绝不过 28 个字。其他五古、七古字数也都不多。但是，"言有尽而意无穷"，就是在这样短小的篇幅里，却包含了极为丰富的内容。白话诗，特别是近年来的新诗把这个优良的传统也丢掉了。

四是善于从民族、民间诗歌中吸取营养。中国的各种诗歌形式几乎都是在民歌的基础上发展起来的，不少优秀诗人也都善于向民歌学习，一边改造、提高民歌，一边充实并丰富自己的艺术素养，如屈原、李白、刘禹锡、黄遵宪等。近年来，我们的新诗作者似乎忘记了这一点。有些人是从读翻译诗起步的，有些人刻意模仿外国现代派诗人，做的诗也几乎是外国现代派诗歌的翻版。应该说，这并不是一条正确的道路。

我国是一个诗歌大国、古国。在中国文学史上，诗歌是发展得最充分也最辉煌的艺术门类。恐怕没有任何国家的诗歌历史能够和我们相比。我们应该无负于辉煌的过去，努力创造出更加辉煌的未来。

既是正剧，就要反映真实历史

——《走向共和》观后感

近年来，反映清代历史的电视剧很繁荣。大致有两种：一种是"戏说"，一种是"正说"。前者出以"游戏"之笔，几乎怎么写都可以；后者是严肃的正剧，作者可以虚构、想象、创造，否则就没有艺术可言，但是，这种艺术创造必须反映真实历史，特别是历史的本质，不能有任何"戏说"的成分。从风格看，当下正在播放的电视连续剧《走向共和》显然属于正剧，它企图通过艺术的形式反映中国社会从帝制走向共和这一段历史，主题很好，但是，我看了已播各集之后，觉得问题不少。

《走向共和》出场人物众多，但作者最着力塑造的是李鸿章、西太后、袁世凯三个人物。对于李鸿章，作者没有把他简单化地写成面目可憎的投降派、卖国贼，这是可以的；但是，剧本写李鸿章治军严明，深知世界大势，对日本海军实力了如指掌，而将翁同龢、文廷式等主战派写成一帮头脑昏庸，只知说大话、空话的先生，这样的对比处理就欠妥了。对于西太后，作者有一定程度的揭露，但是，把她写成勤于国事的人，一直到临死前，还心念"立宪"救国，指示要缩短"预备"年限，这就不符合真实历史了。不错，西太后的遗诰中提到过"预备立宪"，但是，并无提前实行之意，而且，西太后心目中的"立宪"是为了"皇位永固"，与要义在于"限制君权"的真"立宪"并不是一回事。

对于维新派，我觉得剧本实际上是丑化了。戊戌变法是近代中国第一次具有全面改革意义的运动。维新派的"变法"要求不仅限于经济、文教，而且已经提出"设制度局"等政治方面的改革设想。当时，守旧派坚持祖宗之法不可变，而康有为等则坚持中国必须"因时制宜""全变""大变"。为此，康有为和荣禄等在总理衙门有过面对面的激烈辩论，但是，作者不去写这些，却虚构了一场康有为与顽固派大臣徐桐等人之间关于"改穿洋服"的"廷辩"，让康大发"中国人一穿洋服，就可以立致富强"一类议论。这样，维新派的变法岂不成了可笑的闹剧。

从甲午到辛亥，有无数仁人志士为了中国的改革和进步奋斗，这里面，又有多少曲折丰富、可歌可泣的故事值得编写！但是，综观已播各集，剧作者热衷的是表现宫廷秘事。对"丁未政潮"（瞿鸿禨、岑春煊和奕劻、袁世凯之间的矛盾），作者精雕细刻，表现得淋漓酣畅，而对黄花岗起义、武昌起义，却只匆匆带过。不是说宫廷秘事不能写，而是说，就表现中国人民摆脱帝制、走向共和这一主题来说，宫廷秘事显然写多了！

要写历史剧，就要认真地研究历史。谭嗣同的《狱中题壁》一诗的末两句有两种说法。"我自横刀向天笑，去留肝胆两昆仑。"这两句本来是真的，已经为近年来新发现的"刑部传抄本"所证明，但是，作者却偏偏假借王照之口宣布那是梁启超的伪造。"手掷欧刀仰天笑，留将公罪后人论。"这本来是《绣像康梁演义》作者的胡编，但作者却宣布是谭嗣同的真作。真的说成假，假的却说成真。看来，在这个问题上，剧作者下的功夫不够，所采取的是个别学者的误说。

《走向共和》有不少历史常识的错误。例如，废八股、改策论，这

26

是百日维新期间的重要成果，但是，剧本却写成甲午战争前，翁同龢与徐桐就在为张謇和李盛铎的"策论"卷子辩论。假定那时的科举考试已经考"策论"，戊戌年何必还要再改革！又如，清末"新政"时期的所谓"废四书、五经文"，其实只是废除据四书五经出题的八股文，但剧本却解释为废四书五经，这是五四新文化运动时期都不曾出现的事。

历史剧的情节不一定要是历史上实有的，但是，却必须是历史上可能发生的。剧本为了表现清廷开办新式学堂的成就，竟安排乞丐武川在清朝的煌煌殿堂上大说"山东快书"。"国破山河在，今后怎么办？"清廷竟会出这种不伦不类的题目考试百官。凡此种种，都是特定历史环境下不可能发生的事。我很担心，"戏说"之风正在蔓延，若再发展下去，就无严肃的正剧可言了。

《走向共和》还未播完，我的手头又没有该剧的光盘或剧本，以上只是观看已播部分的一点印象，批评可能会有不准确之处。我的希望是，今后的电视历史片要制作得严谨一点，细致一点，切忌掉以轻心，粗制滥造。

细节应该符合真实历史

要想将人物写活，离不开细节。但是，细节必须符合真实历史。

有一部题为《壮心系科学，孜孜为国昌——理论化学家唐敖庆》的传记作品，文章写得颇可读，然而，当我读到传主在故乡宜兴初中毕业，转地报考著名的无锡师范时，却觉得不是滋味了。文曰：

> 来到素有"小上海"之称的无锡市之后，唐敖庆和周可澄，还有周可澄的父亲住在一个小客栈里，期待着即将到来的角逐。

无锡，自汉朝初年就一直是一个县级单位，改市是 1949 年的事。唐敖庆报考无锡师范是在 1931 年，那时，无锡还不是"市"呢！

接着作者又写道：

> 无锡市位于烟波浩淼的太湖之滨，是一个风光旖旎、历史悠久的古城……这一带曾是我国古代春秋时吴国和越国的文化发源地，遗留很多名寺古刹、古典园林。鼋头渚，水复山环，层峦叠

嶂，湖岸曲折，是观赏太湖的最佳处。蠡园将人工修饰与自然天成结合，将北方园林的雄浑与南方园林的秀美融为一体，风格独具，美不胜收。

20世纪30年代时，鼋头渚还不是风景区，蠡园则刚刚建成，面积并不大。说它"秀美"，很对；说它"雄浑"，很难体会。这些，姑且不论。从总体看，这一段将无锡的风景写得很美，用以勾勒唐敖庆的求学环境，借以衬托传主日后读书和投入爱国运动的专注，用意是好的，文字也讲究。然而再看下文，不对了：

> 此外，市里的锡惠公园、寄畅园也令人流连忘返，乐不思归。

寄畅园是乾隆皇帝光顾过的江南名园，历史悠久，是不错的。锡惠公园呢？历史就不算长了。虽然，很古很古，就有了锡山和惠山，但是，将二山的风景连成一片，辟为公园，定名"锡惠"，则是20世纪50年代初期的事。当年，笔者就读的中学就在锡惠公园的东门口，亲眼看见它如何有了大门，然后有了牌匾，又有了围墙，一步步发展起来，唐敖庆当年何曾有什么"锡惠公园"呢！

笔者对唐敖庆教授的生平素无研究，不知道作者所写的其他方面真实性如何，但是，当笔者发现了上述细节失实之后，对其他方面就抱存疑态度了。

作者自称，他为了撰写这部作品，用了十几年的时间追踪、访问了唐教授的上百名同行、学生、挚友与亲属，批阅了通过各种途径收集到的几尺厚的文字资料，用功不可谓不勤，然而，他却忘了略为涉猎一下无锡的城市发展史和园林史。

细节不"细"，它在塑造人物、表现时代和环境气氛中起着重要作用。一个真实的细节可以使人物须眉毕现，仿佛呼之欲出；而一个虚假的细节则常常破坏整个作品的真实感，使人像吞了一只苍蝇那样难受。任何细节都只能发生于一定的时空环境中，古人不可能跳迪斯科，鸦片战争时的士兵也不可能使用自动步枪，这道理是很容易明白的。因此，恩格斯在谈到现实主义的特征时，除了强调要创造出典型环境中的典型性格，还特别强调"细节的真实"。恩格斯所论为文学，对于"纪实作品"，这一点也同样重要。

细节马虎不得。它不能信笔挥洒，也不应任意虚构。

心平气和地讨论如何？

——读黄一龙《写党史不应文过饰非》一文有感

编辑同志：

您好！读了贵刊 1999 年第 1 期《写党史不应文过饰非——就教于喻权域先生》一文后，有点想法。

如何写中共党史，这是一个很重要的问题，应该允许大家讨论。专家可以发表意见，非专家、外行也可以发表意见，七嘴八舌，你争我鸣，这才有利于明辨是非。在许多时候，专家的意见是对的；但是，非专家的意见也不一定都错。黄一龙同志视喻权域同志为"外行"，文章一开头就说："看外行如何教训内行，是很有趣的。"按照这种逻辑，是不是只有少数中共党史的专家才能对如何写党史发表意见，我们这些外行连提一条意见的资格都没有呢？在真理面前人人平等，我觉得，只要关心中共党史，不论内行、外行，都应有发表意见的权利，不要用"外行"一词将别人的嘴封住。

要争论，难免有不同意见。在纷纭的众说中，有些意见正确，有些意见错误；正确意见中可能包含着错误，错误意见中也可能包含着正确。怎么办？百家争鸣嘛！真理最朴素，也最有力量。要相信，通过讨论，真理必将获胜，真理也必将掌握在群众手中。在这里最重要的是：争论双方都要采取心平气和的说理态度。既不要以势压人，使用大批判的语言，动辄上纲上线；也不要冷嘲热讽，连损带挖苦，让人无地自容。黄一龙同志主张写中共党史应该实事求是，要正确总结历史经验，不文过饰非，不讳言失败与错误，我认为是正确的；他对于王明路线时期制定的苏区《宪法大纲》的分析也是有见地的。但是，我感觉，黄文缺少一种与人为善的态度，讽刺的成分较多、较重。例如，黄文批评喻权域说："从他的文意推测，现存的只会编写片面的、不实事求是的国内大小党史研究机构，众多党史研究工作者，显然都难孚他的厚望；环顾宇内，这样的人才非他莫属了。"这样的话，我觉得不妥，可以不说，说了招人反感，既无助于争鸣，也无助于说服和喻权域同志持同样观点的人。

多年来，我们缺乏一种正确的批评和反批评的态度，所以，虽提倡百家争鸣，却总也鸣不起来。贵刊辟有《争鸣园地》专栏，看得出是想认真贯彻百家争鸣方针的，所以我写了上述意见。倘蒙披露，幸甚！

一个关心历史的外行读者
任为理[1]

---

〔1〕本名为化名。

［二］

谈史篇

"天王圣明"与杨继盛之死

　　韩愈这个人，很有点道学家的气味。例如，他写过一首诗，题为《拘幽操》，是以周文王的口气写的。诗云："目窈窈兮，其凝其盲。耳肃肃兮，听不闻声。朝不日出兮，夜不见月与星。有知无知兮，为死为生。呜呼！臣罪当诛兮，天王圣明。"史载，周文王被商纣王囚禁于羑里时，曾鼓琴作歌，以解忧愁，韩愈的这首诗就是揣想当时情景所拟作的歌词。按说，纣是昏君，文王是大圣人，纣囚禁了文王，当然是冤狱无疑。文王总该有点牢骚吧？然而没有，仍然念念不忘"天王圣明"，自认"臣罪当诛"，完全符合道学家的伦理准则："臣子无说君父不是的道理。"所以，无怪乎北宋的程颐、南宋的朱熹都大夸韩愈这首诗写得好，说是："通文王意中事，前后之人，道不到此。"

　　我想起了明朝的杨继盛，也就是杨椒山。今天的读者对此人可能感到陌生，但在明朝中叶，他是鼎鼎大名的。话说，那时正值嘉靖皇帝当朝，权相严嵩当国，杨继盛在上皇帝书中，弹劾严嵩有十大罪、五大奸，要求皇帝除此"内贼"，重则按律论处，轻则勒令退休。但是，严嵩圣眷正隆，皇帝看了奏章之后，不但不去触动严嵩一根汗毛，反而将杨继盛投到狱里，下令"杖之百"。明代的廷杖是一种对官吏的酷刑。轻则残废，重则送命，很可怕的。执行之前，一位同情者给杨继盛送来一块蟒蛇胆，要他和酒服下。杨继盛却说："本人自己有胆，要蛇胆何用！"打完之后，杨继盛真是应了旧小说中的两句话：一佛出世，二佛升天，直到半夜，才苏醒过来。杨继盛大概有点治疗杖刑的知识，懂得必须将腐血放出来。但是狱中既无医生，也没有刀子，杨继盛便打碎茶盅，将碎片扎入体内放血，一直扎了五六十个窟窿，流出了十数碗血，神智才清楚了。过了一些时候，左腿溃肿，杨继盛又亲自操刀，将腐肉一一割去。狱卒在旁看得心惊胆战，感叹说："当年关公刮骨疗毒还要靠别人，不能像老爷这样自割！"确实，杨继盛很勇敢。我想今天的读者大概也会为之感叹的。

但是，杨继盛其人的思想却并不值得感叹。他在狱中有一首《苦阴雨》诗："扪胸问心心转迷，仰面呼天天不语。混宇宙兮不分，蔼烟雾兮氤氲。西风起兮天霁，挂远树兮夕曛。聚还散兮暮云平，晦复明兮日初晴，何时回怒兮天王圣明？"这位杨继盛无疑是读过韩愈的《拘幽操》的，所以他记得"天王圣明"这一名句。尽管杨继盛挨了刻骨铭心的一百杖，然而，他还是希望嘉靖皇帝有朝一日，回怒作喜，将他释放出狱。不幸的是，嘉靖皇帝并不"圣明"，下诏将他"弃市"。临刑之前，杨继盛又写了两首诗："浩气还太虚，丹心照万古。生前未了事，留与后人补。""天王自圣明，制度高千古。平生未报恩，留作忠魂补。"

古人作诗，主张"怨而不怒，哀而不伤"。可见，有点怨气是不妨事的。然而，杨继盛的诗却一丁点儿怨气也没有，还在表示，要在死后报答"圣明"的"天王"，这自然是可以使封建统治者放心，并且高兴的。所以嘉靖皇帝虽然杀了杨继盛，继位的隆庆皇帝却下令嘉奖，封他为中顺大夫、太常寺少卿，并且给了一个谥号：忠愍。到了清朝，顺治皇帝不仅专门写了一篇《表忠录论》，表彰杨继盛可以"与龙逢、比干先后合辙"，而且坦率地承认，他喜欢杨继盛临刑前的两首诗，"不胜三叹"。

韩愈的思想到近代才受到了挑战，柳亚子早年诗云："臣罪当诛缘底事？昌黎误尽读书人。"这是在明确地批判韩愈的《拘幽操》了。其实，韩愈所"误"的何止是杨继盛一类的"读书人"。旧时奴才每逢主子发怒时总有一句口头禅，叫作"小的该死"，这不正是"臣罪当诛"的普及版吗？所以，尽管我知道韩愈提倡古文运动，"文起八代之衰"，但是，感情上总有点儿不大喜欢他。

金刚实为平刚

1907 年 10 月 17 日，在东京的中国革命党人和立宪派之间，有过一次武斗。其经过如下：

政闻社在东京锦辉馆召开成立大会，梁启超在保镖的护持下登台演说："今朝廷下诏，刻期立宪，诸君子宜欢喜踊跃。"正在此际，革命党人一声喊打，400 多人蜂拥而上，吓得梁启超从楼梯上坠下。关于参加这次武斗的革命党人，据章太炎的《政闻社社员大会破坏状》一文记载，有张继、金刚、陶成章等。其中，金刚表现最为突出。当张继跃上讲台时，有一个政闻社员抓起茶几迎拒，"金刚自后搤其肩"，持茶几的好汉无法动弹，张继得以上台，欢声雷动。

这位金刚是谁呢？遍查留学生名录，不得其人。前阅汪东所撰《张继墓志铭》中云："（保皇党）大会徒众于锦辉馆，示欲与同盟抗。公厕其中。其魁梁启超方登台，公奋起大呼，跃而上，贵筑平刚从之，击启超堕台下。"（《国史馆馆刊》一卷二号）据此，可知金刚实为平刚。

平刚，字少璜，贵州贵筑人，时任同盟会贵州分会会长。

纪念与超越

——新文化运动 100 周年感言

如果以陈独秀 1915 年在上海创办《青年杂志》为标志，那么，今年是新文化运动 100 周年。

从那个时期以来，中国文化发生了前所未有的巨大变化，取得了长足的发展。那个时期以前，中国文化笼统地被称为"旧文化"；那个时期以后，特别是"五四"爱国运动之后，中国文化被称为"新文化"。

一百多年前，中国可以说正"风雨如磐"。袁世凯为了复辟帝制，开历史倒车，正大力鼓吹"尊孔"，孔教会一类团体遍于各地，请定孔教为国教的呼声响遍国中。与此相联系，"九天玄女娘娘""关圣大帝"，甚至"蛇精"一类偶像仍然受到祭祀和礼拜。为了保卫和继承辛亥革命的成果，推动中国文化转型，促进中国历史向现代文明国家发展，陈独秀、李大钊、鲁迅、胡适、钱玄同等一批文化人，倡导新文化运动，喊出了"民主"和"科学"两大口号，于是，旧思想、旧文化的神圣光轮被剥夺，新思想、新文化如雨后春笋般发生、发展，波涛汹涌，莫之能御，终于造成了中国历史和中国文化的崭新局面。可以说，100 年前开始的新文化运动强有力地推动了中国历史和中国文化的发展，功德无量，值得中国人民世世代代永远纪念。任何"造成中国文化断裂"、开20世纪60年代"文化大革命"的先河一类指责都是错误的，是与历史事实不符的。

当然，正像世界上没有完美无缺的人物一样，任何政治运动、文化运动都可能有缺点，有不足，有偏颇和弊端。

回首百年，新文化运动的最大缺点是思想上的绝对化，形而上学：坏的绝对坏，好的绝对好。这突出地表现在当时的先行者对中国传统文化和西方文化的评价上。

"江山代有才人出，各领风骚数百年。"任何文化都产生和出现在特定的时空环境中，因而具有强烈的时代性。中国传统文化产生于中国的农业社会，它有着丰富、灿烂的内容，几千年来，它服务于中国社会，孕育、培养了中国人的思想、性格，成为中华民族的灵魂与民族精神的主要内涵，但是，它不适应现代工业社会的需要也是必然的。"执古方以药今病"，不可取；用"死人"捆住"活人"，不可取；利用旧文化的糟粕拉着车屁股向后，更不可取。因此，打破对旧文化的迷信，反对利用旧文化开历史倒车，完全正确，完全必要。没有这种批判，中国人的思想就无法解放，脚步无法迈开，但是，这种批判必须是充分说理的、全面的、有分析的，是根据当时的历史条件，阐释其内容，分解其精华与糟粕，评价其是非功过，而不是全盘否定、全盘打倒。遗憾的是，"五四"先行者恰恰犯了这样的错误。今天看来，他们对中国传统文化显然批判过苛、过多。例如有人提出，从传统文化中找精华就是"从牛粪中找香水"；有人主张不读中国书、少读中国书，"将线装书统统扔到厕所去"；个别人甚至主张废汉字、汉语等，就都是极端化、绝对化的错误言论。

世界是丰富的、多彩的，有着不同的人种和民族。每个人种、每个民族都有自己独特的发展道路，有自己独特的民族文化，在世界文化宝库中都做出了独特的、不可磨灭的贡献。这些各具特色的文化之间相互借鉴，相互吸收，将会使各民族的文化发展得更为全面、更为丰富、更为多姿多彩。文化发展的大忌是闭关锁国、孤芳自赏，其结果是不能取人之长、补己之短，其结果必然是自我萎缩、枯竭衰亡。

欧洲世界和亚洲世界的地理位置不同，社会条件不同，其文化也和亚洲世界不同。早在远古，欧洲人就创造了以希腊为代表的辉煌的古代文明。自英国工业革命起，英国、法国、德国，以及后起的美国等，又建立了强大的国家，比较彻底地抛弃了中世纪的专制主义文化，创造了辉煌的近代文明，将世界文化的发展推向前所未有的高度。鸦片战争以后，中国和西方交手，被打败了，于是，中国人向西方学习，寻求救国救民之道，产生了林则徐、严复、康有为、谭嗣同、孙中山等一批先进人物。陈独秀、李大钊、鲁迅、胡适、钱玄同等新文化运动诸先贤走的就是林则徐等人所开辟的道路，但是，他们在主张向西方学习的时候，也犯了形而上学、极端化的错误，这就是认为好的绝对好，对西方文化评价过高，对其精华和糟粕，缺乏科学的分析。

毛泽东早就提出了完整的文化理论。1940年，毛泽东在《新民主主义论》一文中就指出："清理古代文化的发展过程，剔除其封建性的糟粕，吸收其民主性的精华，是发展民族新文化提高民族自信心的必要条件；但是决不能无批判地兼收并蓄。"关于吸收外国进步文化问题，毛泽东在《新民主主义论》中也早就指出过："中国应该大量吸收外国的进步文化，作为自己文化食粮的原料，这种工作过去还做得很不够。"毛泽东特别指出："外国的古代文化，例如各资本主义国家启蒙时代的文化，凡属我们今天用得着的东西，都应该吸收。"1956年，在《论十大关系》中，毛泽东又进一步将参考、借鉴范围，从外国古代文化、启蒙时代的文化，扩展到更广阔的方面。他指出："一切民族、一切国家的长处都要学，政治、经济、科学、技术、文学、艺术的一切真正好的东西都要学。"当然，他也同时指出，"必须有分析有批判地学"，"不能一切照抄，机械搬运"。"他们的短处、缺点，当然不要学。"我以为，毛泽东提出的这些方针至今还是正确的，应该遵循，不可忘记。

这些年，我们提倡国学，比较着重地强调继承传统文化中的优秀遗产，这是正确的、必要的。我们的民族文化遗产中有许多优秀的部分，可以拿来就用，作为修身、齐家、治国、平天下的准则和智慧。有些部分，似乎是糟粕，其实，经过创造性解释，或创造性转化，也完全可以为社会主义精神文明建设服务。例如，宋明理学所提倡的"克人欲，存天理"，这一命题，曾经被清代唯物主义思想家戴震批判为"以理杀人"，似乎是应该抛弃的糟粕了，但是，有人类，就必然有欲望，而一切人的欲望都应该受"理"——道德伦理和法律、制度的约束。不受制约，听任"物欲横流"，其结果必然走向贪污、腐化、掠夺、压迫，以至于对外侵略的道路。可以说，一切坏事都和"纵欲"相关，而"以理制欲"，将人的欲望置于道德伦理和法律、制度的约束之下，则是人类社会永恒的、普遍的道德要求。如果我们这样来解释"克人欲，存天理"这一命题，将之改造为"以理制欲"的道德要求，显然，对建设廉洁社会、文明社会大有助益。这种态度是否可以称为"分析继承"呢?

外国文化，特别是西方文化、西方价值，近年来被有的人视为毒药，避之唯恐不及。其实，中共从未对西方文化和价值观念采取完全排拒态度。例如"人权"，自然是地地道道的"西方价值"，我们曾长期加以批判，但是，经过了"文化大革命"的深刻而惨痛的教训，我们终于明白了"人权"之不可或缺，因此，毅然将"国家尊重和保障人权"写入《中华人民共和国宪法》。又如，民主、自由、平等，都是源于西方，发展于西方的观念，但是，我们却毅然将之写入"社会主义核心价值观"——自然，在解释、说明、实践时，会与西方不同或有所不同。可见，我们对西方文化、西方价值，持分析态度。我们要分清何者为社会进步、文明所必须，对中国有益；何者违背社会进步与文明，对中国不利，甚至有害。总的原则是：取其有益者，拒其有害者。这种态度，是否可以称之为"分析借鉴"呢？

新文化运动距今已有 100 年了。今天的中国正在从事前无古人的事业，全国人民正在努力将中国建设为文明、公正、民主，实行法治的现代强国。假如我们对传统文化、外国进步文化都持有分析的继承和借鉴态度，我们就不仅继承了 100 年前的新文化运动，而且超越了它。

2015 年 4 月 15 日急就，

同年 4 月 29 日刊于《环球时报》，此为原稿

一份刊物开辟了一个时代

1915年9月，陈独秀在上海创办《青年杂志》。次年9月，该杂志改名为《新青年》。1917年1月，编辑部迁到北京，李大钊、鲁迅、胡适、钱玄同、陶孟和、刘半农、沈尹默、吴虞等人成为它的主要撰稿者。该刊响亮地喊出了"民主"和"科学"两个口号，新文化运动由此掀起。可以说，《新青年》开辟了一个新的时代。下面是该刊1919年第一至第六期的六个编辑：

陈独秀、钱玄同、高一涵、胡适、李大钊、沈尹默。

在中国近现代历史上，著名的刊物不少，堪称星罗棋布，但是，像《新青年》这样开辟了一个新时代的刊物，恐怕仅此一例。前无古人，后也未见来者。其影响时代、影响人心、影响历史之巨，在刊物史上，尚无可以与之匹配者。

蒋介石获知抗战胜利的最初日子

蒋介石确知日本投降是 1945 年 8 月 10 日。根据他的日记，其过程，颇具戏剧性。

当天下午 8 时多，蒋介石正在重庆官邸，做完默祷，忽然听到设于附近求精中学的美军总部传来一阵欢呼声，继之以噼里啪啦的炮竹声。蒋介石问身边的副官蒋孝镇：为何如此嘈杂？蒋孝镇回答：听说什么敌人投降了。蒋介石命蒋孝镇再去打听。不久，各方消息不断报来，日本政府托瑞士政府转达，除保持天皇的统治权外，其余均按照中、美、英 7 月《波茨坦公告》所列条件投降。

当时，蒋介石正在宴请墨西哥驻华大使。抗战胜利，蒋介石有许多大事急待决定。偏偏这位大使不识相，纠缠着和蒋介石谈话，喋喋不休。蒋两次示意外交次长吴国桢嘱其离去。这位大使才起身告辞。蒋介石立即召开军事干部会议，发出早就拟定的各项命令稿。其中，致陆军总司令何应钦电称：日本已无条件投降，应下令日本驻华最高指挥官冈村宁次，命其转饬所部，立即停止一切军事行动，不得破坏物资、交通，扰乱治安，听候处置，限 24 小时之内答复。同时命令各前方战区对日军可能的抵抗，应有应战准备；警告日军，不得向我方指定之军事长官以外任何人投降。此外，蒋介石又下令吴铁城、陈布雷两位文职官员，要他们提出宣传计划与各党部应办的事项。忙完这一切，已经深夜 12 点了。

8 月 11 日清晨，蒋介石接到美国总统杜鲁门来电，紧急征询对日本的处置意见。于是，蒋介石立即约见美国大使赫尔利，同意与杜鲁门总统联合署名通知日本政府。蒋称：自己一贯主张，日本国体由日本人民自决。至于要求天皇亲自出面签订降书，以及将日本置于联军统帅之下等条件，他完全同意杜鲁门总统的意见。9 时，蒋介石再次约见赫尔利和魏德迈，商讨对沦陷区的军事紧急处置与中美联合对敌办法。11时，蒋介石召开国民党中央临时常务委员会，提出今后的大政方针与各种处置。

蒋介石最焦虑的是接受日军投降问题。早在 8 月 10 日深夜 12 时，朱德就以延安总部总司令的名义发布第一号命令，要求日伪军于一定时间内缴出全部武装，如"拒绝投降缴械，即应予以坚决消灭"。第二天，朱德又连发第二至第七号令，要求中共部队立即向察哈尔、热河、辽宁、吉林等地推进，配合苏军作战，积极进攻，迫使日伪无条件投降。当时，在华日军有百万之众，不仅占有中国许多城市和交通线，而且拥有大量武器和物资。谁最早、最多地接受日军投降，谁就将取得最多、最大的胜利果实。因此，11 日这一天，蒋介石给各方拍发了许多电报，其中一份最紧急的就是给第十八集团军总司令朱德和副总司令彭德怀的。该电声称："政府对于敌军投降一切事项，均已统筹决定"，要求该集团军"就原地驻防待命，勿再擅自行动"。

当时，宋子文、王世杰、蒋经国正在莫斯科与斯大林谈判，讨论《中苏友好同盟条约》和接收东北的各项问题。斯大林精明、狡黠、蛮横、贪婪，企图通过谈判，攫取旧沙皇在中国东北的特权，迫使中国承认外蒙古独立。蒋介石感到，这是一场艰难的谈判。他和中方谈判代表之间，电报往来不断，研究谈判方略。据蒋介石 8 月 12 日日记称："此心但有忧惧与耻辱，毫无快乐之感。"蒋介石既要对付苏俄，又要对付中共，预料前途必将充满荆棘。8 月 13 日，蒋介石主持中枢机关的"国父纪念周"，在报告中说："未来艰巨，十倍于抗战。"多年抗战，终获胜利，重庆市民正处于极度狂欢中，但蒋介石却高兴不起来。只有民众代表到国民政府来致敬时所表现的出自内心的喜悦与感激，才使蒋介石略感安慰，日记称："八年枉屈，所得慰藉者，惟此一点。"

抗战中，蒋介石每天都向上帝祷告，祝愿"驱逐倭寇"。8 月 14 日，他将祷告文修改为："全国统一，稳固坚强，以后建设日日进步，步步完成。"为了解决和中共之间长期存在的矛盾，蒋介石致电在延安的毛泽东，邀请他到重庆来，共同商讨"国家大计"。

14 日这一天，日本政府照会中、美、英、苏四国政府，接受《波茨坦公告》的各项条件。日本投降一事正式以文件的形式肯定下来。蒋介石开始动手起草对世界与全国军民的广播稿。这本来是陈布雷的差事，但是，陈因病久未动笔，蒋决定亲自动笔。文成之后，蒋介石"甚觉自得"。对于自己的文笔，蒋介石从来是相当自负的。

也是在这一天，《中苏友好同盟条约》签约。苏联表示尊重中国在东北的主权、领土完整，不干涉新疆内部事务，不援助中共，只援助国民政府；中国同意外蒙古经公民投票，承认其独立。

8 月 15 日上午 7 时，重庆电台开始广播日本政府的投降照会，蒋介石正在"静默中"，他在日记中自述："此心并无所动，一如平日。"他按照惯例，静坐、阅报、记日记。上午 10 时，蒋介石到电台广播，于是，他那带着浓厚的浙江腔调的官话立刻传向全中国、全世界。他说："我们的抗战今天是胜利了。'正义必然胜过强权'的真理，终于得到了它最后的证明。"他希望，世界今后再也没有战争：

我相信今后地无分东西，人无论肤色，凡是人类，都会一天一天加速的密切联合，不啻成为家人手足。

日军在中国的土地上烧杀抢掠，干尽坏事，蒋介石特别在演讲中强调："我们一贯声言，只认日本黩武的军阀为敌，不以日本的人民为敌。""我们并不要报复"，"如果以暴行答复敌人从前的暴行，以奴辱来答复他们从前错误的优越感，则冤冤相报，永无终止，决不是我们仁义之师的目的"。

这一天，朱德以中国解放区抗日总司令的名义致电冈村宁次，要求他下令日军听候八路军、新四军及华南抗日纵队的命令投降，同时以说帖送交美、英、苏三国大使，提出延安总部有接受日伪军投降的权利。国共两党在受降问题上的矛盾进一步尖锐化，预示着两个老对手之间的新斗争开始了。

反省历史才能防止历史错误重演

——《远东国际军事法庭庭审记录》出版感言

出版《远东国际军事法庭庭审记录》很有必要。

1945 年 7 月，在世界反法西斯战争即将胜利前夕，中、美、英三国政府发表《波茨坦公告》，促令日本武装部队尽速无条件投降，其第六项规定："欺骗及错误领导日本人民使其妄欲征服世界者之威权及势力，必须永远剔除。"第十项规定，对于战犯，"将处以严厉之法律制裁"。同年 9 月 2 日，日本外务大臣重光葵代表日本天皇、日本政府及日本帝国大本营在投降书上签字，接受《波茨坦公告》，保证忠实履行其条款。次年，同盟国决定由中国、美国、英国、苏联、澳大利亚、加拿大、法国、荷兰、新西兰、印度、菲律宾等 11 个国家各自推荐 1 名法官，组成远东国际军事法庭，审判犯有"破坏和平罪"、"战争罪"和"违反人道罪"的日本战犯。凡参与策划或执行上述罪行的领导者、组织者、教唆者及共犯者均在其列。自 1946 年 5 月起，至 1948 年 11 月止，法庭在两年半时间内开庭 818 次，出庭证人 419 名，书面证人 779 名，受理证据 4300 件以上，共审判甲级战犯 28 名，确定对日本首相东条英机、中国派遣军参谋长板垣征四郎、驻缅甸总司令木村兵太郎、陆军大将土肥原贤二、首相兼外相广田弘毅、华中派遣军总司令松井石根、陆军中将武藤章 7 人处以绞刑，对陆军大将荒木贞夫、梅津美治郎等 16 人处以终身监禁，对外相东乡茂德和重光葵分别处以 20 年和 7 年有期徒刑。这是国际正义对法西斯邪恶势力的审判。它虽然有缺点，有不彻底的地方，但是，它确定了日本对华和对亚洲战争的侵略性质，打击和清算了日本军国主义分子，确立了追究侵略战争中个人应当担负责任等国际法的基本原则。这既是法律裁决，也是历史裁决。

然而，多年来，日本国内的右翼势力并不愿意接受远东国际军事法庭的裁决。他们总是想方设法，这样或那样地美化日本所推行的对中国和亚洲的侵略战争，为被处死和判刑的战争罪犯翻案，以图最终推翻远东国际军事法庭所做的正义判决。有人把日军对中国的侵略称为"进入"，对东南亚的侵略称为"解放"。日本东京的靖国神社至今还供奉着 14 名日本甲级战犯的"神位"，那里的书亭还在公然出售攻击远东国际军事法庭的审判为"非法"的著作。每年都有日本政府的要员和议员前去参拜。日本政府居然有官员说："战争是双方都做了坏事"，远东国际军事法庭的审判"值得怀疑"。今年 10 月 18 日，前去参拜靖国神社的国会议员竟有 67 人之多。被处绞刑的大特务土肥原贤二是日本冈山人。1985 年我访问日本时，在冈山居然还发现了当地为土肥原贤二等人竖立的纪念碑。这真是"是可忍，孰不可忍"的严重事情！

为了推进对中国抗日战争和世界反法西斯战争的研究，近年来，我和美国哈佛大学的傅高义教授、日本庆应大学的山田辰雄教授 3 人，共同发起进行一项世界性的课题"中日战争国际共同研究"，参加者有中国、美国、日本、英国、加拿大、俄罗斯等地的学者，已经开过 4 次国际讨论会，以中、英、日三国文字出版了相关的论文集。与会日本学者大都和我们持相同或相近的观点，但是，也有个别文章反映日本右翼的观点或影响，例如，把日本掠夺中国的图书、文物称为"保护"，认为日军在中国实行"烧光、杀光、抢光"政策是因为"恐惧、紧张"等。这就说明，日本右翼势力的观点对历史学，特别是对一些年轻的日本学者还有影响。学术可以争鸣，但远东国际军事法庭所确定的原则绝不允许否定或动摇。

历史是最好的教科书，也是最好的政治指南和人生指南。正视历史，总结历史经验，认真反思历史，可以端正今后前进的步伐和方向，防止历史上的错误重演。多年来，中国和国际历史学界对远东国际军事法庭已经做过许多研究，出版过一些成果，我国先后出版了《东京大审判：远东国际军事法庭中国法官梅汝璈日记》《梅汝璈法学文集》，出版了东京审判中国检察官向哲浚和首席顾问倪征燠的部分著作。但是，大家所面临的共同困难是原始资料，特别是第一手资料出版得还太少。现在北京图书馆和上海交通大学联手，以英文原文形式影印出版近5万页的《远东国际军事法庭庭审记录》，完整地再现东京大审判的全貌和全过程。此书的出版将有助于人们对这一世纪性的审判的深入研究，有助于对中国抗日战争史和世界反法西斯战争史的研究。一切善良的、爱好世界和平的人，包括广大日本人民，都会从这些资料中得到启示，而少数梦想重走，或变相重走军国主义老路的日本右翼政客也可以从这些资料中得到教训。

《找寻真实的蒋介石》获奖感言

当我写作《找寻真实的蒋介石》一书的时候，我只期望，它能顺顺利利地出版，送到读者的手上。我从来不曾期望，它会得奖，会被评为好书。然而，它居然得奖了。这自然"颇出望外"。

2002 年，我的《蒋氏秘档与蒋介石真相》一书出版，那是我研究蒋介石的第一本文集。该书经过反复审查，并且得到中共中央统战部主管的华夏英才基金会的支持，但是出版之后，仍然被人匿名告状。我那时正担任一本杂志的主编，有关领导观望风色，决定"争取主动"，免去我的主编职务。当然，毕竟已是改革开放年代，经过有关负责同志审阅，并经中央有关负责人同意，肯定我的书是一本"踏实的学术著作"，于是，我得以坚持对蒋介石和国民党的研究。《找寻真实的蒋介石》这本书出版之后，似乎没有人再次匿名告状，而且被南北的几家报纸评为好书。仅从这一点，我就看到了中国历史学界的巨大进步。

关于蒋介石在近代中国历史上的地位，我说过三句话：第一，十分重要；第二，十分复杂；第三，有功有过，既有大功，又有大过。关于蒋介石研究，我现在想说两句话：第一，事关提高中国近、现代史研究的科学水平；第二，事关两岸和平关系的发展和海内外华人世界的大团结。因此，我迫切希望，能在这个领域给予学者以更大的探讨、争鸣的自由。

中国任人欺侮的时代已经过去了

以美国为首的北约集团轰炸中国驻南斯拉夫大使馆的野蛮行径激起了中国人民的巨大愤慨，我强烈地感到，中国任人欺侮的时代已经过去了，中国人民已经站起来了。

鸦片战争以来，列强不知制造了多少侵犯中国主权，向中国人民挑衅的事件，但是，由于中国政府无能，中国国力不强，这些事件大都以中国的妥协、屈辱告终；中国政府有时也抗议几声，但列强往往不加理睬，横行如故，欺侮、侵略中国人民如故。例如，1928 年 5 月 3 日，日军破坏外交惯例，冲进山东济南交涉公署，挖去中方交涉员蔡公时的耳鼻、舌头和眼睛，将他枪杀，同时遇害的中方人员共 17 人。事后，中国政府曾向日方提出抗议，并进行严重交涉，谈判进行了近一年，最后轻描淡写地处理了事。1931 年 9 月 18 日，日本关东军悍然突袭沈阳，但南京国民政府却坚持不抵抗政策，听任日军侵占我国东北全境。

这次轰炸我驻南斯拉夫大使馆事件发生后，中国人民义愤填膺，立即开展各种形式的抗议活动，表现出巨大的爱国主义热情。中国政府也立即提出最强烈的抗议，同时提出公开、正式道歉，全面、彻底地调查，迅速公布调查结果、严惩肇事者等要求，处处表现出一个主权国家应有的尊严。目前，我国人民和我国政府的正义要求已经得到世界各国人民的普遍支持，美国总统克林顿、美国国务卿奥尔布赖特等人也已不得不"道歉"。我们的斗争已经获得初步胜利。

中国不再是旧时的中国，中国任人欺侮的时代已经一去不复返了。

学史断想录

不同性质的革命

在人类历史上，出现过几种革命形式：地主反对奴隶主，以地主经济反对奴隶主经济；资产阶级反对地主，以资本主义经济代替地主经济……

中国是否出现过奴隶制？对此学界有过激烈的讨论，部分学者认为有，部分学者认为无，但是，中国历史上不曾出现地主反对奴隶主的革命，则是确定无疑的。

反对地主经济，反对建筑在这一基础上的君主专制制度，自然会为资本主义的发展开辟道路，因此，人们称之为资产阶级民主革命。但是，这一革命可以通向资本主义，也可以不通向资本主义。辛亥革命时期，西方资本主义已经百孔千疮，工人运动、社会主义运动风起云涌，以孙中山为代表的部分中国革命党人有鉴于此，企图不走西方老路，另辟"民生主义—社会主义"的新途，使之不通向资本主义。还在1903年，孙中山就表示了他对社会主义的热烈向往，将之视为"须臾不能忘"

的社会理想。当时，中国人普遍以欧美为榜样，但是，还在 1905 年，孙中山就在《民报》发刊词中指出"其民实困"。孙中山明确表示，欧美道路是"已然之末轨"，不能再走了，必须另辟新途。当时正兴旺发达，如日之方升的资本主义，在孙中山的眼中居然是"末轨"。这是何等的远见卓识！孙中山设想，要走民生主义之路。民生主义，在英语世界也就是社会主义的同义语。人们都说孙中山是中国革命的先行者，这不仅仅表现在反帝、反封建的民主革命问题上，而且也表现在企图不走西方老路，另辟社会主义新途方面。从这个意义上来看，孙中山也是伟大的先行者。

民主革命与社会革命的区别：民主革命的目的是经济上消灭地主对农民的剥削，政治上消灭君主专制制度。这一条道路当然是为资本主义的发展开辟道路，但是，也创造了通向社会主义的可能。社会革命（社会主义革命）的目的则是消灭包括资本主义在内的一切剥削，在现代科学和工业的基础上，建立人民真正当家作主的、以为人民造福为唯一理想的社会制度。

辛亥革命是一场以反对满洲贵族统治，反对君主专制制度，振兴中华为目的的革命；对它的指导者孙中山等人来说，则又是一场力图摆脱旧的资产阶级革命模式，避免资本主义祸害，追求一种新的社会形态的革命。这一社会的特征是利用价值法则和国家税收的和平方式，剥夺地主对土地的垄断，使世人平均享有因社会进步而取得的文明福利，扫除发展近代工商业的障碍，最大限度地发展国有或公有经济，以国有、公有经济为主体，允许私人资本主义在一定范围内的发展，但予以一定限制。

两种社会制度的互补、互取

资本主义和社会主义是两种性质不同的社会制度，各有其优点，也各有其弊端。资本主义的优点是极大地解放和发展生产力，为科学和生产的发展开辟自由发展的道路，它通过自由竞争，最大限度地调动人的积极性，选优汰劣，加速发展。其最大的弊端是资本私有，存在着剥削，同时也存在着贫富两极分化。社会主义的优点是为最广大的人民群众谋利益，消灭剥削和贫富两极分化，可以比较多地实现社会正义和社会平等。两种社会制度的互补、互取是历史的必然。这就是说：资本主义要吸收社会主义的成分，以所得税制度和普遍的社会福利等制度，限制贫富分化，减少资本主义的弊端，而社会主义则要引进市场经济，改革政治体制，发展有序的自由竞争和社会民主，以增强其活力。

原始资本主义残酷地剥削工人，剥削社会。有一段时期，资本主义和资产阶级成为唯利是图的代名词，被视为万恶之源。与之相对立，西方世界出现了对早期资本主义的批判思潮，近代中国也一度流行"恐资病""拒资病"。但是，这只是一方面。另一方面，资本主义催化了科学和技术的发展，以极快的速度改变了人类社会的面貌；资产阶级虽占有别人的劳动（剩余价值），但是，并不是完全脱离生产的阶级。在现代社会，资产阶级懂得并掌握科学技术，参与项目开发、投资设计、生产管理、市场流通，有其专门作用。

孙中山在民国初年就曾提出，资本主义与社会主义都是推动人类文明进步的动力，他的责任是使之"互相为用"，即利用外国的资本主义以建设中国的社会主义。这种态度，既摒弃资本主义，又乐于采用、吸收其文明成果，是一种正确的、有创造性的见解，其中饱含着辩证法。

社会发展的动力

什么是社会发展的动力？有人答曰：阶级斗争。

岂皆然乎？众所周知，人类初始时，是无阶级社会，那时何从有阶级斗争？人类的未来，据马克思主义者说，是共产主义社会，那时也是无阶级社会，又何从有阶级斗争？可见，阶级斗争不是人类所有社会的发展动力。

　　有人修正说：在阶级社会中，阶级斗争是社会发展的动力。

　　不一定。阶级斗争可以是社会发展的动力，也可以是社会发展的破坏力量。革命阶级推翻反动阶级，自然会推动社会发展；但是，反动阶级的复辟活动，却会拉着历史的车轮倒退。而且，即使是革命阶级的活动，也应该具体分析，不可一概而论。例如，中国封建社会中的农民战争，就其打击豪强地主，缓解社会土地兼并等方面来说，自然有其进步意义；但是，就其残酷的杀戮和对社会工商业的摧抑等方面来说，又很难不承认其破坏性的一面。中国封建社会中农民起义最多，照道理应该发展速度最快了，然而并不。事实是，中国封建社会陷入往复循环的王朝体系而不能自拔。

　　有人又修正说：斗争是社会发展的动力。

　　不一定。斗争可以是社会发展的动力，也可以是社会发展的破坏力量。"文化大革命"是一场政治斗争，肯定造成了社会的大破坏。揪出"四人帮"，也是一场政治斗争，它却推动了社会的发展。可见，也须要具体分析，不可一概而论。应该指出的是，有时候，和谐、互助倒是社会发展的推动力量。今之倡安定论者，正是倡导社会的和谐、互助也。

　　有人又修正说：生产关系和生产力的矛盾是社会发展的动力。

　　这个理论看起来较合理。当生产关系阻碍生产力的时候，人们就要打破旧的生产关系，于是社会就发展了。然而，生产关系和生产力相适应的时候呢？难道那时社会就不发展了吗？事实正相反，社会发展常常是两者相适应，而不是相矛盾的时候。

　　还有，人们何以要结成一定的生产关系，又何以要生产？生产关系和生产力的矛盾论者并不能回答这些问题。

那么，人类社会发展的动力到底是什么呢！答曰：人的不断增长的物质和文化需要与滞后的生产力之间的矛盾。

任何人，都必须吃饭、穿衣、生殖，进而要休息、娱乐，这就是人的物质与文化需要，是作为人这一高等生物的需要，也是不以任何人的意志为转移的社会客观需要。为了满足这一需要，人就要生产；为了生产，人就要结成一定的关系。但是，人的需要又是不断增长的。食必求其饱，以至求其甘于口；衣必求其温，以至求其美于体；休息、娱乐必求其适于性，快于心。这样，人的需要就常常和滞后的生产力相矛盾，于是，人就要进一步发展生产，发展文化，从事科学研究。倘若这种关系不合适，束缚生产力，就要改良、改革以至革命。

一味倡导斗争，倡导造反，易于陷入为斗争而斗争，为造反而造反的境地。斗争不已，造反不已，进而忘记了人类活动的最终目的，忘记了互助与和谐的作用。

将生产力与生产关系的矛盾视为社会发展唯一的动力，易于忽视调节、调谐的作用，陷入为变革生产关系而变革生产关系，甚至超前变革生产关系，忘记了生产目的，甚至也忘记了革命目的的境地。

孙中山提出民生主义，认为民生是社会发展的动力，也就是将人类的生存和发展需要，看成社会发展的动力，通俗易懂，简明直捷，却包含着深刻的真理。这是一个伟大的概括，伟大的发现，怎样估价都不会过分。

中国历史上的两次伟大的革命

倘不以暴力为革命的特征，而以除旧立新为要义，则中国历史上有两次伟大的革命。一是秦始皇时期的废封建（分封），立郡县，自此裂土封侯、特权世袭的封建制度逐渐消失，中央集权、地方分治的大一统国家建立。"百代皆行秦政法"，始皇帝以来，这一政治制度历代相沿，至今未改。另一次伟大的革命是孙中山的推翻帝制，建立共和，自此，大权归于一人的皇权专制主义被废除，人民是国家主人的观念深入人心。

科学对历史的要求

科学的要求是真实地再现历史和历史人物的本来面目。但是，每个时代的人都会根据自己的需要重新解释历史，重塑历史人物，每一个史学家也都根据自己的理解重建历史、重塑历史人物，这其中就不可避免地会出现背离真实历史的主观和片面成分。科学的要求是将这些主观、片面的成分减少到最低程度。

安定、稳定问题

安定、稳定必须和改革联系，而且将改革放在第一位。不讲改革的安定、稳定，那是西太后、袁世凯赞成的。

是人，都有局限

任何阶级都有局限性，任何党派也都有局限性。通常认为，无产阶级是人类历史上最进步的阶级，那么无产阶级就没有局限性吗？也会有。除了阶级局限，也还会有时代局限。人的认识总会这样、那样地受到他所在的时代的这样、那样的限制。没有任何局限，这不可能。伟人的可贵，在于他能最大限度地突破自己所处阶级和时代的局限，最大限度地掌握和接近真相和真理。

历史学是科学，它应该是公正的、全面的。历史学家要力争将局限减少到最低、最少。

人的阶级性

人大多处于一定的经济关系之中，也即一定的生产关系之中，因此人大多有阶级性。但是，人又都是社会的人，处于宽广的社会网络之中，各个阶级，特别是各阶级的思想相互影响、相互交流，因此，人的阶级性不是固定不变的、永恒的，而是可变的、流动的。特别是思想家、政治家、知识分子，由于他们常常超脱于经济关系、生产关系，因此，其思想、其主张，常常具有某种超脱性，可变、可流动。

政治分析和历史分析

政治分析与历史分析常常不同。政治分析可以只有结论、判断，而历史分析却必须有资料，有论证，有具体过程。以政治分析代替历史分析，不是历史科学应该采取的方法。

在中国革命过程中，政治家们曾经对中国历史，特别是中国近代史做过许多分析，有的正确，有的不正确，历史学家不应盲目照搬。

政治斗争经常是生死斗争，为了打倒政敌，自然首先要将政敌批倒批臭、骂倒骂臭。这些批和骂，有的正确，有的不正确，有的恰当，有的过分。历史学家必须超脱于历史，重新审视。

历史不应该只充当某一个政治派别的宣传品或辩护书。

中国何以长期未能摆脱贫穷、落后状态

一个社会要发展，有两条道路：一条是发展生产力，一条是变革生产关系。现代化，主要是发展生产力的问题；革命化，主要是变革生产关系的问题。若只注意发展生产，不改变必须改变的生产关系，生产便不能迅速发展；但是，一味改变生产关系，而不将发展生产放在基本的和首要地位，也无法改变社会的落后、贫困面貌。

中国传统社会之所以特别漫长，主要是因为社会生产没有飞跃发展，没有发生工业革命，长期处于农业社会。中国近代之所以始终没有完成现代化的任务，主要原因在于战争频繁，革命频繁，没有形成近代工业发展的良好环境和条件。

文化的流传与价值的变异

任何文化都产生于一定的环境中（时间、地点）。文化对当时、当地的社会产生的一定价值，称为当时价值；对后代、后世产生的价值，称为后世价值。

某种文化既经产生之后，就会流传开来。由于时间、地点等条件的变化，某种文化的价值也就可能发生变化，这种情况，可以称为价值的变异。这种变异可以是补充性的（发扬性），也可以是逆反性的。

例如，佛教中的禅宗，儒学在前工业社会、工业社会、后工业社会的不同作用，哲学中的王学，赫胥黎的天演论，等等。

特定文化的当时价值与后世价值有联系，有区别，甚至相反。

历史学家必须研究特定文化的当时价值，这是必要的，但又是不够的，还必须考察特定文化的后世价值，必须研究价值的变异，研究某种文化在不同时代、不同社会环境下对不同类型人群的作用。

后世情况复杂，社会条件不同，因此，后世价值变动不居。所谓"三十年河东，三十年河西"是也。

在文化流传的过程中，人们可以发现之前所不知道的价值，例如，前些年，有人将《孙子兵法》《三国演义》用于商业。

有时，人们甚至可以化腐朽为神奇。

个别意义与一般意义

世界上任何事物的性质都是个别与一般意义的结合。因而反映客观世界的概念、范畴，以至命题，也都是个别（特殊）意义与一般（普遍）意义的结合。人们可以从个别意义上分析，历史学常常采取这样的方法；但是，也可以从一般意义上分析，哲学常常采取这样的方法。例如，"道"这一概念，老子之道、孔子之道、韩非子之道、佛家之道，以至近代康有为、谭嗣同、孙中山、毛泽东等人之"道"，各不相同。有时，甚至相距千里。但是，它们又有共同性，即有其一般意义。与此相同，韩愈的著名命题"文以载道"，就其个别意义来说，就韩愈时代来说，文章要表达的是儒学之道。而就一般意义上来说，韩愈这一命题又可以理解为文章的功能是用以表达正确的思想，这样，这一命题所反映的客观关系就是文章和思想，形式和内容的关系，其意义就广泛得多了。又如阿Q精神，就鲁迅作品来说，他写的是辛亥革命时期未庄农民阿Q的精神胜利法，是个别的，但是，就精神胜利法来说，可以说无时期无有，无社会无有，无民族无有，无国家无有，无阶级无有，因此，又是一般的。这样，阿Q的典型意义就宽广得多了。

概念、范畴，有其本义，也有其引申义。两者之间，有联系，又有区别。

以理服人与以势压人

学术研究中、工作过程中，有不同意见是一种正常的、多见的现象。这种不同，有的是看问题的角度不同，有的是方式方法的不同，有的是缓进和激进的不同。

对不同意见，贵在讨论、交流，取长补短，力求全面、完整。讨论中，必须以理服人，而不能以势压人。以理服人，对方心服口服；以势压人，对方口服而心不服。

不同意见的双方可能地位是平等的，也可能是不平等的，或居高位，或掌大权，甚至是有权有势的领导者、统治者。有权有势的一方必须十分注意，平等待人，不能以势压人。

不同意见中，可能有阶级意识的烙印，也可能完全没有。有权有势的领导者、统治者千万不能以为真理尽归我有，将对方的不同意见视为某阶级意识，动辄批判斗争，上纲上线，甚至无情斗争，残酷打击。

习仲勋同志多年前即提议，制定不同意见保护法。这很好，很必须。

历史学的功能

历史学的社会功能是记录历史，帮助人们认识历史，总结历史经验。须知，它不能简单地写成政治教科书，也不能简单地写成宣传品。必须坚持靠事实和史实说话，于叙事、分析中讲道理。要允许百家争鸣，允许不同观点、不同意见、不同的记录和处理手段，从而形成不同的历史学派。

资本主义的作用及其命运估计

列宁曾经认为，资本主义是垄断的、垂死的、腐朽的、没落的。这些观点流传、统治了好多年。然而，20世纪以来的历史并不充分支持这些观点。相反，世界上的第一个社会主义大国苏联，虽然一度繁荣、发展，然而在和资本主义的和平竞赛中，苏联逐渐发生危机，以致最终倒台！何以如此？

资本主义在发生危机后，有过种种改革，例如美国的罗斯福新政。而社会主义的苏联则似乎从未进行过任何真正意义上的改革。由此可见，改革是救命药、活命汤。一种制度，必须根据情况，不断改革。改革则生，不改革，则弊端丛生，日积月累，叠加不已，不亡才怪。事物的发展有内因和外因，外因通过内因而起作用，把苏联的倒台只简单地看成是帝国主义的和平演变"诡计"，是只看到了外因，而没有研究其内因。

软弱的资产阶级

在历史上，资产阶级起过意义非常的革命作用。例如，大革命时代的法国资产阶级就令人印象深刻。但是，其他国家的资产阶级似乎就不大行了，特别是中国。曾经有一个著名的论断：软弱的中国资产阶级不可能领导任何彻底的革命到胜利。是这样吗？就世界范围看，印度、印尼、菲律宾、韩国、新加坡，其资产阶级大概都是软弱的，然而其领导的民族民主革命或者改革，就都胜利了，或者在不同程度上成功了。

工人阶级不能自发地产生马克思主义

农民不能建立新社会，这已经是定论了，然而，工人阶级就一定能建立新的社会制度吗？

工人阶级不能自发地产生马克思主义，同样，工人阶级也不可能自发地建立新社会，必须自觉、刻苦、认真地学习马克思主义，还必须调查研究，掌握社情、民意，了解天下大势、各国动向、科学和技术进展。马克思主义是一门大学问。它是既往人类智慧和文化的总结，又是长期革命运动的理论概括，哪里是简简单单、轻轻松松就可以掌握和发展的呢！

社会主义、共产主义都必须建立在高度先进的生产力的基础之上。没有知识，不掌握科学，能掌握和发展高度先进的生产力吗？

民国史研究与两岸关系

正确处理两岸关系，争取台湾尽早回归祖国是一项系统工程，需要做多方面的、长期的、耐心的、细致的工作，其中，民国史研究是值得注意的一个方面。

民国史上，国民党曾经是革命的政党，与共产党有过两次合作，但又有过两次分裂。合作时，双方并肩杀敌，流血与共；分裂时，双方刀兵相见，不共戴天。最终，国民党在中国大陆的统治被中国共产党所领导的人民大革命所推翻。这一切，都是为什么？又是怎样发生的？对这些历史事件的正确说明将有助于人们正确地处理今天的两岸关系。

历史上，国民党与共产党之间存在着过多的敌意，过多的矛盾、分歧和隔阂。正确地说明、分析历史上两党之间存在的矛盾，剔除其中那些谬误的、不恰当的、被误解了的或被夸张了的成分，有助于人们了解历史真相，化解怨仇。例如，历史上，国共两党都互称对方为"匪"，现在，彼此都不再这样称呼了，这就为两岸人士之间的友好交往、交流奠定了基础。又如，我们实事求是地肯定国民党人在辛亥革命、北伐、抗战等方面的贡献，这也使得国民党人和国民党所影响的台湾地区群众、欧美华人感到安慰，感受到共产党人的光明磊落的态度。

国共两党的矛盾是在历史发展过程中形成的，历史学家最了解，因此，历史学家有责任根据事实对这种矛盾做出科学的说明和分析。过去，有些资料看不到，情况不清楚；今天，海峡两岸历史资料的开放都有不同程度的提高，苏联、英国、美国、日本等相关国家的历史档案已基本开放，这就为历史学家全面掌握资料提供了前所未有的条件。通过历史学家的研究和对相关历史的阐释，有些隔阂会消除，有些怨仇会化解，敌意会减轻，甚或会消失。"度尽劫波兄弟在，相逢一笑泯恩仇。"既要坚持原则，又要化解怨仇。在渴望两岸团结、祖国统一的人士之间出现这样的局面是可能的。近年来，两岸不少研究近代史的学者已经成为非常好的朋友，一些原来坚持反共的人已经有了很大的转变。

"解放思想，实事求是，与时俱进"，是中央大力倡导的思想路线，这一路线也同样适用于历史学研究。因此，要积极贯彻百家争鸣方针，鼓励学者在中国近代史研究、民国史研究方面的探讨和创新，要敢于抛弃那些已经被历史事实所充分证明了的过时的或错误的观点。

当然，这种探讨和创新必须建立在科学基础上，不能信口开河，不能哗众取宠，更不能为了现实的需要而扭曲、装扮历史。真实是历史的生命，离开了真实性，历史也就不再是历史了。

在民国史研究中，必须坚持两个原则。这就是"一个中国"的原则和中国共产党推翻国民党统治的合理性原则。在这两个问题上，是不能动摇的。

随感篇

应有的宽宏和科学态度

——由毛泽东批准陈寅恪担任学部委员说起

《刘大年忆郭沫若》一文讲述了一个值得深思的故事：

1953 年，中共中央宣传部提出建立三个历史研究所：一所请郭沫若兼所长，二所请陈寅恪任所长，三所请范文澜任所长。当时，陈寅恪在广州中山大学任教。同年 12 月，由北京大学副教授、陈寅恪的弟子汪篯南下敦请陈就任。不想陈见到汪篯之后，不仅没有表现出丝毫的感激或感动，相反，却提出了担任所长的苛刻条件：请毛、刘二公（即毛泽东、刘少奇）允许他不讲马列主义。

刘大年教授转述的这一段，比较简略。根据汪篯事后的汇报，陈寅恪当时提出的条件是：

第一，允许研究所不宗奉马列主义，并不学习政治。

第二，请毛公或刘公就第一条给一允许证明书，以作挡箭牌。

这两条，为了表示其正式和郑重，由陈寅恪的夫人记录，以书面形式交给汪带回北京。当陈的助手劝陈不必提这样的条件时，陈表示："我对共产党不必说假话。"

汪篯报告的情况显然比刘大年教授所忆要严重得多。不仅自己

"不讲马列主义"，而且要求毛或刘书面保证，允许整个研究所都"不宗奉马列主义"，"不学习政治"。按照当时的认识水平，这是一个原则问题；按照后来上纲上线的说法，这是一个走哪条路，办什么样的研究所，领导权掌握在什么人手里的严重问题。自然，陈寅恪出任所长之议就此作罢。

事情似乎到此为止了。陆键东的名著《陈寅恪的最后 20 年》的叙述也果然到此为止。然而，刘大年教授却继续说：

1954 年，中国科学院酝酿建立哲学社会科学部，出现了陈寅恪能不能被提名为学部委员的问题。于是，旧事重提：就学术成就看，陈寅恪是研究隋唐及五代史的权威，不选进学部委员不行；但是，选这样一个公然声称"不宗奉马列主义的人"当学部委员，行吗？学部委员就是院士，是中国科学界的最高荣誉头衔，授予陈寅恪这样的头衔，是事关树立什么样的人为榜样的大是大非问题呀！事情反映到毛泽东那里，不想毛泽东明确表示："要选上。"结果，陈寅恪就因此当上了学部委员，他没有再拒绝。以上云云，载于《百年潮》1998 年第 4 期。

刘大年教授的补充十分重要。它引起了我深沉的思考。陈寅恪的条件，不仅"苛刻""唐突"，在某些人看来，甚至可以说"猖狂"，然而，毛泽东不仅不以为忤，而且要赠之以桂冠，崇之以头衔。据笔者所知，后来陆续加上去的头衔还有"第三届全国政协常委""中央文史研究馆副馆长"等。何以然？

马克思主义是人类认识史上的伟大革命和巨大进步。学习马列，有助于建立正确的世界观，掌握正确的方法论，更好地改造主观世界和客观世界。因此，共产党人任何时候都要提倡学习马克思主义，这是毫无疑问的，十分必要的。但是，决不能由此认为，马克思主义之外无真理；也不能认为，非马克思主义者就不能认识真理。陈寅恪当然不是马克思主义者，但是，他在隋唐史等领域内取得了巨大成就，一切实事求是的人都要承认他的成就，马克思主义的历史学家更应该将他的成就继承过来，丰富和发展自己。至于陈寅恪不愿意"宗奉马列"，那是他个人的自由，可以允许。马克思主义者从来不强迫别人"宗奉"；强迫别人"宗奉"，那就不是马克思主义者了。我想，毛泽东之所以没有批判陈寅恪，而且批准他担任学部委员，其原因盖在于此吧？这是一个马克思主义者应有的宽宏，也是一个马克思主义者应有的科学态度。

允许别人不"宗奉"，那么，是否允许别人批评呢？这是有些读者可能要提出的问题。

行文至此，想起季羡林教授在他最近发表的自传中的几句话："马克思主义随时代而发展，决非僵化不变的教条。""不要把马克思主义说得太神妙，令人望而生畏，对它可以批评，也可以反驳。"（见《牛棚杂忆》第276页）我想，这实在是洞达世事、洞达历史的智者之言。

任何人对真理的认识都是有限的，其言论、思想、著作中都可能包含错误、片面、不足的成分，虽马克思、恩格斯、毛泽东这些伟人也不能例外。有批评，有反驳，才能使真理益明、益全、益进。不允许批评，只能堵塞真理发展的道路。试想，如果不批评毛泽东的晚年错误，何来邓小平理论？何来改革、开放的大好局面？

写到这里，必须声明的是：笔者上述云云，并非提倡"批马""批毛"，只是想提倡一种正确的态度，千万别引申、上纲……那种任意引申、上纲，然后"全国共讨之"的时代应该永远过去了。

八股、教条的历史变幻

西汉时儒学定于一尊，此后孔子的地位愈来愈高。虽有道家和佛学的流布，但并不能干扰儒学的统治地位。人们普遍以孔子之是非为是非，言必称"子曰"，否则即被视为非圣无法，被称为异端。在"五四"前夜的新文化运动中，孔子的至高地位倒塌了。尽管当时对孔子的是非功过并未做出科学定论，偏激和片面之处在所难免；但是，在否定对孔子的偶像崇拜，打破老八股、老教条的垄断地位方面，新文化运动的功绩是无量的。中国思想、文化界由此出现了多少年不曾有的生动活泼状态，马克思主义与各种新思潮、新文化纷至沓来。可以说：没有新文化运动，就不会有中国的青春和新机，也就不会有中共的出世。

然而，让人们意想不到的是，老八股、老教条受到批判以后，又产生了洋八股、洋教条。王明、博古等人言必引马克思主义经典，行必依共产国际，斯大林成为新偶像，至于中国的实际，对不住，不在考虑之列。这种洋八股、洋教条经过延安整风，受到很大打击，不得不有所收敛了。

然而，人们还是难以料到，洋八股、洋教条之后，又会有新八股、新教条的产生，其典型而极端的例子就是"文革"前的"句句是真理"论和"文革"后的"两个凡是"论。大概是匍匐久了，习惯成自然，或者由于别的什么原因，有些人总要在中国大地再次树立起一尊偶像来。如果没有那场"真理标准"的讨论，这种新八股、新教条还不知道要横行到几时！

老八股、老教条之后有洋八股、洋教条，洋八股、洋教条之后有新八股、新教条，可见八股、教条之顽固与再生力之强，但愿从今以后，中国不再有任何形式的八股和教条。

封建主义的残余与变种

马克思主义经典作家原来设想的社会主义社会是建立在高度发达的资本主义社会之上的。马克思、恩格斯等人都没有想到，社会主义首先在俄国取得胜利。俄国是一个资本主义发展不充分，而封建主义传统却很深厚的国家。接着，社会主义在中国胜利了。中国经历了世界上最漫长的封建社会，后来又经历了半封建、半殖民地社会，资本主义的发展程度较之当年的俄国还低。因此，在俄国、中国以及类似的国家里建设社会主义，都有一个打倒封建主义，肃清其在政治、思想、文化上的流毒和影响问题。这个任务很艰巨，但又很重要。不完成这一任务，不仅无法建立一个高度文明、民主、法治的社会，而且，封建主义的残余还可能以新的形态在社会主义中再生。以在俄、中两国出现过的严重的个人专断、个人迷信而论，显然就都是封建主义，而不是资本主义，那曾经流行一时的"忠于伟大领袖毛泽东"的口号，其实是改换了形式的封建主义口号。至于其他，如轻视法治、"舆论一律"、"天才论"、"绝对权威论"、"句句真理论"、家长制、一言堂、裙带关系、山头主义、地方主义、家族主义、血统论、株连风等，无一不是封建主义的流风余韵，而"文革"中流行一时的"红宝书""红海洋""红太阳""早请示""晚汇报""三忠于""四无限""忠字舞""语录歌"等，更是中国特有的封建主义的新变种。多年来，我们一直忙于反资、批资、灭资，但是，却放过了反封、批封、灭封，不能说不是一个极大的失误。

瘤子和疖子

偶尔听到有人引清人龚自珍语云："灭人之国，必先去其史。"史亡，则国亡。所以写党史要慎重，"负面事件"不能写，或者尽量少写，如此等等。

这很使我糊涂起来了。

所引龚自珍语见于他的《古史钩沉论》，本来说的是春秋战国时期历国相争的情况。辛亥革命前的国粹派的大师们如章太炎、黄节等也照此呐喊过一番，但那是为了揭穿帝国主义、殖民主义的伎俩：要灭掉一个民族，就要彻底地灭掉它的历史和语言。可是，现在并没有人主张不写党史、共和国史呀！

记得梁启超曾将中国历史比作"相斫书"，鲁迅将它看成"吃人"史，钱玄同则视为"独夫""民贼"们的"家谱"，这些言论，都很激烈，可以说是彻底地"亡"我中华之"史"了。然而，中国并未亡国，"洋人们"一次次打进来，似乎也与梁启超、鲁迅们的言论无关。相反，倒是激起了无数志士仁人（包括中国共产党人）奋起改革的热情，中国才赖以振兴。

一个人长过瘤，是将它指出来，寻求不再长瘤之道好呢，还是面带微笑，温情宽慰：贵体康强，只长过一点小疖子好呢？

当然，是瘤不能说成疖子，是疖子也不能说成瘤。把疖子说成瘤，或者把瘤说成疖子都是错误的，有害的。[1]

---

[1] 发表时署名伍思文。

防火与防错

一

一座大楼，必须有防火设备，一旦发生灾情，可以立刻采取措施。不能将安全寄托在不会发生火灾上。

一个社会，也必须有"防错"制度，一旦发现错误，立刻可以纠正。不能将工作建立在"我一贯正确"上。

二

发现"火情"了，有人报"火"，于是，人们纷纷行动，群起而救之。

发现"错误"了，有人报"错"，情况就复杂了。

一种可能是，主事者赞成，共起而纠之。

一种可能是，主事者否认："何错之有？"

一种可能是，主事者大怒："将这厮拿下！戴帽批斗！"

三

要允许报"火"。

要允许报"错"。

四

"防火网"，必须覆盖城市的一切街区，一切角落。

"防错网"，必须覆盖社会的一切团体，一切个人。

五

普通人错了，事小。

领导人错了，事大。

普通团体错了，事小。

执政党错了，事大。

"防错网"的重要任务之一是防止领导人和执政党出错。

六

世界上的任何建筑都可能失火。

世界上的任何团体、任何人都可能出错。

人们曾经认为，毛泽东不会出错，于是，"理解的要执行，不理解的也要执行"之说得以流行，"谁反对"就"砸狗头"，"踩千脚""踏万脚"之说得以嚣张一时。结果，一人错则举国皆错，终致酿成"文革"时期中国久"乱"不"治"的局面。谁也不敢略表异议，更无法出面纠正。这一段的历史经验，实在值得人们深长思之，再思之!

恩格斯对待杜林的启示

万事万物都有其对立面。有马克思主义，就有非马克思主义，甚至反马克思主义。这可以说是事物发展的必然规律，不以人的主观意志为转移。非马克思主义或反马克思主义的出现，有两种情况，一种是从根本上敌视马克思主义，想彻底摧毁它；另一种是，总体上赞成马克思主义，想发展它，但是，由于种种原因，在某一问题或某些问题上发展错了，走错了"房间"。对于以上两种情况，要加以区别，不可"一视同仁"。当然，不论哪种情况，都不应该视而不见，而要认真对待。怎样对待呢？不妨看看恩格斯的态度。

一、恩格斯如何对待杜林

欧根·杜林（1833—1921）是柏林大学的讲师。他提出了一套庞大而复杂的理论体系，从唯物论、政治经济学、社会主义思想等三个方面对马克思主义进行了全面的、猖狂的攻击。例如，他攻击马克思"思想和文体不成样子"，语言有"下流习气"，具有"英国式的虚荣心""中国式的博学""哲学的和科学的落后"等。不仅如此，他还企图和马克思主义者争夺对德国工人运动的领导权，号召工人们"不要向什么马克思学习"，而要向他这一位"谁都比不上"的"天才"学习。当时的德国工人运动、德国社会民主党都受到影响。一时间，重要的社会民主党人如伯恩斯坦、莫斯特、弗利切等都成了杜林分子，连德国工人阶级的领袖之一的倍倍尔也不例外。

对于这种情况，当然不能坐视不理。1875 年，威廉·李卜克内西建议恩格斯在德国社会民主党的机关报上著文反驳杜林。恩格斯接受这一建议，中断正在进行的《自然辩证法》一书的写作，从 1876 年开始，在《前进报》上陆续发表文章，反驳杜林，同时阐述马克思主义的观点。反驳杜林的文章至 1878 年写完，结集为《欧根·杜林先生在科学中实行的变革》一书；1885 年发行第二版，更名为《反杜林论》。

杜林的理论体系并不十分好对付，用恩格斯的话来说，是一个很不好啃的"酸果"。1876 年，恩格斯致函马克思，语带幽默地说："你说得倒好。你可以躺在暖和的床上，研究具体的俄国土地关系和一般的地租，没有什么事情打搅你。我却不得不坐冷板凳，喝冷酒，突然把一切都搁下来去收拾无聊的杜林。"此后，恩格斯即以巨大的努力投入"收拾"杜林的工作。关于这一过程，恩格斯在《反杜林论》序言中说：

> 这是一只一上口就不得不把它啃完的果子；它不仅很酸，而且很大。这种新的社会主义理论是以某种新哲学体系的最终实际成果的形式出现的。因此，必须联系这个体系来研究这一理论，同时研究这一体系本身：必须跟着杜林先生进入一个广阔的领域，在这个领域中，他谈到了所有可能涉及的东西，而且还不止这些东西……本书所批判的杜林先生的"体系"涉及非常广泛的理论领域，这使我不能不跟着他到处跑，并以自己的见解去反驳他的见解。因此消

极的批判成了积极的批判，论战转变成对马克思和我所主张的辩证方法和共产主义世界观的比较连贯的阐述，而这一阐述包括了相当多的领域。

在恩格斯充分说理的科学批判之后，杜林的理论体系从此失去影响，而《反杜林论》却成为马克思主义的不朽的"百科全书"，在总结、传播和发展马克思主义的过程中发挥了巨大的作用。可见，出现非马克思主义或反马克思主义观点，不一定完全是坏事，它可以转化为好事，不必过于紧张。

值得注意的是，恩格斯虽然无情地、彻底地批判杜林，但是却完全不企图剥夺杜林的言论自由。当时，杜林正因批判德国的大学制度而被柏林大学禁止讲课，恩格斯立即提出抗议，批判德国专制政府的思想统治，捍卫杜林的讲学权利。

可以说，恩格斯树立了以马克思主义的态度对待非马克思主义者或反马克思主义者的典范。

近年来，有些同志对意识形态领域中出现的某些情况忧心忡忡，殚精竭虑地设法防堵。但是，我觉得最重要、最正确的方法是，学习恩格斯反对杜林时表现出来的啃"酸果"的精神，认真学习马克思主义原著，认真研究问题，有针对性地拿出扎实的马克思主义理论成果来。前一段时间，有一种声音，认为在一些地方，马克思主义经济学被边缘化，西方新自由主义思潮已经占据了统治地位。甚至说，这些地方的领导权已经不在马克思主义者手里了。我不是经济学家，不了解所说情况是否真实可靠，也不了解持此说的同志心目中的解决方案是什么。倒是有点担心，既然"领导权"不在"马克思主义者"手里，是不是要再来一次"文化大革命"，或者组织什么新的"四清工作组"，将"领导权"夺回来？我建议持此说的同志在呼喊"狼来了"，提请人们警醒的同时，要以恩格斯为榜样，写一部《反对经济学中的新自由主义》，说不定会是对马克思主义经济学的重大发展呢！

理论问题上的错误只能用理论批判的方法去克服，学术领域的是非只能通过学术途径去判明，自然，对意识形态中的非马克思主义或反马克思主义的观点也只能在意识形态的领域中解决。当然，还要提醒的是，自封的马克思主义不一定是真马克思主义，而被判为"非马克思主义"的也不一定真是"非马克思主义"。需要谨慎地加以区别，否则就可能压制真理，压制真正的马克思主义。"文革"期间对小平同志思想的批判不就是一个典型的例子吗！

二、总结中华人民共和国成立以来的历史经验，慎重区别意识形态领域中的分歧，采取不同的应对方针

学术领域、意识形态领域从来都有各种各样的分歧，但是，一定要清醒地认识到：并不是所有的分歧都是马克思主义和非马克思主义、反马克思主义的分歧，也并不都是阶级斗争的反映。应该承认，在人民内部、无产阶级内部，甚至在马克思主义者中间，也会有不同的意见，会有分歧，甚至有严重的分歧和斗争。当年彭德怀在庐山会议上与毛泽东的分歧被认定是"社会上的阶级斗争在党内的反映"，事实证明这个判定是错误的，毛彭之间的分歧根本不是阶级斗争，不是什么无产阶级对资产阶级的斗争；事实还证明，当年这个错误的判定造成了多么严重的损失。"文革"之前和"文革"初期毛泽东和刘少奇、邓小平之间的分歧也不是阶级斗争，不是无产阶级对资产阶级的斗争。同样，俞平伯和李希凡、蓝翎之间关于《红楼梦》的认识分歧，周扬和胡风对文艺理论上若干问题的分歧，毛泽东和马寅初关于人口论的分歧，等等，也都不是阶级斗争。在历史学领域内，有"五朵金花"的讨论，如中国有无奴

隶制，中国封建社会始于何时，资本主义萌芽始于何时等讨论，都不是阶级斗争。我们很难、也不应该将其中的哪一种观点定为马克思主义，哪一种观点定为非马克思主义。其他如对曾国藩、李秀成、袁世凯等人评价上的分歧也都不是阶级斗争，或不一定是阶级斗争。

人们在思想、理论、学术上的分歧除了源于阶级利益、阶级立场的不同，也可能是认识上的分歧，是片面和全面的分歧，一个片面和另一个片面的分歧，甚至只是思想方法、认识角度上的分歧。当然，真理是客观存在的，可认识的。各种分歧之中，必然有正确和错误之分，不可能"此亦一是非，彼亦一是非"。但是，这些分歧不全是阶级斗争，也不全是马克思主义和非马克思主义、反马克思主义的分歧则是肯定的。中华人民共和国成立以后，我们在政治领域内将阶级斗争的情况估计得过于严重，扩大化，同样，我们对意识形态领域内的阶级斗争情况也估计得过于严重，扩大化了，结果犯了许多错误。这个教训应该永远记取。

改革开放以来，人们的思想空前活跃，学术研究也空前活跃。人们想以前之所未想，提出了许多以前所未曾提出的问题，加以党中央明确反对对马克思主义的教条主义理解，提倡解放思想，实事求是，与时俱进，理论创新，因此，理论界、学术界总的形势是好的，循此以进，马克思主义的进一步发展大有希望，中国的思想、理论、学术的发展大有希望。当然，其中也出现了若干非马克思主义，甚至是反马克思主义的声音，但正如本文开头所指出的，这是一种必然现象。这种现象的出现为传播和发展马克思主义提供了良好契机。一切真正的马克思主义者正好借此大展身手。愤激、悲观是没有必要的，采取措施加以压制和禁止也是没有必要的。

我只是一个普通学者，对当前中国意识形态领域内的状况无力做出总体的正确估计。我想说的只是，要认真总结中华人民共和国成立以来的意识形态斗争经验，特别是总结多年来将阶级斗争严重化、扩大化的反面经验，不要将不是阶级斗争的问题看作阶级斗争，也不要将正常的理论探讨、理论创新看成是非马克思主义或反马克思主义，更不应该因噎废食，怀疑毛泽东提出的"百花齐放、百家争鸣"的方针。

三、坚持贯彻"双百方针"，用民主的方法、讨论的方法和批评、反批评的方法解决意识形态领域中的分歧

20世纪50年代，毛泽东、陆定一等同志提出"双百方针"。应该说，这是繁荣文艺、繁荣理论和学术的唯一正确的方针，既是中国共产党人对中国和世界文化发展经验的科学总结，也是中国共产党人对马克思主义文化理论的发展。这是因为：

首先，识别真伪需要通过实践检验，这种检验常常不是可以立即判明的，而是需要通过一段历史过程才能判明的。有真马克思主义，也有假马克思主义，还可能有半马克思主义。有的理论观点本来是正确的，但在一段时期内可能被认为是错误的；有的理论观点本来是错误的，却可能在一段时期内被认为是正确的。这就要允许不同意见、不同观点存在，留待实践和历史的判断。有权力不等于有真理。长官不是真理与非真理的裁判官，因此不能靠权力大小判别真理，不能用简单粗暴的方法解决思想领域内的问题。不要轻率地下结论，更不要轻率地扣帽子。

其次，人们对真理的认识是有一个过程的，人们对真理的接受也是有一个过程的。"百家争鸣"的过程就是一个认识真理、发现真理、接受真理的过程。通过争鸣，会使某种理论观点的提出者接受挑战和拷问，广泛采纳各种合理意见，将原来不明确、不完备的理论发展得更明确、更完备。通过争鸣，也会使更多的人明辨是非，认识真理、接受真理。

再次，发展社会主义民主的需要。从理论上说，社会主义社会是高度发达的民主社会，人民应该拥有此前任何社会所不可能拥有的民主与

自由。其中当然包括人民的思想自由、言论与发表自由、追求真理的自由。不允许百家争鸣，岂不是扼杀了人民应该拥有的民主与自由！

最后，发展马克思主义的需要。马克思主义的发展有两条途径：一条是总结实践经验，一条是理论批评。毛泽东多次强调，马克思主义者不能在温室里培养，要经风雨，见世面，在斗争的风雨中间锻炼自己，发展自己，扩大自己的阵地。对于马克思主义可以不可以批评这一问题，毛泽东明确表示说："在我们国家里，马克思主义已经被大多数人承认为指导思想，那么，能不能对它加以批评呢？当然可以批评。马克思主义是一种科学真理，它是不怕批评的。如果马克思主义害怕批评，如果可以批评倒，那么马克思主义就没有用了。"毛泽东又曾指出："对于人民内部的错误思想，情形就不相同。禁止这些思想，不允许这些思想有任何发表的机会，行不行呢？当然不行。对待人民内部的思想问题，对待精神世界的问题，用简单的方法去处理，不但不会收效，而且非常有害。"

当年，当毛泽东提出"双百方针"时，国内外都有人反对，认为这是一个"自由化"的方针。其实，这是一个繁荣文化、理论，发展马克思主义的方针，可以让我国的文化界、理论界、学术界活跃起来，兴奋起来，蓬勃发展起来的方针。毛泽东早就指出："实行百花齐放、百家争鸣的方针，并不会削弱马克思主义在思想界的领导地位，相反地正是会加强它的这种地位。"因此，我们应该坚定不移地贯彻这一方针，而不是只把它当作"口头禅"，甚至走一条与之相反的道路。

2006年，是党中央提出"长期共存，互相监督"方针的50周年，有关部门开了座谈会纪念。但是，这一年也是提出"双百"方针的50周年。早些时候，龚育之教授曾经著文提出，是不是也应该开一个座谈会作为对"双百"方针提出50周年的纪念呢？这真是一个好建议。可惜，2006年已经过去了。当然，是否开座谈会并不十分重要，重要的是认真地贯彻、执行。

媒体的"人民喉舌"作用不能淡化

　　记得若干年前，朱镕基总理视察中央某新闻媒体时，鼓励该媒体做好"人民喉舌"，陪同视察的宣传部某部长连忙补充说：也要做好"党的喉舌"（大意）。这就提出了一个重要的问题，即媒体作为"人民喉舌"和"党的喉舌"之间的关系。这个问题，说简单也简单，说复杂很复杂，讨论起来歧见会很多，笔者不想为此多费口舌，想将两个提法综合起来，仅就"媒体是党和人民的喉舌"这一点谈谈看法。

　　在现下的语境中，"媒体是党和人民的喉舌"这一命题可能大部分人都会同意，即媒体既要上情下达，将作为执政党的中国共产党的思想、号召、决议、政策传达给广大人民，也要下情上达，将广大人民的思想、愿望、要求、呼声、情绪反映给中共及其所领导的各级政府机构，以发挥上下交流、沟通，理解、互信的作用。中国最古老的著作《易经》有《泰卦》，中云："天地交而万物通也，上下交而其志同也。"对此，王弼作注说："泰者，物大通之时也。"指的是"天地之气融通"，"万物各遂其生"的理想境界。这个境界的特点是既"和祥"又"通泰"，用现代语言来说，大概就是"和谐"了。可见，上下交通是自然界和谐的必要条件，也是人类社会和谐的必要条件。

基于上述道理，作为社会主义初级阶段的中国媒体，其职能自然是：既要成为执政党的喉舌，也要成为人民的喉舌，使上下沟通、交流，共同促进社会的发展、进步、稳定与和谐。然而，令人忧心的是，这些年，媒体作为"人民喉舌"的功能似乎被淡化了，甚至于在某些官员的脑袋里，已经荡然无存了。试举两例：

之前，《人民日报》下属《京华日报》的一位女记者对某人大代表、省级大员进行采访，提出了一个为广大人民关心而为该大员所不喜的问题。这本来是一个宣传党和政府反腐倡廉决心的好机会，不料因事涉负面事件，该大员勃然不悦，先是查询该记者的隶属单位，继而斥责："报纸是党的喉舌，你怎么竟然提这种问题。"令人难以置信的是，训斥之后，这位大员居然动起手来，夺去这位女记者手中的录音笔。

又例如，曾经有记者向河南郑州某局级官员提出关于房屋拆迁的一个问题，该官员也勃然不悦，质问记者："你是准备替党说话，还是准备替老百姓说话？"显然，在这位局级官员心里，媒体是"党的喉舌"，该记者应该替党说话。

以上二例，虽属个别，但恐怕代表了相当一部分官员的普遍心态。

敝人对这两位官员的表现和看法都很不以为然。古语云："民为邦本，本固邦宁。"党和政府是干什么的？恐怕连小学生都会迅速回答：是为人民服务的。从理论上讲，中国共产党一切作为、举动的基点都是为了代表最广大的人民利益，为最广大的人民群众服务。除了人民利益，中国共产党不应也没有自己的特殊利益。请问，如果不了解人民的生活和思想状况，不熟悉他们的愿望、要求，不经常倾听他们的呼声，触摸他们的脉搏，党将如何代表最广大的人民群众的利益？如何及时制定出正确的决议与政策？如何及时改正自己的错误和缺点？温家宝总理多次强调"知政失者在草野，知屋漏者在宇下"，都是在强调倾听人民，特别是基层人民呼声的重要性。

当然，了解人民的愿望、要求的途径很多。其一是各级党和政府的领导人到人民中去，做深入、踏实，而非浮皮潦草的、作秀式的调查研究。其二是召开名副其实的、能让人畅所欲言的各级人民代表大会。其三是热情、认真地接待上访群众，处理人民来信。其四是充分发挥媒体的"人民喉舌"功能，让人民能够通过媒体，顺畅或比较顺畅地议论国是，发表意见，监督干部，反映情况。窃以为，这几条渠道应该并举，缺一不可。其中发挥媒体的"人民喉舌"作用尤为重要，不可或缺。温家宝总理不是提出，要创造条件让人民群众批评政府、监督政府吗？发挥媒体的"人民喉舌"作用应该属于条件之一吧！

如果只将媒体视为"党的喉舌"，淡化、削弱，甚至封死其"人民喉舌"的作用，其结果必将是媒体单纯成为党和政府的宣传工具和传声筒，人民无处说话，下情难于上达，党和政府也就可能因此失聪、失明，成为"聋子、瞎子"，各种险情就会不断发生，虽欲维"稳"而不"稳"。余生也早经历过从"大跃进"以至"大饥荒"，再至"文化大革命"的灾难岁月。那时候，人民不是没有自己的看法，不是没有"异见"需要表达，然而，媒体一律是"党的喉舌"，一片莺歌燕舞景象，一派英明、伟大之声，真实的社情民意何曾有一丝反映，而其结果呢？

人民代表的权利?

　　我在读报时，看到一位已当选了21年的全国人大代表的人发表的文章。她说自己"因为是劳动模范而当代表，所以就是个荣誉代表，开会时也不太发言"。她又说："过去人代会发言，有些千篇一律，政治口号也多，很少或不提意见，后来发展到提了也是范围很窄。"云云。

　　说老实话，看到作者叙述的这些情况，我很担心。

　　人民代表大会制度是我国的根本政治制度，我国的工人、农民和知识分子通过选举人民代表行使当家作主的权利。在人民代表大会，特别是全国人民代表大会里，社会主义民主应该得到最集中、最充分、最生动的体现。在它的面前，一切资本主义民主都应该黯然无光。如果上述代表所述属实，那么，它将如何反映并代表人民意志呢?

　　作者接着叙述：上述情况近年来已经有了很大改进，她认识到"不说话"无法当好人民代表，因此"有意识地锻炼自己"了。这当然让人很高兴。作者又说："过去选举、通过决议往往众口一词，大多是百分之百赞成，现在大家却都是认真仔细考虑，充分行使监督权利。"她说的这些情况也使人高兴，这从一个侧面反映出我国在坚持和改善人民

94

代表大会制度上的进步，但是，她说的"充分行使监督权利"云云却使我惶惑，难道这位有着 21 年会龄的代表竟不知道全国人民代表大会的全部职权和首要职权？作为人民代表，自然要"监督"，但是，仅仅是"监督"吗？

中国接受《世界人权宣言》
是伟大的历史进步

　　"人权"这一观念发端于西方，多年来，我们视之为"资产阶级观念"，对之持严厉的批判态度。"文革"之中，不仅亿万中国老百姓的"人权"横遭摧残，连刘少奇、邓小平的"人权"也得不到保障。"文革"结束，人们恍然悟到"人权"的重要性。于是，在经过长期的、审慎的研究之后，中国政府毅然宣布接受联合国的《世界人权宣言》，并且先后积极批准、加入了多达25项有关人权的国际公约。1991年11月1日，中国国务院新闻办公室发表《中国的人权状况》白皮书，其中说："享有充分的人权，是长期以来人类追求的理想。"中共十六大以来，以胡锦涛同志为总书记的党中央提出以人为本的科学发展观和构建社会主义和谐社会的重要思想。2004年以来，"尊重和保障人权"先后载入《中华人民共和国宪法》、国家"十一五"发展规划纲要和《中国共产党章程》。这些都说明，"促进人权事业发展已成为中国国家建设和社会发展的重要主题，成为中国共产党和中国政府治国安邦的一项重要原则"。

　　兹将近年来中国党和国家领导人的主要的相关言论排列如下：

1997 年 4 月 7 日，江泽民在会见法国国防部长夏尔·米永和驻华大使毛磊时说："中国政府根据人权的普遍性原则和具体国情，努力实现人民的生存权和发展权，极大地提高了人民享受经济、社会和文化权利的水平。"

1999 年 3 月 25 日，江泽民在米兰市长举行的欢迎仪式上说："我们承认人权的普遍原则，但也必须考虑各国的具体情况。"

同年 11 月 16 日，江泽民会见联合国秘书长安南时说："中国尊重国际人权文书中关于人权的普遍性原则，但同时认为，由于各国社会制度、文化、历史传统和经济发展程度不同，保护人权的具体措施和民主的表现形式应有所不同。"

江泽民的上述言论表明，尽管他强调各国国情不同，保护人权的"具体措施"和"民主的表现形式"应该"有所不同"，但是，他完全承认人权是"普遍性原则"。所谓"普遍性原则"不是"普世价值"是什么？

2007 年 2 月 26 日，温家宝总理在《关于社会主义初级阶段的历史任务和我国对外政策的几个问题》一文中说："科学、民主、法制、自由、人权，并非资本主义所独有，而是人类在漫长的历史进程中共同追求的价值观和共同创造的文明成果。"温总理这里所说的"共同追求的价值观""共同创造的文明成果"不是"普世价值"是什么？

2008 年，胡锦涛同志在《新年贺词》中说："我们衷心希望各国人民自由、平等、和谐、幸福地生活在同一个蓝天之下，共享人类和平与发展的成果。"同年 5 月 7 日，胡锦涛同志与日本内阁总理大臣福田康夫在东京共同签署《中日关于全面推进战略互惠关系的联合声明》，其中说："为进一步理解和追求国际社会公认的基本和普遍价值进行紧密合作，不断加深对在长期交流中共同培育、共同拥有的文化的理解。"很清楚，锦涛同志完全承认"国际社会"存在着"公认的基本和普遍价值"。

上述事实和言论，大概不能算是"跟着西方跳舞"。中国政府接受《世界人权宣言》，肯定是希望使社会主义更完善，而不是使"社会主义制度改变性质"。因此，只要是帮助中国社会更进步的东西，就勇敢地拿过来，而不要问其出产地，就像古代中国人勇敢地拿来葡萄、玻璃，近代中国人引进电灯、电话以及共和、民主一样。

［四］

论辩篇

学术批评还是恶语伤人？

——读胡志伟《张发奎谈南昌暴动细节》[1]

一个学者，对于自己在学术研究中的错误、过失、疏漏、缺点，应该欢迎同行和广大读者批评，即使批评错了，也要大度宽容，有则改之，无则加勉。但是，读了胡志伟先生《张发奎谈南昌暴动细节》一文后，我却感到其中对我的"指责"并不是学术批评，而是借机泄愤，恶语伤人。

1995 年，我在上海《档案与史学》第 2 期发表《张发奎谈南昌起义》一文，介绍美国学者夏莲荫女士对张发奎的访问，其中谈及南昌起义的部分内容（事前曾征得哥伦比亚大学口述史原主持人韦慕庭教授同意）。1996 年，刘绍唐先生将此文改题《张发奎在美国哥伦比亚大学访谈对话》，发表于《传记文学》1996 年第 2 期。由于刘绍唐先生和我相熟，故事前未通知我。1998 年，我将此文照手头存稿原貌收入拙著《近代中国史事钩沉——海外访史录》，交社会科学文献出版社出版。从1995 年该文最初发表到现在，已经过去 13 个年头了，但是，胡志伟先

---

〔1〕本文写就于 2008 年。

生却在今年《传记文学》7月号刊发文章，对我大加指责："译者声称该文系'问答摘要'，实际上杨氏作了有违学术道德的删节、改写以及歪曲，致使张发奎将军死后多年蒙受后人误会。"胡文还说："一百四十多年前曾国藩删改《李秀成自述》，尚且有人不平而鸣，直指其奸；如今海峡两岸的政府都已逐渐开放民主，以政治干扰学术研究的歪风愈来愈为正直的学者所不齿。"自然，他属于"正直的学者"，现在是来"直指"我之"奸"了。

事实是否如此呢？

《档案与史学》发表的拙文一开始就说明介绍夏莲荫访谈的必要："近年来，关于南昌起义的资料已发表不少，研究也相当深入，但是，国民党方面的资料却很少见到。因此，张发奎的有关回忆值得注意。"接着，我用一段文字介绍韦慕庭教授主持的"口述史项目"概况，用另一段文字介绍夏莲荫访问张发奎的情况。特别说明"下面是夏莲荫和张发奎的问答摘要"。文末，我又特别说明："夏莲荫和张发奎关于南昌起义的谈话大体如上"，并写了一段对张发奎谈话的看法："张发奎谈出了一些此前不为人们所知的事实；对有些众口一词的说法则坚决否定；有些回忆，则和有关资料或其他当事人的说法相歧异，有待于进一步考辨。"不仅如此，我还加了原文所无的14个小标题，并且查对了当时中共的内部刊物《中央通讯》及《申报》等资料，准确地补充了谈话中涉及的电报原文。原文采取张发奎自问自答的形式，从未出现夏莲荫的名字和她的提问，我则根据文意，设为问答，在若干地方加了"夏莲荫问"，"张发奎答"，"尽管张发奎一再否认当时有率领部队回广东的想法，但夏莲荫又提出了第三个证据"，以及"在张发奎的滔滔长谈中，夏莲荫女士终于找机会提了一个问题"等旁白。所有这些，都说明拙文不是"译文"，甚至也不完全是"节译"，而只是一篇介绍性文字，其主体内容虽来自夏、张对谈，但只是"问答摘要"，不是问答的全部。以上内容及特点，刘绍唐先生在再次刊发拙文时基本上照录，也仍然保留了拙文开头的"问答摘要"四字。这一切本来清清楚楚，一读便知。殊不料今年4月，胡志伟先生在《传记文学》发表的文章中提及拙文，声称杨天石"译了三分之一章就知难而退了"。为此，我曾特别致函编辑部，说明我从未有过翻译全书的念头，同时说明拙文最初发表于上海《档案与史学》及转载于《传记文学》的经过，重申那只是"问答摘要"，不是"译文"。该函已在《传记文学》5月号刊出。然而，胡志伟先生在7月号发表的文章中却仍然口口声声咬定拙文是"译文"，并且按"译文"的标准将我"摘要"之外的内容用黑体字补出，以彰显我的"劣迹"，然后，加给我种种罪名，这就奇了。

"摘要"是文体的一种。世界上许多国家、地区都有文摘报刊，不少篇幅巨大的著作都有删节本面世，只要它老老实实地声明是"摘"，并且事实上也是"摘"，就不能指责它"有违学术道德"，"恣意篡改史料"。

太平天国的忠王李秀成被俘后，写过一份自述。曾国藩对它进行删改，将删改后的文字刊行，而将原稿藏匿家中，秘不示人。这种情况，自然可以称为"有违学术道德"，"恣意篡改史料"，而夏莲荫女士与张发奎的对谈记录呢？现在完整地收藏于哥伦比亚大学的珍本和手稿图书馆，并且以缩微胶片的形式向全世界发行，谁都可以买到。我没有也不可能改动其中的任何一个字。当年胡志伟先生对这套胶片有兴趣，还是我建议胡先生直接向哥伦比亚大学洽购的呢！这种情况，何得将我和曾国藩的情况相提并论？

既然是"摘要"，自然会有摘除，不可能字字语语照录、照译，这是常识，人尽皆知。而且，所"摘"之"要"，自然反映"摘"者的眼光和标准，有时还会反映"摘"者所在地区的社会环境与风习。因此，同一作品，每个"摘"者的所"摘"都会有所不同。当然，所摘之

"要"，是否确实为"要"，这可以讨论。假如我所"摘"非"要"，或者虽"要"而我未"摘"，胡志伟先生都可以批评，但这和"有违学术道德"不相干，和"恣意篡改史料"更不相干。

我的文题是《张发奎谈南昌起义》，目的是向大陆读者介绍他们前所不知或知之较少的新资料，因此，与南昌起义无关或关系不大的谈话以及个别有待进一步考辨的情节我未做介绍。例如，胡志伟先生"忠实"译文开头的7大段文字，我均略而未述。紧接着的9大段文字，我也略而未述。照理，胡先生应该用黑体标出，以示我的"译文"漏译的情况十分严重，然而，胡先生却未做任何标示。胡先生这些地方为什么对我宽大处理了呢？大概是因为这16大段并不"违反学术道德"，标出来可以显示拙文确实并非"译文"，对胡先生的论点不利，所以就幸免"示众"了。

胡先生列举我"违反学术道德"的未"译"部分，长长短短，共14处。胡先生将他们分为5类，其第1类是"丑化张发奎上将的光辉形象，抹煞他仁慈博爱的品性"，甚至说拙文"致使张发奎将军死后多年蒙受后人误会"，真是罪莫大焉。

然而，请读者查对拙文。在夏、张对话中，张发奎自述："我不反对共产党员个人。""我知道一个师长叶挺是共产党员，但是，我们彼此间极好。""我多次说过，我不会杀害共产党员。""我不认为共产党人会造反，因此，也不曾想过要抢先逮捕他们。那是很容易的。""共产党人集中到九江时，我说，愿意去南昌的和郭沫若一起走，不愿去南昌的将被送往上海或他们愿意去的任何地方。发放路费。反共不意味着暴力。""唐生智胡乱地屠杀共产党人，我不能。我没有逮捕共产党人。""我永远不相信屠杀能奏效。"这些地方，我都一一向读者做了介绍。而且，我还将"（张发奎）不反对共产党员个人"作为小标题，以示突出。应该说，我已将张发奎当时对中共党人的比较友好的态度展示得淋漓尽致。请问，拙文怎样就"抹煞"了张发奎将军的"仁慈博爱的品性"？除了"摘要"介绍夏、张对话，我对张发奎未加一句评语，未增添任何情节，请问，我怎样"丑化"了他的"光辉形象"，使他"死后多年"还"蒙受"了"误会"？这里，需要特别指明的是，胡先生以黑体字标示我删去了"无论如何，我不能把共产党员当作敌人"这句话，这大概就是所谓我"丑化""抹煞"张将军的铁证了。姑不论这一层意思已经包含在我的上引文字中，也不论胡先生无视我的上引多段文字，仅仅靠孤例立论的做法是否妥当，即使是这一句话，也并不能有力地支持胡先生。我要告诉读者，这句话不是我删的，而是《档案与史学》的编辑删的，何以为证？我在1998年出版《海外访史录》照原稿收入的本文中，恰恰就有这句话："在任何情况下，我不同意将共产党员当作敌人。"拙著当年曾谬蒙胡先生夸奖，何以此次在痛批敝人之前，不仔细核对一下呢？

胡先生指责我"违反学术道德"的其他四类是：掩盖共产党人的残忍嗜杀行径；隐匿贺龙等共产党员的土匪出身背景；维护投共政客的丑恶面貌与不可见人作为；掩饰共产党徒的伪善面貌。这里，我不想和胡先生辩论对中共南昌起义的看法和评价，我只想告诉读者，张发奎在和夏莲荫对谈南昌起义时，站的是"第三种力量"的立场，他虽然对南昌起义仍持否定态度，但并没有胡先生所渲染的那么强烈的反共情绪。胡先生指责我"掩盖共产党人的残忍嗜杀行径"与"伪善面貌"，真不知道有何根据？表现在被我删节，而为胡先生以黑体字标示的"忠实译文"的哪一段、哪一行？有些段，例如原文：

The others were not responsible, even though they probably would have rebelled had they receive instructions to do so from higher levels, in which case total chaos would have resulted.

胡先生的"忠实译文"是：

> 其他人不能为此承受罪责，纵然设若他们接受高层指令后同样也会掀起暴乱无恶不作。

胡先生的翻译特点是，将原文的中性词汇一律改为具有强烈谴责色彩的中文贬义词。此点姑且不论，问题是，将"total chaos"（全部混乱）译为"无恶不作"，似乎也离原意太远了吧！

原文还有一段：

> You should have seen them on their arrival at my headquarters. To this day I fair to understand what happened.

胡先生的"忠实译文"是：

> 在我的司令部再次见到这些俄国人，我真是一脸惶惑。周士第当营长时对我很拥戴，一见我便立正举手毕恭毕敬，谁知今日翻云覆雨，竟这般厉害，露出狰狞面目，真是我有眼不识人。

读者试比较：原文中，张发奎只说了一句"直到今日，我还不知道发生了什么"，胡先生的"忠实译文"中对周士第的大段指责，如"翻云覆雨""狰狞面目"云云，均为原文所无，不知来源何处！

我还想说的是，胡先生在香港，托庇于"一国两制"，可以想骂谁就骂谁，爱怎样骂便怎样骂，所谓"共产党人的残忍嗜杀行径""贺龙等共产党员的土匪出身背景""投共政客的丑恶面貌与不可见人作为""共产党徒的伪善面貌"云云，胡先生这样写，谁也奈何他不得，但是，在大陆则是违背新闻出版机构的法令和管理规定的，除了经过特殊报批的内部参考资料，一般的公开出版物不可以不加分析地刊登这些内容。

我还应该说明的是，在近代史上，国共两党有过两次合作，两次分裂。合作是中华民族之幸；分裂则是中华民族的不幸和悲哀。无可否认，当年国共斗争时彼此之间有许多"斗争语言"，例如彼此互骂为"匪"等。对于这些"斗争语言"，历史学家首先要承认这是历史上出现过的现象，不能也不应该否认或掩饰，但是，要以科学的、客观的、实事求是的态度重新加以考证和分析，保留那些符合事实的部分，剔除那些不符合事实的虚妄部分，对那些一时无法判别的部分则存疑，而不应该继续站在其中的一方，使用当年的攻讦语言，继续煽动仇恨。

胡先生以黑体标示我"违反学术道德"的 14 处"删改"，若读者稍加检视，就会发现这 14 处大多与"政治"毫不相干。胡先生称："杨天石以张发奎的崇高名誉来惑众，借以提高他自己的学术地位。"敝人在历史学界笔耕数十年，虽所成极为有限，但似乎尚无须借用任何历史人物的名义来"提高自己的学术地位"，一篇短短的介绍张发奎的"问答摘要"似乎也不可能提高我的什么地位。至于胡先生批判我"曲学阿世，逢迎当道"，"史德只能吃个鸡蛋"，"史才、史学、史识则都在不及格之列"，等等，我并不想自辩，相信学术界和广大读者自有公论。

不过，我倒想提醒一下。2002 年，拙著《蒋氏秘档与蒋介石真相》出版后，胡先生曾以段干木为笔名在《传记文学》2003 年第 4 期上发表书评，副题中称我为"大陆一流学者"，文中称："杨天石教授推出的《近史探幽系列》便是拨乱反正的佼佼者。""杨天石等教授，在大陆的现实政治环境下，弄清历史，写清史实，这无异是鹤立鸡群，独具慧眼。"同年，我在《传记文学》上发表《关于宋美龄与美国特使威尔基的"绯闻"》；胡先生于 2005 年以"郑义"为笔名在香港文化艺术出版社出版《李敖是什么东西》一书时，又将该文收入，并在序言中称我为"大陆史学界四大天王"之一，誉该文为"宏文"。（胡先生还给我写过几封信，那些信中对我的赞语暂无公布的必要。）人们会问，胡先生何以在 2003 年、2005 年给了杨天石那么高的评价，而在 2008 年却翻出了 13 年前的一篇小文，以鸡蛋里边挑骨头的手法给了杨天石以那样猛烈的抨击呢？一个学者，怎能如此反复无常？倘使胡先生回答，那些年，他是被我的假象所蒙蔽，而现在，在翻译《张发奎秘录》时才认识了我的真面目云云，那我也无话可说。

附带声明，胡先生未经我的同意，擅自使用我的《关于宋美龄与美国特使威尔基的"绯闻"》一文，并且迄今不向我通报，是一种侵权行为呢！

西方比我们"更进步一些"的"办法"

民主与专制和独裁相对立。20 世纪 40 年代，为了反对蒋介石集团，中共在重庆的喉舌《新华日报》曾经连续发表社论，将"人民的平等和自由权利"视为"英美民主政治"的"两大精华"，称之为"人类共同的宝贝"。该报声称中共是"民主的美国"的"同伴"，自己的工作是华盛顿、林肯这些"美国民主"缔造者"进行过的工作"。毛泽东甚至要求当时到中国来的美国官员和士兵"对他遇到的每一个中国人谈论民主"。当然，同一事物，其价值会因所处时代和环境的不同而发生变异，但是，即使在中华人民共和国成立之后，中共领袖也不曾完全否定"西方民主"，没有像某些"理论家"一样视之为"毒药"和"洪水猛兽"，而是强调其中有值得借鉴之处。记得 20 世纪 50 年代，当斯大林严重破坏法制，大量冤杀自己的同志和人民的情况暴露后，毛泽东曾说，这样的事件，在英、美、法这样的西方国家不可能发生。毛泽东甚至还说过："资产阶级民主，特别是初期，有那么一些办法，比我们现在的办法更进步一些。我们比那个时候不是更进步了，而是更退步了。"请看，毛泽东在这里承认西方民主的某些"办法"比我们更"进步"呢！

迄今为止，世界上各种类型的民主都有其不足和局限，例如西方民主在很长一段时间内被指斥为"富人的民主"，是"残缺的、不完整的民主"。但是，不能因此就否认其中包含着的普遍适用的"合理内核"，例如选举、宪政、法治、监督、制衡、出版和言论自由等。我们今天正在总结中华人民共和国成立以来，特别是改革开放以来建设社会主义民主的经验，理应以海纳百川的气度和魄力，广泛吸收、借鉴包括西方世界在内的一切人类文明成果，加以审慎研究，具体分析其中的精华与局限，取其所当取，拒其所当拒，而不是一听到某些没有听惯的语言，就立刻"神经紧张"起来。

我为何成了"历史虚无主义"的典型？

——向北京大学某教授请教

4月23日，《中国社会科学报》刊登了北京大学某教授（以下简称"某教授"）的一篇访谈录，题为《历史虚无主义"重写历史"有何诉求？》。文章首述"当前'翻案'、'重评'之风大行其道"，然后以我近年来的蒋介石研究为证加以说明：

> 有学者在美国看到了蒋介石日记，就认为可以据此认识一个真实的蒋介石，甚至据此可以重写中国近代史。

> 我们知道，个人日记、信件、回忆录虽然是历史研究很好的资料，但这些主观资料能否作为史料使用，还需要结合整个历史背景、其他史料来证实。

> 这位学者认为蒋介石在日记中说了很多不光彩的事情，就可以证明日记所载内容是真实的、不公开的。但当年蒋介石因中山舰事件受到指责时说，你们二十年后看我的日记好了。这表示他的日记是给别人看的。如果仅仅通过日记就推翻他是大地主、大资产阶级的政治代表的结论，就改写整个中国近代史，那么这不是严肃的历

史研究方法。汪精卫投降日本后，曾在诗中哭天抹泪表示忧国，这能说明他爱国吗？这样的研究比唯心主义的旧史学都不如。旧史学至少是以史料为依据的严肃研究。

近年来，我先后利用蒋介石日记及大量史料，在海内外出版过4本研究蒋介石的书，学界中人、读书界中人，包括广大读者，都会知道某教授批评的是我。前一时期，某教授在某处演讲，题为《历史虚无主义思潮的由来与危害》，其中就说："最典型的就是中国社会科学院的一个学部委员，他在美国看了蒋介石的日记，写了许多文章。"可以看出，某教授把我看成是"当前'翻案'、'重评'之风"的典型，因而也是"历史虚无主义"的典型。这是一种不点名的点名。

我欢迎批评。学术界的切磋琢磨，批评、反批评是学术进步、繁荣的必要条件。我的全部著作都欢迎检查、批评。但是，批评首先必须严格区分学术问题和政治问题，学术上的不同意见要百家争鸣，实行"研究无禁区"，不能乱扣政治帽子，轻率地将学术问题往政治问题上牵扯；也必须根据事实，讲清道理，不能按一己需要改动史料，虚构、制造批判对象。

遗憾的是，某教授正是这样做了。

一、不能一概笼统地反对"翻案""重评"

改革开放以来，中共拨乱反正，大规模地平反冤假错案。在文化学术领域，对电影《武训传》的批判，对俞平伯及其《红楼梦》研究的批判，对胡适思想的批判，对胡风反革命集团的定性、批判和判刑，对杨献珍"合二为一"论的批判，对马寅初人口论的批判，对孙冶方经济学的批判，对《李慧娘》《北国江南》《早春二月》等文艺作品的批判，对吴晗及其《海瑞罢官》的批判，等等，现在都有了新的说法。对历史人物，如李秀成、陈独秀、瞿秋白、胡适、刘少奇、彭真、罗瑞卿、陆定一、杨尚昆等人，既往都有过"结论"或"定论"，毋庸讳言，很多问题，毛泽东都是说过话的，但现在也都有了新的说法。这是历史的进步，是发扬实事求是精神，还原历史本来面目的体现。因此，不能一概笼统地反对"翻案"和"重评"，而要研究"翻"的是什么"案"，如何"重评"，提出了什么样的新看法。

某教授将我的蒋介石研究定为"历史虚无主义"的"典型"。其根据无非是：我对蒋介石日记的史料价值的估计和我对蒋介石其人的评价。

历史虚无主义，顾名思义，一定是"虚无"了、"否定"了不应该"虚无"、不应该"否定"的某一段历史或某一个人物。请问某教授，我"虚无"了什么，"否定"了什么？

二、我对蒋介石日记和蒋介石其人的评估

关于蒋介石日记，我在拙著《找寻真实的蒋介石——蒋介石日记解读》第一集中，就有专文指出：

> 蒋记日记一般会"如实记录"，并不等于说蒋在日记中什么重要的事情都记。有些事，他是"讳莫如深"的。例如，1927 年的四一二政变，显系蒋和桂系李宗仁、白崇禧精密谋划之举，但日记对此却几乎全无记载。……蒋自己就说过，有些事情是不能记的。可见，蒋记日记有选择性。同时，他的日记只反映他个人的观点和立场，自然，他所反对的人，反对的事，反对的政党和政派，常常被他扭曲。有些常常被他扭曲得完全走形，不成样子，因此，只能说，蒋的日记有相当的真实性，不是句句真实，事事真实，而且真

实不等于正确，也不等于全面。研究近现代中国的历史，不看蒋日记会是很大的不足，看了，什么都信，也会上当受骗。

以上观点，我曾多次、反复说过。

关于蒋介石其人，我也多次反复说过：在近代中国历史上，蒋是一个十分重要、十分复杂的人物，是一个有功有过，既有大功，又有大过的历史人物。关于其功过是非，我写道：

> 大陆时期，蒋介石反清、反袁（世凯）、反陈（炯明）、创立黄埔军校，是功；领导北伐，领导国民党和国民政府抗战，直至胜利，是大功；1927 年至 1936 年的"清党剿共"和 1946 年至 1949 年的三年内战是大过。台湾时期，实行"土改"，反对台独，是功；白色恐怖，是过。

我在做了上述分析后，特别在拙书序言中表示："也许有读者不同意，或者不完全同意。这是正常的。见仁见智，说三道四，都可以，但是，要用学术的方法、讨论的方法，摆事实、讲道理的方法。斯所祷也。"

关于蒋介石日记的史料价值的评估，关于蒋介石的功过是非的评估都是学术问题，认识不同，评价高一点、低一点，我觉得都是"百家争鸣"范围之内的问题，和"历史虚无主义"无关。

三、某教授按一己需要改造史料，制造批判对象

某教授为了驳斥我对蒋日记史料价值的评估，引用了 1926 年"中山舰事件"后蒋介石的一句话："你们二十年后看我的日记好了。"某教授以此证明，蒋介石写日记是为了"给别人看的"，因而是不真实的、

不可信的。

某教授这里是在根据自己的需要改动史料。以个人所知，蒋关于中山舰事件的秘密与其日记的公开问题，一辈子只讲过一次，这就是1926年6月28日晚他在黄埔军校总理纪念周上的演讲。蒋的原话是：

> 若要三月二十日这事情完全明白的时候，要等到我死了，拿我的日记和给各位同志答复质问的信，才可以公开出来。那时一切公案，自然可以大白于天下了。

在这一段话中，蒋介石将可以"看日记"，了解中山舰事件秘密的时间定在"等到"他"死了"之后，并没有某教授的"二十年后"之说。"二十年"，即1946年，蒋介石那时还不到60岁呢。

这里，我要请某教授明以告我：蒋介石在什么时候，什么地方说过"二十年后"看他的"日记"一类的话？出处何在？根据何在？

"二十年后"，或蒋"死后"，二者的差别看似细微，但关系重大，理由不在这里啰嗦。但是，读者至少可以看出，某教授在引用史料上是不严肃的。在访谈中，某教授谆谆告诫人们，"旧史学至少是以史料为依据的严肃研究"，而某教授反驳我的唯一"史料依据"竟然是被某教授改动了的，无法查到出处的。请问，某教授研究的"严肃"性体现在何处呢？！

某教授还指责我说过，仅"据"，或者"仅仅通过日记"，就可以认识"一个真实的蒋介石"，"改写整个中国近代史"，"推翻蒋介石是大地主大资产阶级政治代表的结论"。请问：在我全部已出版的专著或论文中，何书、何篇、何页，表达过这样的意思？

还是只能引证我的旧文了。

2010年，我在《找寻真实的蒋介石——蒋介石日记解读》第二集的序言中曾明确指出:"研究和评价历史人物,主要的依据当然是人物的言与行。蒋介石日记由于主要供个人使用,生前并未公布,其中有比较多的政坛秘密和个人内心世界的记述,因此值得治史者重视。但是,仅仅依靠日记是不够的,必须根据大量的档案、文献,钩沉索隐,稽查考核,才可能揭示奥秘,有所发现。本书中的若干文章,所依据的蒋氏日记不过几句话,但所依据的档案和文献,却是著者多年奔走于太平洋两岸的结果。"我这段话并非自我吹嘘,任何不带偏见的读者翻翻我的书,当知所言非虚。我自思,虽然本人对蒋日记的史料价值有较高的估计,认为深入研究蒋日记,将有助于认识真实的蒋介石,有助于改写中国近代史的某些问题或某些部分,进一步提高其科学水平,但我不会愚蠢、糊涂到认为,仅"据",或者"仅仅通过日记",就能如何如何。某教授的批评恐怕是他自己在制造一个批判对象,然后上纲猛批、狠批吧?

科学永无止境,人,绝不可能一次完成对全部真理的掌握。科学,自然科学、人文社会科学,包括历史学在内,都要不断发展,不断前进,不能僵化,不能停滞。因此,对于"改写近代史"之类的说法,不必过于紧张、敏感。

1949年以来,特别是改革开放以来,我国的中国近代史著作或教科书,不知道出过多少种版本。事实上,每一种有价值、有重大学术进展的新版本的出现,都是一种对旧版本的"改写"。我们现在大力提倡"创新",而"创新"必然包含对旧说的某种"扬弃"。以南京国民政府的对外政策对蒋介石和国民党在抗战中作用的估计为例,这些年来,我们在事实上也做过对旧说的若干"改写"——"消极抗战,积极反共"的说法不是不再提起了吗? 2005年,在纪念中国人民抗日战争暨世界反法西斯战争胜利60周年大会上,胡锦涛同志说:"中国国民党和中国共产党领导的抗日军队,分别担负着正面战场和敌后战场的作战任务,形成了共同抗击日本侵略者的战略态势。以国民党军队为主体的正面战场，组织了一系列大仗，特别是全国抗战初期的淞沪、忻口、徐州、武汉等战役，给日军以沉重打击。"胡锦涛同志的这段话，有好几处不同于前人著作的论述和提法，不也可以看作对中国近代史的局部"改写"吗？

四、向某教授坦白我的"政治诉求"

在访谈录中，某教授提出"政治诉求"问题。也好，我就乘此机会向某教授和广大读者坦白吧！

我在《找寻真实的蒋介石——蒋介石日记解读》第三集的自序中说：

> 关于（蒋介石）这个人物，历来分歧严重。或尊或贬，或扬或抑，或爱或憎；或全盘肯定，或全盘否定；或肯定此处，否定彼处；或否定此处，肯定彼处；肯定、否定之间，其高低、分寸，也众说不一，评价各异，至今不能统一，在今后的若干年内，看来也还不会统一。这不要紧。关键在于清理史实，还原史实。

以毛泽东为例，他有时对蒋介石给过很高的评价（恕不举证），有时则给予极为严厉批判。1945 年 8 月，毛泽东用空前严厉的语言批判了蒋，但同时则主张"钻进去给蒋介石洗脸，而不要砍头"，可以与蒋"搭伙"，由蒋出任中华民国"总统"，承认其领导地位。重庆谈判，毛泽东和蒋谈过几次话之后，曾向苏联驻华大使表示："蒋目前还没有一个根深蒂固的思想政治目标"，"（蒋）自己也不知道该走哪一条道路"。1956 年，毛泽东表示："我们现在已不骂蒋介石了。"他肯定蒋在台"做了三件抗美的事"，"我们同蒋介石有共同点，都反对两个中国"。在谁当台湾地区领导人问题上，毛泽东表示，我们都是"拥蒋派"，"至于当总统，还是他好"，"给他饭吃，可以给他一点兵，让他去搞特务，搞三民主义。历史上凡是不应当否定的，都应当作恰当的估计，不能否定一切。"我之所以将拙著的主书名定为"找寻真实的蒋介石"，在某种意义上也可以说，是为了寻找一个关于蒋的"恰当的估计"。

在中国近代史上，国共两党有时并肩对敌，有时刀兵相见、不共戴天。不同历史条件下彼此之间的认识会各不相同，即使是同一方，不同条件下对同一对象的认识、评论、提法，也会不尽相同，甚至大相径庭。我曾著文指出："既往的观念、认识、结论，有的正确，有的则需要根据可靠的史实重新审视，加以修正。"今天的国共关系、两岸关系已非昔时。在这一新的历史条件下，根据坚实可靠的史实，对当年国共斗争时期形成的某些认识、结论重新审视，坚持正确的观念，修正不正确、不全面的观念，提出符合真实历史的、科学的、更全面的新观念，这是学术发展、时代发展的需要。

我自认，这样的工作是有意义的，还说过：

> 廓清迷雾，寻找真实的蒋介石，正确评价其功过是非，揭示其本相，对于正确认识历史上的国共关系，正确认识和书写中国近代与现代的历史，有其必要；对于建立两岸的和平关系，实现中华民族的和解与和谐也有其必要。时至今日，距离蒋氏去世已经30多年，距离当年国共大战、生死搏斗的年代已快到60年，尘埃已经落定，各种恩怨早已化为历史陈迹。人们全面掌握资料，综合蒋氏一生的前前后后，方方面面，对其做出比较科学、比较客观、公正的评价已有可能。

1949年以来，海峡两岸对立，民族分裂，国土分裂。党和国家领导人为了做好对台工作，做好对撤台国民党人及其支持者以及海外侨胞的工作，不断提出新思想、新方针、新政策。比较早的时候，廖承志同志曾经引用鲁迅诗："度尽劫波兄弟在，相逢一笑泯恩仇"，用来比喻国共关系和两岸关系。后来，温家宝同志也提出："面向未来，捐弃前嫌"，"兄弟虽有小忿，不废懿亲"。2011 年，胡锦涛同志代表中共中央提出："终结两岸对立，抚平历史创伤。"今年习近平总书记在接见国民党荣誉主席连战时也曾说："兄弟齐心，其利断金。"

我的民国史研究、国民党史研究、蒋介石研究，就是在这一总的历史背景下进行的。多年来，我受到过许多鼓励和表彰（为免自夸，恕不列举），也受到个别人或少数人的攻击，坦率地说，有的攻击比某教授厉害得多，但我始终不悔、不改、不变。为什么？一为还原历史本相，不断提高中国近代史的科学水平；二为促进两岸和平关系的发展，实现中华民族的和解、和谐，为促进国家的统一略尽绵薄之力。

敬请某教授收回扣在我头上的政治大帽子。欢迎某教授比较仔细、比较认真、比较全面地读读拙作。如果某教授认为我确实"美化"了蒋介石，欢迎一条一条地、具体而非空泛地指出来，同时以充分而扎实的史料批判。我只希望某教授：第一，不要断章取义，歪曲拙书拙文。第二，准确、严谨地运用史料，千万不要再重复本文已经指出的类似硬伤。第三，分清学术问题和政治问题的界限，允许探讨，允许创新，不要动辄将人归入"历史虚无主义"的范畴，以免吓得人不敢讲话、争鸣。

某教授的访谈录还有其他一些明显的不能成立之处，限于篇幅，这里就不论了。

2014 年 4 月 24 日—28 日匆草，5 月 2 日改订

修辞立其诚，批判要有根据

——再答梁柱教授

梁柱教授对我的蒋介石研究已批判多年。除了今年 4 月《中国社会科学报》刊发的访谈录《历史虚无主义"重写历史"有何诉求？》，9 月 5 日，梁教授再次在该报发文，题为《再谈蒋介石研究中的历史虚无主义倾向》（以下简称《再谈》）。该文做了一点自我批评，但所表现出来的学风和文风上的毛病则较前更为严重。

不是偶然"误记"

拙文《我为何成了"历史虚无主义"的典型》（《经济观察报》6 月 21 日）指出梁教授引用假材料后，梁教授在《再谈》中，解释为偶然"误记"，是在"同记者交谈时"，"脑子里闪过"那段话，"把'死后'误记为'二十年后'"。梁教授的这一解释与事实不符：资料表明，梁教授是一误再误，多次靠假材料立论。

《乌有之乡》网刊所登梁教授的讲稿称："蒋介石在中山舰事件的时候，人家攻他，他没有办法了，他自己就说，你们二十年后看我的日记

120

就好了。他没话了，表示他的日记是给人家看的。"这一段话，人称代词很混乱，"人家攻他"等语中的"他"，指蒋介石。"他没话了"一语中的"他"，指的则是敝人。因为1926年蒋介石演讲时，不会有人向他提出日记写给谁看这一类问题，"他没话了"云云，只能是指我。梁教授意在说明，当有人以蒋介石的"二十年后"等语向我质询时，我无言以对，"没话了"，只好承认"他的日记是给人家看的"。这就奇了，何曾有人向我提出过上述质询，我又何曾有过上述回答？

《再谈》中，梁教授虽承认自己"误记"，但认为关系不大，都说明蒋介石日记"还是要给人看的"。然而，生前不准备公布，至少可以说明，蒋介石生前没有利用其日记进行自我宣传、欺骗社会的打算，对于考核其可信度，不是关系不大，而是很大。

似是而非的片言碎语不代表我的总体指导思想

梁教授批评我："不是采取全面的、客观的研究态度，而是对蒋介石'抱持正面的评价'，且要以超过中国台湾方面的评价为志趣。"接着，他谴责道："在中国革命胜利60多年后，一个新中国培养的学者作出这种志趣的选择，真是匪夷所思！"

我一向认为，蒋介石有功有过，既有大功，又有大过，从未简单主张对其"抱持正面的评价"。通过网络检索，发现此说出自台湾《旺报》记者对我的采访。原文大意为：民进党让蒋介石"从神变成鬼"，"把蒋介石打成负面评价"，"我个人对蒋介石是抱持正面的评价"。可以看出，敝意在于批判"台独"势力，但记者所写，梁文所引，都并非我的原意与原话。此前，我曾提请梁教授以敝人正式出版的"专著或论文"为准，但梁教授不顾，而是选择从这种既不准确，又难称通顺的文句中截取短语，脱离语境，任意发挥，视为我研究蒋介石的总体指导思想，

《再谈》中三次引用，大加指责。这种做法，恐怕不能认为正当。至于梁教授批评我"以超过中国台湾方面的评价为志趣"，更是无中生有。"志趣"，属于内心想法，梁教授何以得知？我又在何处表述过这样的"志趣"？

梁文还批评我把蒋介石描述成领导北伐、抗战的"神勇统帅"。其实，我的所有著作都从未出现过"神勇统帅"四字，也从无此意，相反，倒是详细叙述了北伐时蒋介石进攻武汉、南昌失利，抗战时指挥淞沪战役失利等事实，梁教授是否没有读到？

"救星"问题其来有自

《再谈》中，梁教授批评我时常提出蒋介石"是中国救星还是人民公敌"一类的问题，批评我提到，国民党曾称蒋介石为"中国的救星"，甚至是"世界的救星"，自称："孤陋寡闻，从来没有听说过有这样的说法。那这究竟是谁人杜撰出来的？为什么要这样杜撰？为什么会如此下作？"梁教授"没有听说过"，可以理解。他本应去查查国民党的文献，然而，他并不去查，就严词指责，似乎是在暗示，"杜撰"者是敝人。文章后面，梁教授就直接点明："可见他致力于正面评价蒋介石，也就是为了他心目中的'中国的救星'。"

拙著从来不曾提出"蒋介石是中国救星还是人民公敌"之类非此即彼的问题。梁教授的印象应得之于网络。如今个别记者、编者，为了吸引读者眼球，常常会拟出一些扭曲原意的标题，或擅自改动文意，其下者甚至盗用敝人名义发表作品。此类情况，敬请鉴别。

历史上是否有人称道蒋介石是"中国救星""世界救星"呢？有。随手举两个例子。

一是图片及说明："(蒋介石抗战)胜利后巡视山东，在济南接受当

地父老呈献'民族救星'锦旗"。(《总统蒋公哀思录》第3编，第126页，未署出版人)

二是张龄作词，李中和作曲《蒋公纪念歌》："总统蒋公，您是人类的救星，您是世界的伟人。"(360百科词条)

上述资料，可以证明"救星"之说，并非我的"杜撰"。

我为什么要引用"中国救星""世界救星"之类的谀词呢？那是为了与对蒋介石的"民族败类""千古罪人"之类的恶评对照，意在说明对蒋介石存在两种完全对立的评价，或神化、美化，或鬼化、丑化，从而说明科学地、公正地、实事求是地"找寻真实的蒋介石"之必要。我在引用上述词语时，不仅说明出自国民党一方，而且特别说明，"这是一种极端的吹捧"。

谁在断章取义

梁文批评我在论述"九一八事变"时，"根本回避了蒋介石不抵抗政策造成的恶果，却引证蒋介石日记中骂日本人的一些话，然后大加赞美：'蒋介石爱惜"民族人格"，准备与倭寇决一死战，并预留遗嘱，其抗战决心可以说是壮烈的。'"，"仅仅根据日记中的一些空话，不问实际情况，就可以做出这样的判断和赞美，真是活见鬼。"

请检核拙著《蒋氏秘档与蒋介石真相》，"其抗战决心可以说是壮烈的"这句话之后，紧接着还有一句，"但又是软弱无力的"，这是关键的一句，表明我对蒋介石的"壮烈"表态，持保留、批评的态度，并未全盘肯定。然而，梁教授却对这句话加以舍弃，为何？因为有了这句话，梁文批评我对蒋介石"大加赞美"的观点就失去依据了。

我一向认为，"九一八事变"后，蒋介石对日本妥协、退让，对其持批评态度，但是，我也持分析态度。上引拙著指出："就其总体来

123

说，这一时期，蒋介石和南京国民政府的对日外交仍以妥协和退让为特征。蒋介石实行这一政策，有其错误的、应予批评、谴责的方面，也有弱国面对强国时的无奈与不得已。"关于"不抵抗主义"，拙著指出是"绝对错误的"。关于"攘外必先安内"，拙著指出是一项"错误政策"，给予严厉批判。关于蒋介石的东北政策，拙著《找寻真实的蒋介石——蒋介石日记解读》从抗日战争的长时段中，对其做全面考察，较之梁教授考察的时段长得多。我对蒋介石"忍辱哲学"的叙述，本有嘲讽意味，但梁教授却视为"正面赞美"。

深文周纳　随意曲解

《再谈》批判我，"完全按照蒋介石的日记，把反革命的'剿共'战争描述成了为抗日做准备的爱国举动"，"完全颠倒了历史，否定了人民革命的正义性"。

我多次指出，1927年至1937年的清党剿共，1946年至1949年的反共内战，是蒋介石一生的两大过错，何曾有过片言只字的肯定、赞美之言！我也曾指出，"九一八事变"之后，蒋介石一面坚持对苏区和红军的"围剿"，一面则进行抗日准备，例如恢复对苏邦交，寻找盟国；制定国防计划，修建国防工事；向国外订购军火、石油；寻觅迁都地点和长期抗日根据地；等等。追剿红军期间，蒋介石进入云南、贵州、四川等地，发现这一带地处内陆，远离海口，山川险阻，决定以这一地区，特别是四川省作为抗日根据地。但是，蒋介石企图给日本造成错觉：国民政府仍在全力剿共，并未进行对日作战准备。其日记称："大战未起之前，如何掩护准备，使敌不加注意，其惟经营西北与四川乎！"所谓"大战""准备"，均指对日战争。拙著并未认为蒋介石的"剿共"是假"剿共"，更未认为其"剿共"是"爱国举动"。

在经过如此这般的分析后，梁文说，按照杨天石"对历史的颠倒"，"蒋介石成了民族大义的维护者，革命根据地成了蒋介石实现抗日的障碍物，那么红军战士不就成为蒋介石所说的'匪'了吗？"他进而斥责我，"跻身于国家最高研究机构并享受了最高学术荣誉称号"，"偏要这样来描述我们革命的历史"。"人孰无情，君心何忍；苍穹茫茫，先烈何堪！"

读至此，我大为惊愕，只想劝梁教授冷静，把别人的书读懂了再批判。须知，批判文章的力量在于坚实可靠的史料、剀切透彻的论述、严谨缜密的逻辑，而不在于煽情，更不在于对原文的曲解、引申。

国民党的阶级属性可以讨论、研究

《再谈》中，梁教授引用 2007 年《南方周末》记者对我的访谈。其中，我对国民党是"大地主、大买办、大资产阶级利益的代表"一说提出质疑。

有关说法流传很广，然而，国民党是"百年老店"，各个时期表现不同，有关说法并不严密、准确，此前学界对此已有过讨论。例如，第一，20 世纪中共在"土地革命"中，打土豪，分田地，自然代表贫苦农民的利益，国民党围攻苏区，代表谁的利益？难道仅仅代表"大地主"，而与中小地主阶级无涉？第二，1927 年，国民党在南京执政后，对外虽仍软弱、妥协，但实行关税自主，力图废除治外法权和不平等条约，自1937 年起，即进行抗日战争，难道不是代表中华民族的利益，而是代表"大买办、大资产阶级"的利益？有的学者，为了维护"大买办"之说，竟荒谬地声称国民党是英美帝国主义的走狗，是听了"主子"的话才抗战的。这种说法，对当年的国民党抗日领导人和保土卫国、血洒疆场的广大将士，是否公平、恰当？

《再谈》中，梁教授问我："如果笼统地说蒋介石有领导抗战并直至胜利这样显赫的历史功绩，那怎么解释三年后被人民革命战争打得落花流水，众叛亲离？怎么解释人民解放战争的历史正义性和蒋介石政权走向灭亡的历史必然性？"其实，敌人早就分析过多次。其原因在于：国民党丢掉了农民；丢掉了民族资产阶级；大打内战，经济恶化，丢掉了全民；贪污腐败；坚持一党专政，个人独裁；等等。这些说法，欢迎梁教授批评。

请梁教授反求诸己

梁文最后，劝我"少一点浮躁，多一点反思"。对此，我很感谢梁教授。但是，我想请问梁教授，没有认真阅读、考订蒋介石日记，仅仅根据一条"误记"的史料，就全盘否定其53年日记的史料价值，是否"浮躁"？

诚，是中国传统文化的核心价值。"修辞立其诚"，写批判文章，要诚实，有根据。《再谈》一文，无中生有，断章取义，随意曲解，是否有违"修辞立其诚"之义？

梁教授承认，蒋介石"在某个时期做了有益的事情"，可以给予"应有的肯定"。我很想知道，梁教授做了哪些"应有的肯定"？拙书是多卷本，已出三卷，尚在继续写作中。到目前为止，我其实只是选择蒋介石的生平大事，利用其日记作为参考资料之一，结合大量其他文献、档案，叙述蒋介石做过的部分"有益的事情"，也初步分析其局限、过错和失去大陆、为中共所取代的原因。梁教授如果有意推进学术研究，不妨就拙书所述，具体指出何处不实。梁教授不此之图，却武断臆造，严词批判，是否有违"百花齐放，百家争鸣"的方针？

恩格斯说："原则不是研究的出发点，而是它的最终结果。""不是自然界和人类要适合于原则，而是相反地，原则只是在其适合的自然界和历史时才是正确的。"多年来，我一直以之作为研究的指南，曾表示："蒋介石一生经历的大事很多，必须一件件、一项项，逐件逐项地加以研究，只有在这种研究做得比较深入之后，才有可能进行全面的分析和综合，得出的结论才可能比较科学、比较准确。"我自认，这样的研究程序、方法、思路符合恩格斯的要求。请梁教授自思，是否在让历史服从原则？

消解敌意，迎接"两岸一家亲"的新时期

在中国近代史上，国共两党两次合作、两次分裂，多年对峙。值得庆幸的是，内战早已结束，彼此互骂为"匪"的年代也早已过去。两岸的和平关系已经建立，并且正在发展。

自1982年廖承志致函蒋经国，引用鲁迅诗"度尽劫波兄弟在，相逢一笑泯恩仇"之后，温家宝提出"兄弟虽有小忿，不废懿亲"，胡锦涛提出"终结两岸对立，抚平历史创伤"，都表现了中共"捐弃前嫌"的良好愿望。习近平总书记进一步提出"两岸一家亲"，"兄弟齐心，其利断金"以及"两岸复归统一，结束政治对立"等，甚至提出"两岸同胞的心灵契合"的高难度要求。如何克服"内战时期的情绪"（毛泽东语），坚持真理，纠正误偏，摒弃歪曲、蔑称，正确、全面地叙述既往的国共关系，既还原历史本相，评价相关人物，不回避分歧，又充分摆事实、讲道理，做出是非、善恶、正误的判断，在既继承，又创新的基础上，建立新的近代史解释体系（或话语体系），这是中国近代史研究者的共同任务。不管两岸关系还会有什么风云变幻，但"两岸一家亲"的时期总会到来。为此，历史学要有所准备，这就要允许探索和讨论。笔者多年来所做，正是为此。

[五]

激扬篇

中华文化研究基金会发起书

中华文化源远流长，是世界上最古老的文化之一。它在历史长河中奔腾不息，生生不已，至今仍葆有强大的活力。

中华文化丰富多彩，绚丽多姿，致广大而极精微，是人类文化中具有鲜明特色和个性色彩的瑰宝。

中华文化是中华民族智慧和民族精神的体现。它熔铸、陶冶了一代又一代中华人的思想、道德、心理情操和行为方式，并且还将继续熔铸、陶冶一代又一代的中华儿女。

中华文化不断吸收其他民族文化的优秀成分来充实和发展自己，同时又深深地影响了其他民族和国家，为东方文明、欧洲文明以至全人类文明做出了巨大的、卓越的贡献。

无可讳言，中华文化也有它不能适应现代社会生活的一面。近代以来，为了实现从传统向现代的转变，中华民族的志士仁人进行了艰巨的探索。今天，这一探索仍在继续，需要我们继续付出辛勤的劳动。

为了促进中华文化的新繁荣，我们需要科学地、全面地、系统地总结中华文化的历史，同时也需要广泛地研究人类文化发展中一切有用的经验。为此，我们一致同意，发起成立中华文化研究基金会，以民间集资的形式，长期、稳定地资助、奖励和推动对中华文化的研究。

文化和经济是现代社会发展的两翼。文化的发展必须有雄厚的经济力量为基础，而经济的发展又依赖于文化的光照。我们认为，成立中华文化研究基金会是利我民族，利我国家，利我子孙后代的一件大好事。我们诚挚地欢迎和希望一切热爱中华文化的海内外人士群策群力，共襄其成。

提倡短文，力争写短

新闻、文学等方面的短文逐渐多起来了，但是，在史学领域内，短文还寥寥。不少作者，总觉得万字以上的文章才有分量。

其实，文章的长短和学术价值并不成正比。一篇文章，如果拖沓、臃肿、新意不多，或全无新意，虽长而学术价值并不高；相反，如果要言不烦，精光毕露，虽短而学术价值并不低。

中国古代的史论都不长。贾谊的《过秦论》总结秦王朝灭亡的历史经验，上、中、下三篇加起来不过两千三百字左右。苏洵的《六国论》分析齐、楚、韩、魏等国的外交失策，为宋王朝处理对外关系提供殷鉴，全文五百四十余字。王安石的《读孟尝君传》是一篇翻案文章，它一反陈说，对一向以"得士"著称的孟尝君提出了新看法，全文仅九十字。钱大昕的《答问》第十诠释《元史》中"投下"二字，旁征博引，勾勒了契丹、蒙古时期一种特殊的社会组织形态，全文五百余字。王夫之的《读通鉴论》《宋论》是有名的史论集，其中的文章单篇字数大都在一千字至四千字之间。

当然，时代前进了，史学发展了，文章写得长一点是必要的。人们不应该笼统地反对长文。有些刊物，规定稿件不得超过万字，这不一定妥当。还是应该看菜吃饭，量体裁衣，当长则长，当短则短。现在的问题在于：是不是所有的文章都要写得那样长？历史学家们于写作篇幅长而充实的文章之外，是不是应该予短文以更多的重视？

我觉得，要提倡短文，首先要提倡几种精神：

为读者着想。人们的时间、精力都有限，需要读的东西又太多。把文章写短，使读者在较少的时间内得到较大的收益，不仅功德无量，而且，其乐为何如！

唯陈言之务去。一篇文章，总要为读者提供新东西，对历史研究有推进，否则，宁可不写。有了可以奉献给读者的新东西了，还要力求简洁明快地将它表现出来。别人讲过的话不说或少说，习见的材料少引或不引，人们熟知的历史过程尽量从略，决不将自己的一两点心得淹没在大量的陈言或浮言之中。

摒弃八股。多年来，我们习惯于写论文，而论文又形成了一定的格式和套路，似乎不那么写就不像个样子，结果，非必要的话说了不少，写者为难，读者受苦。如果我们能实事求是，不拘一格，可以写短的决不拖长，能以札记、随笔说清楚的决不写成论文，那么该能节省多少笔墨！

写短文并不易。一篇有分量的短文，往往需要作者有深湛的学识和才华。既熟知问题的肯綮，又能一击而中，刀不虚奏。愿名家们多写一点优秀的短文，以为示范；也愿史学刊物多发表一点优秀的短文，借此推广。

因"名词轰炸"而想起"诗界革命"

近来，有些文艺理论文章我读不大懂了：只见一个个新名词奔突而来，使人头晕目眩，如入五里雾中。我在大学中文系里念过五年，然而，现在有些文艺理论文章我却读不大懂了。前些日子，一个毕业后一直从事文学研究的老同学来看我。他也说看不懂现在的一些文艺理论文章，并说，这种状况，有人称之为"名词轰炸"。噢！原来有此感者并非一人。

语言是思维的表现形式。每当变革时代，随着新事物、新思潮、新文化的引进或出现，都会相应地引起语言（首先是词汇）的变化。戊戌维新前后如此，五四运动前后如此，中华人民共和国成立前后也如此。粉碎"四人帮"以来，学者们跳出牢笼，得以纵览古今，环视宇内，广泛吸收人类一切优秀文化成果，因此，文学、史学、哲学等领域内出现较多的新名词，这是正常现象。细察时下的此类文章，确有不少见解新颖、益人智慧的高超之作，但是，毋庸讳言，也有若干文章完全靠大量新名词装点门面，故作高深。人们在鼓起勇气，硬着头皮冲破这些新名词的层层关卡后，反复寻绎，就会发现，作者的思想用我们已有的概念、范畴来表述完全足够，并不一定要借助于那一个又一个新名词。

这使我想起了清末的"诗界革命"。大约在1896年至1897年期间，夏曾佑、谭嗣同、梁启超三人相约创作一种"新诗"，其特点是大量使用新词汇。例如谭嗣同的《金陵听说法》：

> 而为上首普观察，承佛威神说偈言。一任法田卖人子，独从性海救灵魂。纲伦惨以喀私德，法会盛于巴力门。大地山河今领取，庵摩罗果掌中论。

诗中，"卖人子"一典取自《新约·路加福音》，"喀私德"和"巴力门"都是英语音译词。前者指印度封建社会中把人分为几种等级的种姓制度，后者指英国议会。"法田""性海""庵摩罗果"均为佛家语。谭嗣同通过这首诗批判封建等级制，表达对西方议会制的向往，思想在当时是先进的，但艺术效果并不见佳。我初读此诗时的感觉大体和今天读某些文艺理论文章类似。

谭嗣同牺牲得太早，没有对自己的创作道路进行过总结。几年以后，梁启超说话了。他说："革命者，当革其精神，非革其形式。吾党近好言诗界革命。虽然，若以堆积满纸新名词为革命，是又满洲政府变法维新之类也。"他认为，当年"诗界革命"倡导者的毛病在于"颇喜挦扯新名词以自表异"，因此，主张"第一要新意境"。我觉得，梁启超的这些话对今天某些热衷于"名词轰炸"的作者似有可资借鉴之处。

文史贯通，寓文于史

——读《中国民权保障同盟》

陈漱渝同志以研究鲁迅驰名，最近破门而出，进入现代史研究领域，出版了一本《中国民权保障同盟》（以下简称《同盟》），它文史贯通，寓文于史，很有特色。

中国民权保障同盟成立于 1932 年 12 月，主要成员有宋庆龄、蔡元培、杨杏佛、鲁迅、邹韬奋、胡愈之、林语堂、伊罗生及史沫特莱等人。它在反对国民党反动派的法西斯统治，营救被捕的革命者和进步人士方面，进行了大量卓有成效的工作，杨杏佛还为此献出了自己的生命。《同盟》一书叙述了这一团体的历史和主要人物的生平，再现了它在中国现代历史舞台上上演的有声有色的场面，既是一本研究专著，又是一本生动的历史读物。

研究近、现代史，有它的方便之处，也有其困难之点。方便处是，文献资料留存得较多，有些当事人也还健在。但是，它的困难之点却也在这里。这是因为，材料虽多，却大都未经整理，而且不易见到；其次，当事人健在，作者又必须在查阅文献之外，调查这些"活材料"。年代久了，各人的记忆难免模糊讹误，作者又须下一番考核功夫。只有将文献资料和调查、访问结合起来，才可能准确、全面地理清历史事件的来龙去脉，揭示文献资料所无法反映的内幕，展现真相。陈漱渝同志写作《同盟》一书不过花费了四个月的业余时间，而收集资料却达六年之久：不仅"穷搜"一切可以找到的文献，而且，以各种方式向当事人、知情人宋庆龄、陈翰笙、丁玲、楼适夷等人做了调查。因此，本书对同盟历史的叙述，既清晰、翔实、完整，又钩沉发隐，提供了许多我们过去不知道的史实。例如，1933年，当陈赓被囚禁于上海狱中时，宋庆龄为中共秘密地转交过一张纸条。这一情节，是宋庆龄本人提供的。又如牛兰夫妇案，是当时轰动中外的新闻，但是，这一对在中国土地上被捕的异国夫妇的真实身份，却很少为人所知。陈漱渝同志通过外文局专家魏璐诗向路易·艾黎和马海德同志做了调查，函询了远在德国的王安娜女士，又得到了安全部有关同志的帮助，终于弄清楚了他们的政治面目和在华使命，有助于人们了解共产国际远东局在中国的活动。其他如蔡元培为保释邓演达，曾派陈翰笙向一度暗中赞同邓演达主张的陈诚递交保释信等情节，显然也是通过调查访问获悉的。它不仅对研究蔡元培，而且对研究陈诚都具有一定意义。

历史是由人的活动形成的。写历史，当然离不开写人。但是，若干年来，我们的某些历史著作却很少写人，有时写了，也往往只告诉读者，人物做了什么，而不告诉读者，人物是怎样做的。这样的著作自然干巴巴，缺乏可读性。陈漱渝同志的《同盟》一书注意写人，力图在可能的条件下写出人物的性格、气质和精神面貌来。例如，作者在叙述营救陈赓等人时有这样一段：

　　同年五月，轻易不出门的宋庆龄突然出现在辣斐坊七号（现复兴中路复兴坊七号）何香凝寓所的客厅中。这种一向少有的举动使何香凝有些慌张。宋庆龄却表现得十分平静。她一面跟何香凝寒暄，一面向廖承志眨了眨眼。何香凝意识到了，便托词拿糖果，回到了寝室。这时，宋庆龄面色凝重地对廖承志说："我今天不能待久。"又补充说："我今天是代表最高方面来的，只问你两个问题：第一，上海的秘密工作能否坚持下去？第二，你所知道的叛徒名单。"廖承志回答说："第一，恐怕困难。我自己打算进苏区。第二，这容易，我马上写给你。"廖承志飞快地把叛徒姓名写在一条狭长的纸上。宋庆龄打开皮包，取出一根纸烟，把半截烟丝挑出来，把纸条卷成卷，塞进这根香烟里，接着，泰然自若地走出了何香凝公寓的大门。

这段叙述是根据廖承志的一篇回忆改写的。它既富于表现力，又富于戏剧性，把宋庆龄沉稳、机智的性格写得栩栩如生。我想，如果将它改编为戏剧小品，肯定可以为演员提供丰富的创造天地。

《同盟》一书除宋庆龄外，也写出了邓演达、杨杏佛、鲁迅、胡适等人各自的性格特征。作者形容邓演达，"像一匹在革命征途上勇负重担而不幸中途倒毙的驴子"；杨杏佛，如同以膏血换取光明的"燃烧的蜡烛"，都是很精当的比喻。作者写萧伯纳访华，和鲁迅等人聚餐，一面学着用筷子吃饭，一面幽默地说笑，虽然只有寥寥几行文字，但这位戏剧大师的性格却已经跃然纸上。

历史不同于文学，它绝对排斥虚构，但是，这并不意味着它也排斥形象、情节和细节。一个历史学家不能写不曾发生或可能发生的事情，不能用想象去填补文献记载的空白，但是，他完全可以在叙述历史过程时，保留历史本身所具有的多姿多彩的面貌，保留有助于表现人物性格的情节或细节。在这一方面，《同盟》一书做了有益的探索。《营救被绑架的作家丁玲、潘梓年》一节，作者首先从《申报》的一则消息——昆山路发现惨死的男尸写起，同时叙述同一天，著名的女作家、左联党团书记丁玲失踪，上海市市长吴铁城和上海公安局矢口否认绑架，一时间，形成了一桩扑朔迷离的无头案。然后，文章叙述丁玲被捕，特务潜伏在她的寓所张网以待，等候抓人："下午四点左右，一个身着灰色哔叽长衫，戴着眼镜的高个子男人大步跨入室内，他就是左翼作家、中共江苏省委宣传部长应修人"。在历史学家的笔下，应修人的衣着、眼镜、身材、步伐等纯属细节，可以省略，然而，本书却保留了。最后，作者才说明，应修人和特务格斗，夺窗而走，从三楼跳下，壮烈牺牲。《申报》报道的"无名男尸"即是应修人的遗体。这段叙述，有悬念，有人物，有细节，因而很能抓住读者，但是，一切又都是历史——真实而无任何虚构、想象的历史。

很久以来，就有所谓文笔和史笔之争。一种说法是，文笔属于艺术，史笔属于科学，二者间界限分明，不能混淆。这当然是正确的。然而，它们为什么不可以贯通渗透、相辅相成呢？我看是可以的，只要不以文害史就是了。

《同盟》一书的另一个特点是史论结合。一部好的历史著作，不仅要有丰富的史料，而且要有深刻的思想和见解，即所谓史识。本书所涉及的"民权"是一个复杂的政治理论问题，它要求作者进行必要的议论和分析，而又不能离开历史，写成一般的政治读物。本书较好地解决了这一矛盾，它在叙述同盟活动的同时，回顾了民权思想在近代中国的发展历程，分析了孙中山、宋庆龄、蔡元培等人的民权思想，批判了胡适的"人权观"，总结了同盟的历史经验。书中不少地方，都闪耀着思想和理论的光彩，可以给予读者以智慧的启迪。如果要寻求不足的话，它对于社会主义制度下的民权问题缺乏论述，令人略感遗憾。但这也许不是本书的任务，我的意见大概近于苛求了。

陈漱渝同志正在写作《宋庆龄传》一书，期望它在文史贯通、寓文于史方面取得更大的进展。

纪实，就不应虚构

近来，有一类书卖得很红火，就是"纪实作品"。此类书，有的自称为"纪实文学"，有的简称"纪实"或"实录"，有的虽不标名号，但却以各种方式暗示或明白地告诉读者，写的是真人真事，属于"纪实体"之列。其内容，则以写中国近、现代史以至当代社会生活中的重大事件、重要人物为主。有些题材，历史学家还来不及涉足，但"纪实"作者们反应迅速，动作敏捷，抛出了一本又一本著作。其题材之广泛，反映内幕之深入，发行面之广，数量之大，都足以令人吃惊。

"纪实"热，反映出老百姓想了解历史真相、现实真相的愿望，这是一种正常的愿望，正当的愿望。

"纪实"热，反映出我们的史学著作和新闻报道还不能满足老百姓的要求。前者常常太枯燥，后者常常太简略，套话、空话太多。于是，"纪实作品"或"纪实文学"就应运而生了。

"纪实"好不好？当然好。它是新闻学和历史学的基础。不纪实，新闻和历史从何而来！然而，既然称为"纪实"，就不应虚构：不应编造历史或现实中没有的事件、情节，不应杜撰历史或现实中不曾有的人物关系，不应无中生有地添加人物对话，进行心态和场景描写。如果"资料不够，想象来凑"，用虚构来填补历史或现实的空白，那怎么能称为"纪实"呢？

然而，现在的情况是，真实而不虚构的作品固然有，但虚构、半虚构、部分虚构，真真假假，三分真七分假，或者七分真三分假的"纪实"作品也不少。这类作品，大多标榜"史料翔实、丰富"，内容绝对真实，甚至比历史学家的著作还要真实，有的还声称拥有独家掌握或鲜为人知的内幕资料，写作上又比较生动。如此这般，不由你不信！不由你不掏钱去买！

这样一来，问题就大了。一般老百姓工作繁忙，又限于条件，如何有可能去分辨真假？历史学家虽然条件较好，但是，当一种又一种"纪实"作品铺天盖地卷来时，又如何能辨得过来！况且，许多"纪实"作品的作者又常常以亲历者、知情人、访问者自居，你又怎样去一一核实？当代人搞不清，查不明的问题，后人又如何搞得清，查得明？

于是，其结果就必然是：真假难分，误导读者；谬种流传，危害历史。

试看下列例子：

有一篇题为《邓小平七十年代的一次南巡》的作品，叙述 1976 年"文革"期间，邓小平曾南下广州，受到许世友的保护，并在菜市场与群众见面。

还有一部题为《邓小平在 1976》的书，叙述毛泽东去世后，政治局常委会上突报邓小平失踪：原来由于守门哨兵一时大意，邓小平散步时步出大门，坐车去见了叶剑英，并就危险时局闭门议事。

以上二例，最近邓小平的女儿邓榕发表公开信说"均系原作者之杜撰"，"根本没有这件事"，"那时小平同志正被软禁，完全没有行动自由，根本不可能偷偷出来去会叶剑英"。（见《作家文摘》，1997 年 6 月 20 日）

邓榕在公开信中还提出，有一部题为《邓小平的历程》的书，其中有一章《我可不是那种两面派》，描写 1961 年第二次庐山会议时，夫人卓琳因担心邓小平步彭德怀的后尘，劝邓讲话不要太直。对此，邓榕从中共的保密规定和卓琳的为人两方面否定了上述说法。邓榕称：卓琳与邓小平不仅是夫妻关系，更是政治上志同道合的典范。在几乎所有重大问题上，包括面对大的政治冲击时，卓琳对邓小平的支持始终不渝，绝不会劝其妥协。上述文章中所编撰的，既不符合历史事实，又不符合人物的本质。

以上云云，如果不是邓榕出面辨证，有谁会发现它们出于杜撰？流传下去，后人据以写入正史，岂不让正史失真！

这样的例子还可以举不少。

有一部自称"首次披露"了中国出兵朝鲜"内幕"的书。在记述周恩来赴苏与斯大林等人会谈时，虚构了斯大林与苏联外交部长维辛斯基、斯大林与周恩来之间的大量对话。其实，当时维辛斯基正在纽约出席联合国大会！至于会谈地点，则在黑海附近的斯大林休养所，根本不在克里姆林宫。

有一部题为《喜马拉雅山的雪——中印战争实录》的书，以大量篇幅描写毛泽东在香山双清别墅主持军事会议，并且编造了许多毛泽东和陈毅的对话。其实，毛泽东只在进入北平之初在双清别墅住过，中印边界自卫反击战期间，何尝有过作者所描述的"西山军事会议"！

有一篇声称"根据贺子珍生前口述"写成的作品，绘形绘声地描写了贺子珍上庐山时与毛泽东相见的诸多情节，如在门外听到毛与彭德怀争吵，相见后与毛长时间对话，月下观景吟诗，康生告密，江青赶来大闹，等等。但是，经调查，除了贺子珍上庐山与毛有过 1 个多小时的会见，其他情节均属子虚乌有。（以上三例，参见徐焰著《"内幕"大曝光》，团结出版社 1994 年版）

还有：

有一篇写邓演达的作品，说邓在 1927 年春曾计划在庐山发动兵变，反对蒋介石。

有一部写郭沫若和他的日本妻子安娜的作品，虚构了郭沫若的许多情诗和情书，蒙住了不少专业研究者，以为是郭沫若资料的重大发现！

有一部写吴宓的作品，作者自称是吴 38 年的老朋友，但吴的三个女儿却联合发表声明：他们的父亲从来没有这样一位老朋友；书中《吴宓求见邓小平》一节"内容失实，全无其事"。（见《文摘报》，1997 年 6 月 12 日）

如此等等，情况不一。有的作品整体可信，虚构不实之处只是白璧微瑕；有的则是通篇胡编，信口开河。笔者不可能也没有必要罗列许多例子，相信读者已经可以看出问题的严重性了。

难道我们的广大读者愿意读这种号称"纪实"但却掺水、掺假的作品吗？难道我们的历史学家能引用这种掺水、掺假的"纪实"作品吗？难道我们的出版家应该出版这种掺水、掺假的"纪实"作品吗？"修辞立其诚。"真实是新闻和历史的生命，也是一切"纪实体"作品的最高原则。严肃的"纪实"作品绝不能允许任何成分的虚构在内。不应该牺牲真实性去换取生动性，更不应该为了发行数字去杜撰、编造。万里同志说过："失去了真实性，也就失去了真正的价值。更重要的是，一些真假难辨的东西，制造了历史的混乱，后果严重，后患无穷。这不是小说，不能虚构、编造。朴素的客观事实，最具有说服力。所以，我主张写人物传记，写回忆录，必须忠于事实，不能浮夸，更不能杜撰。"（见《百年潮》1997 年第 5 期）万里同志的这一段话，我以为适合于所有纪实作品。

这里，笔者要奉劝那些掌握了重要历史资料，特别是掌握了重要口述资料的作者，不要轻率地采取掺水、掺假的写法，这将会毁掉其真实部分。人们一旦发现其书有假，谁还会相信它是"信史"呢！

这里，笔者也要奉劝一切回忆录、口述录、访问记、人物传的作者，不要轻率地采取掺水、掺假的写法，否则，你将无法为历史留下一份真实的记录。

"纪实作品"出现大量掺水、掺假现象的原因很复杂。分析起来，大致有两类。第一类是理论上陷入误区：以为我写的是"纪实文学"，它是文学的一种类型，自然可以虚构；或者是为了增加作品的生动性和可读性，以为只要事件的大经大络真实，局部和细节的虚构无伤大雅。第二类是为了沽名钓誉，或为了增加商业价值，虽明知不应造假，但却有意作伪。情况不一样，对待的方法自然也不应该一样。但是，首先必须在理论上做出澄清。

时人常说：文史不分家。但实际上，历史是科学，文学是艺术，属于不同的行当。历史要求纪实，叙事求真、求信，载入史册的必须是生活中真正发生过的。历史学家的最高追求就是还原历史本相，没有充分、可靠的文献或考古的根据，没有严肃、细致的社会调查或访问，历史学家不能下笔叙述任何一个细节。文学则不然，它以生活为素材，但是，却不必拘泥于生活。它所写的，可能是生活中实有的，也可能是生活中没有发生过的，甚至是生活中根本不可能发生的。在生活的基础上，为了塑造艺术典型，作家可以神游万仞，思接古今，虚构、想象、移植、集中，十八般武艺，一般一般都可以拿出来。因此，史与文，"纪实体"与"非纪实体"，两者各有其质的规定性，也各有其社会功能，不能混淆。混淆了就驴不是驴，马不是马了。

当然，作家、艺术家们完全可以以历史事件或人物为题材进行创作，例如古之《三国演义》、三国戏，今之《少年天子》《曾国藩》《戊戌喋血录》《辛亥风云录》以及谢晋编导的《鸦片战争》之类，但那应被称为历史小说、历史电影，并不应被称为"纪实文学"或"纪实电影"。

当然，作家、艺术家（包括历史学家）也可在写真人真事的同时，力图使之有文采，有形象，做到既真实，又生动。此类写法，古人称为"踵事增华"，今人称为"调动艺术手段"，但是，不论是古人的所谓"踵事增华"，还是今人所谓的"调动艺术手段"，都不意味着写"纪实作品"可以虚构。人们都知道，有一种介于新闻与文学之间的体裁——报告文学，那也是不允许虚构的。

　　纪实与虚构，如水火不相容，如冰炭不能共处。纪实，就不应虚构；一有虚构，就不应被称为"纪实"。一切严肃的作者不应在"纪实"或"纪实文学"的盾牌之后任意编造、想象，制造混淆驴马的作品。

　　让我们都来保卫"纪实作品"的纯洁性吧！

努力追求真实与生动相结合的境界

——读胡绳等人的几篇文章

历史著作要真实。不真实的历史自古以来即为人们所鄙视，被称为伪史、秽史。

历史著作也要生动。不生动的历史不能吸引读者，读来易于困倦，甚至生厌。古人所谓"言而无文，行之不远"者是也。

既真实，又生动；既是历史著作，又是美文。这一境界很难达到。因此，我们也就和这类作品久违了。最近，笔者读到几篇文章。突然眼前一亮，这不就是我们期待已久的真实与生动相结合的"美文"吗？

胡绳的《忆韩练成将军》记一次不寻常的旅行。1948 年，作者自香港出发，中经大连渡海到山东时，同船五人，四人是文人，只有一人是武人。这个武人名叫"老张"，中等个儿，黝黑的皮肤，陕西口音，穿着一套解放军的冬装，外披一件羊皮军大衣。胡绳先写这个武人的晕船程度一点也不比几个文人低。从他一上岸就积极找村主任、村支书，或者找妇联主任谈话，估计他是山东解放区派到外面去办事的干部。到济南了，"老张"说："在北方，济南的澡堂要算最好的，它天一亮就开张，所以我们可以到那里去洗澡睡觉。"果然，胡绳在澡堂里睡了几个月来不曾有的一个好觉。这使胡绳感到有点奇怪，这位解放区出去的干部怎么这样熟悉济南和北方澡堂子的情况呢！此后在济南逗留的几天内，胡绳全凭"老张"领路。他想怎么走就怎么走，从大街进入小巷，甚至进入很深的院子。一天，在一条深巷中，"老张"领胡绳在一家座中空空的小酒铺中坐下来，面对巷子对面的高墙张望，悄悄对胡绳说："我前年就住在这里面。"这使胡绳愕然了。"前年，前年这座城市还在国民党统治下呢！"

至此，我想所有的读者都会和笔者一样，产生了一个疑问：这位神秘的"老张"是什么人？这以后，胡绳才一步步揭开，原来"老张"并不是什么老张，而是当过济南卫戍司令的国民党第四十六军军长韩练成。他在莱芜战役中和解放军秘密配合，因而导致蒋军全部被歼，战役结束后又自动回到南京，在蒋介石身边发挥"特殊的作用"。这次他是因为受到怀疑，才跑到解放区来了。文章波澜起伏，引人入胜，像剥笋似的，一层一层地逐渐展现出"老张"的庐山真面目。

生活中的人物大都有鲜明的个性，因而，历史著作也必须捕捉并表现人物的性格。资中筠的《忆海伦·斯诺》写20世纪30年代访问过延安等地的著名记者埃德加·斯诺的妻子海伦在"文革"期间重访中国。她年轻时美丽出众，晚年时仍然身材高大，腰杆笔挺，给人以"硕人颀颀"之感。她一到中国，不顾当时的环境，就向奉命接待她的作者宣布：她是要涂口红的。当年她在延安也如此。这一细节先声夺人，一下子就将海伦的性格凸显了出来。接着，作者向我们叙述，她虽是中国方面邀请的贵宾，但坚持来回机票自付，理由之一是：自付旅费可以使自己对中国保持独立，说话也硬一点。外面关于中国的传说很多，她要自己亲自看，独立思考。再接着，作者向我们介绍了海伦没遮拦地议论江青，在韶山留宿时，宁愿睡为毛泽东准备的硬板床，也不去睡江青的软床等细节。这样，海伦的率真、诚实的性格就逐渐丰满、鲜明起来。

李慎之的笔下的胡乔木也很有特色。在《胡乔木请钱锺书改诗种种》一文中，李慎之写胡乔木请钱锺书为自己改诗，对所改之处不甚满意，但又不好意思不接受，幸有李慎之出面办"外交"，重加斟酌，结果，皆大欢喜。文章通过这一典型事件将胡乔木的心理刻画得很细致。此外，该文写胡乔木一个人躺在草地上，自称"我有能源危机，要接点地气"，看似闲笔，而对全面表现胡乔木的性格，显然大有裨益。人物性格是丰富、复杂的，不应做简单化、粗线条的处理。

人物性格常常表现在人物语言风格上。因此，写历史人物的性格，除了"记行"，还必须用心"记言"。

毛泽东的语言风格是多姿多彩的：或说古道今，博大精深；或议论纵横，天马行空；或幽默诙谐，谈笑风生。尤为突出的是文语、土语、俚语、俗语、方言等各种语言成分，一到了他口中，无不运用自如，浑然一体。例如，熊向晖的《毛泽东"没有想到"的胜利》记联合国恢复中国合法席位后，毛泽东接见外交部有关人员时写道：

> 到了中南海主席住处，已是晚上 9 点多。主席坐在沙发上，满面笑容。他指指在美国出生的唐闻生说："小唐呀，密斯南希·唐，你的国家失败了呀，看你怎么办哪？"

作者所记的虽然只是毛泽东和唐闻生的几句玩笑话，却既表现了毛当时的兴奋心情，也显示出毛和工作人员之间的一种亲密、融洽的关系，是有助于刻画人物性格的必要之笔。

接着，作者记述了毛泽东的大段谈话：先是自嘲"对美国的那根指挥棒"还有那么多的"迷信"，接着，回忆 1950 年"花果山时代"伍修权去联合国控诉美国武装侵略台湾的情景，指示此次去联合国，"要算账"，要点美国和日本的名。谈着谈着，毛泽东的思想忽然像不羁之马似地奔驰起来：从做文章要像西晋"三军总司令"杜预所说的那样"势如破竹"，谈到三国时的曹、刘战事，由此岔到谭鑫培、谭富英演出的京剧《定军山》，又突然转辔回到曹营，赞扬曹操的思想："为将当有怯弱时，不可但恃勇也。"至此，毛泽东才回到本题，指示说：

> 你们去联合国，困难很多，要"以勇为本"，更要注意"为将当有怯弱时"。代表团团长就是"将"，不要被胜利冲昏头脑。

这是一段典型的毛泽东的谈话，古往今来，绝无第二人。

李锐《"大跃进"期间我给毛泽东的三次上书》一文记毛泽东 1958 年在上海会议中的一次谈话也很精彩。毛说：

> 我要找几位通讯员，名曰秘书，从三委（计、经、建委）二部（冶金、机械部）找，一部一人。人由我自己找，找那些有一点马列主义的、脑筋灵活一点的人，借此同你们唱对台戏。然后再逐步增加，找几个部的。前面乌龟爬上路，后面乌龟照路爬。你们可以找通讯员，为什么我不可以找？你们反对得了吗？我找了个李锐。在长江水利上和林一山是唱反调的。他写了三封信给我。我看这个人算是好人，有点头脑，就是胆小，给我的信先给李富春看，怕你的顶头上司，不怕我。我这里不是正统，是插野鸡毛的。

这里的语言也典型地体现出毛泽东的风格：既高屋建瓴，势如破竹，又生动、风趣，高度口语化。"前面乌龟爬上路""插野鸡毛的"云云，将民间俗语运用得极为圆熟、自然，不禁令人叫绝。事实上，也只有毛泽东，才能这样运用，几十年之后读了，仍然有如见其人，如闻其声之感。

有两种生动。一种是历史学的生动。它依赖于历史自身所具有的生动成分，例如人物的性格、行为及其方式、表情、语气、语言、对话、环境、细节等。历史学家只是选取并忠实地记述一切。它不能背离、损害历史的真实性，甚至不能虚构一个细节。另一种是艺术的生动。它以生活为基础，在此基础上可以运用典型化的手法，充分调动一切艺术手段，展开文学家想象的广阔翅膀。显然，上引各文、各例都是一种"历史学的生动"。它们没有任何虚构的成分，一丝一毫都不损害历史科学所要求的真实性，但是，却形象鲜明、性格丰满，叙事有致，人物语言高度个性化，完全符合文学的要求。

近来，学术界正在讨论"纪实作品"，我以为，如果要寻找比较理想的范例，上述各文都可以入选。

文学要求美文，历史学同样要求美文。愿继胡绳等文之后，历史学家有更多的美文问世；愿历史学家或历史当事人在命笔或敲键为文之际，能多想一想，如何使文章生动一点，"美"一点。

［六］

怀人篇

回忆季镇淮师

　　我进北大的时候，镇淮师还在国外讲学，及至镇淮师归国，我们已经在进行"教育革命"，完全不上课了。所以，我虽是镇淮师的学生，但是，却从来不曾听过他的课。有一次，他很高兴地告诉我，1955 年由他负责华东区的入学录取工作，见高分考生就取（那时，还不大过分强调政治），而我是从无锡考进北大的，该是镇淮师圈中的了。

　　我和镇淮师相识于"教育革命"中。1958 年，我们年级的几十个学生，为了"插红旗，拔白旗"，编写并出版了一部七十多万字的《中国文学史》。1959 年，因发现观点太"左"，准备修改，要每人选一个题目，写一篇意见。我想开辟新的领域，没有再谈我熟悉的唐代文学，而是写了一篇《略论袁中郎的诗》。承蒙他面奖，这篇文章被列为有内容的文章之一。大概也就是在那期间，我开始到中关园镇淮师的寓所去：只见几间平房，空空荡荡，中间客厅正中，放着一架体积颇为庞大的晶体管黑白电视机，那时，这就是奢侈品。其他地方，看不出他是从海外讲学归来的学者。镇淮师生活俭朴，布衣、布鞋，我就从来未见他穿过西装，似乎也很少见到他穿毛料制品。

接着是编《近代诗选》。那也是"教育革命"的内容之一。《中国文学史》虽然"左"得厉害，但适应了那个时期的政治需要，因此，各方哄抬，将之誉为新军新史。该书出版以后，我们这几十个学生又兵分数路，有的编文艺理论，有的编新文学史，有的编小说史，我和几位同学参加选注近代诗，目的是想证明我们这支"新军"可以占领一切学术领域，什么都可以干，连注释这种需要深厚学养的事也干得。不过，这时候，风向也有点变化了，这就是注意团结自己的老师，强调师生合作。那时，镇淮师正因系里的教学需要，准备研究近代文学，于是就放下原来从事多年的研究，参加《近代诗选》编辑小组，和我们一起干起来。

我在未见镇淮师之前，对他的情况就有耳闻，知道他是闻一多、朱自清的学生，民盟盟员，是系里的进步教师。（后来在"文革"中，我又得知，他还是中共的不公开的党员。）他有广阔的研究领域，专长研究汉唐文学，出版过关于司马迁的传记，韩愈的传记也已经写成多年，有待修改。我看过原稿，字写得极为端正，可以说一笔不苟。为了帮助我们修改文学史，镇淮师无私地将这部稿子交给我们参考。

近代诗向来是薄弱环节，那时，几乎没有人研究。近代诗人多，出版的诗集多。除了陈衍的《近代诗钞》，也没有别的稍具规模的选本。陈衍的选本，参考价值很小。至于现成的注释，除了人民文学出版社出版的《康有为诗文选》可供参考，别的就没有什么书了。因此，这是一项难度很大的工作。不过，镇淮师热情很高，他愿意和我们一起拓荒。龚自珍的诗最难注，镇淮师就自己把这副担子挑起来。我们那时仍然不上课，成天忙着翻诗（只能说是翻）、挑诗、注诗，一步步地学习使用各种工具书和引得，最后，选注了三百多位诗人的作品，送到人民文学出版社去。不想，形势不一样了，出版社这时比较注重质量。我们选的诗，大部分是"政治标准第一"，自然通不过。于是，推倒重来，重选，重注。在这一过程中，镇淮师始终热心地和我们一起工作，而且执笔写了前言。

临近毕业了，镇淮师有一次对我说："你到《文学遗产》（编辑部）去工作也不错。"我知道镇淮师没有分配权，他这样说，只不过表示了他的一种愿望。他和我都没有想到，我会被分配到一所培养拖拉机手的学校去。这以后，因为《近代诗选》还在修改，我也在继续研究近代诗，因此，仍然和镇淮师保持着联系。我那时正在研究宣南诗社。范文澜在《中国近代史》中说：这是个进步诗社，参加人有黄爵滋、林则徐、龚自珍、魏源等，都是禁烟派。我想搞清这个诗社的历史，便到北京图书馆去遍查嘉庆、道光年间有关诗人的诗文集。镇淮师非常支持我做这一研究。我每次到镇淮师那里去，宣南诗社都是讨论的内容之一。研究结束了，我发现范文澜的说法有很多错误，于是，我写出初稿，请镇淮师审阅。镇淮师用墨笔做了仔细的修改。我请镇淮师共同署名。他谦让再三，才勉强同意了。稿子后来送到《文学遗产》编辑部去了。《文学遗产》那时是《光明日报》的副刊，有关编辑可能觉得这是一篇考证性的稿子，不大重视，决定编在由中华书局出版的《文学遗产》增刊中；但过了若干时候，又说中华书局决定少出非当务之急的书，将增刊停了。那时候，学术界正遵命忙着批判资产阶级和资产阶级学术观点，谁还关心这种考证文章呢！

北大中文系大概从来不曾有将毕业生分去教技校的记录，镇淮师对我的分配自然是不满意的。不过，他从来不在我的面前做任何表露。我每次去，他总是听我谈研究，然后是让我留下吃饭，照例要季师母做几个菜招待我。现在想来，他大概是用这种方式默默地鼓励我。直到1962年，"三年困难"时期，我原来所在的技校下马，我才被北京师范大学附属中学要去当语文教员。当时，镇淮师和游国恩先生正在民族饭店开会，我去看他们，镇淮师这才对游先生说了一句：现在的工作还算可以。

北京师大一附中位于宣武区和平门外，琉璃厂附近。清朝时，各地会馆大都集中在那一带，因而，那里也是文人们居住、活动的场所。我在师大一附中工作了，到镇淮师那里去的时候免不了谈起宣武区的各种名胜古迹，不想这却勾起了镇淮师的兴趣。他要我陪他去一一寻访清代文人在宣武地区的活动遗迹。镇淮师研究诗，极为细致认真，常常为查找一个地名花费大量功夫。例如，龚自珍有一首《西郊落花歌》，是写北京丰宜门外的海棠的。最初，有人说丰宜门就在今天的复兴门附近，镇淮师不相信，查考了大量文献，才搞清楚它是金中都的一座城门，其旧址在今右安门外西南。所谓"西郊落花"，指的是丰宜门外三官庙的海棠花。现在，镇淮师要做实地考察了，我自然很赞成。于是，常常商量何时开始，从哪里开始。我手头还保存着镇淮师给我的一封信。

天石同志：二日以来，阴晴不定，奉访尊寓并顺寻史迹，未克如期进行，乞谅。假定本星期日（本月九日）天气好，自当履行前约不误。恐非假日对兄不便，故不能不总是定在星期日。国庆假日期间，读龚集，留意诗中提到的寺、观有好几个，如能一一寻到，亦足快意。国庆前一日，作七律一首，另纸录奉请正。谨此，即颂著安。

季镇淮

十月五日

二十八载迎国庆，庠教风云不等闲。

老九翻身知奋起，险峰纵目乐登攀。

识途骐骥思千里，接力英豪任危难。

滚滚源泉流日夜，欣欣万木变新颜。

庆祝中华人民共和国成立二十八周年喜赋，即奉天石郢正

季镇淮

十月五日

这时，"四人帮"已经粉碎了，"老九"翻身，所以镇淮师很兴奋，准备好好地做点事情。他喜欢龚自珍，想为龚诗作注；我也是龚诗的爱好者，于是，我们决定先从龚自珍诗中提到的寺、观考察起。一个星期天，镇淮师从西郊找到我在宣武门内的住处，然后，我们去宣武门外，通常被认为是"宣南"的地区。第一目的地是法源寺。龚自珍年轻时，他的家就住在法源寺南边。龚自珍常常入寺玩耍，有时就高踞佛座，虽驱赶也不肯下来。1826年（道光六年），龚自珍独游法源寺，作诗回忆当年逃学和捉迷藏的情况云：

> 髫年抱秋心，秋高屡逃塾。宕往不可收，聊就寺门读。春声满秋空，不受秋束缚。一叟寻声来，避之入修竹。

遗憾的是，当我们兴冲冲地赶到那里的时候，却吃了闭门羹——谢绝参观。

那时，"文革"遗风未泯，法源寺这样的庙宇自然是不会开放的。

以后我们就没有再做过什么考察了。镇淮师有哮喘病，又忙，总是找不出合适时间。

镇淮师做学问极为细致、认真，龚自珍有一首极为著名的《咏史》诗，首句为"金粉东南十五州"。东南地区为什么是十五州，哪十五州。此类问题，我向来没有注意过。镇淮师向我提过多次，我在有关工具书中查不到，也就算了。但镇淮师始终记住这一问题，留心查考。终于有一天，他兴奋地告诉我，他在《资治通鉴》中发现了答案。这时候，距离注释《近代诗选》，已经有二十多年了！

我于1978年调进中国社会科学院近代史研究所后，研究民国时期的政治史，到镇淮师那里去的机会就少了。不过，镇淮师始终没有忘记我这样一个学生，有事总惦着。大概是20世纪80年代初期吧，开始编撰《中国大百科全书》，镇淮师负责主编"近代文学分支"，他要我参加，我自然遵命。

后来，镇淮师主编《中国近代文学史》，那是国家重点项目多卷本《中国文学史》中的一种。镇淮师仍然要我参加，但是，我当时已经陷入另一个国家重点项目《中华民国史》的编写而不能自拔，只为镇淮师的书写了两章。镇淮师本来希望我写得更多一点，但我未能做到，这是我始终感到歉疚的。

镇淮师治学不仅非常严谨、细致，而且非常谦虚。他对前辈、同辈、后辈学者都非常尊重。江苏师范学院的钱仲联先生长于笺注之学，注韩愈，注陆游，注黄遵宪，是著作等身的大家。镇淮师对钱先生很佩服，经常在我们面前盛赞钱先生的学问，可以说达到了倾倒的程度。他不仅将钱先生聘为"分支"的顾问，而且特别将条目定稿会议的会址安排到钱先生的家门口，江苏师院旁边的东吴饭店。

记得在东吴饭店定稿期间，有一天，偶然谈起北大中文系的一个名叫林昭的女生，有才华，有思想，人又活跃，反右时被错划，"文革"期间被决定枪毙。枪毙后，执法机关居然还要向她的家人收取两毛钱的子弹费。听到这里，镇淮师突然大叫了一声。那叫声，是痛惜，是惊讶，又是愤怒。镇淮师当时的形象，至今我还清晰地记得。

金灿然与拙著《南社》一书的出版

我本来痴迷于写诗，在北京大学中文系读了几年，转为痴迷于做文学研究。1960 年，我大学毕业，被分配到了一个培养拖拉机手的农业机械学校，但痴迷不改，仍然想做点什么。

做什么呢？我在大学后期参加选注《近代诗选》，为《中国文学史》一书撰写过革命文学团体南社的有关章节。南社文人，在清末、民初曾经很活跃，连鲁迅都加入过它的分社。那时，中国文学正处于新旧转型时期，南社文学可以说是那一时期的重要代表。我觉得，可以写一本题为《南社研究》的书。主意既定，我便和我的同窗学友刘彦成君商量，两人合作。刘君也是《近代诗选》的选注者之一，毕业后被分配到北京西城区教师进修学校。一开始他没有多少事可做，在那里刻钢板，写蜡纸。和留在北大或被分配到其他显赫单位的同窗学友比，我们两个人可以说"同是天涯沦落人"，于是，一拍即合，决定动手。

为了稳妥起见，我们一边写作《南社论纲》，一边分别致函北京中华书局和中华书局上海编辑所，说明写作计划。我和刘君都是初出校门的年轻人，又都在和科研完全无关的基层工作，出版社会接受我们的写作计划吗？信寄出之后，我们都不无惴惴。但是，出乎意料，两个编辑部没有瞧不起我们，很快都回了信。上海编辑所要求我们就近和北京总局商量；北京总局的近代史组则表示，南社"在近代中国革命史上确是个值得研究的问题"，欢迎先将《论纲》和已完成的部分初稿寄去。我们当然照办。一个月之后，中华书局文学组复函，说是南社在晚清文学史上有一定地位，欢迎我们的选题计划。大概是书局的近代史组认为南社是一个文学团体，所以将选题转出了。

我们虽有大学时编诗选、写文学史的经验，但仍不敢怠慢。找资料，看资料，一切从头做起，但是，已经没有大学时的研究条件，其中的辛酸苦辣这里就不想说了。书稿完成后，我们将其寄给了中华书局。1962年3月，书局复信，表示同意出版，提了几条修改意见，书名建议改为《南社》，列入当时几家出版社联合编辑的《知识丛书》。信末称：你们有空时，请来我局面谈。

谁要找我们面谈呢？我们想，大概是责任编辑吧？没想到，一打听，却是中华书局的总编辑金灿然同志。我们知道，灿然同志当过文化部出版局的副局长，是著名的老出版家，这就使我们颇有受宠若惊之感了。记得是在一个炎夏的下午，责任编辑傅璇琮同志陪我们到灿然同志的寓所去。那时，中华书局还在北京城西的翠微路，灿然同志的寓所就在书局的大院里。那是一座极为简朴的小院，灰砖，平房，竹篱内有点稀疏的花木。灿然同志在他的客厅里接待了我们。说是客厅，不过10平方米左右吧。房间里除了白墙，似乎没有什么摆设。记得灿然同志身材不高，圆乎乎的脸，着圆领老头衫，灰色短裤，摇着一把蒲扇，坐在一把破旧的藤椅里，完全没有一个大出版家的架子。坐定后，灿然同志给我们一人递了一把蒲扇，然后说，南社是否值得写一本书，书局有不同意见，有人认为写几篇文章就可以了，但他认为南社是有进步意义的团体，书稿有价值，极力主张出版。同时，他又告诉我们，《知识丛书》

的规模很大，作者有著名的老专家，如《楚辞》专家游国恩等；也应该有年轻的作者。你们刚从大学毕业，能如此用功，所以希望见见。灿然同志还说：最近刚刚出版了湖南林增平的《辛亥革命》，可以参考此书的体例修改。于是，璇琮同志就回书局取了两册书送给我们。灿然同志还问，今后准备再做什么。我当时表示，准备编一本《林则徐诗文选注》。鉴于搞注释需要有很深的学养，不是毛头小伙子可以轻易涉足的，于是，我特别说明，我们有编注《近代诗选》的经历，可以承担此事。灿然同志听了后，非常爽快地表示，你们可以做。不过，此后由于说不清楚的原因，这一计划始终未能付诸实施，这是愧对于灿然同志的。

金灿然同志爱才，对许多事有自己独特的见解。1957年那个难忘的春天，北大中文系古典文学教研室的一批年轻的助教们准备办一个同人刊物，名叫《当代英雄》，宗旨、条例都以大字报的形式贴在一座宿舍楼的墙上，无非贯彻"百家争鸣、百花齐放"方针之类。其后，《人民日报》发表了题为《这是为什么》的社论，形势继而发生变化，《当代英雄》并没有出世，同人们却一个个被打成了"右派"。反右后期了，进入处理阶段，"英雄"们似乎不能留在北大继续执教，出路成了问题，就在此际，金灿然主持的中华书局编辑部毅然向他们敞开了大门。后来，中华书局的骨干中，有几位就是原《当代英雄》中的同人，现在有的已是国内外鼎鼎大名的学者了。这件事，使很多人都佩服灿然同志的胆识和气度。

金灿然同志很忙，但他在百忙中仍然抽时间约见两个无名的年轻作者，是不是也因为"爱才"呢？我想大概是，虽然我自己和"才"并无什么缘分。

我们按照中华书局的要求认真做了修改，傅璇琮同志也对稿子做了加工。不过，书稿并没能顺利出版。1963年，在江青等人的指挥下，文化界展开对《李慧娘》《谢瑶环》《北国江南》《早春二月》等作品的

163

批判。毛泽东于同年 12 月批评文艺界"问题不少","许多部门至今还是'死人'统治着","许多共产党人热心提倡封建主义和资本主义的艺术"。在这一形势下,中华书局被迫检查已出和待出的书稿,通知我们说:"对遗产要强调批判精神""南社的时代与现在接近""要格外慎重""正在重新审读书稿"云云。所幸的是,这次审读,中华书局只对原来已做过加工的稿子再做了一些修改和删节,于 1964 年上半年付排。接着就是读校样,签合同,准备插图,似乎出版在即了。

没有想到的是,历史已接近"文化大革命"前夕,"批资"的火力越来越猛,南社当时被视为资产阶级的革命文学团体,因此,中华书局又于 1965 年 3 月将三校样退给我们,要我们"根据目前的革命形势",重新研究资料,加强批判;如一时不容易改好,中华书局就准备对排版做出处理。我和彦成君商议之后,觉得意见难以接受,决定暂时不动,其结果自然是拆版。一直到"文革"以后的 70 年代末,陈旭麓教授帮我在上海出版了《黄遵宪》一书后,又想帮我出版《南社》。我向中华书局重提此稿,中华书局不愿让出,于是,修订增补,由周振甫先生当责任编辑,于 1980 年将此书重排出版。但是,金灿然同志已经见不到了。我们从其他方面知道,他主持出版的许多书籍都在"文革"中被说成封、资、修大毒草,受到了残酷的批斗,被下放湖北咸宁五七干校,于 1972 年 12 月逝世。

《南社》重排出版时,我们在后记中写了一段话:

> 十八年前,中华书局总编辑金灿然同志即积极支持本书的出版,并约见著者,热情鼓励,体现出一个老出版家对年轻人的关怀。现在本书出版,金灿然同志已经去世,书此以为纪念。

一本小书,出版竟"拖"了18年之久,抚今思昔,能不感慨系之!

外老和我

侯外庐先生去世已经一年多了，一直想写一篇文章，记录外老和我的一点小关系。

我读外老的书，那还是 20 世纪 50 年代，在北大念中文系的时候。因为研究作家，不能不了解并评价作家的思想，这就不能不读几本思想史一类的著作。正是在这种情况下，我开始读《中国思想通史》。说老实话，开始时不大懂，但外老著作的博大精深吸引了我，只好硬着头皮啃。1960 年，我被分配到一所名为农业机械学校，而实为培养拖拉机手的短训班里教书，有时也兼管传达室。自然，思想史的知识完全用不上了，但我还是继续读外老的书。一次，我在书店里发现了一套《中国思想通史》，厚厚的 6 大本，书价自然不低。尽管当时正值困难时期，经常饥肠辘辘，但我还是把本来准备用来填肚子的钱买了书，并在扉页上写了"购此自励"四字。从此，批批划划，愈读愈有兴味。

外老的书读久了，我对思想史也就有了一知半解。这时，我已调到一所中学里教书。一个偶然的机会，我读到了明人韩贞的集子。韩贞是泰州学派传人，当过窑工，历来被当作泰州学派具有丰富人民性的例

165

子。我仔细研读了韩贞的著作，觉得情况并不如此。于是，我写了一篇短文发表在《光明日报》上。其后，我继续研读泰州学派创始人王艮的文集，写了一篇长文——《关于王艮思想的评价》。这是一篇全面地和外老唱反调的文章。例如，《中国思想通史》认为泰州学派是唯物主义学派，我却认为是唯心主义；《中国思想通史》认为王艮思想具有异端色彩，我却认为王艮是奴隶道德的鼓吹者；如此等等。当时不知天高地厚，我还特别加了一个副题——与侯外庐等同志商榷，将嵇文甫、吕振羽等前辈学者一概包括在内。文章写成后，我将它寄给《新建设》编辑部，很快排出了清样。责任编辑谭家健同志告诉我，清样送给外老看了，外老认为文章是摆事实、讲道理的，可以发表。

不久，文章出来了，事情也就到此结束了。我当时 20 来岁，年轻、幼稚，不曾更多地去思考外老同意发表反对他的文章这一事实的意义，也不曾想到，应该去拜会一下外老，听听他的教诲。又过了几年，进入"史无前例"的时期，外老当然在劫难逃。某次，我和历史研究所的一位同志闲谈，问起外老和他的几位弟子的处境。这位同志说："你幸亏没有调来，否则你也跑不掉！"他接着告诉我，外老曾经准备调我到历史研究所思想史研究室工作，但没有调成。听了这位同志的话，我愕然了。我的文章和外老的著作唱反调，而且是那样激烈的反调，外老却要调我到他的手下来工作，这是一种何等高尚的风格呀！

自从知道外老要调我而没有调成的消息之后，我就一直想打听其中的奥秘。说法不一。一说是档案不行，一说是忙于"四清"顾不上。我是相信第一说的。我在大学里读书还算用功，但那时候用功读书并不被认为是好学生。加上 1957 年我对揪了那么多右派想不通，不会张眉瞋目地斗右派，1958 年又不会说大话、吹牛皮，因此，被视为白专道路的典型。毕业鉴定有云："反右斗争中严重右倾，丧失立场"，"标榜通过学术为社会主义服务，拒绝思想改造"。外老要调我这样一个人，自然调不成了。

又过了 10 多年，我进了近代史研究所，做研究工作。不久又应邀担任《中国哲学》编委。当时，外老是刊物的名誉主编。有一位同志告诉我："外老对你和李泽厚同志参加编委会表示欢迎。"我听了之后，除了对时隔近 20 年，外老还记得我这一点深为感动，还有愕然之感。李泽厚同志是著作等身的海内外名家，外老欢迎他是可以理解的，而我，只不过写过一两篇反对外老的文字，难道也值得外老"欢迎"吗？这以后，在外老家里开过一次编委会，一位同志将我引荐给外老。那时，外老已患病多年，不能正常发音、说话。只见他穿着一身青布中式服装，坐在轮椅里，显得清癯消瘦。我除了问候外老的健康，什么话也说不出来。

后来，我又逐渐知道了一些事情。某次会上，我见到中国思想史研究室的黄宣民同志，得悉他正在写《王艮传》。我问他准备怎样写，黄宣民同志说："外老的意见是要坚持原来的观点。"听了宣民同志的话，我又一次愕然了：原来，外老始终不同意我的观点，那他为什么对我如此关怀呢？又有一次，为外老整理回忆录的朱学文同志告诉我，他曾经问外老，当年为什么要调杨天石来中国思想史研究室工作？外老的回答是："这个人当时是中学教师，我断定他将来一定会有成就。"听了朱学文同志的话，我不再愕然，而是肃然起敬了。外老的心胸多么恢宏宽广，他对培育、扶植年轻人又怀着多大的热情呀！

惭愧的是，由于种种原因，这几年我用于思想史研究的时间已经愈来愈少，这是有负于外老的希望的。今后，不管多么繁忙，我仍然要挤时间，继续读外老的书，在思想史研究方面做一点力所能及的工作。

1988 年 12 月 7 日深夜

忆胡绳

我和胡绳同志并不熟。不过，有些事似乎只有我知道，或只有我才能说清楚。这些事，都不大，也都并不很重要，但可以从某些方面折射出改革开放以来思想和理论领域的部分侧影。

一、倡办《百年潮》杂志

1996 年，中共党史学会有一个《中共党史通讯》不想办了。当时刊号很紧张，学会的副会长郑惠等人想利用《中共党史通讯》的刊号办一个通俗历史刊物《百年潮》，反映鸦片战争至当代中国这一百五十多年的历史。据说，这是为了贯彻胡绳同志的主张。龚育之在《〈百年潮〉创业三君子》一文中说：

> 胡绳认为，党史研究成果主要在党史界内阅读、流转，这种"体内循环"的情况应当改变。走出专业人员的阅读圈子，到更广大的群众中去寻求读者，应当是党史研究工作的一个重要方向。所

以，除了办好党史研究的学术刊物以外，他还希望办一个通俗的、可读性强的讲党史、革命史、近现代史的刊物。

胡绳是马克思主义通俗化在中国的先驱。三十年代他和艾思奇等同志，就写了影响甚广的马克思主义的通俗哲学读物。四十年代他写的《二千年间》和《帝国主义与中国政治》，既是开拓性的学术著作又具很强的通俗性，是影响甚广的马克思主义的通俗史学读物。现在，身任中国社会科学院院长和中央党史研究室主任的胡绳，又建议办中国近百余年历史的通俗刊物，这展现出他作为一位史学大家的宽阔眼界、超出纯粹学术研究的眼界。我们在党史室和党史学会工作的同志都很赞成这个建议。于是就有了《百年潮》。

龚育之当时是中央党史研究室的常务副主任，胡绳的主要助手，他的这段回忆自然是可靠的。

确定创办《百年潮》之后，接着便是组织编委会，物色主编人选。关于主编，要找一个熟悉这一整段历史的学者。杨奎松推荐我。郑惠、胡绳、龚育之都同意。于是，我这个连党员都不是的研究人员就当起了《百年潮》杂志的主编。对于我的非党身份，胡、龚、郑三位都不在意。龚甚至觉得，也有其好处。

当主编，自然要写《发刊词》。我在第二段开头写道："中国历史有过辉煌的往昔，但是一百五十多年以前却已经疲弱不振。在与来自万里之外，所知甚少的敌人交手之后，中国人发现了自己的落伍，于是奋起图强，开始了振兴中华，建立现代文明社会的伟大努力。"稿子送给胡绳同志看，"疲弱"二字，原为"疲蹶"，胡绳认为不妥，于是我就改了。稿子通过得很顺利。不久，胡绳在和郑惠谈话时说："看到你们的发刊词和创刊号要目，我感到很高兴。我曾多次谈过，历史学中既需要主要供研究工作者读的专门著作，也需要适合一般读者口味的、大众化的历史作品，使历史教育的普及和提高相结合。"

很快，郑惠将他和胡绳的谈话写成了《胡绳访谈录》。其中，胡绳提出："要改变过去那种把阶级和阶级斗争简单化、公式化的观点和做法，要根据较之一百多年前有了很大的不同的历史情况、现实情况，对阶级和阶级斗争问题进行新的研究，作出新的论断。"同时，胡绳提出，要总结中国和世界社会主义发展的历史经验，要加强对非公有制经济的调查研究等重要问题，成为创刊号上一篇引人注目的政论文章。

紧接着，胡绳又陆续发表了《忆韩练成将军》《追记半个世纪前的一次长途旅行》等几篇文章。它们和同时发表的萧克、熊向晖、胡乔木、钱锺书、龚育之、师哲、李慎之等人的文章一起，使《百年潮》顿时声名鹊起，成为北京文化界争相阅读的刊物。我曾经选择受到读者赞誉的几篇文章，写过一篇题为《努力追求真实与生动相结合的境界》的评价，其中称誉胡绳的《忆韩练成将军》一文"波澜起伏，引人入胜，像剥笋似的，一层一层地逐渐展现出'老张'的庐山真面目"。

胡绳除了发表政见，带头写回忆录，还关心刊物的体裁和题材，建议发表短而小的文章。为此，他化名槐叟，为刊物写了一篇《谈"爱人"含义的变迁》。1998年11月，他特为刊物题字："既要严谨务实，又要活泼轻松。"在很长一段时期内，他不断通过郑惠向我们转达他对刊物的意见。我是兼职主编，在编刊物的同时，在中国社会科学院方面还有繁重的研究任务，所以从未想过要去拜见胡绳，当面听听他的教诲。

在我担任《百年潮》主编期间，有一年，编辑部准备编写《世纪三伟人》一书，叙述20世纪中国的三位伟人：孙中山、毛泽东、邓小平。书稿完成之后，准备请胡绳写序言。胡绳那时似乎正在大连休养，不能写。郑惠要求我代写。我自认义不容辞，没有多想，贸然写成。在编辑部会议上宣读时，郑惠很满意，认为颇有胡绳的文风。但是送给胡绳审阅之后，胡绳不满意，于是，这篇文章在书稿出版时，就没有署名。

二、赞扬刊物办得好，保护刊物幸免停刊

在《百年潮》普遍受到赞扬的时候，没想到，创刊号上青石（杨奎松笔名）的《1950 年解放台湾计划搁浅的幕后》一文却惹了祸。该文根据苏联已公布的档案，揭示了当年朝鲜战争第一枪的打响经过。这对国内读者还是闻所未闻的消息，几十家报章杂志先后转载，连延边自治州的刊物《支部生活》都译为朝文发表了。朝鲜方面询问中国驻朝使馆："文章是谁写的？是否代表中国政府意见？中国政府对朝鲜战争的看法有无改变？"当时，中国驻朝人员回答："文章是中国一位学者的个人行为，不代表中国政府意见；中国政府对朝鲜战争的看法没有改变。"回答者还加了一句："中朝友谊万古长青。"本来，事情到此也就可以结束了，但是，消息反馈到国内，两个部门的负责人都批示要"查处"，有关部门为此组织了专门小组。杨奎松为此写了"说明"，《百年潮》编辑部也在准备写检讨。有一天，突然接到通知，编辑部负责人于某日到出版总署开会。据说，那是要传达停刊通知的。然而，正在此时，传来了胡绳的三点指示：第一，关于朝鲜战争的第一枪，国际上已经不是什么秘密，在中国谈这个问题的，《百年潮》也不是第一家。对《百年潮》的处理要适可而止；第二，《百年潮》是一个好刊物，有不少新东西；第三，对《百年潮》，要支持、扶植。胡绳当时不仅是政协副主席、中国社会科学院院长、中央党史研究室主任，而且还是中央党史领导小组副组长。在党史研究这一领域，他是说话管事的人物。"查处"小组的负责人听到胡绳的意见后，立即表示，要尊重胡绳的意见，原定的会不开了，检讨也不必写了。在负责人向当时的中宣部部长丁关根汇报时，丁称："是啊！《百年潮》是办得不错。"

由于胡绳同志的三点意见，《百年潮》幸免一劫。不过，更大的磨难还在后面。

三、两封匿名信告状

1999 年 11 月，有人匿名给中组部写信，指责《百年潮》三年来发表的大量文章"大多是对党和党的事业表示怀疑，甚至加以否定的认识"。该信"揭发"季羡林、王元化、萧克、李锐、杜润生、王蒙、韦君宜等人在《百年潮》杂志或座谈会上的"错误言论"，结尾说："《百年潮》的旗帜难道还不够鲜明吗？'再尖锐''再解放'一些，它将升到哪一个党的调门上去呢？"

对于此函，中组部转呈当时负责党务工作的曾庆红，曾于同年 12 月批示："请认真研究此情况反映，查实有关问题，并提出改进措施，情况望告。"

12 月 1 日，有署名"高校几名教师"者又向中宣部写信，指责《百年潮》杂志"其政治倾向存在相当严重的问题"，"极大地损害了党的形象，搞乱了人们的思想"，特别提出："这是共产党人的办刊思想吗？不像。"该函提出三点要求：一是应令《百年潮》自 2000 年 1 月起停刊整顿；二是《百年潮》社社长郑惠编审应就该刊的错误进行认真的检查，并向读者做出必要的交代；三是主管部门和主办单位应就《百年潮》的问题切实汲取教训。

对于此函，中宣部领导没有表态，就转给中央党史研究室当时的负责人。

党史研究室接到转来的两封匿名信后，立即根据曾庆红同志的三点意见，组成以该室副主任李君如为首的调查和审看小组，检查《百年潮》创刊以来的全部文章。同时，作为"改进措施"，以年事已高为理由动员郑惠辞职。郑惠最初同意辞职，很快又表示不辞。鉴于两封匿名信严重不实，我准备了材料，要求会见龚育之，说明情况。龚表示，党史研究室已经委托李君如同志处理，他就不便过问了。

我们建议郑惠向朱总理汇报。郑惠与朱总理见了面，谈了情况。朱总理关心郑惠的健康状况，对于两封匿名信，朱总理则未置一词——大概因为这事不属于朱的业务主管范围吧。

由于党史研究室一再要求郑惠辞职，我建议向龚育之和胡绳请示。龚的意见是"不要硬顶"。胡绳则通过他的秘书表示："辞一下也可以。"

2000年2月3日，《百年潮》召开在京编委会议，欢送郑惠同志离职。与会编委表示，要像郑惠同志那样，兢兢业业地工作，力争将刊物办得更加出色。《百年潮》在当年第3期刊登了这一消息。事后，立即有人打电话，对其中关于郑惠的肯定语表示不满。

四、胡绳被批判

在"青石"文章引起的风波后，胡绳勇于出面讲话。在匿名信问题上，胡绳却不肯表态，而且连郑惠请示时也未见。看来，其原因是，胡绳本人当时也处于被批判的状态中。

胡绳在研究毛泽东和中华人民共和国成立以后的中共党史的过程中，逐渐形成了一个看法：认为在1949年之前，毛泽东是坚决反对民粹主义的，但是，在1949年之后，"曾染上过民粹主义的色彩"，例证之一是1958年的"大跃进"和"人民公社运动"。胡绳说："领导思想失之毫厘，民粹主义的思想就在下面大为膨胀。当农业生产力没有任何显著提高，国家工业化正在发端的时候，认为从人民公社就能够进入共产主义，这是什么思想？只能说这种思想在实质上属于民粹主义的范畴。"民粹主义是一个多义词，其中一种解释指19世纪的俄国民粹主义。这种主义认为可以而且应当越过资本主义阶段，依靠农民公社和小商品生产的力量去建设社会主义的、平均主义的民主社会。1999年3月，《中国社会科学》和《中共党史研究》两刊同时发表了胡绳的文章

《毛泽东的新民主主义论再评价》。

胡绳这下子惹祸了。有人著文，批评胡绳诬蔑毛泽东，梦想复辟资本主义。《中流》杂志载文说："大讲'民粹主义'不过是说明社会主义此路不通，中国的唯一出路是退回去搞资本主义，至少是退回去搞新民主主义"，"难道我们能够依着他们吗？"针对《中流》的批判，《百年潮》于2000年第1期发表邱路的《请放下你的棍子》反驳。邱文指出："言论自由与学术自由是法律赋予每个中国公民的权利。今天不管我们的法制健全与否，毕竟不再是'文化大革命'的时代了，甚至也不是1957年那个人治盛行，万马齐喑的年代了。胡绳先生也好，其他先生也好，都有权表达他们对一些问题的看法，有权按照自己的意愿进行研究和思考。"邱文针对批判者说："不论同意与否，恐怕都应该摆事实、讲道理、平心静气地交换看法，为什么非要把问题扯到政治立场和政治路线的高度上去，禁止别人思想，甚至总是想将对方置于死地呢？"

以李君如为首的调查组很快做出结论，并且写出调查报告，列举充分理由，说明两封匿名信严重不实。报告指出《百年潮》有三项优点，三项不足。优点是：发掘党史资料；澄清党史问题；普及党史知识。缺点是：对老人家的晚年错误，有的地方讲得过细；风格不够多样；作者的队伍不够宽广。改进措施是：社长郑惠年事已高，建议其辞职，另觅社长人选；在新社长到任之前，由主编杨天石暂代社长。报告得到曾庆红批准。过了几天，党史研究室召开《百年潮》编辑人员全体大会，宣读调查报告。我曾发言，表示感谢调查组所做认真细致的调查，得以避免新时期的一件冤案；又表示，《百年潮》这个舞台本来不应该由我来演出的，但是，我既然已经站到了这个地方，哪怕是火坑，我也不准备离开。龚育之亲自到会，当场宣称：杨天石过去是《百年潮》的主编，现在是，将来也还是。

郑惠肄业于北京大学。中华人民共和国成立后，在中宣部党刊编辑室、中共中央政治研究室、《红旗》杂志社、国务院政治研究室等处任职。1981年后，历任中共中央书记处研究室文化组组长、室务委员、中央党史研究室副主任、《中共党史研究》主编。曾参加起草《关于建国以来党的若干历史问题的决议》。他是办刊老手，以刊物为生命，对文章精益求精。加上联系多，人脉广，善于组稿，每当刊物缺稿时，他总能拿出重头稿件来。而且，他是"副部级"，有"拍板权"。稿件经他看过后，就无须再往别的什么地方送了。龚育之在回忆文章中曾称：郑惠为《百年潮》，"真可谓呕心沥血"。郑惠辞去社长职务之后，在一段时期内，我变成了"孤掌"，只好靠其他几位编委，共同勉力支持。有一次，郑惠转告我：胡绳同志很满意，认为保持了原来的风格和特点。有人还传来消息，胡绳要推荐我当政协委员，有关方面正在对我考察，要我谨言慎行。

很快就派来了新社长，但是刊物的困难仍然很多。我有时到龚育之处诉苦，老龚说："办下去会很困难，但有这个刊物比没有强。"并且感慨："上面现在已经没有像乔木那样懂业务又敢拍板的领导了。"我看出老龚的本质是书生，热衷做研究，不愿意多管行政工作，特别不愿意以行政命令的办法处理问题，所以尽量不去打扰他。老龚说他和我的关系"淡如水"，确是事实。

当《中流》批判胡绳之际，正是胡绳主编的《中国共产党历史》中卷暂时不能出版的时候。

自20世纪80年代起，胡绳即为中央党史研究室主编《中国共产党历史》上卷一书。上卷出版后，又接着写中卷。这一卷写中华人民共和国成立到十一届三中全会的历史，自然，很难写。历经五年，数易其稿，终在1998年底基本定稿，计划在国庆五十周年之际正式出版。1999年初，有人向中央"告状"，称该稿"问题"甚多。结果上面要求先印征求意见本，内部听取意见。据说，绝大多数人持赞成、肯定态度，也有少数人不赞成，认为将错误写多了。胡锦涛同志批示，继续征求意见，进行修改。在这一情况下，胡绳难免有想法。在郑惠向他咨询是否辞职时，他只能说一句："先辞一下也可以。"

然而，胡绳很快就觉得话讲早了。2000 年 2 月 5 日，中央举行春节团拜。会上，胡锦涛见到胡绳，说了句："感谢您多年来为党史研究所做的贡献，今后还希望您多指导。"胡绳自然很高兴，立即通知秘书白小麦向中央党史研究室和《百年潮》编辑部转达胡锦涛同志的话，并且说，希望党史研究室和《百年潮》编辑部做好自己的工作，不要参加社会上无谓的争论。不久，胡绳见到郑惠，特别对他说："哎呀！看来你辞职早了点！"

五、胡绳逝世，《百年潮》送花圈

2000 年 10 月，胡绳同志在上海病重，李瑞环、胡锦涛、朱镕基等领导纷纷致电慰问，了解病情。上海市委负责同志带着朱镕基的电话记录稿来到胡绳的病床前，逐字逐句地念给胡绳听。11 月 5 日，胡绳同志逝世，胡锦涛赶到上海送别。6 日，我以编辑部全体同人名义给胡绳同志治丧委员会和胡绳同志亲属各去一封电报，以示悼念。电文如下：

中共上海市委办公厅转胡绳同志治丧委员会：

惊悉胡绳同志逝世，不胜震痛！

胡绳同志是杰出的无产阶级革命家、马克思主义者，思想理论战线上的老战士，优秀的历史学家。他的逝世是我国社会主义事业，特别是文化战线的重大损失。

《百年潮》是在胡绳同志的倡议和关怀下创办的。四年来，胡绳同志不仅给了我们许多宝贵的指示和支持，而且接受访谈、提供文章，推荐作品。可以说，我们前进的每一步都有胡绳同志的心血在内。如今，胡绳同志的题词和文章墨迹尚新，音容犹在，但斯人已去，我们的心头怎能不弥漫着沉重的悲伤！

我们将发奋图强，进一步办好刊物，以此纪念胡绳同志。

胡绳同志千古！

电报中说："我们的心头怎能不弥漫着沉重的悲伤"，这确是衷心之言。

2000 年 12 月，《百年潮》在该期杂志上发表龚育之、魏久明、丁伟志、郑惠、徐宗勉等 5 位同志的回忆和挽联，组成了悼念胡绳同志的专栏。2001 年 1 月，又在专栏发表了郑惠和胡云珠的文章。此后，我开始着手写一篇文章，题为《有感于胡绳的被围攻》，想说点什么。但是，只写了开头两段：

胡绳同志走了，胡锦涛同志代表中共中央前往上海送别。新华社所发消息称胡绳为"中国共产党的优秀党员，久经考验的忠诚的共产主义战士，无产阶级革命家，著名的马克思主义理论家、历史学家"，我以为这是很恰当的。

自然，我很哀恸。然而，哀恸之余，却想起了胡绳一年来被围攻的事。

写了这两段以后，我觉得有许多话不好说、不便说，就停下了，再也没有动笔。

2001 年，我在《百年潮》第 5 期上选登了胡绳关于撰写《从五四运动到人民共和国》一书 10 次谈话中的 5 次。同年，我到日本访问。野泽丰教授是胡绳的老朋友，要我写一篇纪念胡绳的文章，我答以有些话不好说、不便说，野泽丰要我能谈什么就谈什么，不能谈的就不谈，于是我写了一篇很短很短的文章，题为《胡绳先生对〈百年潮〉杂志的关怀》，发表在野泽丰教授主编的日文杂志《近邻》上。回国以后，郑惠因病住进北京医院，我向他汇报此事。他很关心，特别要人将这篇文章从日文翻译为中文，并且对我说："写得不错。"

胡绳去世多年了，郑惠于 2003 年 2 月，龚育之于 2007 年 6 月也先后逝世。回首往事，胡绳等人和《百年潮》的这一段经历对于总结改革开放以来意识形态领域的经验和教训，似乎也还有益处。胡绳去世之后，我继续在《百年潮》当了 5 年主编，也还有些事可以谈，不过似乎还是不好说、不便说，就此打住吧！

刘大年与《百年潮》杂志

大概是 1996 年秋，党史学会的几位朋友想办一份雅俗共赏的杂志，反映近现代中国的历史，邀我出来主持编务。我因久感学术杂志和老百姓距离太远，而老百姓看的杂志又常常离专家太远，觉得办一本专家和老百姓都爱看的杂志是一条新路，便同意一试。于是，组织编委会，讨论发刊词、约稿、改稿，联系印厂，大家忙了几个月，第 1 期杂志于 1997 年初顺利出版。发刊词开宗明义，说明"本刊提倡记事史学"，"将真实视为最高准则"，其追求是："信史、实学、新知、美文"，努力"兼顾学术性与可读性，真实性与生动性，使提高与普及相结合"。还提出："唐朝的大诗人白居易作诗要使'老妪'都能明白，我们的史学作品能否做到雅俗共赏，老少咸宜呢？"这一期一共发表了 15 篇文章，大体上是按照这一要求组稿并编辑的。

刊物出来了，除了送往市场，还要送专家——自然，要送大年同志一份，因为他是国内外著名的中国近代史研究领域的大家，必须听取他的意见。过了几天，社长郑惠告诉我，大年同志来了电话，说是很赞成杂志的宗旨。"啊！大年同志赞成。"我松了一口气。

刊物办起来了，每期都送给大年同志一份。到了第二年，大年同志突然给我打来一个电话，说是刘璐根据他的口述写了一篇文章，内容是回忆和郭沫若在中国科学院共事的岁月，其中有一些关于陈寅恪的资料，可补陆键东《陈寅恪的最后20年》一书的不足，问我可否交《百年潮》使用。我当然立即表示欢迎。文章托人送来了，我将它交给责任编辑，责任编辑觉得长，于是又由我出面，打电话询问大年同志，可否删一点，大年同志爽快地答应可以。我又问大年同志有无和郭沫若的合影，出乎我意料之外的是，大年同志竟回答没有。后来，大年同志送来了一大叠郭沫若的书信手迹，还精选了好几张反映本人学术生涯的彩色照片，看得出，大年同志相当重视这篇文章。后来这篇文章就发表在《百年潮》1998年第4期上，题为《刘大年忆郭沫若》。不过文章删得比较多，照片也选用得较少。我很担心大年同志不高兴，不过他始终没有说什么。

《陈寅恪的最后20年》当时是一本畅销书。其中谈到，北京方面想邀请陈寅恪出任中国科学院历史研究所二所所长，但陈却提出"请转告毛、刘二公，允许我不宗奉马列主义。"该书并称，"陈寅恪最后向北京关上了大门，关闭之严密，没有留下一丝余地。"大年同志不同意这一说法，他以亲身所知说明，后来因为上述情况，在是否提名陈寅恪为科学院学部委员时，发生争论，请示毛主席，毛主席批示："要选上。"对于"学部委员"这一头衔，陈寅恪是"欣然接受"了的。

大年同志所述毛泽东赞成授予陈寅恪学部委员——当时是中国科学界的最高荣誉头衔一事引起了我的思考，而且我还查考出，后来继续授予陈的荣誉头衔还有"第三届全国政协常委""中央文史研究馆副馆长"等。我觉得，这体现了毛泽东的一种"宽宏"气度，便想写篇文章加以阐述。我将这一想法告诉大年同志，和他商量。大年同志说：这不仅是一种"宽宏气度"，而且首先是一种"科学态度"。根据大年同志的意见，我写了一篇小文章，题为《应有的宽宏和科学态度——由毛泽东批准陈寅恪任学部委员说起》，发表在《百年潮》1999年第1期上。

《百年潮》原是双月刊，聘请宋任穷、萧克、胡绳、程思远为顾问。出版后，来稿日增，积稿日多，便想改为月刊，同时增聘几位顾问。自然，大家想到了大年同志。谁去游说呢？我在大年同志任所长或名誉所长的研究所工作多年，又和大年同志有一些文字因缘，似乎应该由我出面，但我考虑到大年同志一向不慕虚名，以他的学识、地位、声望，要是来者不拒的话，他的头衔该有几十、几百了，然而他肯于接受的头衔却实在少得可怜。我怕我出面会"砸锅"，便把这个艰巨的任务推给了郑惠同志。我想，郑惠比我年长，属于"老资格"，和大年同志也熟，由他出面要比我有把握。果然，过了几天，郑惠同志笑眯眯地告诉我，大年同志表示："由你们定吧！"由我们定，自然是同意了。我很高兴。这不仅是一个当不当顾问的问题，而是表示出，大年同志对刊物的肯定和支持。

改刊之际，除了增聘顾问，大家还想请海内外、国内外的史学名家题词，既求指导，又借此增光。自然，大家还是想到了大年同志。这回，我不能再往别人身上推了，只好义无反顾地出马了。我估计被拒绝的可能性十占八九。我怀着惴惴的心情给大年同志打电话，但没想到，大年同志又很爽快地答应了，而且说："我给你们写首诗吧！"

"写诗？"我又喜又惊。大年同志是湖南国学专修学校出身，经学、史学、文学都很有根底，这我是知道的。但是，诗"缘情而发"，又要讲究形象、意境。为刊物题词，能写出什么样的诗来呢？我有些担心。过了几天，大年同志托人将诗带来了，那是用电脑打印的，但名字却是大年同志的亲笔签署。诗如下：

百年世界，沧桑变更，潮流汹涌，走向分明。

退去地冷，涨来天青，淘弃陈腐，拥抱革新。

鉴彰昨日，律验如今，学由以立，国由以兴。

历历贤哲，巍巍人民，各位其位，各能其能。

匪光何亮，不龙何灵，泰山为重，鸿毛为轻。

夜必当旦，屈必当伸，浩然之气，大族之魂。

爱巢翡翠，望掣海鲸，鹿本非马，渭岂容泾。

写实要实，写真要真，此事难全，端在力争。

——《寄百年潮》

　　这是大年同志精心写作的一首诗。四句为一组，共八组。第一组写百年来的世界大局。第二组写百年来的中国变化。第三组写学术发展，国家振兴，均必须鉴往察今。第四组写贤哲和人民，各有其历史地位。第五组歌颂民族精英在中华民族振兴中的历史作用。第六组写历史发展的总规律和中华民族亘古长存的浩然之气。第七组化用杜甫诗"或看翡翠兰苕上，未掣鲸鱼碧海中"（《戏为六绝句》），希望《百年潮》风格多样，分辨真伪、清浊。第八组鼓励《百年潮》下大力气，说真话，写真史。"此事难全，端在力争。"大年同志深知，要达到"真实"这一境界，有时并不很容易。

　　这首诗全面表现了大年同志的世界观、历史观和史学思想，不仅气势磅礴，寓意深厚，而且也充分表现出大年同志的才华和在学术、词章方面的修养。收到这首诗，我真是大喜过望，便立刻把它编入《百年潮》1998 年第 6 期，同时转给《文汇报》的施宣圆同志，发表在该报的《笔会》版中。

　　我对大年同志的历史所知甚少，只知道他是"老革命"，解放区出来的。一次偶然的机会，我得知抗战期间，大年同志重病咳血，被一个日本战俘治好，这个原本属于侵华日军的"鬼子兵"后来竟加入中共，旁听中共七大，后来又成为日共领袖野坂参三的助手，回日后组织八四友会，立志永远做八路军、新四军之友。1998 年，大年同志访问东京，两人重逢，彼此都已是龙钟老叟。听到这一故事，我的工作习惯立刻提醒我，这是一个好题材。当时，我听说科研处的刘红小姐正在以此写一篇文章，又从刘红小姐处得知大年同志本人有一篇回忆，便请刘红小姐转商大年同志，将该文交《百年潮》发表，大年同志很快回话，表示同意，并送来了相关照片，作为插图。大年同志的这篇文章，情文并茂，堪称散文中的上品。我只加了几个小标题，没有再删。发表后颇得读者好评。

我最后一次见到大年同志是在 1999 年的夏天。那时一家出版社想编写一部多达 14 卷的大型《中国近代史》，请郑惠同志帮助物色主持人。郑惠同志提议由大年同志当主编，由我来当执行主编，做实际组织工作。我根据大年同志的性格和作风，估计他不会同意此事，不过，感于出版社的盛意，我同意帮忙做说服工作。于是，我先打电话，只含糊地说是出版社有事找他，届时，我和郑惠同志都会来。大年同志不知究竟，同意接待。果然，那一天，任凭出版社的社长和主任们怎样动员，甚至表示要同时出版大年同志的文集，但大年同志总是一口拒绝，态度坚定，没有任何商量的余地。

那天，大年同志斜躺在藤椅上，双脚搁在凳子上，我估计他腿部有点肿胀，但看他精神颇好，思路敏捷，估计不会有大问题。谈话中，大年同志对我说："你最近发表的文章，认为康有为致袁世凯密函所称'尔朱'，暗指荣禄，这是对的，但是，没有说明理由。尔朱是复姓，北魏时有尔朱荣其人，所以康有为可以用尔朱代指荣禄。"听了大年同志的话，我既为大年同志对我的关注所感动，又很佩服大年同志的记忆力。80 多岁的老人了，头脑仍然如此清晰，这应该是长寿之兆。没想到几个月之后，海鹏所长突然告诉我，大年同志病得很重，喉管已经切开。我知道，这是最后的挽救手段了，感到很愕然。接着，我出访日本，日本学者都很关心大年同志的病情。回到北京时，我担心大年同志已经不在了，所以一上车，就立刻询问到机场接我的司机："大年同志怎样了？"司机答以没有什么新情况，我稍感放心。"也许可以拖到2000年吧？"但是，我没有想到，1999年12月28日，大年同志就走完了他人生的最后途程。

谨以此文，作为悼念大年同志的一瓣心香。

2000年1月24日，自晨至暮急就

不文过，不遮丑，不隐恶

——刘大年怎样面对自己的历史

一、生日盛会上的突发"抗议"

翻读刚出版的《刘大年来往书信选》（中央文献出版社 2006 年版），其中有一封信引起了我的回忆。信是写给近代史研究所的张显菊女士的，当时，她正在编辑《刘大年著作目录》。信称：

> 目录编得很好，你辛苦，偏劳了。
>
> 说明中加一项，文字如下："六，论文序号 15、33 两篇，作者认为观点是错误的，但篇目仍应保留，以符合实事求是。"

事情是这样的：1995 年 7 月 25 日，中国社会科学院近代史研究所和中国史学会联合举行座谈会，庆祝刘大年同志 80 华诞。刘大年出生于 1915 年 8 月 8 日，湖南华容县人。他的一生有三件事给我留下的印象很深。一是"少年革命"。大年同志 14 岁时参加湘鄂西苏区华容县少年先锋队，任总队长；15 岁时担任乡苏维埃政府的文书。二是舍身跳崖。卢沟桥事变爆发的第二年，大年同志投奔陕北，进入中国人民抗日军政大学学习；同年加入中国共产党。1939 年任抗日根据地《太行山报》主编。1943 年遭遇日军，跳崖时肺部破裂，大出血。三是历任学术要职。大年同志于 1946 年转任北方大学历史研究室副主任，自此走入中国近代史研究领域。次年写成《美国侵华简史》，至 1949 年由华北大学出版。1950 年被内定为中国科学院近代史研究所副所长。此后历任中国科学院党组成员、《科学通报》副主任委员、编译局副局长、中共中央历史问题研究委员会委员、中国科学院学术秘书、《历史研究》副主编。1955 年任中国科学院哲学社会科学部学部委员。1979 年任中国社会科学院近代史研究所所长。此外，他还于 1975 年当选全国人民代表大会常务委员会委员，是历史学界在人大这一"最高权力机关"中的代表。

由于大年同志长期的革命经历、学术组织工作经历和对中国近代史研究所做的贡献，所以他的 80 华诞座谈会上来了很多人，总在百人以上吧。近代史研究所的小礼堂黑压压地坐满了人，可谓群贤毕集，高朋满座。我因为和大年同志常有学术上的联系，所以也参加了。

会议首先给每个参加者发了一份《刘大年著作目录》。接着就开会。会议设有主席台，自然，由台上的学者先讲话。开着开着，突然台下一位学者从座位上站起来说："《刘大年著作目录》里有两篇文章，一篇题为《驳一个荒谬的建议——批判荣孟源反马克思主义的历史学观点》，另一篇题为《吴晗的反革命面目》。现在是什么时候了，作者还坚持这样的观点！我抗议。"这位学者显然很激愤。

人生七十古来稀，何况是 80 华诞。大家来出席会议，当然是为了道贺，肯定大年同志的贡献与人格，现在却有人提出抗议，会场气氛似乎紧张了起来。是啊！改革开放已经多年，反右和"文革"时期的错案都已得到平反或昭雪，大年同志为什么还将这两篇文章收入著作目录呢？我也不解。

就在与会者愕然之际，近代史研究所当时的所长张海鹏站起来了，他说："大年同志因避寿离京，没有参加今天的会议，受大年同志委托，代为说明。大年同志认为，这两篇文章的观点是错误的，但它们确实是本人写的，是本人历史的一部分，作为本人的《著作目录》，自然不能不收。收，是反映历史，并不代表现在仍持那样的观点。"经过张海鹏的解释，群情释然。于是，座谈会顺利进行。8月9日，大年同志给《著作目录》的编选者张显菊写了本文开头引用的那封信。

二、刘大年写过的两篇"恶文"

我于1978年进入近代史研究所。进所前后，我得知大年同志学识渊博，写过一篇《论康熙》，据说很为毛泽东所欣赏。除近代史外，他对经学史也很有研究。另外，大年同志的文章很有华彩。当然，我也听说，近代史所领导层中有许多复杂矛盾，所以我对大年同志并无特别恭敬之处，但是，自从那次座谈会以后，我对大年同志却日渐敬佩起来。

刘大年被"抗议"的两文确实不是好文章。先说其一。该文发表于1957年10月11日《人民日报》。文章所批判的荣孟源，也是延安过来的历史学家、老革命。1927年进入沧县第二中学学习，因参与学潮，被学校当局开除。1931年考入中国大学国学系，师从马克思主义历史学家吕振羽，学习"社会科学概论"、"哲学思想"和"原始社会研究"等课程，成为吕振羽的及门弟子。1931年到1936年，积极参加抗日活动，加入中国共产党，在家乡创建党组织。1937年奔赴延安。1947年，成为北方大学历史研究室成员。1949年以后到中国科学院近代史研究所工作。1957年"鸣放"期间，他在该年《新建设》7月号上发表了《建议编撰辛亥革命以来的历史资料》一文，其中说："目前辛亥以来的历史，除去原始资料之外，多是夹叙夹议的论文。论文固然是必要的，但以论文来代替一切，那就妨碍了历史科学的研究。"又说："研究历史如果只限于写论文，许多人势必搁笔；如果撰述各种体裁的著作，编辑各种资料，整理各个具体问题，那就有许多人可以发挥力量。"还说："为了严肃认真地研究辛亥革命以来的历史，首先应该继承我国优良的史学传统，撰述各种体裁的史书。""我国传统史学的各种体裁都是一种花，都要和论文体裁的花一起开放。"荣孟源的这些意见有什么错呢？完全没有错——既无政治错误，亦无学术错误。然而，刘大年却在《人民日报》上发表文章，指责荣文是"反马克思主义的历史学观点"。据称：该文"清楚地表明荣孟源所说的'论文'，是指的以马克思主义为指导思想写出的论著，而'各种体裁的史书'指的是不要马克思主义指导的历史述作。""荣孟源是再一次认定马克思主义只是百花齐放中的一朵花，并没有指导作用；研究历史不是要首先接受马克思主义的指导，而是首先继承传统，照他的理解，也就是恢复一切旧的东西。"为什么荣孟源提倡继承中国史学优良传统，除"夹叙夹议"的论文以外，也要提倡其他录、志、表、传、图谱等各类史学体裁就是"反对以马克思主义为指导思想"呢？刘文完全提不出证明，一句"清楚地表明"就完成了所有的定罪"论证"，昭告天下了。今天看来，这完全是一篇不讲道理，更不顾事实的文章。但是，荣孟源却从此成了"反党反社会主义的右派"。

再说其二，该文发表于《历史研究》1966年第3期。吴晗写过许多评述中国古代历史人物的文章，除海瑞外，还有战国的廉颇，唐代的裴炎，明代的胡惟庸、于谦、况钟、周忱等人，刘大年的《吴晗的反革命面目》一文将所有吴晗的这些文章都视为"毒草"，称之为"进行反革命宣传"。吴晗一生追求进步，从爱国主义，走向民主主义、共产主义，是知识分子中的著名左派，但是刘文却将吴晗的历史称为"几十年的反共、反革命政治生涯"。对吴晗的学术思想，刘文称之为"马克思主义是假，反革命实用主义是真"。文章最后说："吴晗这个资产阶级反动人物的真面目怎样？撕下画皮以后，现在大家不必借 X 光，就连他的骨头缝里也都可以清晰看透了，那就是：假左派，真反革命！彻头彻尾的反马克思主义，彻头彻尾的反革命实用主义。"这篇文章同样蛮不讲理，霸气十足，只不过，它上纲更高，定罪更严。

文章有"美文""恶文"之别，应该承认，上述两文是"恶文"。

三、刘大年对待自己历史的"实事求是"精神

大年同志之所以写出这两篇"恶文"，有其具体原因，但是，其根本原因，却在于当时的大环境，主要责任也在于大环境。大年同志发表批判荣孟源文章的当天，正是中国科学院哲学社会科学部召开批判史学界"右派"雷海宗、向达、荣孟源、陈梦家的第一天，显然，大年同志此文属于应时应景的"遵命文学"。同样，批判吴晗的文章也是应时应景的"遵命文学"。据当时在《历史研究》工作的丁守和同志告诉我：最初，文章称"吴晗同志"；定稿过程中，对吴晗的批判不断升级，刘文的调子也不断升级，由"吴晗同志"而"吴晗"，而"反革命分子吴晗"。管你想得通，想不通，不能不"紧跟"。然而"紧跟"还是没有用，不到一个月，《人民日报》又发表社论——《夺取资产阶级霸占的史学阵地》，指斥刘大年和另外一位历史学家黎澍为"东霸天""西霸天"。刚刚批判吴晗为"反革命"的大年同志也成了"反革命修正主义分子"了。

事过境迁，大环境改变了，这两篇应时的"遵命文学"被批判者昭雪了、平反了，照道理说，大年同志在编辑自己的《著作目录》时不收也可以，至少，不会有人提出异议。但是，大年同志还是收了，特别是在有人"抗议"之后，还是收了，并且为此专门写了一封信，指示编选

189

者："作者认为观点是错误的，但篇目仍应保留，以符合实事求是。"

近现代中国复杂多变，时阴时晴，时风时雨。在这样一个特殊场景里，人一辈子做的许多事情中，可能既有好事，也有坏事。历史学的最高境界是真实。有好写好，有坏写坏，这样的历史著作才是真实的历史、全面的历史；这样的态度才是科学的态度、求真的态度。后人才能据此总结经验，得出必要教训，以之为鉴。只说好，不说坏，或是只说坏，不说好，都不真实，无助于人们认识历史，总结经验。鲁迅说得好："倘有取舍，即非全人；再加抑扬，更离真实。"大年同志是历史学家，他敢于正视自己的历史，不文过，不遮丑，不隐恶，坚持将自己写过的两篇"恶文"编入自己的《著作目录》，体现出一个历史学家忠于历史的精神。

这是一个历史学家对待自身历史的典范，也是历史学家如何实事求是地对待历史的典范。

原载《学习时报》，2007 年 5 月 21 日，略有改动

忆老丁

丁守和（1926—2008），河北望都人。中国社会科学院荣誉学部委员。著名的五四新文化运动研究专家。中国现代史、中国现代文化史、中国文化史研究专家。

老丁走了。我一直不愿承认这一事实。

自打老丁退休以后，每逢星期二，有事无事，老丁总要到我的办公室来坐坐，聊几句。我突然发现，有一段时间不见老丁的身影了。怎么回事？我打电话到他的家里，没人接。我问耿云志兄。云志说，他耳朵不好，可能听不见。他不会到哪里去的。听了云志的话，我也就释然了。因为忙，我没有想到要立即去老丁家看看。然而，突然有一天，我得到消息：老丁走了，得的病是心梗。这怎么可能呢？老丁一向身体不错，没有什么毛病。依我的估计，他是会活过九十的。然而，他却突然走了。我们的老大哥、长兄、好朋友，老丁突然走了。我竟然没有能见他最后一面。

一、因肯定陈独秀对"五四"的贡献，
被康生定为"利用历史反党"

我知道老丁，还是在20世纪60年代。那时，我在北京和平门外的北师大一附中教书，业余做点研究。偶然在图书馆中见到老丁和殷叙彝合著的《从五四启蒙运动到马克思主义的传播》一书，翻读之下，我深为该书引用资料的丰富和论述的深入、精辟所慑服。那一段时间，我正在研究清末、民初的文学团体南社，需要了解"五四"前后的社会思潮和文学思潮。老丁的书给我打开了一扇宽大的窗户，成为我瞭望那个时代的最好的读物。但是，过了不久，书架上就再也见不到这本书了。我向图书馆管理员打听原因，说是书有问题，收起来了。什么问题？我感觉不到有什么问题呀。我照样向管理员商借，照样阅读、学习，仍然看不出有什么问题。后来我被调进近代史研究所，和老丁熟起来。我问老丁那本书的事，老丁说，那是因为书中肯定了陈独秀对五四新文化运动的贡献，康生说，这是利用历史反党，因此就遭殃了。不仅所里斗，还被揪到人民出版社去斗，并且还被造反派打了耳光。老丁愤怒了，立即抗议：为什么打人！当然，"文革"之后，老丁平反了，这本书也平反了。本来嘛，陈独秀是五四新文化运动的总司令，可以说，没有陈独秀，就没有《新青年》杂志，新文化运动能否在那一时期出现也许都会是一个问题。不管他后来发生了怎样的变化，然而，陈独秀在新文化运动中的贡献却是铁一般的事实，无法抹杀，也不应该抹杀。老丁的书，还原历史，忠于历史，不因那时陈独秀头上还戴着的种种"帽子"就不写，或少写他，这是学者的诚实，历史学家的诚实，我们的历史学需要的就是这种不唯上、不媚时的诚实精神。

老丁的这本书是在《五四时期期刊介绍》（以下简称《介绍》）的基础上写作的。为了写作《介绍》，老丁和他的合作者在全国范围内广

泛访求资料，能借的借，能抄的抄。20世纪80年代，我到马列主义编译局看书，或者在近代史研究所特藏室看书，常常会发现许多抄本杂志，那都是老丁写作《介绍》一书时留下的。翻着那一页页发黄、发脆的纸张，看着那一个个已经墨水变淡的字迹，我具体而微地感受到了老丁和他的合作者劳动的艰辛，懂得了《从五四启蒙运动到马克思主义的传播》这本书为什么占有的资料那么丰富。我原来没有购买这本书，等我想买的时候就买不到了。我向老丁要，老丁说，他自己手头也只剩下一本了，似乎有点舍不得。不过，过了两天，老丁还是将他自己手头的保存本送给了我。这本书，老丁用黄色牛皮纸包了书皮，可见其珍爱。至今，这本书还在我的书架上，书皮自然旧了，有水渍的痕迹，但我不忍舍弃，那是老丁的遗迹呀！

老丁出身贫苦，没有上过几年学。据老丁对我说，他只读到高小，当过木匠。1946年参加八路军，次年入党，完全靠刻苦的自学成长起来。中华人民共和国成立后，他在马列主义编译局当办公室副主任，又是靠着自学走进了科学研究的行列，担任研究室主任。1959年，全国反右倾，编译局有一位同事被认为右倾，老丁出面为这位同事说了几句话。结果，这位同事无事，而老丁却被视为右倾机会主义，下放安徽，回京后又被迫离开编译局。据老丁说，他因为文化学历低，很多单位都不要，最后还是被黎澍同志看中，才调进了近代史研究所。1980年评职称，黎澍同志为老丁写了热情洋溢的推荐信，记得其中有一句话是："在五四运动研究领域，丁守和同志堪称专家。"

确实，在研究五四运动的学者中，像老丁这样深入，这样成绩卓著者并不多。老丁的记忆力，很多地方不能算好，甚至可以说很糟糕。广东的一家出版社给他寄稿费，他不记得是多少，也不记得存在哪家银行了。他向我问计。我建议他回忆和自己有关系的银行，一家家去问。于是，就由夫人陪着他，问了许多家银行，果真找到了，但数字和老丁所

193

说差很多。夫人打电话和出版社联系，证明老丁的记忆完全错误。但是，老丁对于学术资料的记忆力却惊人的好。一直到晚年，老丁还能大段、大段地背诵五四时期期刊中的原文，听得我目瞪口呆，自愧不如。老丁不仅熟悉资料，而且身体力行，坚持"五四"的科学与民主精神。对于社会中的反民主现象，他深恶痛绝。有个别大人物，老丁不喜欢，他虽被邀请，但就是不去参加相关会议。据说，另有学者参加了会议，得风气之先，及时写了"转向"文章，于是受到赏识，风光了好一阵子，但老丁毫不后悔。有段时间，有部戏曲影片，其中有两句话很流行："当官不为民做主，不如回家卖红薯。"老丁对这两句话持批判态度，认为它体现的还是"为民做主"的"官本位"思想，不是"民做主"的彻底的民主主义。有一年，有关机构将"五四"精神的核心定为"爱国主义"。老丁不同意，认为太笼统。他说：抽调了民主与科学，哪有什么"五四"精神！毛泽东的《新民主主义论》将"新民主主义的文化"定为"民族的、科学的、大众的"，老丁认为应该加上"民主的"三个字，并且要放在最前面。他说，当年张闻天就是这样表述的。老丁很较真。他说要给有关单位写信，还要亲自到院办公室去，找主管的某副院长讨论。我劝他算了，到此为止，可以写文章说明自己的观点。至于写信，找领导，没有什么用。还有一段时间，理论界讨论"优越意识"和"忧患意识"。老丁对我说："优越意识"使人自满，"忧患意识"使人自强。过去，我们吃"优越意识"的亏太多了，还是应该多讲"忧患意识"。召开学术会议，邀请学者，老丁也是认学问，不认关系，更不管领导是否喜欢。谁有学问，谁坚持"五四"精神，他就邀请谁。李慎之，老丁是每会必请的。我有两次被问起，为什么老丁开会总要邀请这几个人？老丁出版《五四图史》，在《光明日报》开座谈会，许多名家都特意赶来。龚育之身体不好，心脏、肾脏都有毛病，但也来了，我想，这大概都是为了坚持"五四"精神吧！

二、由"五四"而辛亥，
由研究近代文化发展为研究中国古代文化

老丁以研究"五四"起家，但是，他很注意不断扩大研究领域，精进不已。《五四时期期刊介绍》广受学界欢迎，20 世纪 80 年代，他发起编辑《辛亥时期期刊介绍》。这是一项大工程。老丁广约学人投入这一工作。哪一位专家适合写哪一本杂志，他就请哪一位专家写；哪一个地方有哪一本杂志，他就请那个地方的学者写。著名的专家学者，如胡绳武、金冲及都被他请到了。没过几年，厚厚的 5 大本《辛亥革命时期期刊介绍》就呈献给学界了。后来，老丁又组织班子，写作《抗日战争时期期刊介绍》。我知道这一时期的期刊多如牛毛，因此泼他的凉水，不赞成他搞，但他坚定不移，继续组织人马。不知道这个项目现在进行到何种程度了？老丁的特点是善于联络人、团结人、组织人。他不仅自己的个人研究做得很多、很好，而且善于动员各方力量开展大工程。《中华文化辞典》《中国历代治国策选粹》这些大工程都是在老丁的卓越的组织、策划之下完成的。

老丁的专长是中国现代史，后来以研究近代文化史为主业，担任研究室主任，成为有名的中国近代文化的研究者。为了广泛联系国内外的研究力量，他又发起组织中国现代文化学会。成立会选在社会科学院举行，到会名流硕彦，可谓集一时之盛。学会成立后，先后在北京和海南岛召开过两次国际学术讨论会。第一次的主题是"近代东西方文化的交流与选择"，第二次是"现代中国文化的走向"。这样一来，中国现代文化学会就成了国内有相当名气的学术团体。但是，老丁并不满足。不记得是哪一年了，老丁告诉我，他要研究中国文化史了。于是，老丁开始研读"十三经"和"诸子集成"，我为老丁丢掉自己的专长感到可惜，劝他打消此念，但老丁似乎义无反顾，下决心钻了进去，而且很快就做出了成绩。他的谈文化传统问题的文章被有关权威刊物连载。有一次，老丁不无高兴地告诉我，他的一篇文章已经被选为中学教材。我既为他的成绩高兴，也为他的才华惊异。在此期间，他曾想将中国现代文化学会改名为中国文化学会，已经向有关方面写了报告了，有关方面的意见是，"中国现代文化学会"很好嘛，何必改名！

老丁没有正规学历，因此不是所有的学者都看得起他。有学者就说，丁守和是文化史室主任，但最没有文化。因此，尽管他在国内外鼎鼎大名，但是，他却始终不是博士生导师，老丁为此内心不是很平衡。有一次，他故意在所内某层楼道里高声甩下一句话："怎么好事儿都是你们占了？"他文章写得快，书也写得快。有一段时间，他决定为瞿秋白写一本书。很快，一本有关瞿秋白思想的专著就出版了。他研究近代思潮的时间不是很长，然而，很快，一本50余万字的《中国近代思潮论》就送到我的手上了。老丁的事情多，他当过《历史研究》的编辑部主任，后来又当《近代史研究》的主编，外面找他的人多，事也多。他又不会用电脑。我真不知道，他的那么多的作品是怎样写出来的。我想，这只有两个原因：一是勤奋，一是才华。

老丁虽然写得快，但写作态度很严肃，决不粗制滥造。有一年，在《辛亥革命时期期刊介绍》出版后，他决定要写一本《辛亥革命时期思想研究》。为此，他曾邀请南方的一位学者合作，但是，这本书始终没有出版。他是有条件写好这本书的。我向他打听，他说"质量不行！"据统计，老丁一生，本人的著述约500万字，主编的著作约3000万字。这是很惊人的数字了。因此，他有时对我说，他是本所著述字数最多的学者。我知道他胸中的块垒。因此，每逢这种场合，我都笑着对他说："别这样说，罗尔纲的著述比你多吧！"他也对我笑笑，说："是。罗尔纲的著作比我多！"

三、最没有架子的大学者

我调到近代史研究所之后，很快就和老丁熟悉起来。大概是 1980 年，所里评职称，老丁觉得我和云志都符合副研究员的条件，但是，我们都没有得到研究室主任的提名。那时候，个人是不能主动申请的。老丁为我们不平，主动表示对我们的支持，在评委会上为我们说话，惹得我们的室主任很不高兴，批评说："是我了解杨天石，还是丁守和了解杨天石？"有一年，老丁该退休了，他希望我到文化史室去工作，通过当时的党委书记郭冲和我谈话："你原来是学文学的吧？"我知道郭冲同志的意思，但是，我原来是中学教师，民国史研究室花了很大力气将我调进来，如果进来不久就弃之他就，觉得不好，于是，婉转说明，我还是留在民国史研究室吧！尽管如此，以后每逢和我扯得上的事情，老丁都要和我商量，要我协助。他编《中华文化辞典》，要我当副主编；编《中国历代治国策选粹》，我不过帮他邀约了一些学者做注释，此后就因出国没有参加具体工作，但老丁还是在该书出版时，将我署为副主编。老丁办现代文化学会，说老实话，我因专注研究，怕耽误时间，所以并不很积极，但老丁还是长期要我当他的副手。我平生所遇知音不多，老丁可以说是我的重要知音。

我和老丁的私交很好。许多时候，老丁的私事、家事，也和我商量。老丁的结发夫人去世之后，朋友张罗着给老丁找对象。我的妻子也向老丁介绍过一位护士长，还在我家见过一次面。老丁五官端正，仪表堂堂，高大魁梧，是标准的北方汉子。据说，还曾有妙龄女郎给老丁写情书，表示愿侍候老丁一辈子。因为我曾有比较长的时间在美国哥伦比亚大学做访问学者，有一次，老丁突然问我，他到纽约能做什么。我问其故，老丁说，有一位在联合国工作的中国女士追他，愿意和老丁结婚，条件是老丁必须到纽约生活。我如实向老丁介绍了纽约的中文图书馆情况以及老丁在那里所能做的工作。据说，那位女士是一个混血儿，很漂亮，对老丁也很热情。为了这段婚事，老丁犹豫过一段时间，但最后还是决定断然了结。显然，老丁舍不得中国，舍不得在北京的研究条件。

老丁是大学者，但宽厚随和，乐于助人。我常说，老丁是近代史研究所最没有架子的研究员。召开"近代东西方文化"讨论会，开幕式已过，有些学者还要求参加，我当时是秘书长，要考虑经费、房间等具体问题，所以一般都谢绝；但若找到老丁，他一般都同意。有时候，我的有些话伤了老丁，但老丁不以为意，待我如故。有一次，某出版社找人写有关康有为的思想评传，向我咨询，丁守和是否合适。我觉得应该对出版社负责，对咨询者负责，便回答说，康有为的著作涉及中国古代经学的许多问题，老丁也许不是最合适的人选。过些日子，老丁不知从什么地方听到消息，面有愠色地向我提出质问。我一听，大笑起来，对老丁说："人各有所长。假如我说，丁守和不会写文章，是我的过错；但是，假如我说，老丁不会跳高，他跳高不行。这样说有什么错吗？"老丁一听，也笑了起来。有些事，我处理得太迂，做砸了，但老丁对我信任如故。有一年，海南中和集团的企业家崔学云先生要资助我们成立中华文化研究基金会，我受老丁委托，起草宣言，提出理事名单初稿。这种事情，本来应该在下面多酝酿，多商量，多听取意见，然后在适当场合发布。我大概也是受了"五四"精神的影响，觉得总应该发扬民主，找个机会讨论通过，然后宣告正式成立。老丁也同意我的意见。那一年，我们先是在海口召开"现代中国文化走向"国际讨论会。会后环岛旅行。其间，我和老丁不知研究、斟酌过多少次。有一天，我们到了一所度假村，晚上，在表演海南地方风情舞蹈之前，我安排了一段时间讨论基金会宣言和理事名单。不想那天晚饭时，老丁的一位老朋友和我的一位老朋友酒喝多了，讨论会一开始，他们二人就一前一后发言反对，说起摧毁性的"醉话"来。一时场面很尴尬。第二天，两位老朋友知道自己说了"醉话"，搅了场，特地前来道歉，并表示愿意在会上检讨、更正。那时，所有与会嘉宾都在旅行大巴上，如何有机会让他们检讨、更正！老丁和我商量，决定"算了"。此后，老丁仍然将筹办基金会的全权交给我。我们给中国人民银行写过报告，但始终没有任何回音；也曾想以基金会的名义办一个刊物，开过一次筹备会，自然，也没有下文。后来，北京的一位朋友动员我们成立拓跋文化研究基金会（那位朋友姓元，大概是古代拓跋氏的后裔）。于是，我们重起炉灶，起草章程，向院部汇报，请求支持，一切似乎顺利。然而，院部最后的答复是，一个部只能有一个基金会，院里要保证胡绳基金会能够成立，你们的拓跋文化研究基金会还是暂缓吧！

老丁大大咧咧，生活俭朴。除了抽烟，没有别的嗜好。到近代史所来，他常骑一辆破自行车。后来国家对离休干部有优待，他就坐公共汽车上班。除了每月留几十块钱零用外，其他工资、稿费等，统统上缴夫人。有时家中无人做饭，老丁就自己动手，做疙瘩汤。我曾随副部级干部出过差，约略知道副部级能享受什么样的待遇。有时，我和老丁开玩笑，就说："现在副部级太多了。老丁是老革命。这一辈子的最大缺憾可能就是没有升到副部级。"老丁总是向我笑笑，丝毫不觉得有什么缺憾。

四、永远的遗憾：没有完成的回忆录《江海的碰撞》

近年来，我发现老丁明显地衰老了，头发几乎全白，而且记忆力明显减退，常常将事情记错、记乱。往往这个星期来，讲这几句话；下个星期来，还是讲这几句话。他一再对我说，除了再编一两本文集，他还要写一本回忆录《江海的碰撞》。每逢这种场合，我都劝他健康第一，保养身体要紧。本所的罗尔纲先生活到 97 岁，我就劝老丁，争取活过罗尔纲。有时，我甚至不得不狠心打击他的情绪："老丁，多出一本书，少出一本书，已经没有什么意义了，还是争取多活几年吧！"老丁并不反驳我，下次来，还是说：要写一本回忆录——《江海的碰撞》。

他这本《江海的碰撞》终于没有写成。读书界失去了一本好书，我失去了一位好友、长兄、知音。这些天，我为一些理论问题困扰，想找个人聊聊，然而，"四顾茫茫欲语谁"，老丁已经走了。

对我一生影响最大的学者李新

我一生见过许多学者，和许多学者打过交道。几年前，曾经有家媒体访问我，哪位学者对我一生影响最大？我当即毫不迟疑地回答：李新，担任过《中华民国史》主编、近代史研究所副所长、中央党史研究室副主任的历史学家李新。

没有李新，我不会走上研究历史的道路；没有李新，我也不会成为现在人们所熟知的一位民国史学者。此事说来话长。

一、"白专"典型，在中学教书18年

我自幼功课不错。1952年，初中升高中，无锡数万名学生统考，7门功课，全市在600分以上者6人，我是其中之一。最高分618分，我是608.5分。进入无锡市第一中学后，我的文科、理科均优，被认为是德智体全面发展的好学生，拿过学校的奖状。中学毕业，我选择报考北京大学中文系，学制五年。入学后，系里有一批东德和朝鲜等国的留学生，要选派成绩好的学生当辅导员，帮助他们学习，我被选为系里的总

负责人。由此推想，我的入学成绩不会很低。头两年考试，学苏联，采取 5 级分制，我是班里的全优生，各门功课都是 5 分。当时，我对自己未来的期望值很高，立志通过学术为社会主义服务，为国家、民族做一番事业。不过，我的理想很快被批判为"白专"道路，加之我对"反右运动"有看法，不认为北大揪出来的大批右派都是"反党反社会主义分子"，因而不会义愤填膺、张眉瞋目地斗右派。尽管我努力紧跟，努力自我检讨，自我批判，但始终被认为是落后分子。毕业鉴定有云："反右斗争中严重右倾，丧失立场"，甚至说我"一贯和党的方针对立"，等等。毕业分配了，自然，科研院所、高等院校虽然要人很多，但都没有我的份儿。我被分配到北京八一农业机械学校。那所学校，位于南苑机场西边的五爱屯，是利用解放军捐款，借了小学的几排房子，匆匆忙忙办起来的。名义上是中专，实际上是轮训郊区拖拉机手的短训班，学习时间最长半年，最短一个月。一年半后，学校奉命下马，我被北京师大一附中选去，做语文教师。我兢兢业业教书，深受学生欢迎。学生对我，几乎到了崇拜的地步。

我对自己的分配不满意，也不心服。当时，李希凡和蓝翎二人因为研究《红楼梦》出了成绩，被调到理想岗位，我便想效法他们。到农机学校不久，我便决定写作《南社研究》一书，记述清末、民国时期最大的一个文学团体的历史，企图以著作证明自己的科研能力。调到师大一附中后，我仍然一边教书，一边以业余时间写作。除了完成《南社研究》的书稿，我还写了晚清诗人《黄遵宪》的传记。"文革"期间，别的书没有出版希望，我便研究鲁迅，想写《鲁迅传》。那时候，"样板戏"盛行，我以"前头捉了张辉瓒"的故事为题材，想写新歌剧《万木霜天》，反映第一次国内革命战争时期反"围剿"的历史，设计了人物、场次，写出了部分歌词。此外，哲学研究所的吴则虞研究员当时正在编辑《中国佛教思想文选》，因高血压瘫痪在床。那时，我正研究宋明道学，对王阳明有兴趣。于是我便帮他看佛经、抄佛经，以便进一步研究中国哲学史。

其间，确实有过几个单位要调我。刚到师大一附中报到，外文出版社英文版《中国文学》编辑部就要调我去当编辑。我当然乐意。有一段时期，我的个人档案已经送到编辑部了，但不久师大一附中又将档案要了回去。1963年，我在《新建设》第9期发表了《关于王艮思想的评价》一文，全面和哲学史、思想史大家侯外庐、嵇文甫、吕振羽、杨荣国等学者唱反调。他们认为是唯物主义，我则认为是唯心主义；他们认为富于人民性和异端色彩，我则认为是奴隶道德的鼓吹者。文章发表前，编辑部送请侯外庐先生审阅，侯先生认为文章是讲道理的，同意发表。不仅如此，侯先生还决定调我到他所领导的历史研究所思想史研究室工作。此外，据说《诗刊》编辑部需要一位懂旧体诗词格律的编辑，我也曾是候选人。这些调动，有些我知道，有些我不知道，但我不知什么时候，莫名其妙地形成了一个观念，调动是组织上的事，个人不得参与。因此，我从来不向师大一附中领导提出要求。这样一来，自然也都调不成了。然而，我都认为是由于我家庭成分不好，大学时的档案又不好，几乎是被扫地出门的。那是个突出政治的年代，谁愿意收纳我这样的"垃圾"呢！就这样，我在师大一附中工作了16年，成了那里的名师。有时，同事们不喊我的名字，开玩笑，喊"杨天才"。

1974年10月，我的命运出现转机。

二、我终于跨进近代史研究所的大门

"文革"期间，师大一附中一度被强制改名为"南新华街中学"。1974年10月，我突然接到中国科学院近代史研究所民国史研究组的一封信，说他们正在编辑《中华民国史资料丛稿》，其中有一份资料，题为《南社资料》，附有该资料的详细提纲，要求我提出意见。我从 1958 年起就研究南社，后来编注《近代诗选》，写作《南社研究》，下过几年功夫。我对提纲提了很多意见。过了不多几天，民国史研究组再次来信，约我到所里面谈。10 月 31 日，我应约前往，接待我的是《南社资料》的编者王晶垚同志，我又提了不少意见。11 月 4 日，王晶垚邀我参加协作。协作是当时民国史研究组的一种对外合作方式，不调动人事关系，不减少在原单位的工作负担，没有劳务报酬。我当时教两个班的语文，每周 12 课时，还兼班主任，但能够参加近代史的科研工作，我还是很乐意的。

近代史研究所藏有清末民初的多种报纸，外间少见。于是，我便常到所里读报，一种种，一天天地读和南社文人有关的报纸，又认识了《南社资料》的另一个编者王学庄。王学庄毕业于复旦大学历史系，知识渊博，读书面很广，写一手很端正、工整的钢笔字，当时就住在研究所东侧的一间又小又矮的平房里。我们年龄相近，他比我小两岁。我们很快就熟悉起来，并且谈得很投机。从他那里我才得知，《新建设》1965 年第 2 期发表过我的另一篇文章《论辛亥革命前的国粹主义思潮》，其中论述南社很深入，王学庄读到了，才决定向我征求意见。也是从他那里，我得知了近代史研究所和民国史研究组的更多情况。

隔代修史是中国历史学的传统。清朝为明朝修史，明朝为元朝修史，元朝为宋朝修史……中华人民共和国成立后，理应为中华民国修史。20 世纪 50 年代，董必武、吴玉章等就曾提议编撰《中华民国史》，随后列入五年计划，不过一直没有落实。1972 年，周恩来总理和时任"文革"小组副组长的江青重提此事，当时的国务院出版口就将这一任务下达给近代史研究所。李新当时是副所长，立即起草计划，于 8 月 18 日向中国科学院院长郭沫若及国务院联络员刘希尧提出书面报告，其中说："在当前用马克思主义观点来阐述中国剥削制度社会最后一个朝代'中华民国'的兴亡，不仅是必要的，而且是可能的。由近代史研究所负责这项任务，也是义不容辞的责任。"郭沫若、刘希尧以及当时的国务院副秘书长吴庆彤均批示同意，立即在近代史研究所成立民国史研究组，开始工作。"文革"期间，近代史研究所有许多造反派，当时呼风唤雨，红极一时，这时却有点被冷落了。李新表示：来者欢迎，去者欢送，来去自由。于是许多年轻的"造反派"纷纷加入民国史研究组。人还不够，李新又从外单位招兵买马，民国史研究组成了当时人数最多的大组。当时的计划是写一部书：三编多卷本《中华民国史》；同时编三种资料：《中华民国大事记》《中华民国人物志》《中华民国专题资料》。《中华民国专题资料》包括政治、军事、经济、文化等类，最多的时候设计了六百多个项目。《南社资料》就是其中的一种。

按李新设计的工作程序，资料先行，专史写作在后。于是，首先成立的是"大事记"、"人物传"及"专题资料"三个组。我自然属于"专题资料"组。我所在的师大一附中位于和平门，离位于东厂胡同的近代史研究所很近。上完课，哪怕还有1个小时的时间，我都会骑车到近代史所看书看报。这样，近代史所上下就都逐渐知道有我这个人了。大概是1977年，中华民国编写组正式成立，王学庄以其学问和实力，一向受李新看重，自然成为编写组的头号主力，负责撰写《中华民国史》第一编的最重要的章节：《中国同盟会成立前后的革命斗争》。这时，我和王学庄已经是好朋友，彼此都很了解。王学庄很希望我能正式调入近代史所，便和我商量，拟向李新表示，他的任务太重，建议将原来由他执笔的一章分为两章，《中国同盟会成立前的革命斗争》和《中国同盟会成立后的革命斗争》，他自己写前一章，将后一章分给我，以此加深我和近代史研究所的关系，为调入做准备。对王学庄的计划，我自然赞成。不过，这是要由主编李新才能决定的事。于是，我们决定相机去向李新汇报。

我在北大所学专业名为汉语言文学专业文学专门化，对唐代诗歌和鸦片战争至五四时期的诗歌做过研究，但是各种历史学的专业课我都没有学过，对孙中山和中国同盟会的历史也只有粗浅了解，但是，我对自己的业务能力有充分的信心，相信能写好有关章节。不过，对李新同志能否信任我这个中学语文教师，我实在没有把握。一天晚上，我和王学庄一起去建国门外李新同志住所。进了书房，王学庄按原先的设想说明来意，没有想到，李新同志立即表示同意，连"考虑考虑""商量商量"的套话、例话都没有，这是使我大出意外的。

就这样，简捷明快，我这个没有受过历史学专业训练的中学语文教师成为国务院交办项目《中华民国史》的编写组成员。

说老实话，我这个人有的地方很笨，笨得出奇。例如，体育运动。当年，学校里推行"劳动卫国制"。百米要求 15 秒之内跑完，我拼死拼命，也要 17 秒才能跑下来。单杠引体向上，开始时我一个也做不到。不过，我对考试、写文章、写书，却从来不怵。我在大学参与写作《中国文学史》，编注过《近代诗选》，离开大学后，在《新建设》这样的高等级刊物上连续发表过哲学和史学文章，科研工作的一套常规对我而言并不陌生。接受任务，工作一段时间后，我便向当时的民国史研究室副主任朱信泉提出，要到南京、上海收集资料。自然，没有任何困难，我这个师大一附中的教师便拿着近代史研究所的介绍信，带着出差经费，堂而皇之地到南京、上海去了。

我既然实际上已经参加了《中华民国史》编写组，自然，将我调入近代史研究所的问题便提上了日程。这时，我的思想负担倒日渐沉重起来了。

我之所以思想负担日益沉重，一是因为家庭成分为地主，一是因为大学时期被批判，毕业鉴定很糟糕。鉴于多年来我的调动均未成功，我害怕近代史研究所的人事干部一看档案，还是不敢要、不想要。想来想去，我越想越怕，越紧张，有时几乎想大叫大吼几声。这时，我想到了好友陈漱渝调进鲁迅研究室的事。陈原是天津南开大学中文系的高材生。他的父亲毕业于黄埔军官学校，1949年之前赴台，是台军军官。由于这一原因，他在南开毕业后被分配到北京西城区石驸马大街的女八中教书，工作出色，评上了先进，但却不给称号。女八中的校舍是当年鲁迅教过书的北京女子师范大学原址，我便建议陈以《鲁迅和女师大学生运动》为题写本书。他把书写成了，出版了。有一年，毛泽东批示成立鲁迅研究室，有关方面要调陈进室。陈担心因父亲的历史受阻，就主动找有关领导说清楚，有关领导不以为意，照原计划调进，他很快成为著名的鲁迅研究专家。我决定仿效陈的做法，先向李新同志说清楚，能调就调，不能调我也就从此死心了。

仍然是晚上，我一个人跑到李新家。不巧，李新不在，他的夫人于川接待我。我如实说明情况，于川夫人却笑起来说：你的家庭成分"高"了点，这没有关系嘛！她不说"黑五类"，用了个"高"字。这我还是第一次听到。关于反右中的表现，她说，这不证明当时你是正确的嘛！于川夫人的一席话打消了我顾虑。于是，我便决定直接找师大一附中的革委会主任董质斌，要求调动。董表示，必须近代史研究所来人交换，开了三个条件：一是来人的水平不能低于我；二是来人必须是共产党员；三是来人必须能当语文教研组组长。我那时有点胆量了，便缓言反驳：第一，近代史所如果有人水平不低于我，何必调我？第二，我本人非党员，也没有当过教研组长，何能以此要求来人？说来说去，董坚持来人交换这一条件。无可奈何，我找近代史所的人事处长刘明远商量。刘明远笑着说："这好办。我们正在解决研究人员的两地分居问题，正在为他们找单位呢！人，有的是。"于是，近代史所前后送了两批二十几个人的档案，任由师大一附中挑选，不想一个也挑不中。这下子，我彻底绝望了。就在此际，我的邻居告诉我，安徽师大附中的语文教研组组长因两地分居调来北京，尚未分配。我一听，便连夜找到这位老师，请求她来顶我。不想这位老师是大专毕业，只学了三年，不比我在北大学了五年，师大一附中仍然不肯接受。经我苦苦哀求，才勉强同意。

师大一附中是双重管理的学校，既归北师大管，又被宣武区教育局管。师大一附中的人事干部对我说，你从宣武区出口保险，因为宣武区不会卡你。如果从师大走，师大可能不放你。果然，在向师大人事处报备时，有关领导一听我要调往哲学社会科学部，立即表示："这个人我们自己留下不好吗？"师大一附中的人事干部因为同情我，便谎说："这个人口才不好，不会讲课。"

1978 年 4 月下旬，我终于拿着宣武区组织部门的介绍信，到中国社会科学院报到，由此跨进了近代史研究所的大门。

三、李新指导我写《中华民国史》

李新是《中华民国史》的主编。他这个主编当得很放手，拟了各章题目，安排了执笔者，就不管了。我的记忆中，就没有开过编写会议讨论过什么问题。我接受撰写《中国同盟会成立后的革命斗争》这一章的任务后，李新也没有和我谈过话，提出什么要求，一切由我自主。《中国同盟会成立后的革命斗争》这一章写成后，李新小有删削，就要我和李宗一两个人住到西郊的中央党校去，统改《中华民国史》第一编《中华民国的建立》上、下卷。我被分配修改《武昌起义》这一章，李宗一则修改《各省起义》等章。《中华民国史》第一编上、下两卷在 1981、1982 两年出版后，李新让我担任《中华民国史》第二编第五卷的主编，这一卷的题目是《北伐战争与北洋军阀的覆灭》。于是，我便选人，搭班子，起草章节纲目，这些，李新也一概不加过问。这一卷，我写得很认真，很用心。北伐战争的时间不过两年，我和合作者写这一卷却用了十年的时间。书稿写成后，交李新审阅。他只改动了几十个字，就交付中华书局，于 1996 年出版。

李新虽然没有和我系统地长篇谈话，但是接触多了，我对他的史学思想、编书原则逐渐有所了解。今就记忆所及，谈印象最深的几点：

文史有别，文人不能修史。社会上很多人觉得历史著作枯燥、干巴，不生动、不吸引读者。我自己是学文学出身的，对此感触尤深。因此，参加写作《中华民国史》后，我总想打破文史之间的界限，引进一些文学的风格和手法，将历史写得生动一些、活泼一些。但是，我也知道，文学是艺术，历史是科学，虽说文史相通，但两者是不同的行当，决不能混淆。例如，文学允许虚构和想象，而历史学却容不得任何虚构和想象。特别是《中华民国史》这样的多卷本的正史，真实、准确、可信是绝对要求，不能有任何虚假、夸张的不实成分，同时也必须有统一的体例，统一的语言风格，不可能像个人著作一样，可以别出心裁，有自己独特的个人风格和处理手法。但是，我总想在可能的范围和限度内，让它有点文学色彩。例如，1906 年至 1907 年的萍浏醴起义，是同盟会成立后的第一次起义，此后各处起义不断发生，连绵不断，我在叙述这一段历史时，写了两句："它像一声春雷，迅速激起了群山的回响。"又如，1907 年，清政府派五大臣出洋，考察西方宪政，宣布预备立宪，其实，离真正的立宪还远着呢，但是，流亡海外的改良派却兴奋异常，纷纷撰文歌颂。我在叙述这一段历史时，为了讽刺改良派，写了一句："清政府应许的糖果还没有进口，改良派却宣称已经尝到了甜味。"这两处，特别是后一处，我自以为是得意之笔，但是，送到李新处，都被钩去了。他曾对别人说，杨天石的文章，有时是"老太太头上戴花"。某次，他和我谈章学诚的名著《文史通义》，特别提到章的"文人不能修史"的观点。这个道理我懂，唐代的刘知几在他的史学理论巨著《史通》里就说文史两者，"较然异辙"：

文人写史，常常"喻过其体，词没其义，繁华而失实，流宕而忘返"，写出来的史著"行之于世，则上下相蒙；传之于后，则示人不信"。因此，我在《中华民国史》第二编第五卷（现为第六卷）的序言里特别写道："我们主张无一事无来历，而且必须是可靠的来历。我们决不做因文伤真，以文害意的事。我们不敢以想象来填补史料的空白，不敢想当然地猜度人物的心理和行为动机，不敢编造细节来塑造人物，渲染气氛，那种以牺牲真实性来换取可读性的做法，不是严格的历史学的方法。科学和文学有别，不加区分，会造成历史学的灾难。"

写历史，要句句真实，不得已，可以有百分之五的套话，百分之五的废话，但是假话一句也不能有。这是李新当面对我讲过的话，对其他历史学者，也多次讲过。真实是历史的生命。在《中华民国史》第二编第五卷的序言里，我也曾写道："历史学的任务是记述、揭示历史的客观运动进程，再现历史的本来面貌。""写历史要尽量减少主观性，力求最大限度地符合实际。""基于此，我们将清理、再现历史的本来面目作为第一任务。我们不指望读者完全同意我们的观点，但是我们希望本书所阐述的史实能经得起各个时代、各种读者的推敲和质疑。"当然，从严格意义上说，套话、废话都不可有，但是，现实生活中常有不得已的情况，就不得不讲几句套话和废话。这是李新的经验之谈，也是他的智慧表现。这一段话的核心和要害在于"假话一句也不能有"。要做到这一点，似乎简单，其实很不容易。我曾问李新，有些真话不能讲怎么办，他说，写下来，留给后世。想了想，又说，交给党史研究室。后来，李新写回忆录，写到审干运动中对个别女性的审查时，确有部分情节不宜发表，李新就表示，这只能交给党研室了。再以后，李新的回忆录出版，我问整理书稿的陈铁健同志，个别情节如何处理的？铁健回答，改了。

叙述为主，分析为辅。李新一直强调，写历史，要以叙事、记事为主，可以适当说理，适当分析，但是，不要简单地做政治说教。当时，写文章引用《毛主席语录》成风。我在写《中华民国史》第一编时，偶尔也引《毛主席语录》，但李新一概删去。章学诚在《文史通义·内篇》中一开始就说："六经，皆史也。古人不著书，古人未尝离事而言理。"这就是说，历史著作，不能孤立地说理，而是通过对"事"的叙述，对事物、事件、人物之间的关系的分析中体现出来。例如，1926年3月20日的中山舰事件扑朔迷离，国共两党有关学者的说法不仅歧异，而且对立，"共派"学者认为是蒋介石的阴谋，"国派"学者认为是共产党的阴谋，蒋介石则声称，要等他死后看他的日记，真相才可以大白。"文革"以后，人们喜欢上纲上线，历史学界亦然。对中山舰事件，学界普遍认为，这是蒋介石发动的一次"反革命事件"。当时，中南地区正在编写大革命史，在武昌东湖召开编写会议，邀请李新到场讲话、答疑。李新要我参加。我听了之后，感觉李新真健谈，没有稿子，也没有准备，张口就讲，娓娓道来，居然讲了两个半天。自然，也谈到中山舰事件。李新不同意"反革命事件"这一提法，而仅仅认为是两党争取领导权的一次斗争。由此，我不仅认识到李新的实事求是的思想和学术品格，而且认识到李新治学，不肯随波逐流的可贵特点。20世纪80年代，我读到蒋介石中山舰事件时期的日记，也读到当时审理中山舰事件相关人员的案卷，相继写出《中山舰事件之谜》和《中山舰事件之后》二文，提出了和旧说完全不同的新见解。我列举事实说明，中山舰事件和中共无关，也说明并非蒋介石有意挑起，而是西山会议派和广州孙文主义学会的阴谋，其目的在于挑拨广东革命营垒的内部团结。但是，按照我的这种说法，蒋介石似乎就是受骗上当了。为此，我特别写了一段，说明就蒋介石误信右派制造的谣言来说，中山舰事件有其偶然性，但是，就国共矛盾和蒋介石的思想发展来看，事件的发展又有其必然性。《中山舰事件之谜》一文发表后，胡乔木多次在内部谈话中肯定这是一篇"不可多得的力作","有世界水平",要求研究中共党史的学者都来学习这篇文章。李新也特别肯定这篇文章中的"偶然中的必然"一段,认为写得好,很必要。由此,我体会到李新对文章的喜好:实事求是,以叙述史实为主,但是并不排除必要的分析。他所反对的是那种不讲史实,只做结论的空头文章。那样的文章,可以流行于一时,但不会有长久的生命力。

司马迁当年写《史记》,曾经游历各地,考察历史遗迹。李新主张,写现代历史,在可能的情况下,也要做现场考察。《中华民国史》第一编中的《武昌起义》一章,原来写得比较单薄,篇幅也不大,我接手修改后,决定加强。当时我正在武昌参加原武昌起义实录馆所存档案的编选工作。这些档案,都是当年起义人员的回忆,数量很大,价值很高。我阅读了全部留存的档案,将部分内容纳入初稿,还亲自乘车到汉阳郊区去考察。这是当年革命党人与南下清军的鏖战之地。文献上提到的美娘山、仙女山、锅底山、扁担山、梅子山等,我都去看了。对此,李新大为满意,曾在会上郑重表扬。

四、我保存的李新的一封信

据说,李新接受编写《中华民国史》的任务后,胡乔木不赞成,认为有"两个中国"之嫌,上面要求下马。李新不同意,说是,我们接受编写任务,是有文件的;上面要我们下马,可以,拿文件来。结果,上面的文件始终没有下来,民国史的编写工作也就始终进行着。等到《民国人物传》第一卷等书陆续出版,人们看到实绩之后,好评如潮,胡乔木也改变了观点,访美时特别将李新列入中国社会科学家代表团,并且将李新提升为中央党史研究室副主任。在李新向我出示他所写的关于这一段的回忆录时,我曾向李新说:这不是胡在用实际行动纠正自己的错误吗？对我的话，李新不表态。

李新升为党史研究室副主任，算是副部级了，搬到西郊中央党校的南院去住，后来又搬进万寿路的部长楼。我这个人，成天忙着看书、写书、写文章，不喜欢串门，也不喜欢聊天，所以李新的西郊新居，我很少去。1990年，我应美中学术交流委员会的邀请，到美国访问3个月，后来又得到一个教育机构的资助，延长3个多月。归来之后，我到部长楼去看李新：只见四壁萧然，空空荡荡，没有什么装饰，也没有添置什么家具。由此，我对李新的生活简朴、廉洁奉公有了更深刻的印象。于川夫人原是大城市出来的知识分子，抗战后期参加革命，当然也是"老干部"。有一年国家精简机构，李新带头响应号召，居然让于川夫人退职，自此，于川就成了家庭妇女。到部长楼的当天，我谈了在美近7个月见闻和观感，据说李新很满意，对人说，杨天石书写得好，观点也对头。1997年，我应中央党史研究室副主任郑惠之邀，出任中共党史学会主办的《百年潮》杂志主编。李新起初不赞成，过了一段时间，却突然经常到我的办公室来了。他一来就与我聊天，上天下地，古往今来，历史现实，无所不谈。他的思想很解放，很大胆，常常使我不知怎样应对。我没有记日记的习惯，很可惜，他的许多睿智、深刻的见解，包括他在中共党建问题上和中顾委委员李昌的不同见解，我都没有记下来。

1997年，中国现代史学会召开代表大会，李新到我的办公室，出示写给会议的亲笔信。我觉得那封信写得很好，就有意将原稿保存了下来。信如下：

同志们：

当此代表大会召开之际，特向大会祝贺，祝贺大会圆满成功！

为了开好大会谨向同志们提出几点意见：

1. 必须坚持现代史学会的优良传统，坚持其为民办的合法的学术团体，在学术研究上要坚持科学精神，提倡独立思考，实行百家争鸣，反对依附媚上和随风倒的作风。

2. 现代史学会在组织上要贯彻执行民主制度。理事、常务理事和会长都需按民主程序选出。名誉会长、名誉理事必须在学术上、德望上符合条件，经本会民主程序通过和他本人同意，然后由学会出面敦请。

3. 现代史学会应与中国历史学会、中共党史学会等团体有适当的分工，它的成员（尤其是领导成员）所研究的问题都不可过于重复。

4. 现代史学会应求在推动学术研究和培养研究人才方面有所贡献，不要虚张声势，不要沾染官僚习气。

以上意见，是否有当，敬祈考虑！

谨祝

同志们身体健康！

李新

1997 年 11 月 20 日

这封信不长。它在学风上、组织上、团体风气上提出的意见都深中时弊，有为而发，确可挽救沉疴，转移世风，体现了李新一贯的正派端方、直率敢言的思想和性格。不知后来的现代史学会采纳了多少？

李新当年审阅我的《中华民国史》书稿时，常常将他修改的字词写成条子，夹在稿中。我曾一一抽出，集中保存。时间一久，就不知道放到哪儿去了。上引信件，大概是我现存的唯一的李新手迹了。

2018 年 5 月 1 日至 4 日

愿"唐派史学"后起有人

——悼唐德刚先生

唐德刚先生去世了。几家采访的记者都问我：你和唐先生第一次见面是在什么时候？我想来想去，不记得了。我和唐先生，在大陆，在台湾，在美国，见过许多次。1990 年我到美国哥伦比亚大学访问，有 3 个多月住在纽约。那时，唐先生住在纽约近旁的新泽西州。自然，我们见面的机会比较多。唐先生平易近人，知道许多民国掌故，又健谈，一谈起来，议论风生，我们很快熟起来。纽约的华人学者之间常有餐会，记得我好多次赴会，都是坐唐先生开的车。

不过，我认识唐先生，首先还是通过他的口述史著作——《李宗仁回忆录》。1980 年，政协广西壮族自治区委员会文史资料委员会辗转从海外得到原稿，内部发行。那时，我刚刚转入民国史研究不久，对该书史料的丰富和文笔的流畅颇为折服。后来我才知道该书的真正著者是唐先生，对唐先生便多了一份敬意。再后来，我读唐先生参加编撰的《顾维钧回忆录》，敬意愈增。顾维钧是近代中国的老资格的外交家。他的日记、文件珍藏于美国哥伦比亚大学珍本和手稿图书馆，共约 10 万件，是该馆仅次于杜鲁门档案的第二大档。唐先生深入研究这

215

些档案，又经过和顾维钧的多次访谈，才完成了回忆录的写作——共13册，600余万字，堪称巨著。

口述史是一门新兴的史学体裁。它是历史当事人和历史学家合作的产物。过去，历史当事人常常写回忆，但是，回忆常常有讹误，记错时间、地点、人物关系的情况很多；历史学家的著作呢？大多依靠文献档案等死材料写作，缺乏新鲜、生动的活材料。口述史的优点就在于可以弥补上述两种体裁的局限，将死材料和活材料结合起来。一方面，它可以保存历史当事人的记忆，这些记忆往往不见于文献档案，而且，其中不少是秘密，只有当事者才知道的秘密，不通过口述史就可能永远消失；另一方面，由于有历史学家的参与，它可以纠正历史当事人的记忆错误，深入挖掘、记述关键事件和关键秘密，使口述史更准确、更有价值。20世纪50年代，美国哥伦比亚大学开展口述史研究，主其事者为美国人韦慕庭教授，而其中的"苦力"正是唐德刚教授。今天，哥伦比亚大学还保存着几十个中国近代名人的口述自传和档案资料，其中都渗透着唐先生的辛勤劳动。可以说，没有唐德刚，就没有哥伦比亚大学的口述史项目，也就没有《胡适口述自传》《李宗仁回忆录》《顾维钧回忆录》等煌煌巨著。唐德刚先生是当之无愧的口述史开创者，是这一领域的大家、巨匠。

唐先生的几部口述史著作我都读过，是我研究民国史的不可缺少的参考资料。它们帮助我解决了许多难以解决的问题。例如，蒋介石、张学良和1931年"不抵抗主义"的关系：正是通过唐先生的访问，张学良向世人宣布，"不抵抗"的命令是张学良本人下的，和蒋介石没有关系。尽管文献已经证明，9月18日晚上，蒋介石并不知道沈阳已经发生的事变，没有给张学良下过"不抵抗"的命令，但是，过去流传过一份所谓当年8月16日的铣电，其中有蒋介石劝张学良"万勿逞一时之愤，置国家民族于不顾"等语，成为蒋介石早就下令

"不抵抗"的重要证据。我在研究这一问题时，一时拿不定主意，铣电有耶？无耶？后来，我阅读唐先生的《张学良口述回忆》，唐先生曾以铣电中的关键词语询问张学良，张做了明确的否定回答。这样，我的主意就拿定了。

除了口述史，唐先生还写过《晚清七十年》《袁氏当国》等许多历史著作，唐先生知识渊博，因此，他的历史著作常常上天下地，熔中外古今历史于一炉而共冶。例如，他明明谈的是晚清，然而笔锋一转，却突然谈到了古希腊，谈到了秦、汉、魏、晋，起承转合，信手拈来，非常自然巧妙，毫无牵强附会之感。而且，唐先生性格幽默，谈吐诙谐。他的史学著作明白如话，生动有趣，读着读着，往往会笑出声来。这是唐先生独有的风格，别人，至少我学不来，也学不会。美国学者夏志清称唐先生的散文为"唐派散文"，我以为，唐先生的史学著作堪称"唐派史学"。唐先生去世了，"唐派史学"会不会因此成为绝响呢？

在我和唐先生见面时，大多数时间是听他讲，我不需要插话。从唐先生的谈话中，我得知，唐先生早年即富于爱国热情。他是安徽人。抗战爆发，唐先生曾率领一批年轻人千里跋涉，流亡内地。但唐先生和我谈得最多的还是他的口述史。如他和张学良如何见面，如何访谈，如何因故中止等。有一次，他谈到他写过一篇文章，标题有"花花公子、政治家、军事家"，张学良阅后，表示写得好，是所有写张学良文章中，最准确地写出了自己性格特征的好文章。唐先生的话给了我很多启发。我们写张学良，往往为了政治需要而强调、突出其某一面，掩盖或否认其另一面。鲁迅曾经提倡，写人要写"全人"："倘有取舍，即非全人；再加抑扬，更离真实。"唐先生写张学良，写的是"全人"，所以才得到张学良本人的欣赏和肯定。

我和唐先生见的最后一面是在美国新泽西州。那是 2002 年夏天，我从波士顿到新泽西，住在邹鲁先生公子邹达先生家里。听说唐先生中风，于是我便想去看望。邹达先生说不要紧，已经康复了。他为我安排过几次餐会，每次唐先生夫妇都会来。唐先生告诉我：中风初愈，拿起报纸，一片模糊，什么字也不认得了；幸而，逐渐恢复，阅读没有什么障碍了。我见唐先生记忆如故，健谈如故，除了略显清癯，走路多了一条拐杖，别无他变，很替唐先生庆幸。没有想到，此后唐先生即迁居旧金山，更没有想到，他此后即得了尿毒症，终至因停止洗肾而辞世。

唐先生辞世，是中国史学界的大损失。但愿，"唐派史学"后起有人。

2009 年 11 月 1 日匆草于北京，原载中国近代口述史学会编辑委员会编《唐德刚与口述历史——唐德刚教授逝世周年纪念论文集》，台北远流出版公司，2010 年版

蒋永敬教授和我的学术切磋与诗歌唱和

蒋永敬教授是我多年的老朋友，堪称"莫逆"，也是学术上的知己，堪称"同道""知音"。他长我十余岁，我一向以"长兄"事之。今年5月28日，是蒋公新著《多难兴邦》的首发式，我本来是准备到台北参加的。没有想到的是，蒋公竟于4月26日凌晨辞世。倘使我提前到台北，住一段时间，不是还有机会和老友见上最后一面吗？真是后悔莫及了。

一、永敬教授为我的《中山舰事件之谜》喝彩

我知道蒋永敬教授的名字是在20世纪80年代。那时，我刚刚完成《中华民国史》第一编的写作和修订任务，接手主编《中华民国史》第二编第五卷（现为第六卷）。其间，我曾一再仔细读过蒋公的著作《鲍罗廷与武汉政权》。说"一再"，说"仔细"，都是实情。该书是蒋公的成名作，也是他的代表作。它大量引用收藏于台北的中国国民党党史会的各类档案，特别是会议记录，阐述大革命时期苏联顾问鲍罗廷的来华及其作用。当时，两岸隔绝，要想到台湾查阅有关资

料，有类登天，幻想而已。因此，丰富详赡的蒋公著作就正符合我的需要。

我和永敬教授的友谊缘起于1988年。在当年的《历史研究》第2期上，我发表了《中山舰事件之谜》一文。

蒋公在他的回忆录《浮生忆往》中有一节《为中山舰事件与西安事变之"解谜"而喝彩》，其中写道：

> 近代史中两大疑案，不易解决。一为民国十五年（1926）三月二十日之"中山舰事件"，或称"三月二十日事件"；一为民国二十五年（1936）十二月十二日之"西安事变"或称"双十二事变"。此两件当事人均为蒋中正所亲身经历之事，过去多年具有高度之政治敏感性，不仅事涉国共斗争，亦涉国民党内部高阶层之斗争也。当事人蒋中正对此两事之经过，曾有多次之陈述；与此两事件相关之人员亦各有不同之记述，以及多种其他相关文献，互有矛盾与出入，故欲了解此两事件之原因、真相，至为困难。研究者虽多。难有满意之结果也，久为"历史之谜"。幸此两"谜"，为北京社会科学院近代史研究所"二杨'揭开之。"二杨"者，即杨天石与杨奎松也。[1]

蒋公认为，拙文《中山舰事件之谜》可以"补正"他自己"过去研究此事之失"。1989年10月，蒋公在台北《历史月刊》发表《中山舰事件原因的考察》，介绍拙文的"新发现"。当时，蒋公还不认识我。1991年9月，蒋公到北京访问，才初次见到我。1994年，蒋公再次访问北京，同时见到我和杨奎松。蒋公称："彼此兴趣相投，可谓'一见如

---

〔1〕蒋永敬：《浮生忆往》，台北：近代中国出版社2002年版。

故'。'以文会友'，余乐为彼等之'揭谜'而喝彩也。"[1]

永敬教授对中山舰事件的研究始于 1984 年春。当时"中研院"举办中华民国初期历史研讨会，蒋公提交的论文题为《三月二十日事件之研究》。"所用数据，以党史会收藏者为主。就当时情况而言，应须参考之数据皆已尽可能利用之。资料小注有 108 个。"[2]评论人为"中研院"近代史研究所研究员刘凤翰教授，他的意见是："蒋教授在这篇论文中，对事件的背景、事件的发生与处理，都达到求真的目的。他所用的方法与数据是被历史学家所接受的，其结论将被历史学家所肯定。"又说："蒋永敬教授这篇论文，写得严谨、公正，而有学术上永久价值。"[3]刘凤翰教授多年从事民国军事史研究，对资料极为熟悉，是"中研院"近代史研究所享誉海内外的学者之一。蒋公的论文得到如此高度的肯定，我想蒋公自然是高兴的。但是，正如俗谚所云：如人饮水，冷暖自知。蒋公明白，中山舰事件还有一个关键问题，自己的论文并未回答，这就是：前中山舰舰长李之龙是否"承汪精卫及中共之命，对蒋中正进行谋害"？

对于这个问题，此前的数据有完全相反的回答。蒋公说："在蒋（中正）之陈述中，似是如此，而汪（精卫）及共方则否认之。"两说互相对立，困难之处在于，没有"直接证据"证明"何方所述合乎事实"，这就使之成为"悬案"。这是历史学家最为烦恼也最难处理的地方。在大多数情况下，历史学家只能根据自己的立场、政治偏向、感情好恶和判断，做"各自表述"。于是，"右"者相信蒋（中正）之资料，"左"者相信汪（精卫）、（中）共方面之数据，而对对方数据常质疑之。蒋公的论文自承"两说并陈，虽力求严谨，然亦不免中间偏

---

［1］蒋永敬：《浮生忆往》，台北：近代中国出版社 2002 年版。
［2］蒋永敬：《浮生忆往》，台北：近代中国出版社 2002 年版。
［3］蒋永敬：《浮生忆往》，台北：近代中国出版社 2002 年版。

'右'也"[1]。

拙文认为，李之龙并未接受汪精卫及中共的命令，谋害蒋介石，其材料根据是：李之龙被捕后的供词、李之龙夫人报告以及与中山舰调动有关人员的笔录、证词等资料——这些人有：黄埔军校管理科交通股股员黎时雍、王学臣，交通股股长兼驻省办事处主任欧阳钟，军校办公厅季方，副官黄珍吾，等等。当然，我也参考了李之龙 1927 年在汉口发表的文章《汪主席被迫离职之原因、经过与影响》以及当时尚未公布的毛思诚摘编的《蒋介石日记类抄》。蒋公认为，拙文充分地利用了这些原始档，对于中山舰调动情况的了解，提供了极为珍贵的数据。据此，蒋公说：

> 至于李之龙有无危害蒋校长的阴谋：鉴于之龙被捕以后经过一番调查，从所有调舰的关系人等留下的笔录以及调舰的档来看，之龙并无矫令调舰行为。因于 4 月 14 日即被释放。此亦显示之龙并未犯下严重罪行。[2]

蒋公的结论是李之龙并未接受汪精卫的命令，没有谋害蒋校长的企图，他的被捕，属于"无辜"。这就回答了此前研究中没有解决的问题，和我的观点一致了。后来，蒋公又进一步提出，拙文"解开了此一事件多年之谜"，刘凤翰教授对他的《三月二十日事件之研究》之一文的评语："写得严谨、公正，而有学术上永久价值"，要"让之天石"。[3] 蒋公的谦逊精神、提携同行的热情都令我起敬。

---

[1] 蒋永敬：《浮生忆往》，台北：近代中国出版社 2002 年版。

[2] 蒋永敬：《中山舰事件的历史考察》，台北《历史月刊》第 21 期，1989 年 10 月。

[3] 蒋永敬《以文会友——天石与我》，《杨天石近代史文存》，中国人民大学出版社 2007 年版，第 7 页。

二、永敬教授对拙著《中华民国史》
第二编第五卷等书的高度肯定

1996 年，我所主编的《中华民国史》第二编第五卷《北伐战争与北洋军阀的覆灭》出版。这一卷的记事起于 1926 年广州北伐誓师，终于 1928 年张学良东北易帜，全国统一。其间，国共两党由合作而分裂，从并肩推翻北洋军阀到彼此刀兵相见，成为不共戴天的仇敌，很难处理，也很难落笔。在该书序言中，我曾表示："真实是历史的生命。客观的史实只能有一个，解释、分析、评价却可能多种多样。写历史，要尽量减少主观性，力求最大限度地符合实际。历史学家要为读者、研究者做出正确结论提供必要的条件。基于此，我们将清理、再现历史的本来面貌作为第一任务。我们不指望读者完全同意我们的观点，但是我们希望本书所阐述的史实能经得起各个时代、各种读者的推敲和质疑。我们的写法是以叙述为主，适当加以分析、评论，有时则只叙事实，不作评论。"本书出版以后，在海峡两岸都得到赞扬和欢迎。北京中央文献研究室的金冲及和台北国民党党史委员会主任李云汉，对这一卷书的写作都大力肯定。蒋永敬教授曾以"挑战的心情"发表评论说："本卷重大特色之一，是采用了大量的档案数据，这些数据不仅包括国民党和国民政府的还包括中共方面的；不仅包括中文方面的，还包括英、俄、日文的。更重要的，还有一些当事人的个人资料，如《蒋介石个人全宗》《蒋介石收各方电稿抄本》《蒋介石日记类抄》《冯玉祥个人全宗》《吴稚晖个人全宗》《张静江个人全宗》等，大多是由本书首次引用，其价值之高，可以想见。要使著作有创新的内容，就必须充分利用新的数据。人云亦云，陈词滥调，徒使读者乏味。而本书在新数据方面的利用，确

居优势。"〔1〕对于全书，蒋公的评价称："这是一部水平很高的著作，到目前为止，在同类的著作中，难有出其右者。"〔2〕

2007年，我的《杨天石近代史文存》在中国人民大学出版社出版。该书收集了我到那时为止的主要近代史研究论文，计分《晚清史事》《国民党人与前期中华民国》《蒋介石与南京国民政府》《抗战与战后中国》《哲人与文士》等五卷。我请中央文献研究室金冲及、永敬兄及日本庆应大学山田辰雄教授作序。三人都欣然命笔。永敬在其序言中称赞我"以其文学的底子、哲学的素养，加上科学的方法、求真的精神，以锲而不舍的毅力，追求难得的史料，思考问题，故其发表的文章，引起同道的重视和欣赏，非偶然也"〔3〕。一直到晚年，永敬兄还在其回忆录中写道："天石的著作，每篇都是精心之作，有新资料、新见解，富有启发性。这部《文存》的出版，对于近代史学，也是一大贡献。"又说："天石参与民国史的工作，涉猎的范围有辛亥革命、北伐战争、抗日战争、国民党的派系斗争，特别是对蒋介石的研究，都下过很深的功夫，有很多的发现和创见。由于彼此行道不谋而合，所以我对他的发现和创见，体会较深，受益更多。因此，能与天石'以文会友'是我平生最大的乐趣。"〔4〕永敬兄的这些赞誉，使我读起来感汗颜。不过，它确实道出了永敬兄与我长期相知、相好的原因。

1984年5月，我在南京中国第二历史档案馆发现毛思诚原藏的《蒋介石日记类抄》。1996年，我在台北"国史馆"读到《蒋中正总统五记》(《困勉记》《游记》《学记》《省克记》《爱记》)。这是蒋介石日记的另一

---

〔1〕蒋永敬《杨天石主编〈中华民国史〉评介》，台北：《中央研究院近代史研究所集刊》第27期，1997年6月。
〔2〕蒋永敬《以文会友——天石与我》，《杨天石近代史文存》卷首。
〔3〕蒋永敬《以文会友——天石与我》，《杨天石近代史文存》卷首；另见蒋永敬《九五独白——一位民国史学者的自述》。
〔4〕蒋永敬《九五独白——一位民国史学者的自述》。

种摘抄本。我利用这两种摘抄本对蒋介石的生平和思想进行研究，于 2002 年出版《蒋氏秘档与蒋介石真相》一书。2006 年 3 月，蒋介石日记原稿在美国胡佛档案馆开放，我于 2007—2010 年连续四年前往阅读，陆续写作并出版《找寻真实的蒋介石——蒋介石日记解读》1 至 4 辑。对于我的这些著作，永敬兄都高度关注，并且高度评价。在综述《大陆学界重评蒋介石的历史地位》一文中，他称我为"研究蒋介石最杰出的学者"，认为我"对蒋介石领导抗战的功过，做了较为完整的评析"。在对于蒋介石一生功过大小的分析上，我一向持论谨慎，但永敬教授则直言："蒋介石对于抗战，还是功大于过。"他引吕芳上教授为拙著《找寻真实的蒋介石——蒋介石日记解读》所作序言说："海峡两岸对蒋一向的'神'、'鬼'之辨，到如今视为有成有败，有功有过的'凡人'。蒋介石走入历史，社会因此更见成熟。"[1]

三、永敬教授对拙著的批评："抓漏"与"找碴"

永敬教授虽然高度评价拙作，但是，丝毫也不掩盖对拙书的批评。他自述，一方面，对我的才华，十分欣赏，但是，"总想找个机会，与之挑战，以尽'以文会友'之道"。其挑战方法，一为"抓漏"，一为"找碴"。

1927 年，在武汉国民政府内部，苏联顾问鲍罗廷与蒋介石之间发生了一次正面的冲突。1 月 12 日晚宴，鲍罗廷当面对蒋介石说：革命之所以能够发展到武汉，"乃是因为孙中山先生定下了三大政策"。他警告蒋介石："以后如果什么事情都归罪到 C. P.，欺压 C. P.，妨碍农民工人的发展，那我可不答应的。"第二天，鲍罗廷与蒋介石私人谈话，蒋介

---

〔1〕蒋永敬《多难兴邦》，台北：新锐文创，2018 年版。

石声色俱厉地要鲍罗廷指明："哪一个军人是压迫农工？哪一个领袖是摧残党权？"他严词指责鲍罗廷"跋扈横行"，声称："你欺骗中国国民党就是压迫我们中国人民。"永敬教授肯定拙书对此记述颇为生动，虽然数据源我仅注为蒋介石《在庆祝国民政府建都南京欢宴席上的演讲词》，但事实上该段记载是我综合了相关几件资料写成的，有 1927 年《进攻周刊》所载梁绍文《三大政策的来源》，以及《武汉临时联席会议第十三次会议记录》等多处。永敬教授批评我："把这几种不同来源的资料凑合在一起"，"这就显得有些马马虎虎了"。他还为该节文字加了一个醒目的标题："引用资料不可马虎"。永敬教授的这一批评完全正确。

《中华民国史》第二编第五卷在叙述武汉国民政府时，多次提到孙中山的"三大政策"，对宋庆龄的坚持"三大政策"亦有热烈的赞美之词。蒋公于此"找碴"，批评道：

> 孙中山有无制定"三大政策"是一个争论已久的问题。经过近年中外学者的研究，认为孙中山生前，并未提出此一特定的政策，更无此一名词的确立，而是在他去世一年多以后，始由中共人员提出来的。如果把"赝品"视为"真货"而肯定之，便使学术性大为减色了。[1]

历史贵真实，把"赝品"视为"真货"，自然大不应该。据蒋公说，后来我有两文，似在响应他的挑战：一篇是《北伐时期左派力量与蒋介石的矛盾和斗争》，另一篇是《关于孙中山"三大政策"概念的

---

[1] 蒋永敬《杨天石主编〈中华民国史〉评介》，台北：《中央研究院近代史研究所集刊》第 27 期，1997 年 6 月。

形成及提出》。蒋公认为后一篇响应他的"找碴"甚为明显，举拙文结语为例说：

> "三大政策"这一概念形成于 1925 年 10 月至 1926 年末国民党的内部斗争中。它是中共和国民党左派对孙中山晚年所行政策的一个比较精确的概括。应该承认，所概括的三方面确实都来自孙中山，不是赝品。[1]

拙文指出，通常所称"联俄""容共""扶助农工"的"三大政策"，均为孙中山晚年新增，而为前期、中期所无，反映出孙中山晚年思想和政治主张的新发展，但是，"三大政策"概念的形成则有一个发展过程。"在这一过程中，中国国民党上海区党部联合会、上海特别市党部、中共广东区委、中共中央以及沈雁冰、施存统、柳亚子、陈独秀、周恩来、黄埔军校的左派学生都起了作用。"我特别指出，1926 年，孙中山逝世一周年，施存统以"复亮"为笔名所发表的《中山先生的三大政策》一文，空前明确地提出了"三大革命政策"的概念。永敬教授对此赞赏，认为："过去对此概念形成和'三大政策'名词出现，只追溯到1926 年 10 月，天石此文把它提前 7 个月，这是一大发现。"蒋公称：

> 这一问题，由于中外和两岸学者多年来的探讨，大致已有定论。这一概念和名词是在孙中山去世以后，由共派方面的人士概括而来，也是符合历史事实的。因为历史上很多概念和名词，都是后来概括而成的。例如"辛亥革命""联俄容共"等名词，都是如此。

---

〔1〕杨天石《崛起与北伐》，《杨天石评说近代史》，中国发展出版社 2015 年版。

所以天石说它不是"赝品"，也是有根据的。[1]

至此，我和永敬教授关于"三大政策"的争论圆满结束，可以看出，在讨论中，我们互相吸收，各有所获，各有进步。

永敬教授在评论拙著《中华民国史》第二编第五卷时，另有一个标题称："过度曲护有碍历史真相。"他说，本书"一涉及'敏感'部分，即难保持客观"，并称"其实际情况固然可以理解，但如过分曲护，就淹没了历史的真相"。他特别批评拙著的"用词"，认为"有时充满政治斗争的意味"，坚决而明确地说："不足为训。"[2] 这些地方，牵涉两岸学者对中国近代史的一些重大分歧，我想，永敬教授是一个性直率、不吐不快的人，撰文时可能有所克制，没有充分展开。

2005年10月，我到台北参加"抗战胜利与台湾光复60周年"学术研讨会。我提交的论文为《论"恢复卢沟桥事变前原状"与"抗战到底"之"底"》，永敬教授担任讲评人。他认为拙文"精彩选题"，"精彩选材"，分析蒋介石对"抗战到底"之"底"曾有四次改变，四个层面，即四个"底"，而他认为，根据拙文所引用的"一件机密而极重要的文件"——《处理敌我关系之基本纲要》，蒋介石只有两个"底"：即卢沟桥事变"底"与珍珠港事变"底"——前者为不彻底之"底"，后者为彻底之"底"。他把这次评论称为对我的"另一次挑战"。[3]

〔1〕蒋永敬《以文会友——天石与我》，《杨天石近代史文存》卷首。
〔2〕蒋永敬：《浮生忆往》，台北：近代中国出版社2002年版。
〔3〕蒋永敬《以文会友——天石与我》，《杨天石近代史文存》，中国人民大学出版社2007年版；《九五独白——一位民国史学者的自述》，（台北）新锐文创2017年版。

四、抗战讨论会闭幕式，
我们彼此都不是"匪"的即席发言

很长一段时间内，国共两党互骂为"匪"。1995年9月，为纪念抗战胜利50周年，大陆32位学者应邀到台北参加讨论会。其中一位，诚实地在填表中说明，曾任历史系中共党总支书记，结果未得批准。结果，31人顺利成行。这是前所未有的盛事。"中研院"的一个年轻学者兴奋地在楼道中高喊："'共匪'来了！"我听说此事后，感慨良多，在会议闭幕式上即席发言说："当年国共两党彼此互骂为'匪'，现在看来，谁也不是'匪'。"蒋永敬教授当时就坐在会场上。我以蒋公为例说："蒋永敬教授当年在国民党军队中当过'训导员'，又在国民党党史会工作多年，也许可以称为标准的'蒋匪'了吧？但是，相识之后，我发现，蒋教授温文尔雅，知识渊博，一丝一毫的匪气也没有。"接着，我以自己为例说："我是在中共的学校里长大的，也可以说是'共匪'了。但是，请大家审查，我身上有半点儿匪气吗？"我建议，在两岸今后的中国近代史著作中，要摒弃各种类型的蔑称和辱骂之词。在我发言之后，张玉法院士总结当年这种互骂为"匪"的状况，戏称为"土匪史观"。

我觉得玉法院士的"戏称"很生动、很有趣、很有意思。归来之后，广东一家报纸访问我，我介绍了闭幕式上的这幕趣谈。其实，"土匪史观"云云，只是对部分历史现象和观点的一种调侃性的概括，和通常所称唯物史观、唯心史观的"史观"并不一样。例如，1982年，廖承志给蒋经国写信，引用鲁迅诗"度尽劫波兄弟在，相逢一笑泯恩仇"之句，此后，温家宝、胡锦涛、习近平等中共领导人都曾以"兄弟"和"一家"等语言来比喻国共关系和两岸关系，如"兄弟虽有小忿，不废懿亲"，"兄弟齐心，其利断金"等，人们不是也可以由此概括出"兄弟史观""一家史观"的词语来吗！不幸的是，后来大陆个别人却将我转述的该词语视为我的"要害"，一再撰文批判。我觉得可笑。2016年4月，我到台北参加"国史馆"、中国近代史学会等主办的"互动与新局"讨论会，回顾多年来两岸之间的学术交流，曾在报告中旧话重提。

永敬教授自称，他与我交往久了，"总是有谈不完的话题"。他晚年听力衰退，与人交谈，对方即便大声说话他也听不清楚，但与我谈话，则一切正常。熟知这一情况的学者每以为怪，永敬教授的解释则是"心灵相通"之故。[1]

2016年"国史馆"之会，永敬教授远道参加。我报告时，永敬教授时而点首，时而微笑。他很欣赏我1995年关于彼此都不是"匪"的发言和2016年4月时的旧话重提，曾在其回忆《九五独白》中大段引用，称此为拙文中"最有趣的一段"[2]。

五、诗歌唱和

我在中学时就爱写新诗（白话诗）；1998年进入中央文史研究馆后，转而以写旧体诗为主。2012年8月，日本一家基金会举办日中青年历史学者学习班，在厦门开班，在金门结业。我应邀做基调演讲。学习班结束后，我从金门飞台北访问。过去我访问台北，开始时经香港中转，后来从北京直飞，此次走厦门—金门—台北一线，还是头一遭。一路上我感慨良多，先后写成七绝五首，题为《金门行》。8月31日，我和老伴到淡水永敬教授的新居访问。那时，永敬教授正热衷于和张玉法院士唱和，诗兴正高，向我出示其新作。翌日，我将《金门行》寄呈请

〔1〕蒋永敬《九五独白——一位民国史学者的自述》，（台北）新锐文创2017年版，第359页。
〔2〕蒋永敬《九五独白——一位民国史学者的自述》，（台北）新锐文创2017年版，第436页。

正。永敬教授认为"颇有杜甫之风"，迅速和作五首。永敬教授自幼受过严格的国学训练，写一手漂亮的毛笔字。晚年勤练不辍。不久，永敬教授以工楷写成《以诗会友记》横幅赠我。兹录我们的唱和诗如下：

自厦门渡海舟中口占

杨天石

当年万炮击金门，弹雨硝烟觅战尘。

但愿从兹兄弟好，虹桥永架不相分。

忆八零年访金门

蒋永敬

三十年前访金门，马山巨炮已封尘。

遥望彼岸风光好，咫尺天涯两处分。

登金门岛古绝

杨天石

入境难分外地身，初逢每觉对故人。

一水虽分两世界，中华血脉总相亲。

忆九零年（五十年后）返乡探亲

蒋永敬

少小离家了然身，晚年归来成老人。

敢问客从何处来，谈次方知是乡亲。

金门晓起

杨天石

晓起传来子规啼，山溪缓缓水声低。

当年炮战隆隆处，煦煦清风舞柳丝。

夜　　眠

蒋永敬

竟夜耳中有蝉啼，岁月增长志趣低。

当年雄心勃勃处，如今梦里无粉丝。

题汝山蒋经国纪念馆

杨天石

凤凰浴火庆重生，百难千灾玉汝成。

执政从无传永远，斯言我自敬先生。

百年老店改造

蒋永敬

高唱改造为重生，百孔千创难有成。

抑制邪毒（独）尚有力，一马当先获新生。

参观金门民防坑道

杨天石

世上常多蜗角争，相仇相杀祸民生。

人间倘使皆亲爱，地下何须建此城。

人性好斗

蒋永敬

人之本性好斗争，相砍相殊殃民生。

古今中外称霸者，杀人盈野又屠城。

永敬说我的诗"颇有杜甫之风"，愧不敢当。永敬的诗，表述对故乡的怀念、对国家统一的期待，对和平的渴望以及对"台独"的愤怒，直抒胸臆，朴素如话，堪称诗中一体。永敬教授和玉法院士的唱和以及他的其他诗作，我也读过部分，曾几次向他建议整理出版，不要散失了。

六、为永敬教授新著《多难兴邦》写序

永敬教授晚年，学会了用计算机下棋。他将藏书捐给南京大学中华民国史研究中心，将从国民党党史会手抄的几大本笔记本赠我，似乎在做颐养天年的准备了。但是，一个写作几十年的学者怎么会轻易告别文坛，就此搁笔呢？果然，近几年中，永敬的旧著和新刊，如《抗战史论》《百年老店国民党沧桑史》《国民党兴衰史》《孙中山与辛亥革命》《孙中山与胡志明》等，如泉涌水喷，不断问世，形成退休以后一个新的个人出版高潮。蒋介石日记在美国开放后，永敬教授年高，没有可能像我一样越洋跨海，到美国阅读，但是，他仍然克服困难，想方设法，利用这份数据和国史馆的《事略稿本》等书，先后写成并出版《蒋介石与国共和战》《蒋介石、毛泽东的谈打与决战》等书。其分析，超出于党派之外，颇多独到而引人思考之处。

2017 年 6 月 16 日，我应"中研院"黄自进教授之邀，再一次访问台北。18 日，我冒雨到木栅蒋公旧寓造访。这一座旧寓，蒋公曾借给我和老伴长住过一段时期。我们谈了一下午，晚上，蒋公坚持邀我到小馆共酌，并且坚持一定要喝"白的"。几个小时的长谈，我见蒋公始终精神健旺，思维清晰，便祝他永葆康强，并表示在他"期颐"之庆时，一定到台北为他贺寿。蒋公一直送我登上出租车，才挥手告别。19日晚，中国文化大学陈立文教授邀宴，蒋公和玉法院士都参加了。席上，我提到了蒋公的诗，蒋公当即流畅地朗读了他的几首新作。没有想到，这竟是我和蒋公的最后两次晤面。

同年12月，我突然接到永敬教授来函，要我为他即将出版的新著《多难兴邦》作序。我既高兴，又惊讶：一个接近百岁的老人，仍然保有如此旺盛的精力和迅捷的写作速度，这在古往今来的历史学家中也是很罕见的。何以能如此？思考之后，我在序言中写下一段话：

> 人类的精神世界中有两大追求，一是真理，一是真相，前者主要属于思想、政治领域。后者主要属于历史学领域。就后者说来，历史学家或皓首穷经，沉埋于档案文献，或踏遍天涯，遍寻当事人勘询；对自己的著述则穷年累月，焚膏继晷，鞠躬尽瘁，一改再改，务求其真实、完善。衰、病、孤、穷，不止不休；面临困境、险境，遭受打压、禁言，初衷不改。为何？其目的就在于揭示真相，将被掩盖了、被扭曲的、尚未为人认识的真相昭示于人间，流传于千古。这是历史学家的一种敬业精神，是对民族、对历史，对子孙后代的严肃、认真、负责的态度。有了这种精神和态度，历史学才能不断进步、更新，在世上流传的、人们所读到的才是真史、全史，而不是假史、残史，甚至是秽史、恶史。

我认为，这就是永敬教授之所以到了近百高龄，还坚持笔耕，新作不断，旧作更新、增订不断的原因，是"历史学家追求真相的精神激励使然"。

永敬教授的《多难兴邦》是他一生写的最后一本书，可以说是他的绝笔。该书写 1925 年 7 月广州国民政府成立，至 1936 年 12 月西安事变这十余年间事，涉及国共两大政治派别的生死斗争与国民党内部胡汉民、汪精卫、蒋介石三大派系的分合兴衰，是民国史的重头章节。永敬教授多年治史，相关史事可谓烂熟于胸。因此，谈全局，则高屋建瓴，简约明晰；谈细部，则深入精当，绘形绘声；谈观点，则超出旧论，每多新见，发人深思，大开新的议论、探讨之门。永敬教授自述，写作本书，期于"增进这一阶段历史真相，助于多方面的认识"。我觉得，永敬教授的这一目的已经达到了。

台湾出版界的出书速度很快。2018 年 4 月上旬，我很快就收到样书。其中一本，赠同所陈铁健教授；一本，赠一位有志于民国史研究的年轻朋友。4 月 15 日，我致函蒋公致谢，敦劝他在《多难兴邦》出版之后，"祈即以怡养为主"。我当时因故摔跤，后脑重重着地，后果难知，便借此重申 2017 年 6 月之约，"（阁下）百岁诞辰时，不论我处于何种状态，一定赴台祝贺。此前我如有机会，亦当赴台相聚。"函末，我祝蒋公"为历史学家之高龄康强树一标杆"。4 月 16 日，蒋公复函称：将他的书"赠给爱好者，也是一大乐事"。同函还称："弟自 2 月 18 日住医院，住了 20 天。虽然出院，系胆病。用了一名外佣，24 小时不离。弟无悲观。请放心。"我从未听说蒋公有过什么"胆病"，而且已经出院，因此没有特别重视。我怎么也不会想到，4 月 26 日，我却接了世安先生自台北打来的告哀电话。

5 月 18 日，蒋府及政治大学等机构即将举行永敬教授的家祭及公祭。我于 14 日致电台湾"中国近代史学会"会长陈立文教授，请转蒋世安、正安、定安诸先生，电称："永敬教授是我的多年老友，切磋琢磨，友谊深厚。他的去世使我失去长兄，近代史学界失去大师，痛何如之！惟望节哀顺变，善自珍摄。我辈近代史学人，当继承永敬教授遗志，勉力奋进，从事于中国近代史与中华民国史之研究，以继承永敬教授未竟之业，以慰永敬教授在天之灵。"

呜呼！今撰此文，永敬教授能知道吗？

2018 年 6 月 29 日于北京东城之书满为患斋，挥泪急就

［七］

回
忆
篇

我和北大中文系 1955 级的《中国文学史》

　　1958 年，人民文学出版社曾经出版过一本很特殊的书，那就是北京大学中文系三年级学生集体编写的《中国文学史》。因为这一届是 1955 年入学的，所以被称为 1955 级。这一个年级一共四个班，三个属于文学专门化，一个属于语言专门化。书是由文学专门化三个班的四五十个同学写的。出版后，《光明日报》发表了题为《出版工作的新方向》的社论，系主任杨晦教授等撰文论述它的"科学成就"，校长陆平在全国文教群英会上把它作为"不断革命，彻底改造大学文科"的典型。于是，班级代表不断在各种会上介绍经验：北京市学习毛主席著作小组长会议、全国学生第十七届代表大会、中国作家协会理事会、全国建设社会主义优秀青年代表会议等。大概也就在这期间，德国莱比锡举行国际图书展览会，出版社特别出了"豪华本"前去参展，真可谓集一时之盛。

　　为什么会出现这样一本书呢？

　　那时，高等学校中盛行"拔白旗，插红旗"。先是在学生中"拔"，我因为表示过，要"通过学术为社会主义服务"，所以被视为走"白专"

道路的典型，被狠狠地"拔"过一通。接着是在教授中"拔"，发动学生批判老师的"资产阶级学术观点"。我们年级的任务是批判为我们讲授魏晋隋唐文学的林庚教授。开始时办了一份油印刊物，题为《革新》。后来觉得还不过瘾，有一次班上开会，团支部书记提出：不破不立。光批判，是破，没有立，我们自己编一部文学史如何？我那时虽然是"白旗"，但在自己的老师面前，又似乎是"红旗"了。再加上不知天高地厚，立即表示赞成。有同学顾虑，政治观点上，我们比老师强；但在艺术分析上，我们不如老师。记得我还曾发言反驳，论证我们在艺术分析上也行。于是，马上贴出大字报，倡议全年级三个班的学生放弃暑假，留校编一部崭新的文学史。自然，其他两个班级热烈响应。这下子，苦了准备回家探亲的同学，不少人已经买好了车票。但是，出于政治热情，大部分人还是留下来了。

接着是分组：先秦组、魏晋南北朝组、隋唐五代组、宋元组、明清组、近代组。我分在隋唐五代组，而且被任命为副组长。大概是认为我在业务上还行吧！

用什么观点统帅全书呢？此前不久，《文艺报》上连载过茅盾的《夜读偶记》，该文认为一部文学史充满了现实主义和反现实主义的斗争。在那强调"阶级斗争"的年代，我们自然认为这一观点很正确，因此，就以之作为编写的指导思想。接着自然是讨论，在唐代文学中，谁是现实主义作家，谁是反现实主义作家。那时，我们每人都有一本油印的唐代作品选，我们就根据读这个选本所得的印象给作家排队。很容易，凡是写民间疾苦的就是现实主义，凡是写山林隐逸生活或其他内容的就是反现实主义。根据这一标准，现实主义作家有陈子昂、杜甫、白居易（前期）、元结、顾况、张籍、王建、元稹、李绅、皮日休、聂夷中、杜荀鹤等；反现实主义作家呢？有王维、孟浩然、白居易（后期）、韦应物、刘长卿、大历十才子、韩愈、孟郊、贾岛、李贺、李商隐、杜牧等。我负责写中晚唐文学部分。不过，我从一开始就对这样的划分感到怀疑。以中晚唐诗人为例，顾况，因为写过一篇《囝》，揭露当时福建以儿童作奴隶的悲惨现象，所以被列为现实主义作家，其实，他后来到茅山做了道士，写了大量隐逸诗；李商隐是被定为反现实主义作家的，但是，他也写过大量忧国忧民的诗篇。类似的情况有很多。我觉得，将中晚唐诗人截然划分为现实主义和反现实主义很困难，而且，将李商隐等一批诗人打成反现实主义我也无法接受。于是，我将这一问题提到全组面前。组里要求我办一个小型展览，将"现实主义作家"的"反现实主义"作品和"反现实主义"作家的"现实主义"作品——陈列、标示。这对我而言并不困难。我喜欢唐诗，主要作家的别集我都有，而且，大部分也都读过，小型展览很快办成。令我大感意外，也大感失望的是，我的组员们略一浏览便说，要看主流，看本质，其结果当然是维持原来的划分不变。

"看主流，看本质"，有时真是一个法宝，它可以让你在大量铁的事实面前闭上眼睛，心安理得地去服从一个先验的结论。1957 年大划右派，我的同班同学中有好几个都被戴上"帽子"。其中有一个，原来是福建地下党，后来参加志愿军，复员后成了我的同学，竟也被划为右派。我想不通，他怎么会反党、反社会主义呢？我便在团支部书记面前举出他拥护党，听毛主席话的表现，但书记的一句话就使我哑口无言了。哪一句话呢？还是"看主流，看本质"。

我的"反抗"失败了，只好按现实主义和反现实主义的公式写。初稿完成了，意想不到的事也发生了——要我去丰台桥梁厂编工厂史，将初稿交给别人接手。我知道这不是对我的信任，而是对我提出不同意见的"酬报"。不过，我一直渴望走向生活，去工厂还是很乐意的。

"大跃进"的年代，什么都讲究快。从倡议编书到完成书稿，不过 30 多天；从发稿到出版，不过 24 天。该书分为上下两巨册，77 万余字。它的前言一开始就批判资产阶级学者"仍然迷恋于资产阶级唯心主义学术思想，顽固地坚守着个人学术的独立王国"，继而宣称："我们这些站在党的红旗之下的无产阶级学术的新兵"，"再不能沉默了"，要"向资产阶级学术思想展开不调和的斗争，并在这场严重斗争里，把自己锻炼成插红旗、拔白旗的社会主义科学大军中坚强的战士"。由于书皮是红的，它也就此被誉为"红色文学史"，出现了本文开头所写的报刊捧、专家抬、领导表扬的状况。

"世事茫茫难自料。"时间到了1959年，政治气候有了变化，学术气候也因之变化。大家觉得，现实主义、反现实主义斗争的公式太"左"、太简单，于是酝酿修改。这时，我的"反抗"被人们想起了。中文系党总支书记程贤策在一次会上说：那时有的同学不同意说李商隐是反现实主义诗人，虽然有道理，但不要骄傲。云云。其他还说了什么，通通忘记了。此后，便以"十分指标，十二分措施，二十四分干劲"投入再修改。这次共用了5个月时间，于当年10月出版，作为对国庆十周年的献礼。和"红色文学史"比较起来，这一版的观点比过去平稳，篇幅从两巨册变为四巨册，封面也由红色改为黄色。

20世纪50年代末，政治气候变化得特别快。短暂的反"左"之后便是强烈的反右倾，黄皮本文学史似乎被认为右倾。校领导承认："又有某些批判不够之处。"上面派人来检查、总结。我被叫去谈话，某领导（后来成了中央的大领导）问我：李商隐这种给妓女写诗的作家有什么可以肯定的？我能说什么呢？当时，我还不知道毛泽东很喜欢"三李"（李白、李贺、李商隐）的诗，觉得在这位领导面前说不清，道不明，所以便无言。

这时，已经是1960年上半年，快毕业了，但是，我们还是对黄皮本文学史再次进行修改，其精神自然是"加强批判"。后来我们曾经将重写的部分章节合在一起，作为内部资料在小范围内印行，不过，它始终没有公开出版。

毕业前后

——北大杂忆之一

一、会被分配到哪儿去

快毕业了。会被分配到哪儿去呢?

系里下达了分派计划,要每个人填一张志愿表。北大要留下十多名,中国科学院哲学社会科学部要五六名,文学研究所要十多名,其他如中央机关要若干名,还有外地各学校、北京各学校之类。我该怎样填呢!

论学业,我可能算是好学生。我这个人别无他长,对付考试似乎颇有办法。小学升中学,初中升高中,我的成绩都很突出。1955 年我考进北大中文系后,系里要挑成绩好的学生去辅导外国留学生,我是被选中的"总负责人"。进大学的最初两年,学校模仿苏联,口试,我门门都是5 分。记得第一学期共考四门课,最后一门是李世繁老师的逻辑。李老师在我的成绩册上填上"5"字之后,审视我前三门的成绩,说了一句:"啊! 你是全优生呀!"进入三年级之后,搞教育革命,学生批老师,自己编书,基本上不考试了,不过,在人们的心目中,我的业务还是不错的。图书馆有一位老馆员，因为我常去借阅别人从来不借的书，和我熟悉了。有一次，他极有信心地对我说："我看得出来，你肯定留校！"

"留校！"我想也不敢想。

二、糟糕的毕业鉴定

"我们都是满怀着幻想和希望走进北大的。"这是我入学后在年级大会讲话时的头一句。

年轻人爱幻想，学文学的人，自然幻想更多。我总觉得，人的一生，应该为祖国、为人民做点什么，不应该碌碌无为。进入大学不久，国家号召向科学进军。这自然很合我的胃口，于是我发奋读书：《别林斯基选集》《车尔尼雪夫斯基选集》《杜勃罗留波夫选集》，一本本地读；《诗经》《楚辞》《汉魏六朝百三名家集》《李太白集》《杜少陵集》，一部部地啃。一次，我和班里的团支部书记谈心，介绍自己的经历："在中学时，我当过共青团干部。那个时候，我觉得一辈子留在中学里，做人的工作也很有意思。现在我进大学了，今后要通过学术为社会主义服务了。"不想，这个表白后来却成为我走"白专"道路的证据。毕业鉴定云："标榜通过学术为社会主义服务，拒绝思想改造。"其实，我的原意只是想说明自己在"为社会主义服务"途径上的一种选择，并无任何"拒绝思想改造"的意思。作为国家培养的"专业"人才，不通过自己的"专业"为国家效劳，通过啥？

1957 年，毛泽东提出"双百"方针，号召鸣放，帮助党整风，我觉得主席真是英明极了。班上的鸣放会，我只发了一次言，说的是选拔留苏学生时，过分重视社会关系，有的人各方面都优秀，可以批准参加共产党，但是，却因为社会关系上有点"问题"，不能被派到苏联去留学，甚至也不能进东方语言系这样的涉外学科，我觉得太机械，不利于培养人才。以后，班上开了多次会，我就再也没有说什么。党支部书记于民动员我，问我为什么不讲话。我说：我对党没有意见。我这样说，并不是已经预见到了"引蛇出洞"一类的"阴谋"或"阳谋"，而是我确实没有更多意见。那时，我才20岁出头，涉世不深，真心诚意地觉得社会主义好，共产党好。后来，发生了西语系的"29人事件"：某日，北京高校正在清华大学举行运动会，西语系有29个学生跑到那里去，号召大家到北大来看大字报。当天，就有另一批人贴出大字报，严厉指责29个人去清华是煽风点火的反党行为。这29个人随即贴出大字报自辩，说明其中有共产党员若干人，共青团员若干人，到清华去没有什么不轨目的。说真的，这29个人我一个也不认识，只知道领头者之一叫王克武，是复员军人，爱写诗。他的诗曾被选入中国作协的一本诗选。我觉得，轻易地指责他们反党没有根据，会影响整风鸣放。于是，我便向同室的同学陈玄荣谈了看法，他很同意，即由我起草，贴出一张大字报，其内容大意是："我们不是29人事件的参加者，也不是目击者，但我们觉得，他们去清华，毕竟是宣传帮助党整风，而不是宣传反对社会主义；他们的效果也许不好，但动机毕竟是善良的。"还有几句话是："尽管他们的清华之行有这样那样的缺点，但是，即使别人是阿Q，也要允许别人革命，何况别人还不一定是阿Q呢！"所谓阿Q云云，是从毛泽东的内部讲话里搬来的。那时，北大在学生中传达过一些毛泽东鼓励鸣放，批评教条主义的讲话，我是完全拥护的，因此，就在大字报里用上了。大字报贴出后，并没有什么特别反映，似乎只有一个人在上面批道："你们怎么知道他们的动机是善良的？"

我完全没有料到，陈玄荣后来竟当作"右派"被揪出来了。我的这位同学，原是福建地下党，后来参加解放军，复员后考进北大。大概因为是地下党，所以他知道当年内部肃反时的一些惨酷事实。在班上的鸣放会上，他谈道："苏联的肃反扩大化，中国有没有这样的问题呢？"另外，他一把年纪了，还和我们这些毛头小伙子们一起念书，心里也许有点不平衡，贴过一张批评军人复员工作的大字报，于是，就被揪出来了。

对于陈玄荣的被揪，我想不通，他是地下党、解放军呀！而且，有一天早晨，新闻节目广播了毛接见共青团代表时讲的一句话："一切离开社会主义的言论和行动都是错误的。"当天中午，我亲眼看见陈玄荣将这句话用毛笔工工整整地抄在一张黄色有光纸上，贴在床头。那时，反右还未开始呢！这样的人，怎么可能是反党、反社会主义的右派分子！于是，我就找团支部书记，谈了我的上述所见和我的困惑。自然，我反映的情况并不能改变陈的命运。那张大字报虽然是我起草的，他只不过签了个名，然而，也成了他的罪状。我呢，没有任何"反党"言论，幸免戴"帽"，但毕业鉴定时却多了一条："反右时严重右倾，丧失立场。"

毕业鉴定中对我还有两条很厉害的判语。一条是《再论》学习时坚持认为资本主义社会有相对民主；另一条是主张培养专家、学者，反对培养"普通劳动者"的教育方针。云云。

赫鲁晓夫在苏共二十大做秘密报告批评斯大林后，中国先是发表了《关于无产阶级专政的历史经验》，继而又发表了《再论无产阶级专政的历史经验》。自然，北大奉命组织学生学习。讨论到资产阶级民主时，我总觉得对它不能全盘否定。理由是：比起封建社会来，它是一个巨大的历史进步。在资本主义社会，可以允许共产党存在，允许马克思主义产生和传播，允许工会存在，允许工人运动开展，也允许一定程度的言论、出版自由，骂总统、骂政府，要求他们辞职或改组都可以。但是，这种民主又是虚伪的，残缺不全的，目的在于维护资本主义的统治，远不能和无产阶级民主相提并论，所以只能称之为"相对民主"。那时候，我还是真心实意地歌颂"无产阶级民主"的，认为斯大林的错误只是偶然现象。然而，我的观点仍然受到了许多同学的坚决否定，他们的观点是：资产阶级民主彻头彻尾地虚伪，资本主义社会根本没有什么"相对民主"。我坚持己见，辩论不止，于是，一层一层地反映上去。那时，著名理论家冯定被毛泽东派到北大哲学系当教授，他在全校大会上批评了我的观点。我那时不以为意，学习嘛，辩难、质疑是正常的，并没有想到会作为一笔账记下来。

另一条判语的来历是：毛泽东提出教育方针，培养"有社会主义觉悟、有文化的普通劳动者"。学校又组织我们学习。其实，我只要唱赞歌就行了，但是，我那时真是"少不更事"，讨论时却说什么，这一方针不完全切合北大一类高校的情况。北大应以培养高级科学研究和高等学校教学人才为主；如果都以培养"普通劳动者"为目的，有什么必要办北大！我特别声明，当然，从社会地位上看，高级科研人才、教授也是"普通劳动者"，没有也不应有任何特殊之处，但是，在文化上、科学水平上应有特殊要求，不能"普通"。我的发言有几个同学支持，但受到大多数同学的反对。我没有想到，对毛泽东的主张表示异议是一件严重的事情，事后也就淡忘了，没有当回事。

到了毕业鉴定的时候，就给我算总账了。对我的鉴定也就是对我的一次极为严厉的批判会。不仅上列各项一一写入，而且原团支部书记（这时已经升为系里的团总支书记了）还给我做了一个总结：一贯和党的方针对立。那天正是盛暑，然而我真有不寒而栗的感觉。

鉴定中也肯定了我的两条优点。一是参加集体科研还比较积极，不过下面马上加了个"但书"，隐隐约约地说我怀有私心杂念。另一条说我劳动中"表现较好"，但原团支部书记马上表示异议："不见得吧！"于是，改为"劳动中表现一般，有时比较好。"

我得到了这样一份毕业鉴定，还敢奢望能分到一个比较理想的单位吗！

不过，我的鉴定还不是最糟糕的。班上有的同学的鉴定，例如吴重阳、杜学钊、钱文辉、汪宗元、毛祥庆、刘季林等，比我的还要糟糕得多。钱文辉的鉴定，听起来都让人害怕。毛祥庆的鉴定，通篇只有一条优点：管理房间卫生比较负责。我们这个年级的学生，虽是全国先进集体，但"右派分子""反党分子""右倾机会主义分子""反革命分子"，应有尽有。光"右派"，从暑假到寒假，前后就揪了四批。此外，还有若干人，或严重警告，或留团察看，或开除团籍。我比起他们来，要幸运得多了。

三、宣布分配的时候

毕业分配表上有三栏，每个人可以填三个志愿。我依次填的是：文学研究所、外地各学校、北京各学校。

我太希望做研究工作了，所以明知文学研究所这样的地方不会让我进，但因为那里要的人多，姑且一试吧！外地各学校填在第二位，是怕别人批评我留恋北京。经历过多次批判以后，我变得谨小慎微，处处当心了。

接着是漫长的等待。成天惴惴然、惶惶然，不知道等待自己的是什么样的命运。那年月，流行一句话："我是生来一块砖，东西南北任党搬。"个人除了象征性地填张志愿表，没有其他发言权，往往是主事者说了算，一次分配定终身。不像现在，有什么双向选择。自己可以选单位，单位也可以选别人；不合适，可以离职，考研，下海，在决定命运、道路的重大问题上，个人有较大的自主权。时代真是越发展个人的选择越多了。

等待，日子就似乎过得特别慢。没有人找我谈话，没有任何讯息。只有一次看电影前，一班的陈丹晨告诉我，所谓北京各学校，其实只有一个北京师专。丹晨原是上海地下党，我们年级的第一任党支部书记。

后来因身体不好，不当了。毕业鉴定时，班里批评他有"个人主义"倾向，但他居然拒绝签字。我们谁也没有他这种胆量。

等啊等啊，终于要宣布分配名单了。大家簇拥到宿舍的楼道里，那是我们年级集会的地方。

高级党校、外交部、对外文委、国家民委、新华社、哲学社会科学部、文学研究所、北京大学……一个个单位报过了，都没有我。

山东大学、四川大学、黑龙江大学、青海师范学院……一个个单位也宣布了，仍然没有我。

我全神贯注，紧张得不敢透气。

"北京各学校：赖林嵩、江希泽、林学球、李鑫、张厚余、李景华、刘彦成、杨东、杨天石、钱文辉、刘季林……"我终于在一长串名单中，听到了我的名字。我想，真是把我们这一批人分到北京师专去了，大概是要成立一个教研组吧，否则怎么一下子去那么多人呢？

宣布完毕，大部分同学欢欣雀跃。三班的同学汇集到我们房间座谈，上床、下床都坐满了人。大家纷纷表态，坚决拥护"祖国"分配。毛祥庆同学是浙江兰溪人，家有老母，是有名的孝子。对分配，他别无所求，只希望离家稍近一点，但结果却被分配到了离家最远的黑龙江双鸭山师专。他也表了个态。

会议进行中，我一直在思考。这张分配表看似无章法，实际上却有明显主导思想可寻。这就是：每个人的"政治表现"起着支配作用，运动中被批判过的人一般没有"好果子"吃。表态会结束，原团支部书记看出我不大高兴，请我到海淀镇里去喝酒，顺便聊聊。"也好。"我答应了。喝酒中间，我谈起十几个人去北京师专的事，原团支部书记说了一句："不会吧？"我没有重视这句话，还辩解说："是！消息可靠。"

第二天，我们被分派到"北京各学校"中的有几个人急于想知道结果，便赶紧办理离校手续。系办公室、图书馆、校卫队……一处处盖完章，然后，长途跋涉，匆匆从西郊进城，赶往北京人事局报到。但是，当我们赶到那里的时候，连门也没有让进。有关干部在电话中说：你们的档案还没有来呢，先回家过暑假吧！

四、去农业机械学校报到

分到北京师专，对于一个自以为学业不错而又热衷于从事科研工作的人来说，自然不理想。不过，北京的图书资料条件好，我并不失望。相反，我倒很想将来和那些分到理想单位的同学比一比。"出水才看两腿泥。"那时，萦绕在我脑际的就是梁斌的长篇小说《红旗谱》中朱老忠说过的这一句话。

整个暑假我都是在惴惴不安中度过的。好不容易，暑假结束，我立即乘车北上。在车上碰到从上海回京的江希泽同学，他和我一样，都是分配到"北京各学校"的。于是，我们下车后，第一件事就是赶往北京人事局。到了那里，人事局的干部在电话里说："你们的档案已经到了北京市教育局，直接到那里去吧！"自然，我们二人立即赶到教育局。教育局的同志告诉江希泽，分配他去海淀师范。至于我呢，那位同志说：档案不在他们那里。

我一下子蒙了。江希泽看到我一脸惘然的神情，安慰说："你功课好，也许分到师专去了！"他主动陪我返回人事局。到了那里，在电话中通名报姓之后，人事局的同志让我进去，对我说："分配你到一所农业机械学校去教书，档案已转。农机局离这里不远，你到那里去报到！"

一个北大中文系的学生被分配到农业机械学校去，这大概在任何时候都不能认为是合理的。但是，我被批判怕了，不敢提任何不同意见，拿起介绍信就去了农机局。农机局的人事处长是一个胖老太。她告诉我，学校是利用解放军的捐款办起来的，所以起名为"八一农业机械学校"，校址在南苑的五爱屯，飞机场的西边。我急于想知道学校离北京城有多远，将来进城看书是否方便，便揣起介绍信，立即赶往南苑。于是，我换乘、又换乘、接着步行，好不容易找到了五爱屯。那是一个很小的屯子，我从北走到南，从南走到北，哪里有什么农机学校的影子！一打听，原来农机学校在屯子最南边五爱小学的几排平房里。学校刚刚开办，校舍是临时向小学借的。

接待我的是一位快 60 岁、高高大大的工农干部，一看我的介绍信。"啊"了一声之后说："你是教语文儿的！"他特别在"语文"的后边加了个"儿化音"。从他口中，我得知，这实际上只是一个拖拉机手短期培训班，任务是从北京郊区调集拖拉机手培训。最长的学制是半年，最短的学制是一个半月。全校教"语文儿"的就我一人，每周上课 20 学时。

我们班的原团支部书记留在北大任教了。据说，他曾对别人说：杨天石老担心自己的才能得不到发挥，现在一个星期教 20 节课，他的才能不是充分得到发挥了吗？

我在那个学校里待了一年半。有课上课，没课时就看传达室，上课、下课打铃，有时也兼管图书馆——说是图书馆，藏书数量还比不上我自己的呢。

原来传说的北京师专，其实没有任何人分派到那里去。赖林嵩是党员，被分配去了北京日报社。李景华，被分派到工农师范学院。其他同学的分配似乎都属于"处理"性质，举例如下：

刘彦成：西城区教师进修学校。无事可做，刻了一段时期蜡版。

杨东：被分到北京市教育局，教育局告知他各学校都已开学，没有岗位可以安排，要他去农场劳动。杨东自己找到海淀区青龙桥中学，做了那里的俄文代课教员。

刘季林：黄庄业余学校。无课可教，只能为地区抄选民榜。校长看他老闲着，无事干，不好意思，从其他教师那里匀了一个班给他，大概是教成人的初中语文吧！

林学球：朝阳区教育局。无课可教，下放某农场，和一群有前科的人一起劳动。林一生气，要烧自己的书。教导员说：何必呢，你改造好了，将来这些书还是有用的嘛！

按说，当年考进北大的都是原地区的优秀生，又在北大受过五年专业训练，但是，这些同学却像处理品似的被随便处理了。为何如此，至今对我说来还是个谜。

附记

1998 年，北大 100 周年，大家都在为北大歌功颂德，我当时就想写一篇文章，提醒人们：100 年中，北大确实为国家培养了不少人才，但是，不能忘记，在某个时期，有些事，有些举措，并无助于人才成长，起的恐怕是相反的作用。不过，由于手头事情太多，也担心这种杀风景、唱反调的文章易遭反感，我就没有动笔。今年适值毕业 40 周年，同窗学友催索回忆，因写此文以应差。5 年燕园，可回忆者尚多，异日有暇，当续写几篇。

2000 年 7 月 25 日夜 12 时完稿于北京延庆八达岭之温泉度假村，次日改毕

我怎样走进近代史研究所的大门

我原来学的是中国文学。经常有人问我，为什么会研究中国近代史？我的答复通常是两句话：一句是"一言难尽"；一句是"命运的安排"。

1959 年，我在北京大学中文系学习。那时，盛行学生编书，我在参加编写《中国文学史》后，继续革命，参加编选《近代诗选》，负责选录辛亥革命时期的优秀诗作。我从那个时期的刊物中抄录了不少作品，但是，其作者大都身份不明，历史不清，有的只有一个笔名。按规定，后来反共的作者不能选，逃往台湾的作者不能选。这样，就必须首先调查作者的情况。为此，我访问过邵力子。老先生一句"记不清了"，就很有礼貌地亲自把我送出了大门。我也到过位于北海公园静心斋的中央文史研究馆，访问健在的南社社员田名瑜，其回答和邵力子先生类似。我又到近代史研究所，接待我的研究人员黑黑的、瘦瘦的，似乎是何重仁同志，也没有什么收获。再后来，"文革"期间，我到近代史研究所看大字报。进得大门，是一条狭长的通道，通道两侧和里院都贴满大字报。至于内容，通通忘记了。

1974 年，我在北京和平门外的北京师范大学第一附属中学（当时改名为南新华街中学）教语文，突然收到近代史研究所民国史研究组的来信，内附该组王晶垚和王学庄两位编辑的《南社资料》目录打印件。我在北大参加编写《中国文学史》时，阿英同志提出，"近代文学"部分要加写"南社"。我因执笔的"中晚唐诗歌"已经写出初稿，便被临时调到近代文学组帮忙，负责撰写其中的"南社"一节。毕业后，我被分配到南苑的八一农业机械学校教书。那是一所培养拖拉机手的短期训练班，最长的学制半年，短的只有一个月。我不甘心这样的分配，想创造机会调出去做研究工作。李希凡和蓝翎原是山东大学中文系的学生，蓝翎毕业后教中学，后来研究《红楼梦》做出成绩，被调了出来。我便想学蓝翎的例子，也做出点成绩来。当时我便决定以《南社历史》为题写本书。1964 年左右，书稿完成，被中华书局接受，签了出版合同，看了清样，即将付印了。但是，那时国内已经掀起批判资产阶级的高潮，《早春二月》《舞台姊妹》《北国江南》等一批影片正在受批判。中华书局给我来信，提出南社是资产阶级文学团体，要我修改书稿，加强批判，如一时无法修改，书局将对排版做出处理。我因自感原稿已有批判，无法再"加强"，决定暂时不改。在此之前，我写过一篇文章《论辛亥革命前的国粹主义思潮》，发表在当时中国科学院哲学社会科学部的刊物《新建设》1965 年 2 月号上，该文有专节论及南社。后来得知，近代史研究所的王学庄同志读到这篇文章后，认为我对南社的研究很深入，便提议将他们编辑的《南社资料》选目寄给我，征求意见。我认真、负责地提了意见。信寄出后，我很快收到王晶垚和王学庄的回信，约我到所面谈。面谈时，我又提了一些意见。王晶垚同志当场邀我参加"协作"。这是当时近代史研究所民国史研究组对所外单位合作的一种形式：共同完成某项任务，不转关系，没有报酬。我当场立即表示同意。

我是师大一附中的语文教师，教两个班，每周要上 12 节课。但是，学校离近代史所比较近，我骑车半个小时就到了。这样，我就一边教书，一边参加编辑《南社资料》。只要一天中有两节课的空档，我就骑车到所里来看资料，主要是翻报纸。我过去研究南社，限于条件，报纸翻得少，而近代史所收藏辛亥革命前后的报纸特别多。这对我来说，简直是如鱼得水，其乐无穷。

民国史研究组是根据周恩来总理的提议，为编写《中华民国史》而建立的，其任务是写一部书——《中华民国史》，编三套资料：《中华民国大事记》《中华民国人物志》《中华民国专题资料》。《南社资料》就是第三套资料中的一种。在我参加"协作"后一两年，开始写作《中华民国史》第一编了。按分工，王学庄同志负责写《同盟会成立前后的革命斗争》，共两章。那时，我觉得王学庄博学多才，彼此相处得很好，王学庄对我的印象也不错。他说，要分一章给我写，以便加强我和近代史所的关系，将来好调我入所工作。于是，他便和我一起来到建国门外李新同志的家。李新那时担任近代史研究所的副所长，兼民国史研究室主任，是《中华民国史》的主编。去之前，我心中惴惴：自己虽毕业于名牌大学，但专业是文学，又只是一个中学教师，李新同志会同意吗？没想到，见到了李新，王学庄一说，李新就毫无犹疑地立即答应了，说："好啊！"就这样，我成为《中华民国史》第一编《中国同盟会成立后的革命斗争》一章的执笔者，负责撰写1906年至1911年同盟会的革命活动。自然，靠近代史研究所的资料就不够了，我提出，要到南京和上海收集资料。于是，利用暑假，我拿着近代史研究所的介绍信，到南京图书馆、上海图书馆、复旦大学等处转了一圈，收集了部分资料。我想：李新同志也真敢用人——让我承担这样重要的写作任务，不怕砸锅吗？

从1974年到1977年，我用业余时间为民国史研究组义务工作了三年。近代史研究所的许多研究人员熟悉了我，我也熟悉了近代史研究所的许多人。调我入所的问题提到日程上来了，我的思想负担也日渐加重了。我的家庭成分是地主，居于"黑五类"的首位。本人在大学时被视为走"白专"道路的典型，受过严厉的批判，毕业鉴定写得很不好，如："反右斗争中严重右倾，丧失立场""标榜通过学术为社会主义服务，拒绝思想改造"等，优点则只有"劳动中表现一般，有时比较好"等寥寥一两句。这样的鉴定近代史研究所能看中吗？

1962年初，我所在的八一农业机械学校奉命下马，我被北京师范大学第一附属中学选去做教员。前脚刚刚报到，外文出版社英文版《中国文学》编辑部就准备调我去当编辑，发函到师大一附中商调。我当时有一个不知什么时候形成的观念：调动是组织上的事情，个人不能干预。因此，我虽然知道《中国文学》编辑部要调我，我当然也愿意去，但就是不吭声，自己不找学校领导提出要求，这样，自然调不成。过了一段时间，在《中国文学》编辑部的我的同学陈丹晨告诉我：你的调动有希望了，档案已经到了编辑部了。听到"有希望"，我自然高兴，但是，一想到我的毕业鉴定，我又觉得希望很渺茫，哪个单位愿意接受一个"严重右倾，丧失立场"的人呀！后来，过了一段时间，我的同学告诉我，调动吹了，师大一附中将档案要回去，说是改变主意了。我不知道真实原因，怀疑档案作祟，故而《中国文学》编辑部不要，但又无法证实。这是我毕业后调动工作所受到的第一次打击。

此后几年中，打击接踵而来。明代中叶王艮创建的泰州学派传人中有窑工、樵夫等下层百姓，长期被侯外庐、嵇文甫、杨荣国等哲学史大家视为"富于人民性和异端色彩"的学派。由于偶然的原因，我读到了王艮的再传弟子烧窑工人韩贞的《韩乐吾先生遗集》，发现情况并非如此，便写了一篇《韩贞的保守思想》发表在1962年10月的《光明日报》上。后来我进一步深入研究，写了长文《关于王艮思想的评价》，点名叫阵，针锋相对地批评侯、嵇、杨等大家的观点，结论和他们完全相反。该文发表于《新建设》1963年第9期。发表前，编辑部将清样送请长期研究思想史的权威侯外庐审查。那时，外老正因对明代汤显祖及其剧作《牡丹亭》的评价受到中山大学王季思教授的批评。他不满意王文，但肯定我的文章是讲道理的，同意发表。事后，外老又向历史研究所的人事干部提出，要调我到该所中国思想史研究室工作。对于此事，我当时一无所知。"文革"中，我从历史研究所的沈定平同志处得知此事，除深为外老的博大胸襟感动外，我最关心的还是为什么最终没有调成。沈定平告诉我，可能后来忙于"四清"，顾不上了。对此说，我不大相信，仍然怀疑是自己的档案不好，过不了政审关。"四人帮"被粉碎后，听说《诗刊》编辑部需要一位懂旧体诗词的编辑，我在《文艺报》工作的同学吴泰昌推荐我，后来也未有下文。

我进北大初期，热心于写诗、写小说，想当作家；后来则热心于做研究。"文革"期间，我没有别的研究工作可做，便研究鲁迅。后来，通过同学谭家健的介绍，我认识了哲学研究所的吴则虞教授。那时，他因高血压中风，卧病在床。他想编《中国佛教思想文选》，我便帮他看佛经、抄佛经。这一经历，为我后来研究宋明理学，写作《王阳明》《朱熹及其哲学》《泰州学派》等书打下了基础。那时，只要能做研究工作，哲学、文学、史学，哪一个门类我都无所谓，也都有兴趣。现在近代史研究所决定调我入所，我当然很高兴，但是，想起此前的遭遇，又很担心，自己的档案那样糟，政审关通得过吗？那一段时间，我反复思虑、发愁，真有点食不甘味、寝不安席的味道。此时，我的朋友陈漱渝的一个毅然决然的行动启发了我。他原是南开大学中文系的高材生，父亲是黄埔军官学校学生，中华人民共和国成立前夕逃台。受此牵累，毕业后他被分到女八中教书，评上了先进也不给称号。大约是1976年，毛泽东批示成立鲁迅研究室，组织上要调他。他也为父亲的历史发愁，决定自报家门，先找组织谈话，结果组织不以为意，调动成功。我也决定采取同样的行动，先找李新同志谈，将"丑事"说在前头。如果仍然决定调，当然很好；如果不想调，我也就从此死心了。

一天晚上，我鼓足勇气到了李新同志家。不巧，李新不在，于川夫人接待了我。她听了我的叙述之后，微笑着说："你家庭成分高了点，这没有什么关系嘛！"她不说"黑五类"，而说"成分高"，我还是第一次听人这样说。"至于反右斗争中严重右倾，这不正说明当时你是正确的吗？"经她这么一说，我放下思想包袱，便决心改变过去的观念，回校找当时的负责人、革命委员会主任董质斌谈，要求调动。心想：再不亲自出马，这辈子永远调不成了。董主任听我陈述后，未说不可以，仅称需要对方来人交换，并且提了三个条件：来人业务上不能低于我；必须是共产党员；必须可以当教研组长。我那时已经有点勇气了，当即婉言反驳：如果对方来人业务上不低于我，那么，何必来调我？我本身不是共产党员，为何要求来人必须是共产党员？我本人从未当过教研组长，为何要求来人必须能当教研组长？主任表示，反正对方必须来人交换。

当时，刘明远同志负责近代史研究所的人事工作，我将情况汇报给他。他一听就笑了，说这不困难。所里正在解决夫妻两地分居问题，有许多研究人员的家属进京，都有大学学历，正要解决他们的工作问题呢！于是，近代史所一次就给师大一附中送去了18份档案，随便挑。没想到，过了一段时间，学校领导告诉我，一个人都不合适。这下子，我急了。刘明远同志安慰我：没关系，我们再送。接着，近代史所又给学校送去5份档案，不想，师大一附中仍然一个也挑不中。我更急了。难道这一次调动又要落空了吗？就在我几乎陷入绝望之际，我从邻居处得知，北京舞蹈学校有一位家属，原是安徽师大附中语文教研组长，因照顾两地分居进京，关系在北京人事局，尚未分配工作。我听了之后大喜，这可真是应了一句古话，天无绝人之路呀！于是我连夜赶到陶然亭北京舞蹈学校，见到那位家属，请她到师大一附中来，以便我能调离，

258

圆我从事研究之梦。对方欣然同意，我立即向学校汇报。没想到，过几天领导告诉我，此人是专科学校毕业，还是不行！这时我真是彻底绝望了，只能苦苦恳求：找到此人，已经很不容易了，还是接受她，放了我吧！大概我的恳求起了作用，也大概是因为"文革"中废除稿费，但我仍孜孜不倦地进行研究，出版了印数超过 30 万册的《王阳明》一书，校领导终于点头同意我调离。

师大一附中属于双重领导学校，既归北京师范大学管，也归北京市宣武区教育局管。人事干部估计，我调离教育口，宣武区不会卡，但师范大学会卡，决定让我从宣武区出口，而向师范大学报备。果然，在向师范大学报备时，大学的人事干部听说我是调往中国社会科学院，立即询问原因，并说，这个人我们自己留下不好吗？人事干部因为同情我，说了句谎话：这个人口才不好，不会讲课！师大终于决定放行。

4 月下旬的某一天上午，我从宣武区人事局拿到转出介绍信，立即飞身到中国社会科学院报到，成为近代史研究所的正式研究人员。自此，一条崭新的道路在我面前展开了。我原来还想过，研究几年历史，将来继续从事文学。没想到，这是一条不归路。这辈子，我不会有重操旧业的机会了。

从 1960 年 8 月离开北京大学，到 1978 年正式调入进入近代史研究所，这条路，我整整走了 18 年。

访日漫记

清人黄遵宪《奉命为美国三富兰西士果总领事留别日本诸君子》诗云："十分难别是樱花。"我访问日本的时候，花事已过，令我惜别的是日本学者醇厚的友情和浩如烟海的近代史料。

1985 年 5 月 14 日，我受京都大学人文科学研究所狭间直树教授之邀，前往该所访问，先后到过京都、东京、大阪、神户、广岛、冈山等地，至 7 月 22 日归国，历时 70 日。

在京都

京都大学人文科学研究所是日本著名的社会科学研究中心，下分日本、东方、西洋三部，设有日本思想、日本文化、日本社会、中国思想、中国社会、东洋考古学、现代中国、西洋思想、西洋文化、西洋社会、文化交流史、历史地理、艺术史、科学史、宗教史、社会人类学、比较文化、比较社会等研究部门。我到达该所东方部的时候，首先感到惊讶的是研究班之多。如中国贵族制社会、古代中国的科学、六朝隋唐时代的佛道论争、中国文明的诸源流、石刻资料、现代中国、国民革命等问题，都各有一个研究班，这类研究班设班长一名，除所内研究人员外，京都以至外地的大学教授、讲师、助手、研究生都可以参加。以国民革命研究班为例，成员即来自京都、大阪、神户、冈山等地的 20 所大学。我近年来研究国民革命，在京都期间多次参加研究班活动，深感这是一种好的学术组织形式。

国民革命研究班班长为狭间直树。他长期研究中国近代史，也长期从事中日友好运动。我到日本后，多次听到他在 20 世纪 50 年代，和小野信尔等为接待中国社会科学家访日而在民间募捐的感人事迹。他先后参加或主持辛亥革命、五四运动、民国初年的社会与文化等研究班，著有《中国社会主义的黎明》《五四运动研究序说》等书，是日本中年汉学家中的佼佼者。班员中除长期从事中国近代史研究的著名学者伊原泽周、小野信尔、石田米子等人外，还包括各方面的专家：竹内实教授既精通中国近现代史，又精通中国文学，曾主持编辑日本版《毛泽东全集》，目前正在翻译《鲁迅书信集》；古屋哲夫是日本史专家；小野和子是明清史专家。班员中还包括一批年轻的新秀：森时彦，长于研究近代中国的棉纺织业和中国早期的共产主义运动；河田悌一，以研究乾嘉学派和章炳麟著名；松本英纪是知名的宋教仁专家，目前正在翻译《宋教仁日记》。其他如北村稔、岩井茂树、江田宪治、村田裕子、林原文子等，也都学有专攻，成绩斐然。江田宪治原为北京大学的研究生，说一口流利的汉语。他对国民革命时期广东工人运动所做的研究，其深入、细致程度在我国也是罕见的。他是人文科研所大有希望的新一代。研究所鼓励所员扩大研究领域和知识结构，规定每人至少参加一个研究班。狭间直树教授参加了国民革命、明清史两个研究班，并且参加中国现代论争资料和东洋学文献类目的编纂。

国民革命研究班每星期五活动半日，主要内容为发表研究报告。班员们分工合作，仔细研究了《先驱》《大公报》《新月》《上海总商会月报》《西北》《建国月刊》《四存月刊》《新时代》《人文》《银行周报》《少年中国》《工人之路》以及英国外交部文件（F. O. 317）、《密大日记》等报刊和档案，一一做了评介。在班上宣讲的重要成果有：《清末民初的日中思想交流》《国民革命与黄埔军官学校》《国民革命时期的论争》《国民革命诸问题》《河北农村社会》《北伐时期日本报纸对中国的认识》《中国共产党的初期教育思想》《孙文的民生主义》《孙文思想中的民主与独裁》《中国共产党旅欧支部的成立》《国民革命时期的广东工人运动》《辛亥革命前夜的民族危机感》《中国共产党的国民革命论》《南京事件与日本的对策》《安徽、江西初期的农村合作社》《辛亥革命后的浙江会党与共进会》等。每次报告都指定专人在充分准备的基础上进行质询。所有与会者也都是质询者，可以自由地提出各种问题。最后由报告者答辩。尽管班员中包含老、中、青三代，有些还有师生关系，但讨论起问题来却人人平等，既严肃认真，又融洽和睦，充满着学术民主气氛。发表的意见大都开门见山，明确扼要，绝无"很受教育""很受启发"一类俗套，也绝无说了半天而别人仍不得其要领的情况。这种讨论既可以扩大与会者的研究视野，也有益于报告者思考的深入，个人与集体的智慧都得到较好的发挥。在此基础上，再由报告者执笔，写成专文或专著，集合起来，就是一部文集或一组彼此联系的丛书。以前的辛亥革命、五四运动等研究班都曾以这种形式产生丰硕的成果，相信国民革命研究班也必将如此。

国民革命研究班的全部资料都公开。班员个人收藏的各种文献也都可以互相借阅，毫无保留。狭间教授的书房里，从地板到天花板，层层叠叠地堆积着各种图书和资料。狭间教授告诉我，这里的资料你都可以翻阅，也都可以复印。我在京都阅读的日本外务省文书拷贝，是向松本英纪教授借的；旧海陆军关系文书拷贝，是向古屋哲夫教授借的。他们的无私精神使我感动。

我在京都见到的著名学者还有贝冢茂树、岛田虔次、井上清等，都已经退休，但均因有突出贡献而被授予京都大学名誉教授的头衔。贝冢茂树是中国古代史专家，又是日本当代少有的中国书画的收藏家。岛田虔次是中国思想史专家，对朱熹、王阳明以至孙中山，都有精深的研究，学问广博，却虚怀若谷。我在国民革命研究班讲学的时候，他特意从宇治市赶来参加，使我十分不安。井上清是日本近代史专家，中国历史学界的老朋友。他年事虽高，却仍壮心不已。1987年是七七事变50周年，他正和小野信尔、狭间直树、吉田富夫等一起，筹备于当年召开一次国际性的学术讨论会。见面那天，他非常高兴，谈兴很浓，话题很广。他谈到资料鉴别问题，特别指出日本有些资料靠不住，例如一·二八淞沪之战有所谓日军三勇士的说法，曾经喧腾一时，其实是假的。他希望中国的历史资料能进一步开放，曾说，有机会见到邓小平时，他要问：中国经济开放，为什么历史资料不开放？

我和北京大学的严绍璗同志联合在京都大学做过一次公开讲演。事前，《朝日新闻》《每日新闻》两家大报都发了消息，听众来得很踊跃，气氛也热烈。我介绍了国内民国史研究的现状和我们所遵循的实事求是的原则。事后，竹内实教授曾以《中华民国史的新风》为题，撰文在《京都新闻》上介绍这次讲演。它说明，我们的民国史研究工作已经愈来愈多地为国际学者所重视和理解。

京都大学人文科学研究所藏书丰富，尤以所藏汉籍最为著名。其中包括原中国藏书家陶湘以及日本藏书家村本英秀、中江丑吉、松本文三郎、内藤虎次郎、矢野仁一等人的藏书，颇多外间少见的善本和珍品。我因时间所限，阅览范围限于与辛亥革命、国民革命有关的典籍、杂志、档案等，其重要者有：

（1）《各国内政关系杂纂中国之部》（革命党关系）。原件藏于东京日本外务省外交史料馆，人文科学研究所所藏为复印件。它包含了孙中山、黄兴、宋教仁、章太炎等人和辛亥革命、二次革命等大量史料，是一座尚未充分开发、利用的富矿。

（2）《旧海陆军关系文书》。原件藏于日本防卫厅战史室，其中陆军部分八万三千册，海军部分三万三千册，大部分已摄成缩微胶卷。其对甲午战争以来近代中国的历史事件都有所反映，其利用程度较《各国内政关系杂纂中国之部》尤低。

（3）《密大日记》，日本军部档案，原件也收藏于防卫厅战史室。从人文科学研究所已复印部分看，主要反映 1921 年至 1926 年中国军阀的情况。

人文科学研究所还广泛地从欧美、苏联等地收集资料。例如《国共合作、清党运动及工农运动文钞》与《中国共产主义关系文件集》，都是从美国购进的缩微胶卷。前者为当时人从报刊所抄辑的文选，某些报纸在我国国内已无法寻觅。后者辑录与中国共产主义运动发展有关的文献和出版物，有不少稀见或难见的资料。又如《中国革命与共产党》，是瞿秋白为总结大革命失败的经验教训，向在莫斯科召开的中共六大所提供的文件，系竹内实教授从苏联复印而来。目前国内仅发表了个别章节，其全文尚秘藏于个别档案馆内，一时也还难以见到。

东京十日

东京是日本的政治和文化中心。研究中国的学者多，学会多，图书馆、档案馆收藏的中国史料也多。在东京的十天，是我访日期间最忙碌、紧张的日子。

我见到的第一位学者是东京大学的近藤邦康教授。他以研究中国近代思想史驰名，著有《中国近代思想史研究》等书。他正在研究毛泽东。他听说我这两年正在研究国民革命，因此特邀日本外交史专家坂野润治教授一起见面。坂野教授带来了一堆卡片，阐述了他对币原外交、田中外交等问题的看法，热情可感。在近藤邦康教授的主持下，还召开了一个座谈会，使我有机会结识一批年轻学者。其中，坂元弘子研究谭嗣同，原岛春雄和阿川修三研究章太炎，佐藤丰研究《国粹学报》，大里浩秋研究光复会，村田雄二郎研究李大钊，藤井省三研究鲁迅，砂山幸雄研究民国史，田岛俊雄研究中国农业。

我与久保田文次、小岛淑男、藤井升三、中村义等四位教授见面是在辛亥革命研究会和中国现代史研究会联合召开的座谈会上。他们四人都是东京辛亥革命研究会的中坚人物。该会的历史可以追溯到 1960 年。近年来会务日益发展，大体上每月举行例会一次，先后发表的学术报告有《朝鲜近代史与中国》《在日华侨与革命运动》《黄兴论》《辛亥革命时期的留日女学生》《刘思复与辛亥革命》《清末直隶之咨议局与地方议会》《中国国民会与辛亥革命》《中国国民党的革新与改组》《宋庆龄在中国革命中的地位》《孙文的铁道论》《宋教仁与日本》等。该会自 1981 年起，创办《辛亥革命研究》杂志。从已发行的几期看，学风扎实、细致，重视资料的收集和考订。在闲谈时，我曾问及该刊的经费是怎样解决的。久保田教授笑着说，这是个秘密。小岛淑男教授则告诉我，是他们几个人分摊的。

野泽丰教授也出席了座谈会。他是中国现代史研究会的主持人。该会起源于 1964 年的《向导》读书会，成立以后，以研究国民革命为主，其成果已汇集为《中国国民革命史研究》一书。近年来的研究领域日益扩大，在例会上发表的学术报告涉及广东政府、武汉政府、北京政府、张学良东北政权、南京政府、重庆政府、汪伪政权、国民党改组派、美中关系、李德、唐生智、陶行知、马寅初等多方面的问题，可谓洋洋大观。该会的刊物为《近邻》，由野泽丰教授个人发行。

山田辰雄教授是东京民国史研究会的发起人，国民党党史专家，著有《中国国民党左派研究》等书。在我去庆应大学访问的时候，他告诉我，他现已担任该校地域研究中心副所长，正在实施一项研究近代中国人物的规模颇大的计划，民国史研究会的工作已转请明治学院大学横山宏章教授负责。应山田教授之邀，我参加了民国史研究会的一次例会，由青年学者石川照子女士做题为《宋庆龄与中国民权保障同盟》的学术报告。在山田教授的陪同下，我还参加了滔天会的一次学术活动。该会因纪念宫崎滔天而成立。那天的会议由久保田文次的夫人久保田博子女士主持。她是宋庆龄日本基金会的事务局局长，研究宋庆龄的专家。会议的报告题目为《孙文与宋庆龄》。在日本，宋庆龄研究正在逐步兴起。

东京的青年学者中，久保亨、藤井省三、深泽泉等三位给我留下了深刻的印象。久保亨是东洋文化研究所助手，长于研究中国工人运动和南京国民政府时期的经济。他参加了好几个研究会。某次，他送我到达民国史研究会的会场后，就匆匆告别。原来，他还要赶去参加另一个研究会。藤井省三是樱美林大学的副教授，他和村田雄二郎、代田智明、坂井洋史、陈正醍等几个年轻人组织了《新青年》读书会，自费出版研究近代中国思想和文学的刊物《猫头鹰》。刊物从内容到装帧都很精彩。深泽泉在中国研究所工作，热爱中国，热爱北京，我的访问得到她的很多帮助。

我在东京的大部分时间都泡在图书馆、档案馆里。

国会图书馆。这是日本最大的图书馆，但阅览极为方便。进门时，只须填一个小条，领一个徽章佩在胸前，就可以通行无阻。馆内的宪政资料室收藏着近两百个日本各界头面人物的档案，如伊藤博文、井上馨、桂太郎、山县有朋、西原龟三、宍户玑、小川平吉、寺内正毅、斋藤实、伊东巳代治、宗方小太郎、上野景范、宇垣一成、宫岛诚一郎、大木乔任、安藤正纯、花房义质等人，都和近代中国历史有密切关系。有些档案，例如《田中家文书》，原件藏在山口县文书馆，但宪政资料室藏有全部复印件。入藏档案全部有详细的目录，包括件名、时间，甚至还有内容提要。目录完全开架，可以自由取阅。我到了这里，真有如入宝库，目不暇接之感。特别值得称道的是工作人员服务好，效率高。我有时几十分钟就要调换一次档案，心里直嘀咕，怕工作人员嫌麻烦，但他们每次都微笑着接待我，两三分钟内就将新档案送到我的面前。其中，广濑顺皓先生尤为热情，他精通业务，经常告诉我，哪种档案已经出版，哪种档案京都有缩微胶卷，哪种档案内有中日关系资料，哪种档案还有一部分归私人收藏，等等。这里的复制也很方便：读者只须填写一张申请书，保证不将资料出售、出版、转让、再复制，在引用时注明国会图书馆收藏即可。个别档案，如《田中家文书》《山县有朋文书》，则须征得原收藏者同意。

还应该提到的是，为了方便读者，图书馆内设有规模很大的快餐部，读者中午不用出馆，即可用餐。

外交史料馆。这里收藏了日本多年来积存的外交档案，也许是目前日本最大的国家档案馆。由于美国国会图书馆已将其主要部分摄成缩微胶卷，因此，我在这里的主要目标是收罗其余部分。虽所费时间不多，但仍然得到了大量清末留学生和中国革命党人的资料。

东洋文库。日本最大的东洋学收藏中心。我在这里的最大收获是找到一套《中国国民党周刊》，它是研究国民党改组的重要史料。国内收藏不全，东洋文库仅缺一期，两者相合，就成全璧了。这里还有一套从美国购进的香港《华字日报》胶卷，对研究中国近代史也很有用处。此外，哈佛图书馆编辑并拍摄的《中国国民党党史资料汇编》虽是剪辑旧报，但也包含着不少珍贵史料。其他如《中国国民党中央执行委员会党务月报》、《中国国民党广东省党务月刊》、《蒋中正叛党祸国之罪恶》

（1930）、《汪主席被迫离职之原因、经过与影响》（李之龙）等书刊，国内也均不易见到。

明治文库。这里收藏着大量明治时代的出版物，也收藏着多种日本头面人物的档案。我在这里查阅了有松英义、梅屋庄吉、宗方小太郎等几种，均已摄成缩微胶卷。

东洋文化研究所。该所收藏中、日、朝文图书近三十万册，中文杂志一千三百余种，其他重要资料有殷代甲骨、中国历代古钱、瓦当、古镜、兵器、铜器、玉器、土器、古砖、俑、佛像、衣饰等文物，以及中国绘画、清代和民国时期的档案。其中，甲骨、绘画、中国土地问题文书等，已分别被编为图版、图录、目录，公开印行。这里的满铁调查资料尤其使我感兴趣。当年的这个"铁道株式会社"对中国问题调查之广、之深，实在使人惊愕。例如对浙江财阀，不仅调查了它的起源、发达史，经营的各项事业（纺织、煤、五金、航运、绸缎、缫丝、银楼、砂糖、药材、人参、棉花、布匹、米谷、家具、调味、染料、金融），而且调查了这一财团的七十多个人物，分析了它和南京政府的关系，推断了将来。又如对国民革命现状的调查分国民党、国共两党的合作与分裂、国民政府、国民革命军、社会运动等专题。在国共两党的合作与分裂这一专题中，包含共产党运动、国共合作史、第三国际对中国革命的政策、武汉政府统治下的农民运动、工人运动、土地公有问题及其经纬、湖南土地问题、反共产运动抬头、国民党驱逐共产党的理由及其对策等多方面的内容。调查完成得很快，仅仅在汪精卫"分共"之后一个半月，一份标有密件印记的长达250页的《满铁调查资料》第66编即已经印出。

庆应大学图书馆。庆应大学是日本一所历史悠久的大学，因此藏书也极为丰富。我因时间有限，只在书库走了一圈。承山田辰雄教授相告，有一册《湖南自治运动史》，其中收录了毛泽东早期的几篇文章。

后来山田教授访华时，又承他惠赠该书复印件。此书国内虽有收藏，但也不易见到。

在东京期间，我还访问了宫崎滔天旧居。同行者有久保田文次、藤井升三和中国研究所的深泽泉女士。承宫崎智雄、宫崎蕗苳夫妇盛情接待。宫崎旧居还保存着中国革命党人的书信四百余通。大部分都还没有发表过，均已由中国学者何子岚先生进行了整理。其他珍贵报刊尚在清理中。

我本来还有许多资料想看，宫岛诚一郎的后人宫岛吉亮先生和其他一些人士也还有待访问；另外，日本有"不到日光，不配见阎王"的说法，我也想去这个久已闻名的胜地看看。但是，都不行了，我在京都还有讲学的任务，只好匆匆离去。

神户与冈山的一瞥

我在神户和冈山都只停留了一天。

神户有一个孙文研究会。会长山口一郎教授，是多年研究孙中山的专家。该会自 1982 年起筹备，1983 年 9 月 15 日正式成立。其宗旨是收集、发掘、调查有关孙中山的资料，对孙中山以及日中关系进行理论的、历史的学术研究，刊行有关成果。筹备以来，在例会上发表的学术报告有《辛亥革命与神户华侨》《南方熊楠与孙文》《末永节与孙文、黄兴》《孙文与神户》《台湾的孙文研究》《铃木久五郎与孙文》《孙文最后的北上——国民会议与善后会议》等。该会计划创办《孙文研究》和《孙文研究会会报》，后者已发行两期。目前正在发行的日文本《孙文选集》(全三卷)也是该会的产品。它由伊地智善继、山口一郎二人监修，是京都、大阪、神户地区十多名研究者多年合作的产物。

神户还有一座孙文纪念馆，是在神户中华总商会会长陈德仁先生等人的支持下，由山口一郎教授一手操办起来的。馆址在舞子海滨的移情阁，原为神户侨商吴锦堂的别墅。那里风景优美，登阁遥望，万里海天，尽收眼底。馆内陈列着孙中山各个时期的文物和山口一郎教授珍藏的孙中山研究资料，颇多精品。以少数人的精力而能办起这样的纪念馆来，确非易事。

神户的华侨博物馆也很有名。承孙文研究会和京都大学国民革命研究班盛意安排，我在该馆做了一次学术报告，题为《"四一二"政变前后武汉政府的对策》。报告后，得到与会京都和神户两地的学者们热情指教，使我获益匪浅。

冈山是郭沫若的留学之地，但我去冈山，则是为了拜会冈山大学的石田米子教授。她以研究光复会著名。承她和好并隆司教授的盛情接待，又蒙佐藤智水教授不辞劳苦驾车陪同，我们得以参观犬养毅纪念馆等地。犬养毅是冈山人，纪念馆就是他当年的住宅。这一天并非开放日，但工作人员破例接待了我们。冈山县政府还派小出公大和山本光德两位先生前来陪同。当我在陈列柜中发现孙中山、康有为、梁启超、王照、毕永年、熊希龄等人的手札时，小出先生问我想不想拍照，这使我大喜过望。小出先生亲自从柜中将手札取出来为我拍照。胶卷不够了，山本先生又亲自出去购买。拍完了，山本先生表示：资料放在我们这里不能发挥作用，请你好好利用吧！这使我深为感动。

从犬养毅纪念馆出来，佐藤智水、石田米子两位教授又引导我们去参观仓敷街。这条街还保留着江户时代的面貌。有一座纺织厂旧址，也还是那个时期的老样子。许多少女在那里参观，也许是为了感受当年劳动的艰辛吧！

冈山的参观是愉快的。但是，在吉备津神社外边的停车场上，我们意外地发现了一座所谓"殉国烈士"之碑，公然为第二次世界大战时的战犯土肥原贤二等人翻案。当时，我们都很气愤。在回京都的列车上，狭间直树教授说："现在日本右派很活跃，这是我们不能允许的。我们不能让日本重新走上侵略的道路。"是的，狭间教授的话讲得很对。为了世界和平和中日两国人民千秋万代的友好，有许多工作要做。这里面，也有着中日两国历史学家们义不容辞的责任。

访美漫记

我早就知道，美国哥伦比亚大学东亚研究所长期从事近代中国名人的口述历史工作，成绩突出，而且积累了大量资料。1986 年 12 月，我在翠亨村参加"孙中山和他的时代"国际讨论会，见到了主持该项工作的韦慕庭教授。韦教授是美国有名的中国近代史专家，治学严谨，成绩卓著。这时他已过古稀之年，退休多时。见面之后，我向他打听哥伦比亚大学口述历史的情况，蒙他热情相告。回国后又蒙他惠赠《中国的国民革命》（The Nationalist Revolution in China）等著作及《张发奎回忆》缩微胶片，又蒙他和我的好友、弗吉尼亚理工学院和州立大学教授汪荣祖联名向美中学术交流委员会申请，邀我赴美访问。经过了一些周折之后，我的访美之旅终于在 1990 年 3 月 31 日成行。

纽约 100 天

我到达纽约机场的时候已是深夜，圣若望大学的李又宁教授正在等我。李教授是韦慕庭教授的高足，1989 年来华访问时我与她相识。她治学蹊径独辟，多有独到之见，文笔优美，待人热情，我在美访问期间，始终得到她细心、周到的照顾。4月2日上午，由李又宁教授陪同，我去哥伦比亚大学东亚研究所拜会曾小萍（Madeleine Zelin）教授。她研究清前期历史，近年来研究四川自贡盐业史，均取得了令人瞩目的成就。过了一两天，我又会见了该所的黎安友（Anderw J. Nathan）教授。他研究中国政治，正当盛年，是美国、中国学界正在上升的一颗明星。我在东亚研究所期间，也得到了他们二位热情的帮助。韦慕庭教授已经迁居宾州的一所老人院，特意偕夫人于4月10日专程来纽约，主持了欢迎我和台湾张朋园教授的宴会。同月19日，我在该所做了关于中山舰事件的学术报告。

哥伦比亚大学有一所很好的中文图书馆——东方图书馆。该馆不仅藏书丰富，而且大概是世界上最开放的图书馆。无论何人，无须办理任何手续，均可自由入馆阅览。哥伦比亚大学还有一个珍本和手稿图书馆，中国口述历史及其资料就收藏在那里。

哥伦比亚大学的中国口述历史工作开始于1958年，由何廉及韦慕庭两位教授主持。其入选范围为：政府高级官员；军事领导者；反对党领导人；社会有影响的人士。根据上述原则，哥伦比亚大学东亚研究所对17个民国时期的人物进行采访，整理了他们的口述回忆。其情况是：张发奎，1000页；陈光甫，167页；陈立夫，尚未完成；蔡增基，341页；何廉，450页；胡适，786页；沈亦云，489页；顾维钧，11 000页；孔祥熙，147页；李汉魂，239页；李璜，1013页；李书华，243页；李宗仁，1000页；蒋廷黻，250页；左舜生，304页；刘瑞恒，未完成；吴国桢，391页。在上述诸人中，胡适、沈亦云、蒋廷黻、李璜的回忆录已在台湾出版；何廉、顾维钧、李宗仁三人的回忆录已在大陆出版；张发奎的回忆录则在美国以缩微胶片的形式出版。

哥伦比亚大学珍本和手稿图书馆还藏有其他近代中国名人自传手

稿，如：张嘉璈，199 页；陈启天，238 页；王正廷，258 页；陈公博，260 页。对于研究中国近代史的学者说来，哥伦比亚大学收藏的这些近代中国名人传记的重要性是不言而喻的。但是，我以为，价值更高的却是这些名人的档案资料。珍本和手稿图书馆这方面的收藏有：

张发奎文件：缩微胶卷。由张发奎的访问者夏莲荫拍摄。文件时间自 1935 年至 1953 年前后，系张自大陆带到香港者。内容有张 1937 年至 1947 年的日记、抗战时期第四战区文件、1944 年至 1945 年 8 月的《桂林会战至日本投降军事史稿》、胡志明给张的信函、海南岛资源与建设计划、1949 年以后组织第三种力量的文件等。

陈光甫文件：由陈本人捐献，约计 3000 件。第一部分为 1936 年至 1942 年陈所参加的对外借款、贸易谈判文件，如 1936 年的白银谈判、1938 年的中美桐油借款谈判等。第二部分为陈的日记（1942—1950）、回忆、笔记等。

蒋廷黻文件：数量不多，时间自 1947 年至 1964 年，内容有官方和私人通讯、剪报等。

熊式辉档案：由熊的遗孀及其子女捐献，约 500 件，均为中文。内容有日记（1930—1974）、自传（1907—1950）、江西省文件、中华民国驻苏俄军事代表团交涉报告书（1945—1946）、蒋介石致熊式辉函（1930—1948）等。

胡适日记：缩微胶卷，抗战期间胡适任驻美大使时所摄。华盛顿国会图书馆也存有一份。现台湾已影印出版。但哥伦比亚大学所藏仍有影印本所未收者。此外，胶卷中还有胡适父亲的著作及生平资料多种，如《铁花先生遗著手稿》《铁花公履历》《铁花公家传》《铁花公闻见杂录》《铁花公行述》等。

黄郛文件：缩微胶卷，据黄郛夫人沈亦云提供的文件拍摄。最早的文件为 1913 年，但绝大部分文件为 1924 年以后与段祺瑞、陈炯明、冯玉祥、章炳麟、张群、唐有壬、蒋作宾、谭延闿、杨永泰、何应钦、汪精卫、蒋介石等著名人物的往来函电。涉及的重要历史事件有北京政变、宁案交涉、济案交涉、《塘沽协定》及其善后谈判等。

顾维钧文件：约9万件，是该馆仅次于杜鲁门的第二大档。内容有顾的日记、函电、回忆、手稿、讲演稿、印刷品、照片等。1920年以前的文件较少，大部分文件为1932年至1956年的产物。

孔祥熙文件：孔曾将他收藏的部分文件带到美国，夏莲荫从其中选择了一部分摄成缩微胶卷。最有价值的为西安事变来往电稿，约在600件以上，其他重要文件有驻外使节报告（1936—1944）、行政院工作报告、行政院会议议事日程、议事录、大事记（1938—1943）、国民党中常会第134次会议报告事项和记录、军事委员会国际问题研究所机密情报摘录、工业发展计划、海防计划、民国财政总检讨、蒋孔之间的通讯等。

李璜文件：李璜本人捐赠。文件时间自1922年至1971年，内容有李的著作、论文、1945年在美国的日记等。

李书华文件：李书华本人捐赠。内容为1922年至1972年各方给李的信件，包含大量名人手迹。其中以李石曾的信件最多，有200余通；其次为吴稚晖，约60通；此外为蔡元培、胡适等人的信件。

李宗仁文件：大部分为1949年至1951年李宗仁及其私人代表甘介侯与美国政府及各方的函件。

李汉魂文件：均为复印件。内容有李汉魂自1926年至1946年的日记、回忆录初稿（1949）等。

在口述历史项目之外，珍本和手稿图书馆还藏有梁启超、孙中山、宋庆龄、伍廷芳、蒋介石、陈洁如、宋美龄、胡适、毛泽东等人的资料。有一种中国的旧式账簿，自1842年至1925年，应是研究中国近代经济史的好资料。

近年来，台湾近代史研究所也大力从事口述历史的记录和整理工作，成绩显著，著名的历史学家郭廷以、沈云龙等都曾参与其事。其在1961年至1965年完成者曾作为礼物赠送给哥伦比亚大学，计41人，名单如下：张其锽、张知本、张廷锷、张维翰、赵恒惕、陈肇英、戢翼翘、秦德纯、周雍能、钟伯毅、傅秉常、贺国光、向瑞彝、熊斌、胡宗铎、龚浩、雷殷、李鸿文、李品仙、李文彬、李毓万、刘景山、刘航琛、刘茂恩、刘士毅、马超俊、梅乔林、莫纪彭、白瑜、沈鸿烈、石敬亭、孙连仲、万耀煌、汪崇屏、吴开先、杨森、袁同畴、张嘉璈、陈启天、徐恩曾、王正廷。上述诸人的口述历史，除徐恩曾外，均为中文，但附英文提要。另有5人，无口述历史，但有照片、纪念册一类物品，为邓家彦、陈光甫、陈果夫、孔祥熙、莫德惠。

哥伦比亚大学的上述收藏使我有如入宝山，目不暇接之感。可以说，每次阅览，都有重要发现；每天出馆，都有一种丰收的喜悦。特别值得称赞的是工作人员的服务态度，不仅认真负责，彬彬有礼，而且多方关心读者。例如，有一次，我从柜台上取复印件，工作人员特别为我加了塑料包装，并提醒我：外面下雨了。

我原定在哥伦比亚大学停留一个月，由于珍本和手稿图书馆的资料太丰富了，我不得不改变计划。黎安友、曾小萍教授及时而有效地帮助了我，争取到美国国际教育协会（Institute of International Education）的支持，这样，我就将在哥伦比亚大学访问的时间延长为三个月。一直到7月4日，才恋恋不舍地离开纽约，飞赴波士顿。9月1日，我从华盛顿返回纽约，准备西行，又抓紧时间，到哥伦比亚大学珍本和手稿图书馆阅览了几天。

我在纽约共生活了一百多天。未到纽约之前，我印象中的纽约是一座很不安全的恐怖城市。我曾问李又宁教授，是否如此。李教授笑着说，没有那么严重，接着说了一句英语："Enjoy yourself！"，鼓励我在纽约快乐地生活。不过，我在纽约的大部分时间都用在图书馆里了，只在哥伦比亚大学博士候选人孙跃峰先生等的陪同下，观赏过几次市容。给我的印象是，纽约确实很繁华，摩天大楼挨肩擦背地耸立着，处处显示出这个社会的高度发展水平，但是，贫穷现象也确实存在，经常可见伸手要钱的乞丐。不过，要讨论起美国的乞丐现象的成因，那就复杂了。

一个美国教授对我说过：美国既不是天堂，也不是地狱。这是正确的。

哈佛紧张的两周

人民大学清史研究所的孔祥吉教授当时在哈佛大学访问，我到波士顿的时候，承他到机场相迎。他乡遇故知，倍感亲切。

7月5日，我会见了哈佛燕京学社吴文津馆长。吴馆长既是图书馆学家，又是中国近代史专家，承他相告并惠允，我得以阅读馆藏胡汉民晚年往来函电。这是一批珍存于保险柜中的未刊资料。粗粗翻阅之后，我立即被这批材料迷住了，感觉到它包含着20世纪30年代中国政坛的大量秘密，但是，它使用了许多隐语、化名，很难读懂。这倒激起了我强烈的兴趣。于是，我一边阅读，一边揣摩，幸而将大部分破译，举例如下：

"门""门神""蒋门神"均指蒋介石，取《水浒传》中武松醉打蒋门神之义。

"不""不孤"均指李宗仁，取《论语》中"德不孤，必有邻"之义（李字德邻）。

"水云"指汪精卫，宋代词人汪元量有《水云词》，故由此取义。

"香山后人"指白崇禧，唐代诗人白居易字香山，故由此取义。

277

"渊"指张继，取《札记》"溥博渊泉，而时出之"之义（张字溥泉）。

"远"指邓泽如，邓字远秋，从中取一远字。

"马""马鸣"均指萧佛成，佛教有马鸣菩萨，由此取义。

"跛兄""跛哥"均指陈铭枢，1931年陈在香港，所住旅馆失火，陈从窗口跳下，自此不良于行，故以此称之。

"矮""矮子"指李济深；有时指日本。

其他如"马二先生"指冯玉祥，"八字脚"指共产党，都是容易想到的。随着化名的破译，有关函电的内容也就豁然贯通。我终于从这批函电中发现了一个迄今为止不为人知的秘密——胡汉民曾几次准备发动军事起义，推翻以蒋介石为代表的南京政府。

资料读懂了，就有一个复印、抄录的问题。由于来不及征求胡氏后人的同意，不能复印；加上我在哈佛又只有两周的停留时间，机票早就做了一揽子的安排，无法更改。这样一来，就只能加紧时间手抄了。经过极为紧张的工作，我终于在离开波士顿前对主要内容做了摘录。

哈佛燕京学社是美国有名的中文图书馆，馆藏丰富，精品很多。善本室主任戴廉先生向我介绍，仅《永乐大典》就有十数册，但我实在无暇分心。善本室还藏有不少明代小说，其中有些已是孤本。这些我倒是翻了翻。多年以前，我曾经和人合作，想写一本《中国小说史话》，写了一半，彼此都忙于他事，就扔下了。

我的房东是一个美国老太太，到中国访问过，对中国和中国人都怀着美好的感情。为了帮助我提高英语听说能力，她每天晚上都安排一个话题，和我聊天。有一天，她还驾车陪我参观波士顿郊外的历史古迹，并说：和您的国家比起来，我们的历史太短了。

做客布莱克斯堡

7月18日，我离开波士顿南飞，在华盛顿换机，转飞弗吉尼亚州的罗诺克。汪荣祖教授约定在那里接我。步出机场，汪教授及其夫人陆善仪女士、刚从哥伦比亚大学毕业来此执教的蔡慧玉博士都来了。汪教授工作的弗吉尼亚理工学院及州立大学在布莱克斯堡，离机场还有几十公里，于是我们登车继续旅行。

学人见面总离不开谈学术。从走出机场起，我们就纵论起历史来。汪荣祖教授和我谈起了他在陶成章和宋教仁之死以及陈炯明事件等问题上的新看法。此后，我们几乎天天谈，极尽促膝论学之乐。

汪荣祖教授原来就读于台湾大学历史系，毕业后赴美，在西雅图华盛顿大学萧公权门下继续深造，毕业后至弗吉尼亚任教至今。弗吉尼亚理工学院及州立大学名实相符，以理工为主，学校图书馆收藏的中国书只有二十四史和《鲁迅全集》。汪教授凭着个人的力量收集了十几万册书，写作并出版了《史家陈寅恪传》《康（有为）章（炳麟）合论》《史传通说》等多部著作，使人不得不为之叹服。尤其难得的是，汪教授通识广闻，中学、西学都有很深的造诣。他的《史传通说》追步钱锺书先生的《谈艺录》和《管锥编》，熔东西史学于一炉而共冶，是史论中少有的渊博之作。他还是诗人，写了不少清丽可诵的旧体诗。

布莱克斯堡是一座大学城，除学校外，镇上人口不多。每家都有很大的一片绿地，围以高大的乔木，使人有"人家尽在绿树中"的感觉，汪教授的住宅前后就有很大的一块草坪，与白色的三层小楼相掩映，宛如一座乡间别墅。但是，当地又完全不像乡间。有一天晚上，汪教授夫妇陪我逛商场，那规模、气魄与商品的丰富，丝毫不亚于纽约的大商店。

美国东海岸各地绿化得都很好。有一天，蔡慧玉博士陪我去参观美国开发时期的一座磨坊，驱车几十里，完全穿行于苍翠欲滴的树海中。我多次在弗吉尼亚上空飞行，从机上俯视，只见一片郁郁葱葱，无涯无际，看不见裸露的石头和黄土。

我在汪荣祖教授家里住了两周，受到殷勤招待，过了一段极清闲的生活。当时正是盛夏，但布莱克斯堡却凉爽得很。我对汪荣祖夫妇说：我这是避暑来了。

8月1日，我离开布莱克斯堡，飞赴华盛顿 D.C.。

华盛顿 D. C. 印象

华盛顿 D. C. 是美国的首都，整齐、静谧，完全不同于纽约的喧闹、繁华。承蒙美国国会图书馆居蜜博士的安排，我住在图书馆后的一个美国老太太的家里，走不了几分钟，就是以国会山为主的建筑群。

说是国会山，其实并不建筑在山上，只不过基础很高，须拾级而上，顶部为圆穹形，高入云天，望之如山而已。国会大厦纯用白色，周围是广阔的绿地，在蓝天的映衬之下，显得分外壮丽。国会大厦的东侧是国会图书馆和法院大厦，西侧则是倒影池、草地。草地两侧分别排列着国家艺术馆、自然博物馆、历史博物馆、航天博物馆、植物园、威尔逊中心等建筑，远处则是高耸的华盛顿纪念碑，碑后又是倒影池，最西端则是开放式的建筑——林肯纪念堂，从东到西，形成以国会大厦为主的中轴线。白宫则被置于中轴线的西北侧，是一组以两层为主的建筑，和巍峨的国会大厦比，显得既矮且小。这一设计，和明清时代的北京以紫禁城为中心迥异，反映出两种不同社会制度下形成的不同观念。

国会图书馆中文部藏有丰富的中文典籍，善本也很多。其中，有一幅朱熹的手迹引起了我的注意。其他善本，因非研究兴趣所在，时间又紧，我没有阅览。我在该馆主要的查找目标是有关胡汉民的各种资料，收获不少，有几种小册子是他处难以见到的。胡汉民晚年在香港创办的《三民主义月刊》，该馆有完整的微卷，也是研究胡汉民的重要资料。

国会图书馆手稿部收藏有大量美国人的手稿，但我却在那里意外地发现了宋庆龄的一封信。

国会图书馆中文部的工作人员都是中国人，对我都很友善。中文、朝文部主任王冀博士是已故东北军将领王树常先生的公子，很健谈，正在为张学良写回忆录。居蜜博士是居正先生的孙女，清史专家。她正在研究西山会议派，有很新颖的观点和视角，曾专门和我讨论。蒙她盛情，8月7日为我举行了一次午餐会，邀请华盛顿 D. C. 地区的中国学专家与会，由我介绍了自己的研究工作状况。

薛君度先生在马里兰大学任教，我与他也见过一面，他向我介绍了新成立的黄兴基金会的情况。

美国国家档案馆也在以国会大厦为主的中轴线附近。阅览和利用都极为方便。我去时填了一张小表，登记了护照号码和阅览范围，几分钟后就得到了有效期长达两年的阅览证。

在美国各公私单位中，美国国家档案馆收藏的中国资料数量最大，质量也最高。除总馆外，美国国家档案馆还有 13 个地方分馆。总馆的档案分为民事档案和军事档案两部。其中，民事档案部又分为立法与外交，司法、财政与社会，科学、经济与自然资源，综合等分部；军事档案部又分为海军与早期陆军，近代陆军司令部，近代陆军战场等分部。关于中国问题的档案主要保存于外交分部，种类繁多，分类办法也比较复杂。其他各分部有关中国的档案也很多。该馆工作人员为我签发两年有效的阅览证是有道理的，他哪里知道，我在美国的整个访问期不过三个月，延长之后也才半年呢！

和纽约一样，华盛顿的乞丐以及无家可归者较多。我去国会图书馆的路上有一棵大树，树下住着一个老太太，睡在简单的卧具上，刮风下雨亦不例外，其他如以路边的椅子为家，从垃圾桶内寻找食物等情况，也偶有所见。

由于喜爱国会山附近的景色，我常常在晚间出来散步。我遵从到过美国的有些中国学者的教导，兜里放着20元美金，准备在遇到不测事件时交出。据说，一点钱交不出，就有可能被伤害了。不过，我这20元钱始终没有派过用场。

9月1日，我返回纽约。

在斯坦福大学

我到达加州以后，住在离斯坦福大学比较远的乡村里。9月11日晨，我出门上路。我原以为可以像在东海岸时一样，边走边打听，岂知加州乡间绝少行人，走着走着，就迷了路。一个公共汽车司机让我上车，送给我一张地图，车开到一个地方停下，嘱咐我在此换车。但我左等右等，却不见车来。我向一个高个子的过路人打听，这个过路人便热心地为我解说。俗话说"人生地不熟"，我越听越糊涂。过路人见我着急，便回去将自己的车开来，一直将我送到斯坦福大学。我在美国见过许多普通人，都很热心，乐于助人。这只是一个例子。

斯坦福大学有一所东亚研究中心，还有一所胡佛研究所，都很有名。

在我到达斯坦福大学之前，黎安友教授早已为我做了介绍，因此，我一进东亚研究中心，访问学者证以至收信盒等都已准备好了。中心的傅得道（Theodore Nicholas Foss）先生立即陪我到胡佛图书馆会见张陈富美博士，领取了阅览证。当日下午，我又见到了中心主任范力沛（Lyman P. V. Slyke）教授——一位有着广阔研究视野的中国近代史专家。4点钟，我就坐到了胡佛图书馆的阅读器前，开始读《少年中国晨报》的微卷。

辛亥革命前后，旧金山是中国维新派和革命党人在美洲的活动中心，两派在当地都创办过许多报纸。对于这些报纸的现存情况，有心人编了一本《美、加图书馆库藏北美洲中文报联合目录》（*Chinese Newspapers Published in North America*，1854—1975）。根据这份目录，我在胡佛图书馆查阅了《华西申报》（1853）、《旧金山唐人新闻纸》（1874）、《文记印字馆报》（1891）、《华洋新报》（1893）、《文兴日报》（1903）、《美洲少年报》（1910）、《少年中国晨报》等几种报纸，均已摄成微卷，可惜的是，除《少年中国晨报》外，都已留存不多。我查了另一种工具书《欧洲图书馆所存中文报刊目录》（*A Bibliography of Chinese Newspapers and Periodicals in European Libraries*），留存更少，看来，它们大都已从天壤间消失了。

我的大部分时间都在胡佛研究所档案馆看档案。该馆以收藏共产主义资料闻名于世。我一进馆，管理员就送给我厚厚的两本打印目录，一本是馆藏共产主义资料目录，另一本是馆藏中国资料目录。有了这两本目录，我对该馆的藏品情况就可以了然于胸了。

该馆收藏的中国近代名人档案主要有：

张君劢文件：内容为 1947 年张致马歇尔和魏德迈的函件。

张歆海文件：内容为 1941 年至 1947 年的函件、著作、剪报，涉及中美关系与第二次世界大战等方面。

张嘉璈文件：内容为 1945 年至 1957 年张的日记、信件、报告等，涉及第二次世界大战结束时中国东北的经济形势，中、苏关于收回东北的谈判等方面。

赵恒惕文件：内容为 1921 年致谭延闿函。

陈其采文件：内容为陈 1930 年至 1972 年的日记、通讯、报告、备忘录、照片等，涉及这一时期中国的政治事件及中美、中苏关系。

黄郛文件：不开放，内容当与哥伦比亚大学珍本和手稿图书馆所藏相同。

黄仁霖文件：内容为回忆、演讲、剪报、照片，涉及中国民族运动、第二次世界大战、战后台湾等方面。

金问泗文件：内容为谈话记录、备忘录、报告，涉及中国与荷兰、挪威、丹麦、波兰、捷克等国的关系及中日战争等。

毛炳文文件：内容为自传概略，涉及抗日战争及1945年至1949年的国内战争。

梅贻琦文件：内容为梅1949年至1956年的日记、通讯，涉及这一时期台湾的政治与教育。

宋子文文件：内容为宋20世纪30年代与20世纪40年代的函电、著作、备忘录、报告、照片等，是该馆中国近代名人中最有价值的档案，可惜目前大部分不开放。

曾昭抡文件：内容为1946年曾所著《中国民主同盟的非常时刻》。

陈洁如文件：内容为陈与蒋介石结婚及婚后至离异的回忆。

颜惠庆文件：内容为英文自传打字稿（台湾已出版）。

该馆收藏的美国来华人士的档案则因数量太多，难以一一介绍。其重要者有：史迪威（Joseph W. Stilwell）、陈纳德（Claire Lee Chennault）、梅乐斯（Mikon E. Miles）、魏德迈（Alhert C. Wedemeyer）、杨格（Arthur N. Young）、司徒雷登（John Leighton Stuart）、荷马里（Homer Lea）、林百克（Paul Myron Wentworth Linebarger）、谢泼德（George W. Shepherd）、威廉（Maurice William）等。

我在斯坦福大学访问期间，还见到了两位学者。一位是柳无忌，一位是谢幼田。柳无忌教授是柳亚子先生的公子，住在斯坦福大学附近的孟乐公园，已经八十多岁，但老骥伏枥，壮心不减。近年来他组织了国际南社研究会，出版了《国际南社学会丛刊》和《国际南社丛书》。我和王学庄教授共同编著的《南社史长编》亦蒙列入。谢幼田教授是国民党元老谢持先生哲孙，正在胡佛研究所访问。他根据谢持未刊日记等资料完成了《谢惠生先生年谱长编》一书，台湾国民党党史会准备出版，但不同意书中的若干观点，将以加注的形式表示异议。此书出版后，必将引起学界的注意。

亚洲学会年会与华李大学的"在野党"讨论会

在美期间，我参加过两次学术讨论会，都给我留下了深刻的印象。

一次是亚洲学会第 42 届年会。

亚洲学会（Association for Asian Studies）是美国学术界和教育界的权威学术组织，会员近 5000 人，绝大多数为在美国各大学任教的学者，会址设于密西根大学。

亚洲学会每年举行一次年会，当年的年会为第 42 届。4 月 6 日，我和李又宁教授一起飞赴芝加哥参加会议。会议在帕玛之家大饭店（The Palmer House Hotel）举行，有美国、中国、日本、韩国、东南亚和欧洲等地的千余名学者参加。会期四天，安排了 105 场报告和讨论，其中 35 场讨论中国问题。关于现实的论题有"现代化理论与中国的现实""中国的法律改革""中国的法律与经济""改革下的中国地方政府""中国的大众文化""向苏联'老大哥'学习与中国的社会科学""重新检讨我们对中国政治的理解""台湾的政治与经济变革：指导式的民主化呢？还是由下而上的压力？"等。关于历史的论题有"蒙古人统治下的中国""晚明的金钱与道德""戴震的哲学""晚清华南与东南地区的暴力和重建""近代中国的教会学校"等。在关于中国历史的讨论中，有两场讨论会特别引人入胜。一是李又宁教授主持的"胡适和他的朋友"，台湾的张朋园、美国的周质平等教授都宣读了很出色的论文。李又宁教授宣读的论文是《胡适和韦莲丝》，阐述胡适留学时期和一个才貌双全的美国女郎的友谊和爱情。胡适为什么没有和这个美国女郎结婚，却和一个小脚女人过了一辈子呢？论文提出的问题引起了与会者的强烈兴趣。李又宁教授近年来倡导组织国际胡适研究会，出版胡适研究丛书。就在亚洲学会举行年会期间，胡适研究会召开了成立会。"胡适和他的朋友"的专场讨论实际上是胡适研究会的活动。另一场引起人们兴趣的讨论是加州大学柏克利分校魏斐德教授（Frederic E. Wakeman）主持的"民国时代的上海文化"，宣读的几篇论文都很有深度。

年会同时举办了书展，美国各大学出版社都展出了近年来出版的新书。我国也有一个展台，展出的书却有点不伦不类，看来有关部门不懂行。

我参加的另一次讨论会是"二十世纪中国的'在野党'研讨会"。该会在弗吉尼亚州的历史名镇莱克辛顿举行，由当地华李大学（Washington and Lee University）的金若杰（Roger B. Jeans）教授主持。我当时已经离开东海岸，到了斯坦福大学，由于金若杰教授的盛情邀请，于是，我又于9月20日东飞，重返弗吉尼亚。下机时，我与魏斐德教授和胡佛研究所的墨子刻（Thomas A. Metzger）教授相遇，大家都是来开会的。墨子刻教授身材魁梧，雄辩健谈，在去莱克辛顿的路上就和我谈起中国革命中的乌托邦问题。魏斐德教授曾任美国社会科学联合会主席，是美国研究中国学的权威之一，但却毫无架子，平易近人。我原以为他比我年龄大，结果谈起来，我却成了"兄长"。

这是一次小型的学术会议，参加者有五十余人。提交会议的论文有《张君劢和南京时期的中国国家社会党》《罗隆基和三十年代的反对政治》《自由主义的最后据点：储安平和他的〈自由论坛〉（1945—1949）》《作为一个政党的救国会》《邓演达和第三党》《黄炎培和中华职业教育社》《梁漱溟和乡村建设派》《晏阳初与平民教育运动》《1943 年至 1949年的吴晗和民主同盟》《二十年代的安那其分子对布尔什维克主义的批判》等。

会议也有几位来自美国之外的学者：加拿大新布朗士威克大学的徐乃力教授，论文为《国民参政会的小党派》；苏联社会科学院东方研究所研究员伊凡诺夫，论文为《杂谈 1949 年与 1950 年之间的中国政界》；澳大利亚格利夫斯大学教授冯兆基，论文为《中国青年党：在国民政府中作为忠实反对党的另一种方式》。我向会议提交的论文为《50年代在香港和北美的第三种力量》。陈炯明的公子和张君劢的女公子都参加了会议，且陈炯明的公子多次插话。显然，他对孙中山与陈炯明的关系持有独特的看法。

会议于 9 月 22 日下午结束，我搭乘亚利桑那大学麦金农教授的便车到华盛顿 D. C.，在那里继续做了半个月研究。10 月 7 日，我返回加州。

黎安友教授曾经告诉我，阅读胡佛档案馆的资料没有一年的时间不行。我粗粗涉猎之后，确有同感。10 月 12 日，斯坦福大学东亚研究中心在一座幽静的庭院中举行招待会。会后，我得知胡佛档案馆藏有我寻找多时的资料，李又宁教授也从东海岸打电话来劝我再住一段时间，但来华进修的哥大博士生季家珍（Joan E. Judge）女士正在北京等我，日本庆应大学的山田辰雄教授和京都大学的狭间直树教授又邀请我途经日本时停留几天，日程已经做了安排，不便改变了。10 月 15 日，我告别旧金山，踏上了归国的旅程。

1996 年的访台之行

我应台湾"中研院"近代史研究所所长陈三井教授之邀，于 1996 年 5 月 15 日赴台访问，7 月 1 日回京，共 47 天。其间，主要活动内容有四：一是以《从蒋介石日记看他的早年思想》为题在"中研院"近代史研究所、政治大学历史研究所、中国文化大学历史研究所、"国史馆"、台湾大学历史研究所等处发表学术演讲 5 次。由于蒋介石日记台湾收藏部分还不开放，大陆收藏部分台湾学者很难读到，因此，我的学术演讲引起台湾学者的浓厚兴趣，并给予很高评价。二是参加"北伐史事与史料学术研讨会"，发表题为《蒋介石的赴苏使命及其军事计划》的学术演讲。由于所据材料前此从未公布过，因此，也引起与会学者的浓厚兴趣。三是在台北的中国国民党党史会、"中研院"近代史研究所、历史语言研究所、"国史馆"等处阅读并收集近代历史档案。四是和台湾近代史学界人士交谈，了解他们对海峡两岸形势以及统、独斗争等问题的看法。在这四项活动中，以第三项占去的时间为最多。其中，又以阅读国民党党史会所藏档案时间为最多。

一、统或独的斗争已经深入到历史和教育领域

去台湾之前，我只知道统、独斗争是政治斗争。到台湾之后，我发现这一斗争已经深入到文化教育界，特别是历史学领域。目前，这一斗争方兴未艾，值得我们加以关切。

台湾史是中国史的一部分，台湾近代史是中国近代史的一部分。这一点本来不成问题。但是，"台独"分子为了达到其政治目的，力图将台湾史、台湾近代史从中国史、中国近代史中独立出来，从而证明台湾自古以来和中国就没有密切的关系。有的人甚至从人种学的角度说明，台湾人是原住民、中国人、荷兰人、东南亚人、日本人等多种民族的混血儿，不是汉族，更不是中华民族的一部分。例如：今年4月7日《自立早报》就发表过一篇文章说："目前占台湾居民百分之八十八的所谓'汉人'，与中国大陆居民的血缘已有不同，反而是南岛语族的国家，如新加坡、马来西亚与台湾居民具有更相近的血缘关系"，"早已融合成另一'新台湾民族'了"。对于这种情况，台湾"中研院"院士、著名的中国近代史专家张玉法曾斥之为："宁可承认自己是杂种，也不肯承认自己是汉种。"

台湾当局近年来大力鼓励台湾史的研究。新成立的"中研院"台湾史研究所筹备处要人有人，要钱有钱，要资助有资助，要奖励有奖励。一篇论文写出来，奖金动辄就是十几万台币。因此，台湾各大学的硕士、博士以台湾史做论文的日渐增多。与此同时，台湾当局则大力压缩中国史和中国近代史的教学。本来，"中国通史"和"中国近代史"以及"孙中山的三民主义"是台湾各大学的公共必修课，现在，三民主义课已废，"中国通史"和"中国近代史"已改为选修课，和"两性关系""婚姻家庭""人生规划"之类"通识"课程合在一起，让学生自选，因此，选修者越来越少。有的"立法委员"提出，"中研院"的历

史语言研究所和近代史研究所可以合并。有的人甚至主张："要用政治手段打掉中国史研究。""中研院"中山人文社会科学研究所刘石吉教授提出，要研究中国海洋史，但有人立即反对，主张研究台湾海洋史。刘教授是台湾人，由于坚持研究中国海洋史，就被称为"台奸"。在做台湾史研究时，有的人也力图抹去台湾和大陆的历史联系。有一篇研究台湾家族史的硕士论文提到某家族曾得到西太后的授匾奖励，答辩时就受到责问，为什么这样写。今年5月26日，李登辉在淡水国小百年校庆时更发表演说，强调历史教学的所谓"本土化"和"世界化"，说什么"一味灌输大陆的历史、地理知识，使我们的下一代只知道中国几千年的打打、杀杀，而对台湾人过去四百年因在原乡活不下去，决定来台湾开创新天地，如何奋斗过来的历史一无所知，以致对这块土地没有认同。"甚至说什么"大中华主义害人至深"，"现在又不和日本人打仗，提倡民族主义干什么"！李登辉的演说发表后，立刻有人著文拥护。台南县长陈唐南在《教育本土化不能再等》一文中称："中国人心灵被帝王宰制了数千年，对这种恶质文化习焉不察，甚至以秦皇、汉武、明洪武、毛泽东的事功为傲，勿宁是中国人的悲哀。"又称："台湾要昂首阔步迈入21世纪，重建自我的认同乃是根本。因此，赶快修改各级学校教科书及将教育权下放才是落实本土教育及社区教育的当务之急。"李登辉们所倡导的教育本土化、社区化、世界化，其矛头首先指向的是台湾各级学校中的中国历史教学。

台湾统派学者对台湾当局这种淡化、削弱中国史教学和研究的现象非常担心，力图在可能的范围内加以抵制。今年5月26日，台湾的中国历史学会举办"历史教育之回顾与展望"专题演讲会，由政治大学杜维运教授和"中研院"院士张玉法两位分别做了题为《中国历史教育的过去与未来》《民国初年的历史教育及相关问题之讨论》的专题讲演。杜维运教授在演讲中提出，台湾的历史教育已经"沦于谷底"，"朝野上下，已不再尊重历史；上自总统，下至平民，所接受的历史教育有限；国家已无历史教育政策，学校历史课程，只是点缀"。张玉法在演讲中也批评了台湾的一些"尽量封杀历史课程的教育专家，和一些主张彻底将历史教材本土化的历史学者"。会议主持者、中国历史学会会长、国民党党史会主任委员李云汉则在发言中表达了和大陆历史学者合作的愿望，他说："希望在历史的范围内，台湾地区与大陆地区的学者能够在若干场合携手并进，为整个中国的历史，开辟出新天地。"

在李登辉发表攻击"大中华主义"的演说之后，台湾统派团体新同盟会和《海峡评论》杂志社即于6月2日联合召开以"民族主义与皇民意识——评'李总统'教育改革主张"为主题的讨论会，台湾大学教授陈志奇，政治大学教授蒋永敬、吴琼恩，世界新闻传播学院教授王晓波，中央大学教授冯沪祥等在会上做了慷慨激昂的发言。陈志奇指责李登辉"向中华文化发起了挑战"。蒋永敬指出，李登辉是"借本土化掩盖分离主义"，他的特点是"不讲理，不守法，不要脸"。冯沪祥指出：亡人之国者，必先亡其史，按李登辉的路子走，我们有亡国的危险。还有的学者发言称，李登辉因为在政治、外交上搞"台独"走不通，所以就从教育上搞，如果不堵住这一条路，"将来满街都是'小台独'，问题就大了"！他提出：如果李登辉要修改历史教科书，我们就上街游行。还有人提出，必要时，把李登辉的"总统"罢免了。会上，个别情绪激昂的群众甚至高呼："李登辉不是人""打倒李登辉""枪毙李登辉"等口号。有位出租车司机则表示：李登辉如果敢于和大陆打仗，我们就参军，倒戈！

目前，台湾历史学界中的"统派"大都参加中国历史学会，而"独派"则参加台湾史研究会。两会界限分明，互不往来。"独派"虽然人数不多，但能量不小，"作战能力很强"。在有些地方，他们已经成了气候，控制了课程设置、聘请教员、职称升迁、学位授予，以至退休返聘等权力。据说，台湾师范大学李国祁教授就是看不惯"独派"势力的发展，不愿受其控制而提前退休的。

二、台湾学者对两岸关系与统一问题的看法与建议

我在台访问期间感到，有些学者对我们举行导弹和军事演习是理解的。如有一位政论家发表《元首谋逆诗》十首，尖锐地批判李登辉，其第十首云："披着羊皮假基督，仇华反汉搞'台独'。如无飞弹警告他，早把我们用刀屠。"但是，也有相当多的学者表示不理解，认为是以大欺小，以强凌弱，帮了李登辉的忙，有人甚至说，导弹使李登辉成了台湾的英雄，中共是李登辉的最好的助选者，李的竞选总部在北京，等等。还有人表示，中共不能再打导弹了，愈打台湾离大陆愈疏远。

主张统一的台湾学者中，有的人表示："中共对知识分子太没有吸引力了"，因此，"认同中华民国"。有的人表示："一国两制"台湾很难接受，不如采取"邦联"形式，先将李登辉拉住。有的人表示，统一是历史趋势，只是时间和形式问题，希望中共：第一，实行市场经济，保护私有财产；第二，放弃阶级斗争；第三，实行政党政治。还有人表示，希望中共能将台湾看成是"一个娇惯的，有点脾气的小弟弟"，事情就好办了。

统派学者的意见尽管分歧，但有一点似乎是共同的，即他们普遍希望，在军事演习之后，大陆能对台湾和台湾人民示以善意。蒋永敬教授表示：大陆如对台湾人民有善意回应，李登辉的选票会从54%降到5.4%。政治大学张哲郎等教授表示：现在台湾人回大陆，一方面被称为台胞，另一方面各种收费又完全按外国人处理，有的更千方百计地"宰"他们，这使他们很伤心。张教授等表示，台湾人在大陆的各种费用，应和大陆同胞相同，至少，应和外国人加以区别。他们并表示，台

湾人虽然有钱，但也是辛辛苦苦挣来的。大陆涉台部门应该注意自己在台湾人面前的形象，切不可贪小利而误大局。《中国时报》副总编辑苏登基表示，现在台湾有大量渔民在海外捕鱼，经常受到拘留、没收等处罚，投诉无门。建议中华人民共和国外交部能发表一项声明，说明台湾人是中华民族的一部分，他们在国外捕鱼、经商、观光时，如正当权益受到侵犯，可以向中华人民共和国各使领馆申诉，中华人民共和国各使领馆也有责任保护台胞的正当权益。苏教授认为，这一声明的发表将有力地打击台湾当局争取国际生存权利的努力，并且极大地赢得台湾人的好感。

前些年，由于种种原因，台湾部分知识分子对祖国的离心倾向有所发展。但是，在最近李登辉明目张胆地发表攻击"大中华主义"和"民族主义"的言论后，台湾知识分子中亲近大陆的倾向有所增强。蒋永敬教授在批判李登辉的会议上公开表示："大陆亿万人民是我们的后盾。""中共最近大唱民族主义，反对外国干涉，同时也防止地方分离主义。其威力不可忽视，顺之者昌，逆之者亡。"《海峡评论》的编辑刘国基称：由于大陆存在，日本人想20年以后重回台湾是绝不可能的了。吴琼恩教授甚至公开为我军事演习辩护，他说："中共军事演习并没有侵略哪一个国家，而是保卫自己的领土。"我认为，应该利用这一时机，总结经验，做好有关工作，认认真真地"寄希望于台湾人民"。

三、台湾近代历史档案的开放情况

我是研究中华民国史和中国国民党史的。此次在台，大部分时间用于收集近代历史档案。结果我发现，台湾在历史档案开放上有很大进步。例如："中研院"近代史研究所收藏北洋政府外交档、国民政府经济部、实业部档、朱家骅档、王世杰档，均已全部开放。中国国民党党史会一向以保守著称，档案开放程度很低，有的台湾学者曾向他们表示：你们再不开放档案，我们只好利用中共的资料了。近一两年来，党史会为了鼓励人们研究中国近代史，抵制历史研究中的"本土化"倾向，因此，除国民党中央的会议速记录外，已将1961年以前的档案全部开放，读者可自行查阅目录，自己上机复印，复印张数不限。此外，"国史馆"除蒋介石的大溪档案尚在整理，阎锡山档案只能阅读微卷，自己抄写外，其他档案的阅读利用也已没有限制。南京国民政府的外交档案原藏于台湾"外交部"，现已移交"国史馆"，可以阅读并复印。

此次在台，我先后查阅了近代史研究所所藏的北洋政府外交档、康有为档、朱家骅档，历史语言研究所所藏傅斯年档，国民党党史会所藏广州时期档、武汉时期档、特种档、胡汉民档、吴稚晖档、中韩关系专档，以及"国史馆"的阎锡山档等，复印了五六千张珍贵历史资料，其中包括毛泽东的书信手迹、周恩来、林伯渠、吴玉章、刘伯承以及梁启超、宋庆龄、何香凝、邓演达、冯玉祥、胡汉民、蒋介石、阎锡山、吴稚晖、朱家骅、傅斯年等人的书信、电报等多件，对研究中国近现代史，均有重要价值。可惜限于时间，不少想看的档案我没有可能看，只好期之以异日了。

1996 年 8 月 5 日

在柏林开会

1998 年，我到柏林开会，至今记忆犹新。

会议的主题是研究中国 20 世纪 20 年代的革命。到会学者有德国、俄国、中国、美国、英国、法国的二十多个学者，人数不多，但各有专长，不少位都堪称国际知名学者。而且，由于最近几年俄罗斯方面开放了大量关于中国革命的档案，所以与会者提供的论文质量都比较高。就学术而言，在我参加过的各种会议中，可称高水平；但是，会议却开得很简朴——简朴得一直使我念念不忘。

先说住。会场在柏林自由大学的欧洲学院，一座简朴而幽雅的三层小楼中。房间很整洁，几乎可以说一尘不染。但是，房间很小，很低，似乎是利用顶楼的特殊环境设计而成，没有电视，也没有电话。近年来，我在法国、英国开过几次会，都如此。法国的会，在巴黎报到，但开会却在远离巴黎的法国科学院会议中心——周围都是田园，没有任何别的建筑；英国的会，虽在有名的剑桥大学，住的却是研究生宿舍。房间里也都没有电视、电话，没有现代豪华宾馆所必须有的各种设备。

次说饮食。当然是吃西餐。早餐、晚餐，几乎是天天老面孔。中午先是上汤，一道主菜，一道甜点，如此而已。酒，只在到达的当天晚上供应少量啤酒和矿泉水，其后就再也不见任何酒水。闭幕的那天晚餐，我以为总该拿出几瓶啤酒来吧，然而，还是没有。

会议期间不供应茶水。如果你渴了，会场外有自动售货机。自己掏几枚硬币，想喝什么饮料，自便。

再说招待。会议期间，柏林自由大学校长出面举行过一次招待会：仍然是几杯酒水，外加一两种面包，大家自由走动，自由聊天。会议期间，主办者租了一辆车，利用半天时间在柏林市转了一圈。导游满面春风，热情地为大家介绍当地名胜。那讲解时的笑容，灿烂得像春天的太阳。其他就没有什么招待活动了。会议最后一天下午去波茨坦，自愿参加，坐火车，自购车票；进皇宫，自购门票。会议主办者都不负招待之责。

开幕式。简单得不能再简单：大家聚集到会场前厅，有几级台阶，学者们随随便便地站着，副校长来讲了几分钟话，略表欢迎之意。然后大家进入会场，学术报告开始。没有一个多余来宾，没有一个多余的讲话。

会议前厅布置得很别致：正中一张桌子，展览柏林自由大学中国研究的出版物；墙上张贴着十几张白底蓝字的标语，上书"提高党权"等一类口号。我知道，那是1927年春武汉国民党左派反对蒋介石的宣传品，在中国也不大容易找到了。问主人，主人说是在中国收购的。

没有闭幕式。最后一天下午，各国学者自由发言，谈感想，谈今后的研究计划。没有人做惯有的总结报告，没有例行的全体合影。

会议唯一不吝啬的是每个报告人的时间——30分钟；讨论时间，也是30分钟。通常国内外学术会议，一般报告只有15分钟，讨论时间则只有10分钟而已。由于时间充分，我用英文念了一遍稿子之后，又用中文念了一遍。报告完毕，大家以拳捶桌，并不像通常一样鼓掌，这是很特别的。于是会场一片砰砰之声。

　　会议结束了。大家都觉得会议开得好，学术上有很大收获。没有人抱怨招待不周，没有人抱怨饮食清淡。毕竟大家是来参加学术会议的。

可爱、可敬的一批日本学者

——参加第 4 届东亚历史教育研讨会侧记

我参加过许多国际讨论会，有时也想写点什么，但总因为忙，常常什么也写不成。1999 年 12 月，我到东京参加第 4 届东亚历史教育研讨会，回来后虽然也还是忙，但总觉得非写点什么不可。

会议是由日本比较史·比较历史教学研究会召开的，主题是怎样理解帝国主义时代。会议邀请书称：明年是义和团兴起，八国联军出兵的 100 周年。从那时起，东亚开始成为世界帝国主义体系的组成部分。这以后的半个世纪内，中国半殖民地化，日本走上帝国主义的道路，朝鲜沦为日本的殖民地，直到现在，还留着深刻的伤痕。因此，检讨帝国主义时代，加深东亚地区的相互理解，摆脱对立与纷争，迎接下一个世纪，成为紧急的重要课题。收到这份邀请书时，我感到这个主题抓得确实好，欣然同意参加。

12 月 11 日，会议在明治大学举行。偌大的教室里满满当当地坐了二三百人，可以说座无虚席。据说，有的听众甚至是从冲绳赶来的。我在会上很高兴地见到了野泽丰、山田辰雄、小岛淑男等几位教授，他们都是日本研究中国近代史的著名学者。老友重逢，有一种分外的亲切感。

会议由比较史·比较历史教育研究会代表、东京大学教授吉田悟郎先生致开幕辞：他说："明年，20 世纪就要结束。所谓的帝国主义时代已经真的成为历史了吗？今天，以西欧为中心的世界、殖民地主义的时代已经变成以美欧为中心的世界、殖民地主义被铲除的时代了。以美国为霸主的世界资本主义看上去还很神气，实际上随着地球环境问题的不断发生，不正是矛盾深化、危机重重吗？这种以世界资本主义为中心的霸权主义、大国主义为主导的世界政治潮流，不正显示'帝国主义'的阴影依然时隐时现，在所谓的文明国、先进国的统治阶层甚至其国民大众中间，'帝国意识'依然鬼魂不散吗？"吉田教授长得高高大大，声音也很洪亮有力。听着听着，我有点怀疑是否在听取某一个中国同行的报告。然而，没有错，我是在日本，在聆听一个日本学者的讲话。

　　这天的议题是：作为世界体制的帝国主义。在我做了题为《英国与辛亥革命》的学术报告后，由东京大学的木畑洋一教授报告，他的题目是《1900 年前后的帝国主义世界体制与日本》。报告从 1904 年发生在我国东北领土上的日俄战争切入，因此引起我的特别注意。近年来，日本学者藤冈信胜等反对批判日本的帝国主义道路，认为日本历史教科书中有关近现代史的叙述是"自虐"。他们把日本在亚洲发动的侵略战争，包括太平洋战争在内都说成是"通往亚洲解放之路"，认为日俄战争是"非白人国家第一次战胜了白人"，"给了有色人种争取独立的勇气"，"是改变世界潮流的决定性事件"云云。对此，木畑教授针锋相对地表示："日俄战争并不是与解放被压迫民族有关的战争，只不过是通过镇压义和团运动，缔结日英同盟，被承认为帝国主义世界体制统治国的一员的日本，为了进一步确立其压迫其他民族的地位而进行的战争。"木畑教授甚至引用尼赫鲁的话，指责"日本在施行帝国主义政策时简直不顾羞耻"。和吉田教授相反，木畑教授个子较矮，也较瘦弱。他讲话沉稳，条理极为清晰，几乎不看稿子。

下午由韩国庆南高级中学教师朴钟天、中国历史教学研究会马执斌、日本山梨英和中学米山宏史等介绍各自国家或各自学校的教学情况。朴钟天的报告题目是《朝鲜成为殖民地的原因何在》，米山宏史的报告题目是《我们是怎样教东亚地区与帝国主义的》。米山称，日本现行的多数教科书在讲授"帝国主义时代"时通常分为八个问题：帝国主义的形成；帝国主义各国的内部情况；瓜分非洲；瓜分亚太地区；日清战争（甲午战争）—瓜分中国—义和团事件；日俄战争—兼并韩国；亚洲各地的民族运动—辛亥革命；巴尔干问题—第一次世界大战。通过教学，多数学生能了解到日本"走上帝国主义的道路时在中国大陆和朝鲜半岛各地犯下的种种罪行"，感觉到"真丢脸"，"太没有道理了"，"必须正视事实，不能回避"。针对近年来的所谓日本兼并韩国是为了"防止日本殖民地化"，是所谓"必须的不可避免的路线"的说法，他明确指出："帝国主义对日本来说并不是从天上掉下来的，而是自己所选择的道路。日本的能动行为才是形成东亚地区帝国主义体制的动力。"

我以前对日本的中学历史教学所知很少，听了米山先生的介绍，我觉得，他所采用的教科书在许多观点上都是正确的，无怪乎近年来日本右翼分子大肆喧嚷，要修改教科书了。

第二天的议题是：从被殖民统治者的立场所做的观察。越南学者杨忠国（Duong Trung Quoc）、中国台湾学者吴文星和韩国学者赵锡坤分别做了报告。杨中国在题为《关于殖民主义的记忆和历史见证》的报告中提出，要注意区分"法国具有的'文明性'与'殖民性'"，"法国政府和法国人民"，"法国革命和法国殖民主义"。他特别提出："在世纪末的今天，世界上出现了一股忽视殖民主义的扩张性和侵略性，却片面强调殖民主义优越性的势力。"但是，他也同时提出，要防止另一种片面性，例如，"在某一时期，越南也出现过由于混同西方文明和殖民主义的侵略性，而完全否定西方的极其狭窄的民粹主义"。赵锡坤教授介绍了韩国史学界关于"殖民地近代化"问题的一场论战，即一派强调帝国主义对殖民地的开发作用，一派强调其掠夺作用。赵教授认为，这种讨论"要是不伴随着对帝国主义殖民地统治所犯下的罪行做彻底的批判，那么我们从帝国主义战争的历史中就不会得到任何教训"。他说："在研究殖民地历史的时候，除了上述帝国主义所带来的殖民地经济的重新组建，我们还要注意这一过程中所产生的殖民地经济的缺陷和殖民统治的受益阶层。从殖民统治得到好处的是极少数人，他们是殖民地近代化的受益者。"

会议的报告者不多，但使用的语言却有日、中、韩、越、英等五种。为此，会议准备了一个相当整齐的翻译班子，各项组织工作井然有序。特别令人感动的是听众的参与精神。他们不仅以交纳出席费的方式支持会议，而且积极参加讨论，气氛活跃，自晨至暮，毫无倦意，没有人中途退场，更无人窃窃私语。

会议由专修大学教授西川正雄致闭幕词。他在逐一评论了各国学者在大会上所做的报告后说："日本的选择不仅关系到过去，而且关系到未来。本次研讨会做出的选择是，反对藤冈信胜、西尾干二提出的日本新民族主义。历史学家和历史教员的职责是，分析并讲授大日本帝国何以走上了没落、灭亡，导致数百万日本人民在国内外牺牲的道路。"

在闭幕词的最后，西川教授语重心长地说："卡尔·马克思在《路易·波拿巴的雾月十八日》一书中说过，大事件和大人物都会出现两次，第一次是悲剧，第二次是闹剧。我想，最重要的事情是制止闹剧。我们应该使这一点变得更加明确，今天的日本必须完全、彻底地告别大日本帝国时代。"西川是一个文质彬彬的学者，讲话的语调很平稳，但是，讲到这里，他的语调突然昂扬起来。

唐朝的大诗人白居易作诗有所谓"卒章显志"的说法，听了西川教授的闭幕词，我对于主办者召开这次会议的主旨就完全明白了。

会议结束的当晚，主办者在明治大学新楼顶楼举行招待会。我端着酒杯和吉田悟郎教授聊起来。我说：以前我不知道日本有贵会这样的团体，这次受邀，使我了解到贵会的宗旨，非常敬佩，希望贵会能坚持进行，日益发展。吉田教授对我应邀参加这次会议表示高兴，他不无感慨地说："我们只是一个二三十人的小团体，做了一点应该做的事，但是做得并不多。我虽然已经老了，还要像一支蜡烛一样，放射出所有的光亮。"

第三天上午，主办者安排参观东京大学档案馆。吉田悟郎、西川正雄、佐藤伸雄、二村美朝子等研究会的领导人都来陪同。参观结束后，我们在东京大学学士馆用餐。我利用上菜前的间隙问西川教授："日本国粹主义者的现状如何？"

"现在有自由主义史观研讨会，参加者大都是原皇国史观一派的学者。他们也就是日本的国粹主义者。这批人反对批判日本军国主义，要求编写新的历史教科书。其代表人物就是藤冈信胜和西尾干二。这个研究会的参加者约有千人。"西川教授答道。

"还有漫画《战争论》的作者小林。"二村美朝子补充说。二村是一位中年女学者，显得很年轻，在学会中被称为"永远的朱夏（红色夏日）"。

"你们的学会是不是和他们对立？"对于我的问题，西川点头称是，佐藤先生则以手势做对立状。

"提起他们的名字我就讨厌。"西川一点也不掩饰对藤冈等人的反感。

"您在闭幕词中提到马克思的话，现在自由主义研究会的一批人是不是在表演闹剧？"我继续问西川教授，西川仍然点头称是。

下午，佐藤先生陪同我和马执斌先生参观东京名胜浅草。那地方十五年前我去过；十五年后重游，一切依旧。参观中，我们谈起神社。

佐藤先生说："靖国神社就在附近，我讨厌那地方，从来不去。"佐藤先生已经年过古稀，但是走起路来健步如飞，我常常赶不上。

从浅草回到宾馆大堂，历史教学研究协议会的两位日本学者已经等在那里。交谈之后，才知道他们是来找马执斌先生的，明年中国方面将在上海召开历史教学讨论会，他们准备参加。我因与此事无关，便在略事寒暄之后告辞。这时，其中一位高个子、戴深度近视眼镜的学者突然站起来，严肃地说："不久前，我到南京参观大屠杀纪念馆（侵华日军南京大屠杀遇难同胞纪念馆），了解到当年日军的暴行，我对中国牺牲的同胞表示哀悼。"

对于突然出现的这一场面，我毫无思想准备。望着面前这位一脸诚挚表情的日本学者，我颇为感动地说："让我们团结起来，共同反对日本军国主义复活。"

回到房间以后，我打开随身带来的笔记本电脑，开始书写这几天的日记。吉田、西川、佐藤、二村，以及那位为中国牺牲同胞致哀的学者……，他们一个个浮现在我的面前，一个个显得那么可爱，而又那样可敬。我想，他们才是日本的良知，日本的正义。

西川教授在闭幕式上说："最重要的事情是制止闹剧。"然而，在我回国后不久，日本右翼势力就在大阪集会，否认南京大屠杀的历史事实。看来，制止"闹剧"的任务还很重，要走的路也还很长。

东京误机记

　　我在哈佛大学开了几天会，会后到纽约，在哥伦比亚大学珍本和手稿图书馆读了点资料，该回国了。我买的是美国西北航空公司的机票。第一程，自纽约至底特律；第二程，自底特律至东京；第三程，自东京至北京。这次旅行要换三次飞机，比较麻烦。不过，近年来，纽约、北京之间已无直达班机，只能如此。第一程很顺利，飞机准时抵达底特律。第二程的开头也顺利，我准时登上了飞机。然而到了起飞时间，却不见任何动静。报告说，发现机械故障，要修理。就这样，我在机上枯坐了一个半小时。旅客们是安静的。有故障就得修，安全第一嘛。然而，我心里却不免嘀咕，早先干吗来的？怎么能让旅客上了飞机才发现故障？我旁边的旅客是自青岛到华盛顿参加世界残联艺术节的两个同胞，一位是哑巴，画家；另一位只有一条腿，是翻译。翻译担心到了东京后赶不上飞往北京的班机，问我怎么办。我没有这方面的经验，含糊地安慰说，也许会顺延吧？

　　说老实话，顺延之说，我自己也不大相信。从东京飞往北京的飞机虽然同属西北航空公司，但大部分旅客肯定从东京始航，能为少数转机旅客推延时间吗？显然不大可能。我盼望的是，堤内损失堤外补，飞机能加速飞行，在空中将损失的时间补回来。

飞机在东京降落时已是当地时间下午 7 点了。我随着人流走到临时设置的西北航空公司的柜台，得知原定的飞机早就飞走，我们必须于第二天上午改乘日本航空公司的飞机。这就是说，所有误机的旅客要在东京住一个晚上了。我并不紧张，旅行知识告诉我，西北航空公司将会承担全部责任。公司职员为我填写了临时入境申请书和第二天的登机牌，并且给了我一份事前印就的道歉信，示意我继续前行。我没有这种误机经验，不知道下一步应该怎样做。这时航空公司的一个青年职员推着轮椅，上面坐着那位只有一条腿的旅客来了，自然，后面跟着他的哑巴同伴。青年职员示意我跟着走。随同我的还有两个中国同胞，一个是七十多岁的老大爷，另一个是六十多岁的老太太。这个职员不会讲英语，自然更不会讲中文。到了入境处，他推着轮椅从残疾人特殊通道走了，只剩下我们三个人。办完入境手续，四顾茫茫，没有人来迎接我们，做出进一步安排。我在东京有朋友，住处不会有问题，但是，当时时间已经晚了，搞突然袭击不好，再说，还有跟着我的两个老年同胞呢。他们一句洋话都不会说，我自然不能抛开他们自寻安身之处。我开始埋怨西北航空公司了。真是岂有此理，将我们扔在这里不管了吗！

无奈之间，我找到机场内的西北航空公司的服务台。服务台的日本女职员要我们先出关，然后再找该公司的代理处。我询问今天晚上的住处，女职员告诉我在王子饭店。王子饭店？我住过，在横滨，那是东京的三大豪华饭店之一，可能吗？我半信半疑，带着两个中国老人出关，又经过两次问讯，才找到在大厅的西北航空公司的职员，被接着上了一辆已经载满旅客的大客车。总算找到"管"我们的人了，我松了一口气。

大客车开动了。"也许要两个人住一间房吧？"一个旅客担心地说。

305

"以后再也不坐西北航空公司的飞机了！"车中飘来一句牢骚话。这句话道出了许多旅客心中的不平，自然，我也有同感。

黑夜，不辨南北。从路牌看出，车是向千叶县方向开。到了，我们下了车，在旅馆大堂领取房间钥匙、晚餐券，并且从告示牌上得知，第二天早晨6点登车，开往机场。进了房间，我发现并未安排第二位旅客，略感安慰。接着，我取出道歉信中所附免费国际电话卡，给家里打了一通电话，通报讯息，然后去设在49楼的餐厅，吃了一顿不算豪华但也不算寒酸的免费西餐。回到房间，我从为旅客提供的资料中得知，这似乎是一座60层以上的豪华饭店，位于风景秀丽的海滨，店名确是"王子"，大概和横滨的"王子饭店"有点什么关系吧？房间面积虽不大，但一应设备齐全，而且高度现代化。

第二天一早，我离开旅店，登上早已停留在门外的大客车，工作人员仔细地核对了误机名单，确认不曾留下一人之后，才允许客车开走，并且深深地鞠了一躬。车开动了，我这才得以看清旅店全貌：一座新建的高层玻璃钢建筑，绿树环抱，不远处就是碧波荡漾的大海……名为"王子饭店"，大概不算夸张。

道歉信中还有一页凭证，要我们在几个项目中选择，如增加奖励旅程，或在机场餐厅享用10美元的食品和饮料等。凭着这张纸，我们一行几个中国人在成田空港吃了一顿还过得去的早餐。

办完出境手续，到了候机室，昨晚分别的两位残疾旅客高兴地向我招手。我询问别后遭遇。那位一条腿的翻译告诉我，他们被护送到机场附近供机组人员休息的旅馆。一进门，轮椅已经等候在那里了。他们对所受的接待表示满意。

同行的同胞们都很高兴。一个同胞说："这一次，公司大概损失不小吧？""以后西北航空公司的飞机还可以坐吗？""可以！可以！"大概是昨晚发牢骚的旅客回答。

我没有参与同胞之间的对话。我在想："此次误机，当然是航空公司的过失，但是，公司事先就为弥补类似过失做了安排，事后又尽力挽回影响，虽然仍有某些不够周到的地方，但总算重新赢得了旅客的信任。任何人，任何机构、团体，包括政党在内，工作中都难免有过失，这件事，对于我们做好工作，弥补过失是否有点参考价值呢？"

2002 年作

伦敦读档印象

我在剑桥大学开了两天会后，搬到伦敦。第一天参观白金汉宫、议会大厦、唐人街，第二天参观大英博物馆。中午我送走了同行的张君，便想到大英图书馆读点什么。

大英图书馆与大英博物馆同在一处，那是马克思为写作《资本论》收集资料的地方，不去似乎于心不安。不过，我事前听说，大英图书馆正在搬迁，可能看不到什么。进门之后，一了解，果然，阅览室已经迁移，但展览部、手稿部仍然开放。于是，我先看展览部，找到陈列中国图书的橱窗，匆匆扫了其中的敦煌经卷等展品几眼，据说那是世界最早的雕版印刷品，但我无暇细看，便去手稿部，那是我最向往的地方。但是，守门人检查了我的护照和剑桥大学给我的邀请书后，却要我去东方和印度部。也好，我是研究中国近代史的，也许我要找的材料在那儿。

大英图书馆的东方和印度部在另外一处很远的地方。博物馆的工作人员看出我初来乍到，建议我乘出租车去。一路顺利，我在进门时填了一张表，就进入阅览室了：映入眼帘的是满架满架的图书和一台台电脑，读者不少，几乎座无虚席。看得出，这是英国的重要汉学中心。我无心细细打量，便坐下来研究该馆的手册，发觉那里有两大收藏：一是斯坦因文件，清末从敦煌石室发现的经卷有不少在那里；一是戈登文件，是太平天国时帮助清朝政府作战的"洋枪队"队长的遗物。我不研究敦煌，也不研究太平天国，决定第二天不来了，改去英国公众档案馆（Public Record Office）。

英国公众档案馆实际上是英国国家档案馆，建立于 1782 年，已经有二百多年历史了。馆址原在伦敦市内，后来搬到郊外。我去的那天，天空阴暗，飘着雪花，很冷。我坐了很长一段地铁，乘客不断下车，到最后，车厢内几乎没有人了。下车后，几经问询，我终于找到了英国公众档案馆：原来是一组气势雄伟的建筑群，建筑群外有一片很大的喷水池，几只天鹅正在池中悠闲地遨游。进得门后，手续同样简单：交验护照，填了一张十分简单的读者登记表，便领到了一张磁卡，以后入门、出门就全靠它了。

阅览室在二楼。上得楼来，走进接待室，便见一格格资料，一架架目录，都随手可取。中间大写字台的背后，坐着一个为读者解答疑问的工作人员。屋角陈列着一架电视机和几副耳机，读者可以自行打开，放映如何搜寻资料的录像片。我的英语听力不好，所以既没有找工作人员咨询，也没有看录像，而是在一个位置上坐下来，阅读进门登记时随磁卡发给我的阅览指南。其中一步步详细说明了查找、阅览的步骤。这些，给了我第一印象：英国公众档案馆为读者想得很周到。

通过阅览指南，我了解到阅览部分三部，一是缩微胶卷阅览室，一是文件阅览室，一是问询室。三处都开架提供档案馆的全部目录。我迅速从目录中确定了阅览对象，便走进缩微阅览室。那是一间很大的房间，总有一二百平方米吧。房里摆放着近百台阅读机和几十台胶卷柜，所有拍摄完竣的胶卷都整齐地码放在柜里，读者可以自取，自行上机阅读。这些，给了我第二个印象：阅览极为方便。

我要查找的文件尚未被拍为缩微胶卷，于是，我便按照指南的要求，走进文件阅览室。这间房子比缩微阅览室还要大得多，读者也要多得多，上座率似乎在五成左右，总有一百多人吧。我本来想，这种天气，档案馆里不会有几个学者，看来我估计错了。

文件阅览室给每一个学者发了一个 BP 机，上面显示着座位号。BP 机在国内的年轻人中间很流行，但我却从来没有用过。"发这玩意儿干什么用呢？"我纳闷着。下一步该调卷了？怎样调？我不大明白。照我在国内和在美国、日本等国的习惯，总要填写一张什么单子，写清楚想查阅的卷宗的名称和目录号，然后交给工作人员调卷。但是，我细察柜台，却不见任何调卷单的影子。我于是再研究《指南》，其中第六个步骤写着"using the document ordering terminals"，"terminal"这个词我熟悉，有"总站""终点""末端"等多种意思，但这里是什么意思呢？我向柜台人员打听，柜台人员叽里咕噜说了一通，我也没有听明白。正无奈间，抬头忽见几天前见过的伦敦大学的狄德满（R.G.Tiedemann）教授也在那里查档案，我便向他请教。他说，要找一台计算机才能解决。经他这一说，我顿时恍然大悟，terminal，不就是计算机终端的意思吗？原来，这里的调卷已经不用填写调卷单，而是通过计算机下达指令了。于是，我找到一台专供调卷用的计算机，将卷宗名称、号码等资料一一输入，然后，我就放心查阅别的目录去了。十几分钟后，我的 BP 机突然叫了起来，上面显示出"counter"一词，我知道这是要我到柜台去了。走到那里，我想要的档案已经调出，工作人员取出打印好的调档记录，用扫描仪器照了照，核对无误，就将资料交给我阅读了。

一回生，二回熟。在以后的使用中，我体会到，通过计算机下达调卷指令的好处很多。一是节省人力，免去调卷人员来回奔走之劳；二是节省时间，调卷速度较快；三是手续简便，可以自动打印调卷记录；四是准确掌握档案出入情况，如果某一项档案已经借出，计算机会自动告诉读者。再加上 BP 机，读者在馆中就可以自由行动了：去餐厅吃饭可，上厕所方便可，到其他阅览室亦可，都可以及时得知调卷的情况，真是方便至极。这样，伦敦档案馆给我的印象之三是：设备先进。

资料调出之后，如果想要复印，怎么办呢？阅览室的旁边就是复印室，立等可取。不过，每人每次限印 15 张；如果你要印第 16 张，那就要请你再排队，免得别人等待过久。当然，如果你的身后没有别人，那么，你复印多少张都是可以的。这样，我就获得了第四个印象：尽量创造条件，给每个读者以平等的待遇。

我在伦敦档案馆工作了四天，颇有如鱼得水之乐。遗憾的是，当我逐渐熟悉，渐入佳境之际，我却不得不乘机回国了。

我和《团结报》

我和《团结报》发生关系，始于 1988 年《民国史谈》之设。

我常常感到，文章不一定非长不可，也不一定非长才见佳。有些事，有些观点，不妨开门见山，以寥寥一两千字解决问题，写者轻松，读者愉快，于构思、行文之间，具见作者的才力与功夫；而有些长文，意思也就是那么一点点，但硬要摆谱儿，装派头，于是摇笔万言，写者费力，读者头疼，最后能够坚持读完的也许只有作者、编者、排字者数人。两种文体，孰优孰劣，本是不言自明的事。但是，一段时期以来，在某些圈子里，似乎只有长文章才算是有水平。短文呢？那是雕虫小技，何足道哉！

我不赞成轻视短文，很想突破一下。最初，我为《光明日报》写过一篇题为《提倡短文，力争写短》的小文章，算是呼吁。接着，我想找一块园地，试验试验。恰在此时，《团结报》专刊部有此想法，于是我们一拍即合，决定开辟一个专栏，名为《民国史谈》，由我主持，邀请部分有志者共同写作。

专栏是办起来了，开场白是我写的，除了提出字数的限制，内容特别提出："或介绍新资料，或提出新问题，或阐述新见解，体裁、风格不拘，叙事、议论、考证均可。总之，不炒冷饭，唯陈言之务去，要求持之有据，言之成理，娓娓谈来，专家、学者不厌其浅，一般读者不厌其深，可以收长知识、明往昔、怡神志之效。"其后，在"谈"内共发表了 300 余篇短文。社会反映似乎是好的。1993 年，中国青年出版社出了一本选集，另名为《民国掌故》。社会反映也似乎是好的。有好几位专家赞誉此书。有的学者拿到书以后，据说就不愿放下，手不释卷，挑灯夜读了。还有一家什么杂志发了书评，将此书夸了一通。可见人们还是欢迎这种试验的。

我给《团结报》开辟的第二个专栏是《海外访史录》，那是我唱独角戏了。

1985 年以后，拜改革开放之赐，我曾经到日本、美国的几个地方访问。大概是文人积习吧，我所到之处，时间大都耗在当地的图书馆和档案馆里，自然，阅读范围限于我近年来的研究范围：中国近代史和中华民国史。结果，我发现，海外藏有大量国内没有的资料，特别是某些名人的档案。这些资料对解决近代中国史上的疑难问题有很大用处。于是，我像春蚕啃桑叶似的一口口啃下去，结果，每次返国，都带回大量珍贵档案的复印件，以致行李大大超重，不得不付出高昂的超重费。

1990 年，我从美国访问归来，想陆续写一组文章，介绍我的海外所得。于是，我和《团结报》商量，想开辟一个新的专栏，结果，仍然得到《团结报》的大力支持。这样，自 1990 年 12 月 8 日起，《海外访史录》就和读者见面了。我先后在这一栏中发表了有关蒋介石、李宗仁、张发奎、胡适、孔祥熙、宋子文、陈立夫、熊式辉、陈光甫、陈洁如等多篇中国近代名人的文章。由于所据都是从未公布过的密档，因此，这一专栏颇受近代史学界的注意。有的学者声称每篇必读，有的学者更每栏必剪下保存。其中，连载的《孔祥熙所藏西安事变未刊电报》更特别受到重视。

《海外访史录》开始刊登不久，就有一家出版社寄来出版合同，要包下这一栏的全部稿件。后来，广告也登出来了，就有读者来函询问，何时出书，在哪儿可以买到？遗憾的是，由于近年来出书难，该书一直未能出版。现在可以告慰读者的是：我正在续写《台湾访史录》，将我于 1996 年在台湾中国国民党党史会等机构访问时的收获写出来，准备将两者合为一书，由社会科学文献出版社出版。

我和《团结报》的因缘如上。

重视历史，尤其重视发表有关近代历史的各种回忆、札记，是《团结报》的特色之一，希望它加强和海内外学人、历史当事者及其后裔的联系，将这一特色保持并发扬下去。

美国迷路记

　　我在美国迷过一次路。那是 1990 年，在旧金山乡间，斯坦福附近。当年，我应美中学术交流委员会的邀请到美国访问。先在纽约住了三个月，又在波士顿、弗吉尼亚的布莱克斯堡和华盛顿三地各住了半个月，都没有出什么问题，应该说对美国的环境比较熟悉了。不想大意失荆州，我竟在斯坦福迷了路。

　　斯坦福大学是我访问美国的最后一站。9 月的某一天，我从东海岸飞到西海岸，到达旧金山时已是晚上，一对年轻的中国留学生夫妇开车来接我，将我安排在一所乡间民居里住下。当日无事。我于第二天早晨 8 点上路，赶往斯坦福大学，与该校东亚研究中心的范力沛教授会面。事前别人告诉我，斯坦福大学校园很大，必须在某一个固定地点坐学校的班车，到作为胡佛研究所标志的胡佛塔下车，东亚研究中心就不远了。我一出门，上了公路，往南走，这才发现，我住的地方和纽约等大城市完全不同，路边几乎看不见民居，没有出租车，也没有公共汽车，只有川流不息的私人小车急速地驶过，想找个人问路都不可能。我当时心里就有点毛了。当我好不容易辗转找到校车站时，已经过了上午的发车时间，要到下午才有车了。

正着急间，一辆公共汽车开来。我上了车，告诉司机我要到胡佛塔，司机却告诉我坐错了车，但他并没有让我下车，而是表示可以送我一程，到另一个车站，然后换车，并且随手送给我一张当地的地图。我心想，美国司机的服务态度真好。一转瞬，司机所说的车站到了。司机招呼我下车，要我在那儿等，并且不收我的车费。

斯坦福的乡间汽车间隔很长，大概半个小时一班。我左等右等，不见车来。我和范力沛教授的约会时间是 10 点整，眼看只差几分钟，准时赶到是无望了。我知道外国人最遵守时间，第一次到斯坦福大学就失约不好。我打量周围，这里似乎是个小商业点，有一家商场，商场前有一个半露天的电话亭。于是，我拨通了东亚研究中心的电话，范力沛教授还没有到，接电话的是一个女秘书。我结结巴巴地告诉她，我迷路了，可能要晚些时候才能赶到。

打完电话，我回到车站继续等，然而车还是不来。我愈等愈心急，愈烦躁。这时，正好走过来一个美国人，高个子。我身高一米八，他比我还要高一头。他上身穿着红白相间的 T 恤，包着一身结实的肌肉，下身穿的似乎是牛仔裤。这个大个子不仅很热情地回答我的问题，并且拿过地图，仔细地为我讲解。俗话说，人生地不熟。我在大学时因为"一边倒"，学的是俄语，英语完全靠的是小学和中学，加上后来自学的一点底子，水平本来就不高，听力尤差，美国人讲话又特别快。那一串串的地名，一条条的公交路线，我如何听得明白！无奈，我只能做出一副茫然的表情。

美国大个子见我听不明白，让我等一等。他跑到商场旁边去发动一辆卡车，然后开过来，要我上车。我明白了，他是要专程送我到胡佛塔去了。我连忙上车，坐在他的身边，连声说谢谢，心想，我真是碰上一个好人了。车开着开着，渐渐地，白色的圆筒形的胡佛塔遥遥在望了。

316

我想，应该怎样感谢这位美国朋友呢？给钱，似乎不合适；说更热情的感谢话，我不会。想了想，我只能问他，到过中国，到过北京没有，他说，没有，但是很想去。于是，我掏出一张名片，告诉他，我是到此访问的中国学者，将来他如果有机会访问中国，请到北京来找我。他高高兴兴地收下了名片。

胡佛塔到了，我满怀着感激的心情向他握手告别，然后蹦下车。

六七年过去了。我一直想念着这位在急难时热心帮助过我的美国朋友。我既不知道他的姓名，也不知道他的住址，只猜想他可能是商场的卡车司机，一个普普通通的美国人。

吃蛇受骗记

有朋友请我吃饭，选择的是北京站附近一家颇为豪华的餐馆。入得门来，侍者引我上三楼，只见灯火辉煌，环境相当雅致。入座后，主人点菜：龙虾、蛇、牛蛙等等，一气点了七八种，价格都不菲。我过意不去，连说简单点。但主人盛情，只去掉了龙虾，坚持说蛇菜不可删，盛夏吃蛇，大有补益，非吃不可云云。这样，我也就同意了，客随主便嘛！

俄顷，侍者用筐送上一条活蛇，让我们验明正身。只见黑乎乎的一团，还在蠕动，确乎是活物。又俄顷，侍者送上蛇胆酒、蛇血酒各半杯，一红一绿，晶莹澄澈，当然是将先前那条蛇宰杀之后配置的了。据说，这两种酒能健身、清心、明目，同席耿君遂欣欣然小饮起来。再俄顷，侍者送上小菜一碟——黑油发亮的蛇皮碎块，点缀在绿意可掬的香菜之间，顿时勾起我的食欲来。

我从未吃过蛇皮，举箸尝了尝，觉得味道尚可，只是稍硬，不大嚼得动。问侍者，说是蛇皮就这样。接着，送上蛇块汤，只见白里透黑。问侍者，说是混有蛇血所致。一尝，味道颇咸，于是向侍者提出这一问

318

题，侍者说加点高汤就可以了。加完高汤，捞起蛇块，进口之后，却不大咬得动。其他人也大抵如此。略尝之后，大家就再也不伸筷子了。

何以然？我有点犯疑了。

我在广东、海南吃过几次蛇，每次都满意，觉得确是美食；在北京，此前则只有一次经验。那次，也同样咬不动。不过，那次点蛇的时候，侍者是做了说明的：冰箱里的蛇，搁的时间久了。这次，是否同样让我们吃的是积压物资呢？几天前，我从小报上看到一则消息，说是某些饭店，拿出让顾客验看的是活鱼活虾，而厨房里真正下锅的却是死鱼死虾。难道我们也中了调包计了吗？

果然，很快就得到证明。主人很认真，第二天给饭店经理去电话。经理承认，如果是新宰活蛇，不应该咬不动。

这使我很愤愤了。送上活蛇，让我们验明正身；再送上蛇胆、蛇血，示人以刚刚宰杀的印象；但是，在进入主程序时却调包了。中国传统文化最讲究的一个"诚"字，不知道被扔到什么地方去了！

经商开店，当然要赚钱，但是，赚钱必有道，不能夹带任何虚诈。旧时的店堂里大都要贴上"货真价实，童叟无欺"八个大字，不知道今之经商者是否知道这一点？

故事后来的结局大体上还能满意。经理道了歉，邀请我们再去撮一顿，给他们一次改正错误的机会，半价优待。再去的那天，经理率侍者在店堂口恭迎，入座后再次赔礼，表示已以前事为例，教育有关人员云云。我严词批评他们前次的欺诈行为，但经理毫无惧色，连声感谢我们再次光临。那天上的菜，做得也分外用心。正在我们飞杯流觞之间，侍者赠送一人一张贵宾卡，同时送上意见簿。自然，我在意见簿上写了很好的意见，而且特别表扬了那位经理几句。不过，吃罢之后，我感觉价格似乎贵了点。主人问我："那天的蛇，理应赔偿而未赔；这次，虽说半价优惠，也并不很便宜。我们是不是又受骗了？"

[八]

讲话篇

在台湾谈"五四"

——在纪念五四运动 80 周年学术讨论会综合讨论会上的发言

第一次发言

各位学者，刚才刘青峰女士提到这是台北第一次纪念"五四"的会，在我走入会场之前，张玉法院士也这样告诉我。参加这次会议，我有一个感觉，这就是历史在进步。下面坐着我的老朋友汪荣祖教授。在好多年前，他编过一本"五四"论文集，在台湾出版物中最早讲"五四"，开风气之先。那本书出版很久了，是汪教授的个人行为。这次开这样的讨论会，就不是个人行为，而是学者群的集体行为了。台湾从原来从不纪念"五四"，到汪教授时可以出版一本论文集，到今天我们在这里开这样一个规模的"五四"讨论会，明显地显示出：历史在进步。

这次大陆学者来晚了一天。我来了之后，很多朋友、很多学者关心，说你们怎么来晚了。这里，我想说明的是，就我所接触到的各方人士来说，大家都认为这个会我们应该参加。当然，后来发生了点困难。在这种情况下，我就给政治大学的张哲郎教授打电话，问有没有改期或延期的可能。张教授表示没有改期的可能，如果只来一天也可以。这个方案后来也碰到了点困难。这时我想到的是，台湾的朋友开这样的会是一种历史的进步，张哲郎教授和张玉法院士都是多年来热心于海峡两岸交流的积极分子，我很担心这件事会影响台湾学者今后交流的积极性。所以我就表示，一定要支持和保护台湾朋友们交流的热情。我在电话中多次和张哲郎教授讲：你不要灰心，要继续保持这种热情和这种积极性。没有想到张哲郎教授反过来安慰我：你不要失望，不要灰心，我们还有挽救的可能和希望。经过各方面努力，最后我们还是来了。这也说明了历史的进步。所以这次我们能来参加会议，一方面要感谢台湾的朋友们，感谢张哲郎教授、张院士、吕所长等，也要感谢我们大陆支持两岸交流的积极分子们。

我听了一天的研讨会，大体浏览了论文，有一个感觉，这就是，如果一种文化有其历史价值，这种文化在流传的过程中，他的价值是会变化的。文化的流传和文化价值的变异是文化史上普遍的、有规律的现象。有些文化，有些思想，在某一特定时期里，有其特定价值；换了时期，历史环境变了，其价值就会发生变化。例如，研究近代史的人都熟悉，《天演论》源自西方，它的本义是物竞天择，适者生存。这种思想在西方，在19世纪末到20世纪这一时期，是为列强侵略弱小国家、民族服务的，但是到了东方，到了严复笔下，就成了中国人民发愤图强，救亡图存的呐喊。这说明什么？说明了一种文化、一种思想的价值，随着时代不同，随着历史环境的不同，发生变化了。谈到"五四"，我们今天上午听了两个发言。一位是我的老朋友汪荣祖，他的论文讲"五四"的民主和科学思潮是一种浪漫主义，文章最后说，"五四"已属于历史，实在没有继承与发扬的问题。我想说的是，大陆思想界所强调的正是继承和发扬"五四"精神。最近这两年多，我们一直在办一个刊物，叫作《百年潮》。我们花了三期的篇幅来纪念"五四"。第4期有一个标题，叫《一份刊物开辟了一个时代》，讲的是《新青年》在中国近代史上的作用。五月号发表了以王元化教授为首的六个教授的笔谈，主要是谈"五四"的民主口号和反封建的问题。这一期还发表了胡绳教授的题词：《永远要提倡民主与科学》。第6期设想以科学为中心，同时发表刘大年教授的题词：《德先生和赛先生不朽》。我们想以此来表示，"五四"精神仍然必须继承与发扬。我们上午听到的谈"五四"的另一个发言者是张朋园教授。他讲到现在台湾地区汽车太多，造成环境污染和塞车，所以张教授感慨地说，看来还要提倡儒家的两种思想，一是安贫乐道，一是安步当车，它们是解救现代化毛病的有效药方。由此可见，处在不同的社会环境与不同社会背景下的学者对历史现象与历史事件的选择与解释是不一样的。上午也有很多学者提到章太炎，我也想起章太炎的一个故事：1903年，在他还没有去日本之前，对华盛顿与拿破仑二人佩服得五体投地，在文章里称他们为"极点"，意思是"顶峰""尖端"，总之，赞美他们是两个很伟大的圣人。但到了1907年，章太炎有篇文章讲的却是，如果有可能的话，他要拿着金锤，跑到坟墓里去把这两人的脑袋瓜给砸烂。同样一个章太炎，为什么会对华盛顿与拿破仑这两个人的态度有一百八十度的转弯？原因很简单。1903年，章太炎还在上海，处于清朝政府的专制统治下；1907年，他到日本了，见到了代议制的许多毛病，例如大量的贿选现象，等等，这样，他就发愤要砸破华盛顿与拿破仑的头了。社会历史条件变化了，章太炎对历史人物的评价也就随着变化了。这个例子说明，在不同的社会、历史条件下，人们对于被研究对象的解释、选择与认同的程度是会不一样的。当一个国家还没有实现现代化，还在以之作为奋斗目标的时候，和已经实现了现代化并且为现代化的毛病所苦时，情况是不一样的。尚未实现现代化，当然要提倡民主、科学；为现代化所苦，要解决现代化所带来的"现代病"时，就可能会想起儒学，想起孔子之道来。因此，我们在研究历史人物、研究历史现象、研究文化的流传、变异和它的价值时，要有最广泛的讨论。就是说，要有处在各种不同社会、历史环境下的学者的讨论，考虑到各种各样的不同情况，避免坐井观天，使意见更广泛一点，全面一点。我觉得，这次"五四"讨论会就正符合这个特点，有中国、美国、日本等地的学者。这样，我们在讨论"五四"的时候，尽管会像张玉法院士所讲的，最后我们也许找不到一个共同的方向来，因为大家的情况并不一样，但是，这种来自不同地区、不同社会、历史背景下的学者的讨论，无疑可以使我们的思路更加开阔，使我们考虑的问题更加全面、更加丰富。所以，我觉得这次会议开得很好，希望海峡两岸的学者有更多这样的机会进行讨论。

第二次发言

我很同意吕士朋教授讲的话。从这次会议我们也可以感到，对两岸的交流可以持乐观的态度。刚才我讲到，我们这一次来有一点曲折，但我也特别强调，我所接触的各方人士，包括领导在内，都认为台湾学者召开这个会议，我们是应该来的。我只想说，如果有一点曲折、有一点顾虑的话，那是因为两岸长期处于隔绝状态，所以有一点隔阂，有一点不理解，这是很自然的。我想，现在两岸交流的局面来之不易，大家都应尽心尽力来加以维持、发展，不利于两岸交流的话不说，努力让两岸交流之树结出丰硕之果。

提倡半新半旧的解放诗词

——在诗书画创作座谈会上的发言

"五四"以来,新文学的成绩很大,新诗也有成绩,但比较起来,最不成功,所以毛泽东曾说,他不看新诗,除非给他一百大洋。许多原来写新诗的人后来也改写旧诗,例如郭沫若、臧克家,这不是没有原因的。

新诗存在的问题近年来愈演愈烈。中国是一个有悠久传统的诗的国度。我很为诗歌的前途担忧,几年前写过一篇《新诗发展的忧思》,该文发表在广州出版的《东方文化》上,后来收入我的随笔集《横生斜长集》里。许多想讲的话我在那篇文章里都讲了,这里再补充说点意见。

新诗的问题是什么?有内容和形式两方面。从形式方面看,我觉得主要问题是"三化":散文化、口语化、西化。

诗是一种特殊的文艺形式。诗歌语言应该是格律化和自由化的统一。一方面,它要能够自由地表现思想,表现生活,但又要有格律,富于音乐性,能够歌唱,便于记忆。可以说,没有格律,便不成诗歌。纵观中国古代文学史,有过没有格律的诗歌吗?没有,从来没有。我们的老祖宗头脑里,不曾有"自由诗"这一概念。当然,格律不宜过严,也不宜过于定型。中国古典诗歌的格律就是不断发展的、变化的，总的趋向是愈来愈丰富，愈多样。当一种格律趋于僵死的时候，便会有一种新的格律来代替它；或者，便会要求适度的自由化，即在一定程度上突破旧的格律。中国诗歌史上有"以文为诗"，即吸收散文的某些特点来写诗，例如，可以允许有某些散文句式存在等，但是，这样的诗在总的方面仍然要保持诗的格律和节奏，不能过分散文化。写诗而散文化，它就变成了另一种文学形式，不再是诗了。遗憾的是，新诗的最大弊病就在于散文化，它的语言几乎和散文没有区别。自由是自由了，然而，诗歌的语言特征也就丢光了。

诗的语言还要高度精练，讲求意境，寥寥数语，便可构成鲜明的形象，表现丰富的内容。这样，它的大忌便是和口语完全一致。从中国古典诗史看，诗的语言总要和口语有所不同。和口语完全一样，它也就不再是诗了。优秀的古典诗，如果翻译成口语，往往味同嚼蜡，神韵尽失，其原因就在这里。当然，语言是不断发展的，诗的语言也要不断发展，优秀的诗人大都要从人民口语中吸收那些生动、活泼的部分，从而丰富语言素养，加强表现力量。诗的语言如果不发展，不增加新成分，与时代，与口语相距悬远，它就会枯竭、僵死，完全丧失活力，最终为时代，为人民所抛弃——理由很简单，通篇陈词滥调，古色古香，谁爱看！明清时代不少人诗作的失败，就是不懂得诗歌语言必须不断推陈出新这一道理。但是，诗歌语言对口语的吸收，是一种改铸，也是一种提炼，不是照搬。吸收入诗的口语必须使之完全符合诗歌语言的特殊要求。新诗抛掉旧式文言，使用白话写诗，这是一个具有革命意义的发展，方向完全正确，但是，其弊端就在于没有按照诗的要求对口语进行必要的改铸和提炼，过于口语化了。

在各种文学形式里，诗对于民族特点的要求最高。不仅语言、格律应该是民族的，而且意境、神韵、风格、气象等一切方面，也都应该是民族的。它既反映时代精神，同时又植根于中华民族久远深厚的艺术传统中，符合中国人的美学要求和艺术欣赏习惯。自然，它也应该借鉴外国诗歌的艺术经验，但是，诗人首先必须高度熟悉中国古典诗歌和长期流传在人民中间的各种类型的民歌，才能知道何者当取，何者当弃，写出来的作品才能不失中国作风、中国气派。这一点，"五四"时期的新诗作者还比较注意，近年来的新诗作者对此似乎严重忽视，他们一味模仿西方的"现代诗"或"后现代诗"，写出来的作品怪诞晦涩，类似于外国诗歌的翻译版。这样的诗，自然不会受到广大中国人的喜爱。

出路何在？我觉得只有贯彻"百花齐放"方针，多种形式并存，互相竞争，互相融合，真正达到古人所设想的那种境界："万物并育而不相害，道并行而不相悖。"

有一部分人可以按古典诗词的严格要求写作，以旧形式写新生活，平仄、对仗、长短，丝毫不能走样。或者，做到大体上不走样也可以。此类体裁，即"旧瓶装新酒"或"以旧风格含新理想"。在这一方面，毛泽东、鲁迅是很好的榜样。过去人们曾经认为，"五四"以后，旧体诗词就死亡了，没有出路了，这是不正确的。看来，旧体诗词有很强的生命力，它将长期存在并发展下去，也仍然可能出现杰出的诗人和作品。文学史家们应该加以重视，给予旧体诗词其应有的位置。

有一部分人，可以创作新的格律诗。近年来，有人模仿日本的俳句写作汉俳，产生了一些颇为清新可读的作品。

有一部分人，可以写作新民歌。

有一部分人，可以继续写不受任何约束的自由诗。

但是，我觉得，更应该提倡写作半新半旧的"解放"诗词。此类作品，从古典诗词脱化而来，讲求意境，语言凝练，按照现代的北京话押韵，句子长长短短，三、四、五、六、七言夹杂，甚至句子更长一点也可以，但是，必须有节奏，有音乐性。它可以讲平仄，也可以不讲；

可以有对仗，也可以没有。在某些方面，它类似于古典诗歌中的"杂言体"，更类似于宋明时代的词和散曲，但是，却不必受词谱和曲牌的严格约束。这样的"长短句"，伸缩自如，变化而又整齐，自由而又有格律。朗诵可，吟咏可，入乐歌唱亦可。它既便于表现新时代、新事物、新思想，又保留了中国古典诗词的主要特点。清末的黄遵宪、民国初年的吴芳吉都试验过，可惜不曾受到重视。

有志于诗歌创作的同志，何妨一试呢？

2000 年 7 月 23 日草于北京八达岭温泉度假村，

8 月 26 日改于江西井冈山中

以章节体的清代通史为主体，
编写综合体新型清史

——在清史编纂体裁体例学术座谈会上的发言

在小组讨论中，我的意见是少数派。感谢会议所体现的民主与宽容精神，要我在大会上发言。

我想说的是：不能低估传统纪传体的局限性，不应轻率抛弃现代章节体的优点。传统纪传体有它的长处，例如，它包含本纪、列传、志、表等多种体裁，实际上是一种综合体，但是，它以记人（帝王及围绕着帝王的各色人物）为中心，这是它的局限，而且可以说是致命的局限，很难全面胜任科学地记载历史的作用，也很难满足新时期对历史学的要求。章节体以记事为主体，它的出现是中国历史学的进步，是中国史学从传统走向现代的表现之一。它有纪传体所缺乏的许多优点。在我们今天编纂新的大型清史的时候，不应轻率地抛弃它，而要充分加以利用。当然，章节体也有它的局限，例如，它没有人物列传，没有中国传统史学中志、表等多种体裁，因此，也无法胜任多角度、多方面地记载历史的任务。

我设想的新时期的大型清史的体裁是一种新的综合体，即它是一种以记述历史事件为中心（区别于纪传体的以记人为中心），以章节体的通史为主体，包容多种体裁、多种专史，相辅相成、可分可合的新型综合体史书。它至少应该包括下列五类体裁：章节体的清代通史；清代大事记（或名"清代编年史"）；清代人物传（取消本纪与列传的区别）；章节体的清代政治制度、经济、军事、外交、文化、社会等各个方面的专史；志、表、图、词典、文献目录等资料性、工具性的著作。上述五个方面（或更多方面）的著作共同组成大型清史，互相补充，互相配合，相辅相成，既可分，又可合。因此，它是大观园、紫禁城一类的建筑群体。

为什么要以章节体的清代通史为主体呢？这是由于章节体的通史具有下述优点：

一是以记事为中心，便于全面阐述特定历史事件的面貌，其前因后果、来龙去脉、上下左右、外层表现与内幕潜流。

二是便于展现特定历史时期的全貌及其方方面面（政治、经济、军事、文化……）。

三是便于阐述历史发展的脉络与趋势，展现不同历史事件之间的联系，前浪后浪、前环后环。

四是便于综合展现对于特定历史时期、特定历史事件发生作用的各种复杂因素。

五是便于在特定的历史场景中再现人物，为人物定位。

章节体的通史的上述五大优点正是以记人为中心的纪传体的弱点，而且是很难克服、很难弥补的弱点。例如，近代中国发生了鸦片战争、第二次鸦片战争、太平天国运动、洋务运动、中法战争、中日战争、戊戌变法、义和团运动与八国联军入侵、新政、立宪运动、辛亥革命等一系列重大历史事件。章节体可以很方便地记述这些历史事件，而纪传体就难以处理了。如果将上述历史事件分别写在道光、咸丰、同治、光绪、宣统五个皇帝的本纪里，这五个本纪该写多长？又如何能写好？又如，以戊戌变法为例，要全面地展现这一历史事件的面貌，我以为必须包含下列几个方面：前驱改良思潮；胶州湾事件与甲午战败后民族危机的加深；康有为等人的维新思想及其变法呼吁；各地维新活动与新旧斗争；光绪皇帝的"求治"努力与百日维新；戊戌政变；后果与影响；等等。对于这些内容，章节体处理起来也是很方便的。纪传体呢？可就很麻烦了。光绪帝的本纪里写一点，慈禧太后的传记里写一点，康有为的传记里写一点，袁世凯的传记里写一点，"东云露一鳞，西云露一爪"，读者要想知道戊戌变法的全貌，恐怕要读几十个人的相关传记，其结果，恐怕还是"大事茫然"。

可不可以用纪事本末体来解决这一问题呢？这未尝不是个办法。但是，纪事本末体以特定的事件为单位，各个事件之间互相独立，很难写清其间的关联，也很难写清与事件相关或相对独立的各个方面，并不是一个圆满的解决办法。

根据上述理由，我主张，新编清史应该以章节体的清代通史为主体。它是全书的基干，也是全书的灵魂。其他各类体裁虽各有其独特的作用，不可忽视，也不可或缺，但在某种意义上都是辅翼。

至于清代通史的规模，我以为不必过大，似可控制在一百万字至三百万字。倘以三百万字计，不过占整个大型清史的十分之一的篇幅，应该是可以的。

辛亥，尝试将权力关进牢笼

——杨天石谈其新书《帝制的终结》

我为什么要写这本书？

我开始研究辛亥革命，走进这一研究领域，要追溯到 1958 年。当时我还是北京大学的学生，还在读书阶段。我当时参加编写《近代诗选》，选注从鸦片战争到五四运动前夜这段时期中国诗人写的诗歌，我主要负责戊戌变法到辛亥革命这一段。

从那时起，我先后参加写作《中华民国史》的第一编《中华民国的创立》，后来参加写作《中国通史》第 12 卷，前后大约有 50 年的时间在研究辛亥革命。2011 年是辛亥革命 100 周年，我就想把自己半个多世纪的研究心得做一个总结，就动手写作《帝制的终结》。

当时，出版社希望尽快使本书与读者见面。可是，应了中国的那句古话："欲速则不达。"在排印过程中脱漏了若干段落，中间为了快速出书还换了印刷厂，所以，尽管我交稿的时间不算太晚，可是到最后这本书出版的时候，已经是 2011 年 8 月了。出版以后发现有若干脱漏，我当时感到非常的遗憾。今年，出版社方面决定再版，有机会把原来脱漏的一些段落加以补充，我又增写了一些段落，这就有了大家今天见到的新版本。

这本书的第一个特点是：有一点新材料。

辛亥革命是多年来中国历史学界共同研究、耕耘，成果很丰富的研究领域，已经出版过各种各样的辛亥革命史著作。我写这本书的时候，利用了我多年来在国内外找到的一部分新的资料。例如，日本的外务省档案、台湾国民党党史馆档案等。这些材料是以前许多历史学家没有见过，没有使用过的。

辛亥革命的领导者是新型知识分子

这本书的第二个特点是，关于辛亥革命的性质和领导力量方面我有一些新的看法。

大家知道，多年来我们一直认为：辛亥革命是中国资产阶级领导的，是资产阶级性质的革命，孙中山等革命党人是资产阶级革命家——几乎众口一声，大陆的有关著作都是这样一个基调。我的这本书认为，资产阶级在辛亥革命时的力量很小，发展不足，他们对于革命没有兴趣。当时的民族资产阶级有兴趣的是立宪运动，在维护清王朝统治的前提下求得部分改革。辛亥革命的领导者主要是 19 世纪末叶、20 世纪初年中国产生的新型的知识阶层。我认为中国进入近代以后，产生了一个新的知识阶层，这一部分知识分子从他们所受到的教育来说，不再是中国传统的孔孟儒家学说，而是包括了西方的自然科学、社会科学，包括了法国的思想家卢梭等人的学说，甚至还包括西方的社会主义学说。这就是说，他们除了传统的儒家思想，已经具有了近代自然科学知识和近代社会科学知识，从知识结构上，他们和中国传统的文人已经大不一样了。同时，这批人从社会身份来说，还没有进入到社会的各个领域，也就是说，他们还是学生，是国外特别是在日本的中国留学生，是中国当时正在日益发展的新式学堂的学生。他们还没有职业，在做学生的时候就成了职业革命家。这样一些人，你把他们定成资产阶级，好像没有任何道理，因为他们本身没有产业，和资本主义的生产方式、分配方式都没有任何关系。所以，我称这批人是新型知识分子。他们向往民主共和，以"平民"自居，为"平民"说话，是辛亥革命的主要领导者。

辛亥革命和西方的资产阶级革命有所不同

辛亥革命和西方通常意义上的资产阶级革命也不一样。一是在于他们要推翻的对象是满清贵族，所以具有种族革命的意义。二是他们所要解决的问题是救亡。大家知道，清朝末年，中国受到列强侵略，当时摆在全国人民面前的任务是要拯救国家、民族的危亡，这一点和西方资产阶级革命也不一样。三是西方资产阶级革命的时候，被革命的对象是贵族、国王、封建主，辛亥革命的时候，在西方世界，工人运动已经发展到要打倒资本主义社会，打倒资产阶级的阶段，中国知识分子受到社会主义思想影响，希望建立一个社会主义的国家。孙中山没有用"社会主义"这个词，他用的是"民生主义"这个词。在辛亥革命之前，孙中山曾经主动跑到在比利时的第二国际，当时第二国际的总部设在比利时。孙中山向第二国际总部表示：第一，他要参加第二国际；第二，他所成立的党要参加第二国际。孙中山表示，我们要吸收西方文明，同时又要避免西方文明的弊病，要建立一个没有剥削的新社会。辛亥革命成功以后，孙中山又主动给第二国际写信，希望第二国际派更多专家到中国来，帮助中国成为世界上第一个社会主义国家。孙中山写这封信的时候是1915年，当时俄国革命还没胜利，两年后才发生十月革命。也就是说，当时的中国革命党人已经期望超越西方资本主义社会，建立一个没有贫富悬殊的新社会。当时的革命党人在日本东京办了一个刊物——《民报》。《民报》的发刊词是孙中山写的，他说，你别看西方国家现在很富强，但是问题很多，它的贫富差距很大，西方国家工人在那里闹罢工，无政府党、共产党不断发展。我们要在中国建立一个国家，不能走西方老路，我们要建立新社会，让西方国家要大吃一惊。可见，当时以孙中山为代表的一批革命党人并没有想在中国发展资本主义，建立资本主义的国家，而是要建立一个没有剥削、没有贫富悬殊差距的新的国家，一个西方人从来没有建立过的国家。所以，从这些方面考虑，我觉得中国的辛亥革命和西方通常意义上的资产阶级革命有所不同。

在写这本书的时候，我曾碰到一位朋友，他是广东的著名近代史专家。有一次开会，他告诉我有关机构要请他写一本书《孙中山传》。怎么写？有关机构要求他按照传统观点写，将孙中山定位为资产阶级革命家。我该怎样写？是按照传统观点写，还是按照我自己的观点写？我想，我的观点是按照历史事实得出来的，是历史的本来面目，应该还原历史。所以，在我的《帝制的终结》这本书里，大家会注意到，我对孙山中有一个定位：孙中山是平民知识分子革命家，这一点是我的书和其他的辛亥革命史著作一个最大的不同。为什么这样讲？我有自己的理论根据。当年列宁对俄国革命有一个分析，认为俄国的革命经过三代。第一代是贵族知识分子，例如十二月党人。第二代，列宁称之为平民知识分子，具体代表人物一个是别林斯基，一个是杜勃罗留波夫，还有一个是车尔尼雪夫斯基。这三个人大家可能比较陌生，但当年我们念大学的时候，他们三个人的著作我们都是作为经典著作在读的。特别是其中的车尔尼雪夫斯基，列宁称之为平民知识分子革命家。列宁说，第三代才是无产阶级。我想，既然列宁承认在俄国革命历史上有一段时期的领导者是平民知识分子，那么辛亥革命时候以孙中山为代表的这批知识分子，就可以被称为平民知识分子。所以，我称孙中山是平民知识分子革命家。

辛亥革命时期有没有资产阶级代言人呢？有。我认为辛亥革命时期资产阶级代言人是康有为、梁启超。康有为、梁启超到了日本以后和孙中山这一派有一次辩论。孙中山这一派主张光搞民主革命不够，光搞政治革命不够，还要搞社会革命，解决社会严重的贫富差距问题。梁启超他们不同意。梁启超认为，当时中国最迫切的任务是发展资本主义，中国的资本家不是太多，而是太少，为了抵抗外国的经济侵略，中国要有大资本家，要有大的托拉斯集团。所以，我觉得在辛亥革命时期，要求在中国发展资本主义，要求在中国建立资本主义国家的代表人物是梁启超等人，而孙中山为代表的革命党人则主张替普通老百姓，也就是平民考虑，他们是平民知识分子革命家。这是我这本书跟其他的辛亥革命史研究著作的不同之处。

写这本书的时候我心里有一点惴惴不安，因为这种看法和传统观点、正统观点不一样，我很担心这本书在出版过程中会无法通过审查。结果很幸运，这本书顺利出版了。出版以后让我特别高兴的一点，是我其中的序言，就是现在大家能够看到的这本书的序言。在这篇序言中，基本上把我对于辛亥革命的性质、对于辛亥革命的特点和领导力量的分析都写出来了。后来我发现这篇序言被收录到中国社会科学院编辑的一本书里了。中国社会科学院有一个机构，叫中国特色社会主义理论体系研究中心。这是一个官方机构，是研究邓小平理论、三个代表和中国特色社会主义的理论的机构。他们出版了一本论文集，题目叫《中国共产党与中华民族伟大复兴》，是《中国特色社会主义理论前沿报告》第11号，将我这本书的序言收录进去了。我非常高兴。为什么呢？因为这意味着，在官方的、正统的学者看来，我的看法也可以是一种看法，是言之成理、可以成立的一家之言，这个一家之言并不违反中国特色的社会主义的理论体系。这说明，编者们力图贯彻"百家争鸣、百花齐放"的方针，是好现象。

《帝制的终结》一书的现实意义

最后，我要谈谈这本书的现实意义。

除了我刚才讲到的这本书有一些新的观点和新的资料，还要请大家注意其中对于皇权专制主义和对于封建主义的批判，以及革命家们对民主共和思想的阐述。辛亥革命的对象是皇权专制主义，是封建专制主义。我在写这本书的时候，特别留心发掘当时的革命家、当时的思想家对于封建主义和皇权专制主义的批判，这是一个重点。

这本书着重写了当年的思想家、当年的革命家对于民主共和理想的追求。

比如说辛亥革命的时候，上海有一本革命刊物《复报》，里面有这样一篇文章，其中写道：

> 所谓立宪者何？立法也。立宪国者何？法治国也。法治国者何？以所立之法，为一国最高之主权之机关。一国之事，皆归法以范围之，一国之人皆归法以统治之。无所谓贵，无所谓贱，无所谓尊，无所谓卑，无所谓君，无所谓臣，皆栖息于法之下。

这是说，未来的国家应该是一个法治国家，国家的最高权力体现于法律，任何一件事情都要按照法律来规范，任何一个人都要服从法律的统治，在这样一个社会里面没有高贵的人，没有低贱的人，也没有皇帝，也没有所谓臣民。我想这是一百多年以前的革命党的理想，在今天看来恐怕也仍然是我们的理想，即要建立一个社会主义法治国家。

我的这本书对辛亥革命时期一代革命党人的理想有比较充分的阐述。在再版前言中，我讲了当年的革命先行者的三个梦：第一个梦是振兴中华之梦，这是1894年孙中山在檀香山创立兴中会时提出的口号，创立兴中会，就是为了振兴中华。

第二个梦是民主共和之梦。孙中山等设想，人民真正成为国家主人，人民充分享有各种自由和权利，中国要成为世界上"头等民主大共和国"。

第三个梦是民生均富之梦。孙中山认为，西方国家最大的毛病就是富人很有钱，而穷人穷到连站脚的地方都没有。所以，孙中山提出来要把中国建设成一个安乐国，既平安又快乐的园地。我在文章里提出，当年革命党人的这三个梦，我们今天实现了没有？我们做得怎么样了？我在序言里特别讲，要回答这个问题，可能会有各种各样的答案，但是有一点，我们大概可能会有共识：我们今天距离当年的三个梦"振兴中华之梦、民主共和之梦、民主均富之梦"可能还差得比较多。所以，我的结论是我们应该继续前进，继承辛亥革命先烈们的关于"中国梦"的理想，为中华民族的伟大复兴而奋斗。

我想强调的另一点是，我们要继续批判封建主义、批判皇权专制主义，批判封建思想的残余。多年来，我们的思想界、我们的政治界有一个特点，就是注意批判资本主义，注意防止资本主义复辟，我想，这可能是几十年来我们的主旋律之一。但是有一位历史学家，就是我们中国社会科学院近代史所原来的副所长、思想家黎澍先生说，我们多年来注意了对资本主义的批判，但是忘记了对封建主义的批判。中国的封建社会绵延两千多年，封建思想是根深蒂固的，所以，黎澍提出要加强对封建思想的批判。1980 年，小平同志在中共中央政治局扩大会议上讲话，题为《党和国家领导制度的改革》。小平同志讲，我们国家有几个问题，有几个毛病，什么毛病呢？第一个是权力过分集中，第二个是一言堂、家长制，第三个是特权现象。小平同志特别批评特权现象，他说：

　　"文化大革命"中，林彪、"四人帮"大搞特权，给群众造成很大灾难。当前，也还有一些干部，不把自己看作是人民的公仆，而把自己看作是人民的主人，搞特权，特殊化，引起群众的强烈不满，损害党的威信，如不坚决改正，势必使我们的干部队伍发生腐化。我们今天所反对的特权，就是政治上经济上在法律和制度之外的权利。搞特权，这是封建主义残余影响尚未肃清的表现。旧中国留给我们的，封建专制传统比较多，民主法制传统很少。解放以后，我们也没有自觉地、系统地建立保障人民民主权利的各项制度，法制很不完备，也很不受重视，特权现象有时受到限制、批评和打击，有时又重新滋长。

小平同志最终将这些问题的原因都归结为封建思想的残余。我觉得黎澍先生的观点和小平同志的观点都提出了在中国进行改革，进行政治体制改革时，当然要批判资本主义，要防止资本主义复辟，但是千万不能忘记反对封建主义，反对专制主义，反对皇权专制主义的残余。

我在这本书的结语里提了八个字，叫作"帝制终结，专制难除"。皇权专制主义终结了，但是专制难除，要根除中国封建社会长期遗留下来的专制主义是很困难的，要重视，下大力气，做大功夫。

我想，从 20 世纪 50 年代以来，把胡风等一批文化人定为反革命，1957 年把 55 万人定为"右派"，1959 至 1962 年三年，把数百万干部和党员定为右倾机会主义分子，接下来就是"文化大革命"。其中的原因是什么？我想问题都出在专制主义，出在家长制，出在一言堂，出在缺少民主的制度、民主的习惯、民主的作风。所以，由此看来，我们在防止资本主义复辟的同时，要防止并批判封建主义、批判专制主义、批判皇权专制主义。我的这本书，也许在这方面能够给大家提供一点思想上的参考材料，对于我们进一步实现"中国梦"、进一步促进改革开放，可能会有一点用处。

无锡一中百年大庆典礼致辞

主席，各位领导，各位嘉宾，胡校长，各位老师，各位校友，各位在校的弟弟妹妹们，大家好！

昨天，我在北京机场准备登机到无锡来的时候，接到胡校长的电话，说是校庆典礼上原来准备讲话的一位校友身体不好，要我替补，代表全体校友讲几句话。事出突然，我完全没有准备，但是，老师的话不能不听，我只能应允。

我是 1955 年离开市一中，去北京读大学的。2005 年，我们那一届毕业的同学相约聚会一中。当时，我写过一首小诗，不长，只有 12 句，是一首五言古体诗，题目叫《同学会》。这次校庆，我见到了许多老同学，其情其景，和 2005 年的那次聚会颇有相像之处，我愿意借这个机会，将那首小诗介绍给大家：

分手五十载，相约母校行。

这两句是说：同学间分别五十年了，大家相约聚会母校。

依稀辨旧貌，恍忽忆姓名。

这两句是说：当时翩翩年少，而今均已古稀，相貌变化很大，陌路相逢，可能互不相识，不敢相认，但是，相逢之后，总能从言谈笑语之间，依稀找到年轻时代熟悉的面影。

白首惊相看，乡音满耳盈。

这两句是说：当时黑发乌丝，而今彼此相看，都已白发满头。一堂之内，一群白头老人相聚，充盈耳际的是不变的乡音，地地道道的无锡话、无锡腔。

外号脱口叫，趣事说来清。

这两句是说：分别日久，有的人的名字，可能想不起来了，但是，当年彼此戏称的外号却会脱口而出；许多记忆，被岁月的波涛冲刷了，但是，某些有趣的小事却可能记得清清楚楚，如在昨天。

青春报国志，垂老天下情。

这两句是说：当时青春年少，"恰同学少年，风华正茂，书生意气"，立志将自己的青春报效祖国、报效人民，如今垂垂老矣，仍然胸怀世界，心系天下。

絮谈夜继日，不觉又天明。

这两句是说：五十年了。人生有几个五十年？五十年的相离相聚，自然无限兴奋，也无限感慨。彼此间有说不完的话。白天说不完，晚上接着说，不知不觉，已经是第二天早晨了。

这首诗所写的是五十年不见的老同学们相见时的情景。我这里想着重强调的是其中的两句："青春报国志，垂老天下情。"是谁在我们青春年少的时候，就培养我们立志报国，服务人民，到了垂垂老年的时候还胸怀世界，心系天下？自然，是我们敬爱的母校——无锡市第一中学。

我们进入无锡市第一中学的时候，或者是初中生，十三四岁；或者是高中生，十五六岁。正是长身体、长知识，形成人生观、世界观的时候，也是所知甚少，各方面都很浅薄、很幼稚的时候。那时的我们，宛如一株小树苗，正待雨露灌溉、阳光沐浴。是母校，我们敬爱的母校，如雨露阳光，灌溉我们，沐浴我们，培养我们树立了正确的人生观和世界观，让我们立志一辈子报效祖国，服务人民，振兴中华，立志一辈子为人类造福，为世界的进步、发展奋斗；也是母校，我们敬爱的母校，为我们打开了知识大门，诱发了我们对科学的兴趣，给了我们进入各门科学的堂奥，或者进入社会所必需的各种知识和技能。可以说，没有母校，就没有我们的精彩人生。没有母校，我们就没有可能进一步掌握为祖国服务、为人民服务的各种技能和本领。我们在离开学校以后的漫长岁月里，不论在什么岗位上，大家都为祖国、为人民做出了这样、那样的贡献。各人的贡献可能有大有小，但是，所有这些贡献，都和我们的母校，和在母校工作的老师们的辛勤劳动密不可分。至今我还记得，那高高瘦瘦的钱钟夏和永远眯着眼睛微笑的黄宗宪两位校长；记得矮矮的戴着深度近视眼镜、口若悬河，讲起话来头头是道的李谷村教导主任；记得那像慈母一样关心我们、爱护我们的班主任李进化；记得微微发胖、鬓发花白的数学名师钱渊如；记得板书清秀工整、脸上线条如刀削一般的物理名师潘骥；记得每个周六一定拿着一把雨伞回到无锡乡下探亲的历史名师周守信；以及经常西装革履、素以严格著称的语文名师何阡陌。我想，我们每个校友的心中都保留着许多对母校、对母校老师们的珍贵的记忆。请允许我代表全体校友，对培养我们的母校和在母校任教的老师们、工作人员们表达衷心的敬意和谢意。

今年是母校建校的一百周年大庆。百年来，母校形成了优良的学风和校风，为国家培养了难以计数的高质量的人才，在江苏，在全国，都称得上是名校。过去，人们祝寿时爱用一句话，叫作"寿比南山不老松"，我谨代表全体校友，祝母校永葆青春，永葆辉煌，在教育科学的高峰上不断攀登，达到更高、更高的水平，寿比惠山不老松。

谢谢大家。

2011 年 2 月 5 日，无锡

在中美民国时期文献保护工作研讨会上的致辞

主席，各位学者，各位专家：

我能够被邀请参加中美民国时期文献保护工作研讨会，十分感谢。能够有机会和诸位学者、专家见面、交流，我感到十分荣幸。会议主办方要求我做主旨发言，不敢当。我没有参加会议的筹备，不知道应该讲什么，只能从一个民国史研究者的角度出发，谈一点情况，也谈一点困难和希望。

我在大学学的是中国文学，后来大约有十年工夫，研究中国哲学。从 20 世纪 70 年代开始，参加中国社会科学院近代史研究所承担的任务，编写中华民国史，后来，主持编写中国国民党史，研究蒋介石，至今已有三十余年。我从研究工作中体会到，民国历史是中国历史长河中重要的、有特色的一段，从总的发展趋向看，它是上升的、向前进展的，是中国历史大步跨向现代化的时期。认真研究和总结民国历史，有利于了解和掌握国情，总结历史经验，增进民族智慧，促进民族和谐、国家统一，促进中华民族的伟大复兴，完成孙中山先生在一百多年以前就已经提出的"振兴中华"的伟大任务。

民国史料有三大特点：

（1）庞大。数量之巨，超越前代；

（2）多样。样式之多，超越前代；

（3）分散。分布之广，超越前代。

民国和此前的中国历史不同，它和世界历史紧密而不可分。可以毫不夸张地说，世界上的绝大多数国家，绝大多数地方，都会有民国文献存在。和保护中国古代文献不同，保护民国文献有着特殊的紧迫性。中国古代文献，有些可以保存几百年，甚至上千年，而民国文献，大多只能保存一二百年，甚至只能保存几十年，如果不及时采取抢救和保存措施，不少资料就会毁灭、散失，从此绝迹于人间，我们就会成为民族的罪人，历史的罪人，既愧对前人，也愧对后人。

从 20 世纪 80 年代以来，为了研究中国近代史和中华民国史，我曾多次出访，先后在日本国会图书馆、外交史料馆、防卫厅研究所、东京大学、京都大学，美国国会图书馆、国家档案馆、哥伦比亚大学珍本和手稿图书馆、哈佛燕京学社图书馆、斯坦福大学胡佛档案馆，英国国家档案馆，以及台北的"国史馆"、中国国民党党史馆、"中研院"近代史研究所等处进行研究。如果说，我在某些方面有所发现，做出了某些成绩，应该说，都是利用了这些机构、这些学校保存的大量近代史文献和民国文献的结果。例如：

（1）1898 年，康有为曾企图利用湖南会党头目毕永年，包围颐和园，捕杀西太后（日本外交史料馆）；

（2）1911 年，英国商人李德立积极斡旋南北议和（伦敦档案馆）；

（3）1926 年的中山舰事件之谜（南京中国第二历史档案馆《蒋介石个人全宗》）；

（4）20 世纪 30 年代胡汉民等人在中国南北各地的军事反蒋活动

（美国哈佛燕京学社，台北中国国民党党史馆）；

（5）20世纪40年代，蒋介石支持德国内部反对希特勒的地下运动，拒绝和德国合作，进攻印度，粉碎东、西方法西斯会师印度洋的计划（美国胡佛档案馆所藏蒋介石日记和宋子文档案）；

（6）蒋介石掌控的对日本的秘密谈判与刹车（台北"国史馆"《蒋中正总统文物》、日本防卫厅研究所图书馆）；

等等。不能一一列举。

我所在的研究室集体编纂的《中华民国史》36册，已于2011年完成，历时30余年，也同样利用了国内外保存的大量民国时期的文献档案。在这里，请允许我表达对多年来一直支持我们的各机构、各学校、各档案馆、图书馆和各位专家、学者的感谢。当然，我们编纂的《中华民国史》虽然已经出版，但是，这并不是民国历史研究的终结，而是它的一个新阶段的开始。民国历史研究任重道远，需要深入，需要新的开拓和扩展，这部书也还需要修订、改写，使之更加完善，能够像中国古代的许多优秀历史著作一样传之久远。

我们工作中碰到的困难是：

（1）想看的资料看不到。由于种种原因，海峡两岸都还有部分民国文献暂不开放，例如中央档案馆所存中共驻莫斯科代表团档案，20世纪50年代苏联就分批移交给中国方面了，现在仍不开放。南京中国第二历史档案馆的个人档案，如《蒋介石全宗》《张静江全宗》，20世纪80年代开放过，这些年代却反而不开放了。台湾方面的档案开放情况优于大陆，但是，也还有些档案对大陆学者不开放，如军统档案、国防部史政局档案。

（2）想抄的资料抄不起。有些资料，只允许手抄，不允许利用任何现代化的工具。例如，为了阅读蒋介石日记，我前后四年，用了十个月时间，才读完了胡佛档案馆所藏蒋介石53年日记。在台北国史馆读

《蒋中正总统文物》《陈诚副总统文物》，可以电脑录入，但一天从早到晚，拼死拼活，最多只能录入8千字。有几年，我每年去台湾两个月，能抄回来的资料仍然很少。在这方面，"中研院"近代史研究所档案馆表现得最大方、最好，凡开放者均可复印，每个学者在每个访问期，可以复印两千张。

（3）想去的地方去不了。人生也有涯，而民国文献无涯，要将民国文献都找到、看到，是一件极不容易的事情，也许是根本不可能的事情。

（4）想储存的资料放不下。美国的国会图书馆早就不存报纸了，所有报纸都用缩微胶片储存。台湾中国国民党党史馆的报刊已交"国史馆"保存，孙逸仙图书馆的图书交给政治大学。我自己，由于多年来收集的图书文献太多，所以将自己的书房戏题为"书满为患斋"。

我希望：

（1）统筹规划，分工合作，广泛收集政府和民间的各类史料。中国政治派别在美国的政治活动、宣传活动、出版活动很多，留存的文献很多。中国政治人物带到美国，在当地留存的档案资料也不少。如孔祥熙、宋子文资料，孔、宋后人已捐献胡佛档案馆，但是，据我所知，他们的家中仍然留有不少资料。宋子文的弟弟宋子安家中也留有不少资料。钱大钧日记保存在钱氏后人手中，至今未决定如何处理。宋美龄的部分文件保存在其秘书手中，只答应好好保管，将来怎么办，没有决定。我曾经想找20世纪50年代李宗仁在美活动资料，但是当时纽约的《世界日报》，大陆没有，台湾没有，香港也没有。要找，就得往美国跑。

（2）增强开放观念，加强开放力度。其中有一个保护和保密问题。今天，保护已经没有很大困难了，关键是保密观念问题。不开放的档案是死档案。保护的最终目的是利用。

（3）充分利用各种现代化手段，进行编目、扫描、复制，将资料数字化，建立数据库，通过网络进行公布、检索、查阅。如编制联合目录。北美地区编过一份北美地区中文报纸目录，很有用。我通过它很快找到了辛亥革命时期在旧金山出版的《少年中国晨报》。前些年，北京图书馆对全国的报纸进行摄影、缩微，是一件功德无量的工作。前些日子，我很快找到了20世纪上海出版的《正言报》和《大众夜报》，并没有去上海，而是在北京图书馆就读到了。

目前，台北"国史馆"的网络在大陆还无法使用，因此，也就无法检索。所有图书、档案机构都要以尽可能方便读者利用为目的。有些机构，这些年对复制限制过严，越来越严。

（4）加强馆际互借、交流服务。原书、原件互借有困难，但复制品应无困难。

中国古代伟大诗人屈原写诗说："乘骐骥以驰骋兮，来吾道夫先路。"中美两国合作进行民国文献保存工作，有特殊重要性，也有榜样和示范的作用。我们今天已经不靠骏马驰骋，而是靠电子，条件比古代优越多了。希望两国的图书、档案工作者加强合作，在这一方面能"道夫先路"，走出一条新路来。

谢谢大家。祝会议圆满成功。

《毛泽东 1936 年致蒋介石函》引发的思考

——在《找寻真实的蒋介石》第三辑出版座谈会上的发言

毛泽东 1936 年给蒋介石写过一封信。这封信说：

今者绥远形势日趋恶化，前线之守土军队为数甚微，长城抗战与上海"一·二八"之役前车可鉴，天下汹汹，为公一人。当前大计只须先生一人而决，今日停止内战，明日红军与先生之西北"剿共"大军皆可立即从自相残杀之内战战场，开赴抗日阵线，绥远之国防力量，骤增数十倍。是则先生一念之转，一心之发，而国仇可报，国土可保，失地可复，先生亦得为光荣之抗日英雄，图诸凌烟，馨香百世。先生果何故而不出此耶？

…………

今日之事，抗日降日，二者择一。徘徊歧途，将国为之毁，身为之奴，失通国之人心，遭千秋之辱骂，吾人诚不愿见天下后世之人骤而称曰，亡中国者非他人，蒋介石也，而愿天下后世之人，视先生为能及时改过救国救民之豪杰。

这封信是 1936 年 12 月 1 日写的，在人民出版社正式出版的《毛泽东书信选集》里可以找到，这是毛泽东动员蒋介石抗战的一封信。末尾署"毛泽东、朱德、张国焘、周恩来、王稼蔷（祥）、彭德怀、贺龙、任弼时、林彪、刘伯承、叶剑英、张云逸、徐向前等 19 人率中国人民红军同上"。因此，这是一封写得十分郑重的信，是中国抗战史上的一份重要文献。

这封信讲的是，现在的绥远省，形势一天比一天糟糕，在前线的中国军队人数太少。这以前，中国军队跟日本打过两仗，一次是长城抗战，一次是上海"一·二八"抗战。这两次抗战都是因为中国军队人数太少，所以我们打败了。毛泽东向蒋介石表示：现在您把内战停下来，明天我们红军就和您的军队从互相残杀的战场开赴抗日前线。毛泽东跟蒋介石说，绥远的国防力量这样一来就可以突然增加好几十倍。

这里毛泽东劝蒋介石：只要你的念头、想法转变一下，就可以产生什么效果呢？国仇可报，国土可保，丢掉的土地可以收回来，蒋先生也就可以成为光荣的抗日英雄。"图诸凌烟"，"凌烟"是唐朝的一座叫凌烟阁的高楼，因为太高，高达云霄，所以叫凌烟阁——唐太宗为了表扬给他立下战功的将领，就把这些将领的画像挂在楼里。这座楼相当于纪念馆。毛泽东说，你只要抗战，将来就把你的画像挂在展览馆里。"馨香百世"，"馨香"就是烧香，烧多少年？一世是 30 年，百世是 3000 年。毛泽东跟蒋说，只要你抗日，把念头改变过来，我们就在你的像前给你烧三千年的香。

毛泽东向蒋介石指出了两条道路：一条道路是抗日，一条道路是降日，要蒋介石选一条。毛泽东说，我们希望你将来不要因为不抗日而挨中国人骂，希望你将来抗日了，普天后世之人都认为蒋先生是"及时改过救国救民之豪杰"。这里，毛泽东劝蒋介石赶快转变，赶快停止内战，赶快去抗日。第一，国家的仇恨可以报，国土可以保，丢了的土地可以收回来，你个人就是光荣的抗日英雄，而且你就是救国救民的豪杰。

这封信是毛泽东代表中共中央给蒋介石的动员书，也是对蒋介石的许诺。

这封信的历史背景如下：第一，中共长征到达陕北，处于继续被国民党围攻的艰难境地。第二，民族危机进一步加深。日本当时正在准备进攻绥远，想在"满洲国"之后再建立第二个傀儡国家"大元国"，此外，还要再建一个"大夏国"。中国古代有一个元朝，所以日本人就想搞一个傀儡国家叫"大元国"；中国古代有一个国家叫西夏，日本人想搞一个傀儡国家"大夏国"。第三，国共两党已经打了近十年内战，中共对国民党和蒋介石已经积累了血海深仇。从1927年蒋介石在上海"清党"开始，到后来"围剿"中央苏区，"围剿"中共在全国各地的苏区，应该说已经积累了血海深仇。

毛泽东的这封信，我觉得有几个意义：第一，体现了中共秉持民族大义的精神，把国家民族的利益看得更重，把党派团体利益看得比较轻。第二，体现了中共不念旧仇的广阔胸怀。1927年蒋介石国民党开始反共、杀共产党，杀了快10年，但毛泽东不念旧仇。

蒋介石怎么回答毛泽东的呢？第一，在毛泽东写信之前的8天，蒋介石已经指令傅作义部队主动攻克绥远的百灵庙。百灵庙是日本人想建立的"大元国"的首都。蒋介石命令傅作义的部队把百灵庙打下来，粉碎日本建立"大元国"的阴谋。第二，毛泽东写信之后的11天，发生西安事变，蒋介石接受中共的建议，停止内战，"联红抗日"。第三，1937年7月7日卢沟桥抗战爆发，7月15日中共向国民党递交《国共合作宣言》(《共赴国难宣言》)。前几天，台湾的郝伯村将军参观卢沟桥抗战纪念馆，问馆长，怎么没有《共赴国难宣言》？《共赴国难宣言》是周恩来起草的，7月15日中共递交给国民党的。9月23日，蒋介石发表谈话，接受中共的《国共合作宣言》。也就是说，蒋介石接受了毛泽东的意见和中共的要求，国共两党第二次联合，爆发了全民族的抗日战争。

第四个问题，蒋介石领导抗战是大功。尽管蒋介石在其他问题上有这样、那样的过错，在和中共合作抗日中常常闹矛盾，闹摩擦，但卢沟桥事变后他没有投降，没有卖国，而是对内始终维持和共产党的合作，对外组成世界反法西斯联盟，坚持抗战，直到胜利，打赢了中国近代史上此前未曾有过的全面胜利的战争。他挽救了近代中国历史上最大的一次亡国危机，收回失土，废除不平等条约，大大提高了中国的国际地位，使中国成为世界四强之一，成为联合国的创始国。自然，这是全国人民共同奋斗的结果，但不可否认，其中有蒋的功绩在内。今天我们在国际斗争里，特别是对日本的军国主义的斗争中，仍然继承了当年蒋介石和国民党人的成果，例如我们经常提到的《开罗宣言》和《波茨坦公告》，应该说都和蒋介石密切相关。蒋介石是开罗会议的参加者，也是《开罗宣言》的签署者。还在 1943 年 1 月 25 日，毛泽东就致电彭德怀说：“蒋在抗战中有功劳。”[1]1991 年，胡绳主编、中共中央党史研究室著、中央党史工作领导小组批准出版的《中国共产党的七十年》一书说：“中共中央的宣言和蒋介石谈话的发表，宣告国共两党重新合作和中国抗日民族统一战线的形成。国民党最高领导人承认第二次国共合作，实行抗日战争，是对国家民族立了一个大功。”[2]毛泽东等人的这些看法，符合历史实际。

我们还可以回过头看看毛泽东等人当年对蒋介石的允诺。毛说：“先生一念之转，一心之发，而国仇可报，国土可保，失地可复，先生亦得为光荣之抗日英雄，图诸凌烟，馨香百世。”蒋介石对毛的上述抗日要求做到了没有？应该承认，他做了。但是，好像到今天还没有人授予蒋介石“抗日英雄”这个称号。2005 年是抗日战争胜利 60 周年，

〔1〕《毛泽东关于争取在抗战胜利后与国民党建立和平局面给彭德怀的电报》，《建党以来重要文献选编（1921—1949）》中央文献出版社，第 20 册第 83 页。
〔2〕《中国共产党的七十年》，中共党史出版社 1991 年版，第 169-170 页。

新华社破天荒公布了一批国民党将领是抗日英雄，李宗仁、白崇禧等都在内，就是没有蒋介石。我自己的书，也从未在蒋介石的名字前面加过"抗日英雄"这四个字。刚才韩钢教授提到 2002 年我在社会科学文献出版社出版的《蒋氏秘档与蒋介石真相》一书。当时，有一个人，化名"一批老红军、老八路军、老新四军、老解放军战士"给中央最高领导人写信，揭发我的书"吹捧蒋介石是民族英雄"，声称："如果蒋介石是民族英雄，那么我们这些老红军、老八路是什么，我们岂不成了反革命了？"他们不仅要求治我以"叛国罪"，还要求开除我的党籍。其实到现在为止，我还是无党派人士。当初，有关机构还曾准备罢免我的《百年潮》主编职务。不过，因为我的书里从头到尾在蒋介石的名字下找不到"抗日英雄"这四个字，因此，我有恃无恐。

第五个问题，我要讲的是毛泽东和周恩来这两位中共领袖对蒋介石的看法。

1956 年 10 月 3 日，毛泽东表示"我们现在已经不骂蒋介石了。大陆上的人民对蒋的仇恨也慢慢淡了。"他特别说明，"反对'两个中国'这一点，我们是一致的"。[1] 在谁当台湾地区领导人的问题上，毛泽东表示："蒋介石为什么不再做总统？我们都是拥蒋派。""他的军队可以保存，我不压迫他裁兵，不要他简政，让他搞三民主义。"当时谁当台湾地区领导人有几个选项，一个选项是陈诚，一个选项是胡适，但毛泽东考虑来考虑去，说："当总统，还是他好"，还强调"不能否定一切"。

也还是同一年，毛泽东再次表示，"现在台湾的连理枝是接在美国的，只要改接在大陆，可以派代表回来参加全国人民代表大会和全国政协委员会。"[2] 过了几天，周恩来就说："蒋介石将来总要在中央安排"，

〔1〕《毛泽东年谱》，中央文献出版社，第 5 页。
〔2〕《毛泽东年谱》，中央文献出版社，第 4 页。

"经国也可以到中央"。[1]

1956 年 6 月，周恩来在全国人民代表大会上说："为了我们伟大祖国和人民的利益，中国共产党人和国民党人曾经两度并肩作战反对帝国主义。"[2]1959 年 12 月 14 日说："民族立场很重要，我们对蒋介石还留有余地，就是因为他在民族问题上对美帝国主义还闹点别扭，他也反对托管，反对搞两个中国。""我们不给美帝国主义以机会。在这里我们实际支持了蒋介石。"[3]

从刚才我引用的毛泽东和周恩来的言论可以看出，即使在 1946—1949 年第二次国共内战之后，即使中华人民共和国成立了，毛泽东和周恩来也从来没有对蒋介石采取彻底否定的态度，而是对他有适当的肯定。

第六个问题，时代变了，对蒋的认识应该有变化。

廖承志和蒋经国先生在莫斯科是同学，两个人好到可以在夜里共盖一件大衣，是好朋友，好同学。1982 年，廖承志给蒋经国先生写了一封信，引用鲁迅的两句诗："度尽劫波兄弟在，相逢一笑泯恩仇。"这是中共方面用兄弟关系来形容国共关系、两岸关系。不仅是廖承志，温家宝总理也曾经提出，国共两党应该"面向未来，捐弃前嫌。"温总理特别用了一句古话："兄弟虽有小忿，不废懿亲（好亲戚）。"意思是虽然有矛盾，有冲突，但我们还是好亲戚。胡锦涛 2011 年在人民大会堂的报告中提出："终结两岸对立，抚平历史创伤。"2013 年，习近平总书记在接见国民党荣誉主席连战时也曾说："兄弟同心，其利断金。"习总书记用这个成语表示，只要两岸团结，只要国共两党团结，我们的力量就会很大，可以无坚不摧。

---

〔1〕《周恩来年谱》，中央文献出版社，第 623 页。
〔2〕《周恩来统一战线文选》，人民出版社 1984 年版，第 320 页。
〔3〕《周恩来统一战线文选》，人民出版社 1984 年版，第 397 页。

第七个问题，近年来蒋介石研究的进展。

近年来，我们在肯定蒋介石和国民党人的抗战功绩上逐年在进步。原来我们对国民党抗战是两个"八个字"：第一是"袖手旁观，坐待胜利"，第二是"消极抗战，积极反共"。有一年，某博物馆根据胡乔木的意见开辟了一个展区：正面战场，第一次把国民党军的抗日的成绩公布了、展览了。很快就有某位负责同志质疑："国民党叫正面战场，难道共产党是反面战场吗？"这位同志不知道"正面战场"和"敌后战场"是两个并行的概念，误以为"正面战场"的对立面就是"反面战场"。还有一位领导同志，批评南京第二历史档案馆所编《中国抗日战争大辞典》说："你们'二档馆'用共产党的钱，给国民党保存档案，替国民党做宣传。"听说"二档馆"有的领导同志紧张得不得了。要是我，至少有一个月睡不着觉。

卢沟桥有一个抗战纪念馆。听说该馆原来有一个展区，标题是"消极抗战，积极反共"，现在这八个字换成了"正面战场，继续作战"。这八个字的变化代表了中共对国民党抗战基本态度的评价，有标志性的意义。

总之，大陆方面这么多年来对国民党人的抗战功绩的肯定逐年在进步，不过，说老实话，离还原真实历史似乎还有点距离。

无可讳言，国共两党有时是战友，有时是敌人。中共是胜利者，在国民党和共产党的斗争里，中共打胜了。打胜以后，我以为应该表现出胜利者应有的风格和精神面貌：一是不要互相否定。前一段时期新华社三位记者专门找我，说他们是为纪念抗战70周年做准备，要听听大家的意见。这三位记者问我：为什么西方世界对中国的抗战估值始终比较低？什么道理？我说因为互相否定，国民党骂共产党游而不击，共产党骂国民党消极抗战、积极反共。我们自己都在那儿互相否定，西方人还会说我们抗战伟大、抗战了不起吗？所以说不要互相否定。二是不要争

357

功。例如，抗战到底是谁领带的、谁是中流砥柱一类问题，学界还有一些不同看法。这是正常的、自然的，要允许百家争鸣，用摆事实，讲道理的办法解决。

第八个问题，蒋介石研究曾经是"雷区"。

编写《中华民国史》是"文化大革命"后期周恩来总理交代给我们近代史研究所的任务，但一开始遭到很多人的反对。它成了"雷区"。什么叫雷区？——随时会有地雷会爆炸，成为"险学"，一门很危险的学问。蒋介石研究尤其是"险学"。2002年，我的《蒋氏秘档与蒋介石真相》出版。当时，有一个人，以老红军、老八路军等名义给中央领导写信揭发我，就是证据。这两年，一有风吹草动，总有一两个人会想起我，总想从我的书中找点什么问题。好在我写书一向谨慎，小心翼翼，所以似乎一直找不到什么问题。我要感谢多年来各方的支持，包括中央领导、宣传出版部门的领导、社科院领导，也包括许多出版社领导、编辑对我的支持。我的《找寻真实的蒋介石》第一辑出版之前，如果不是新闻出版总署有关领导的支持，也许就被"枪毙"了。最近网上有一个读者表示，杨天石出版这本书不容易。是的，这方面的情况，我就不多说了。借这个机会，我表达一点小希望：今后的蒋介石研究能够不再是雷区、不再是"险学"，著者正常研究，编辑正常审稿，大家都不必提心吊胆。

我希望有的学者要抛弃内战时期的情绪。"内战时期的情绪"这句话是毛泽东讲的。1945年，中共召开七大，毛泽东批评"党内有一种不正常的情绪——内战时期的情绪"。他说："现在有的共产党员连孙中山都不要了，孙中山的旗帜我们要永远高举，要把孙中山的优点、文章里好的部分一点一点摘出来，让子孙后代永远继承。"今天有的人把实事求是研究蒋介石说成是"历史虚无主义"，这就是典型的"内战时期的情绪"。他们只记得内战时期我们骂蒋介石"人民公敌"，骂"蒋光头"，

"蒋该死"，根本不知道，或者不了解一开头我引用的 1936 年毛泽东给蒋写的那封信，也不知道 1949 年以后毛泽东、周恩来为争取台湾回归所做的种种努力，一句话，还是"内战时期的情绪"在起作用。他们不了解，历史已经向前发展了，摆在我们面前的任务也发展了。

弘扬优秀传统文化，广纳世界进步新知

——在纪念张元济诞辰 150 周年文献展上的讲话

在现代中国史和中国文化史上，张元济是一位巨人，他有着多方面的成就和建树。他是政治改革家、教育家、图书馆学家、历史学家、古文献学家、翻译家、诗人、出版家。在所有这些成就中，最大、最重要的是，自 1903 年 2 月张元济担任商务印书馆编译所所长起，他长期主持、经营商务印书馆，编辑、出版了许多有益于国计民生，有益于读者的优秀图书，对中国出版事业做出了巨大贡献。尤其值得提出的是，他的出版方针和出版思想有不少值得学习和借鉴的地方，我试图将其总结为 16 个字，这就是：弘扬优秀传统文化，广纳世界进步新知。

在弘扬优秀传统文化方面，张元济和商务印书馆的著名代表性出版品主要有：

《四部丛刊》。这套丛书，大量收入中国历代古籍经史子集四部中的必备书、必读书，选择当时所能找到的最好版本，如宋元刻本，明清精刻本、抄本、校本、手稿本，加以影印。《四部丛刊》于 1919 年创议开编，至 1935 年完成，前后共出版初编、续编、三编，500 余种，23 万余页，1 亿余字。继商务印书馆之后，中华书局于 1924 年至 1931 年开始出版《四部备要》，收书 336 种 11305 卷。

《百衲本二十四史》。明朝时曾将自《史记》以后的中国历代史书编为"二十一史"，清朝乾隆年间，加进《明史》等书，合称"二十四史"，有武英殿刻本。但是，这一部刻本的编纂者都是清朝政府的御用文人，有许多避讳之处，甚至不惜修改史实和文字。1936 年 6 月 25 日，张元济在致蒋介石函中批评说："校勘粗率，其中脱叶缺行，衍文，错简，指不胜屈。尤甚者改窜作伪，致失原书真面。"为了整理、再现各书原貌，便于研究中国悠久、古远的历史，张元济秉承"续古代文化之命，续民族文化之命"的强烈责任感，以十多年时间搜集各史中的善本和珍稀版本，其中，宋刻善本 15 种，元刻善本 6 种，明清善本 3 种。张元济用这些版本互相参校、补缀，终于整理出一套完整、正确、真实的本子。其情形，有如和尚用多种布料做成的"百衲衣"，故称《百衲本二十四史》，约 6.4 万页。出版后，张元济送了一套书给蒋介石。蒋介石批示"复函道谢"。在回函中，蒋介石表示："琳琅在目，允为得失之材；藻翰生辉，更仰瞩瞻之远。"意思是，有了这部二十四史，就可以研究历代历朝的"得失"，他很佩服张元济站得高，看得远。这套书被史学界公认为"中国最佳全本正史"，蔡元培称其为"得未曾有"，"博观精勤之成绩所以嘉惠学子，益无限量"。

在广纳世界进步新知方面，还在戊戌时期，张元济就"时时以新书送光绪帝"。1900 年 12 月，张元济主持南洋公学译书院，出版英国经济学家亚当·斯密著、严复翻译的《原富》一书。其后，严复的翻译名著《群学肄言》《社会通铨》《天演论》等也都陆续由商务印书馆出版。1903 年，商务印书馆出版了日本柴四郎著、出洋留学生编译的《埃及近世史》；1907 年，出版《新译日本法规大全》，收录日本法律、法规、敕令、规章等约 3000 件，共 10 卷、80 册；1908 年，出版颜惠庆主编《英华大词典》；1910 年，出版英国斯迈尔斯著、林万里编译的《自助论》。张元济称："处今日物竞炽烈之世，欲求自存，不鉴于古，则无以进文明；不观于人，则无由自知其不足。"这说明，在张元济进入商务印书馆的初期，他就充分懂得了解中国以外的世界，引进世界新思想、新知识的重要性。1949 年 9 月 19 日，毛泽东和张元济同游北京天坛时，曾经对张元济说"商务出书有益于民众"，自己早年"读《科学大全》，得新知识不少"。

鸦片战争以后，西力东侵、西学东进，中国人、中国传统文化都面临着前所未有的新问题、新挑战，中学、西学之争，新学、旧学之争因而兴起。一部分人，鄙夷传统文化，主张西化或全盘西化，是文化激进主义者；一部分人，则迷信中国传统文化，主张保存国粹，抱残守缺，成为文化保守主义者；还有一部分人，则主张保存与吸收两主义并行，即一方面保存、继承、发扬传统文化中的优良成分，另一方面则吸收世界各民族文化中的优良、进步的成分，从而发展中华民族的新文化。这是一种正确的、符合中国国情和文化发展要求的方针。张元济主持商务印书馆及其出版实践证明了，他是这一主张的拥护者和实践者。

我们今天纪念张元济先生诞辰 150 周年，就要学习他的出版思想和出版方针：弘扬优秀传统文化，广纳世界进步新知。

2017 年 8 月 26 日

在南社成立 110 周年纪念大会上的讲话

110 年前的今天，陈去病、柳亚子等 17 人（内 14 人为同盟会员）在虎丘明末抗清英雄张国维的祠堂召开会议，南社——这个中国近代史上最大的、爱国的、革命的文学团体呱呱落地。说最大，因为它的社员总数高达 1184 人，分布于当时中国的 19 个省，253 个县。它酝酿于 1907 年，成立于 1909 年，其后，广东、浙江、辽宁、江苏纷纷成立分支机构。其解体则在 1923 年。其后又有新南社、南社湘集、闽集、南社纪念会等组织。其最后一次活动则是 1949 年 4 月在北平举行的南社、新南社雅集，前后长达四十年。

其成立目的在于：第一，反清，以文学号召革命，反对以满洲贵族集团为代表的清朝专制政权。第二，召唤"国魂"，引领时代潮流，鼓吹民族精神，保护民族优秀文化传统，抵御和防止西方和日本文化的影响。

它是在孙中山的号召之下，"与同盟会成犄角"，为了扩大中国同盟会的影响而成立的。其核心语言如下：

南之云者，以此社提倡于东南之谓。（高旭《南社启》）

钟仪操南音，不忘本也。（宁调元《南社诗序》）

南者，对北而言。寓不向满清之意。（陈去病）

胡马依北风，越鸟巢南枝。

它的名字叫南社，就是反对北庭的标志了。（柳亚子）

这些话，语言环境不同，因此，有的话隐晦，有的话显豁，但都表达了反对清朝统治的坚决立场。

国有魂，则国存。国无魂，则国将从此以亡矣。

国魂果何所寄？曰寄于国学。欲存国魂，必自存国学始。而中国国学中之尤为可贵者，端推文学，盖中国文学为世界各国冠，泰西远不逮也。

这些话，表示出对中国文化、中国精神的推崇和热爱。

余观古人之灭人国者，未有不先灭其语言文字者也。嗟乎痛哉！依吕倭音，弥漫大陆，蟹行文字，横扫神州，此果黄民之福乎？

这些话，表现出对日本文化、西方文化输入中国的忧虑。

一洗前代结社之积弊，以作海内文学之导师。

这段话，表示出领导文坛，引导中国文学发展、前进的愿望。在盛行一时的发扬"国粹"声中，也有人发出了不同的声音，如：

唐宋元明都不管。自成模范铸诗才。须从旧锦换新样，勿以今魂托古胎。辛苦挥戈挽落日，殷勤蓄电造惊雷。远闻南社多才俊，满饮葡萄祝酒杯。

——马君武《寄南社同人》

这首诗提出了推陈出新、反对复古主义，自成模范的主张，在南社中很少见。

上述言论显示，维系南社，团结众人的主张只有"反清"二字，至于其他看法，则并不相同。

南社集中了当时的许多政治精英，如黄兴、宋教仁、陈其美、于右任、张继、李根源、沈钧儒，也集中了近代中国新闻、出版、文学、艺术、教育、翻译等多方面的文化、学术精英。例如，新闻出版家戴季陶、邵力子、林白水、邵飘萍，诗人陈去病、高旭、柳亚子，小说家苏曼殊、王无生、包天笑、周瘦鹃，早期话剧运动开创者李叔同、欧阳予倩，新剧演员陆子美，戏曲史家吴梅，国画大师黄宾虹，书法家沈尹默，翻译家马君武，教育家经亨颐，经学家、文字学家黄侃、黄节、马叙伦，文学史家黄人、谢无量，创办《科学》杂志的杨杏佛、任鸿隽，女词人吕碧城，以至于"只手打孔家店"的吴虞等人，都曾列名社籍，在不同时期参加过南社的活动。可以说，一时才俊，尽入社中。民国初年的上海和许多城市的报纸，如上海的《民立报》《民权报》《天铎报》等，大都掌握在南社社友手中。特别值得提出的是，鲁迅参加过南社在浙江的分支机构越社，为越社编辑过机关刊物《越社丛刊》。

在中国人民反对内外敌人的斗争中，周实、阮式、宁调元、范光启、陈以义、陈子范、仇亮、姚勇忱、杨德邻、程家柽、邵飘萍、朱少屏等22位社员英勇献身，成为烈士。

南社的活动年代，中华民族危机深重，"救亡图存，振兴中华，向

365

现代民主社会转型"成为响遍神州大地的号角。南社成员既投身这一伟大斗争，促成并保卫了亚洲第一个共和国的出生和成长，又以其作品歌颂、反映、推动这一伟大斗争，充满爱国主义、民主主义精神。宁调元写道："诗坛请自今日始，大建革命军之旗。"南社诗人的最大功绩在于将文学和"革命"结合起来。辛亥革命前，他们瞻望未来，慷慨激昂，乐观豪迈，以贡献、牺牲为己任。如：

> 理想飞腾新世界，年华辜负好头颅。（柳亚子）
> 右手弹丸左民约，聆君撞起自由钟。（柳亚子）
> 文明有例购以血，愿戴我头试汝刀。（高旭）
> 欲以一身撼天下，须于平地起波澜。（马君武）
> 甘以清流蒙党祸，耻于亡国作文豪。（马君武）

武昌起义，民国建立，南社诗人欢欣鼓舞，热情歌唱亚洲历史上第一个共和国的诞生，以胡石予的《秋风》诗为例：

> 喜听市井民兵颂，共说清廷君主非。
>
> ——四续《秋风诗》
> 昔闻战伐千家哭，今见共和万家欢。
>
> ——五续《秋风诗》
> 千载全翻皇帝局，万方共饷国民军。
>
> ——九续《秋风诗》
> 自昔官家利私产，于今全国尽公民。
>
> ——十三续《秋风诗》
> 两字皇帝永消去，百官总已共推来。
>
> ——二十四续《秋风诗》

辛亥革命后，他们苦闷、失望，然而，他们并不灰心丧志，而是满怀悲愤，投入保卫民主共和、反对专制复辟的斗争。其作品也仍然斗志昂扬，激烈铿锵，鞭辟有力：

愿播热血高万丈，雨飞不住注神州。（宁调元）

死如嫉恶当为厉，生不逢时甘作殇。（宁调元）

誓使华严从地起，莫临沧海患途穷。（马君武）

当为效死沙场鬼，忍作偷生歧路人。（王德钟）

这些诗，从内容上，前所未有地扩大了中国传统诗歌的题材、思想、境界，展现了民主主义革命时期一代革命党人和爱国志士的救国、救民情怀和丰富的精神世界。从艺术上，这些诗继承了近代"诗界革命"的传统，以旧格律写新思想、新感情，将永远是中国诗歌史上的瑰宝。

任何文化都是民族的文化，但是，文化除了民族性，还有其时代性。"国粹"固然要"保存"，但是更要革新、发展、与时俱进。中国历史到了近代，开始向现代转型，中国文化到了近代，也开始向现代转型。20世纪初，陈去病、高旭、柳亚子等都曾是中国文化向现代转型的推手。他们继承黄遵宪、谭嗣同、梁启超所倡导的"诗界革命"传统，以传统诗词格式写新思想、新意境。这些诗，既保持了中国古代诗歌的优良传统，又表现了新时代、新内容、新思想、新感情，开拓出新意境，为"五四"以后中国诗歌的发展闯出了新路子。

1903年，陈去病在上海创办《二十世纪大舞台》，提倡"戏曲革命"。

1906年，李叔同、曾延年在日本创办春柳社，演出话剧《茶花女》《黑奴吁天录》《新蝶梦》等。辛亥革命后，柳亚子、陆子美提倡新剧，开拓出一种崭新的艺术形式。

1903 年，林獬在上海创办《中国白话报》，提倡"种田的、当兵的"都能读能懂的"白话文"。

这些都开启了五四新文化运动的先河。

人类发展史上，产生过多种多样的民族文化，各有其特点和优长之处，也各有其局限和不足。一种民族文化要发展，自然要保存其自身的特点和优长，同时，还要在交流、互鉴中，取人之长，弥己之短，从而创造出与此前不同的优质新文化。

中国文化源远流长，在其发展史上，有过两次大规模的对外国文化的学习和借鉴。第一次是汉唐时期，对产生于印度的佛教文化的吸纳。中国人在最初的排拒之后，吸收其部分特质，发展出宋明道学，或称理学，中国传统的儒学由此进入了一个新阶段。第二次是鸦片战争之后，中国人与西方交手，败下阵来之后，西方的新科学、新技术和哲学、社会科学的新理论（包括马克思主义）大量涌入中国，出现了"西学东渐"的局面。两种文化交融的结果是，产生了"五四"以来的中国新文化。

面对"西学东渐"，中国的思想界和文化界由此出现两大问题，由此产生了绵长而复杂的中学与西学、新学与旧学的争论。一派人主张向西方，也向明治以后的日本寻求救国真理；一派人主张保存和发展中国文化的精粹。前者被称为"西化派"，后者被称为"国粹派"。双方强调的重点各有不同，甚至在某种程度上形成对立，其结果是第三种意见的出现——"吸收与保存两主义并行"。

"吸收与保存两主义并行"是南社发起人之一高旭的意见。他说：

> 我国之学，可遵守而保持者固多，然不合于世界活动时间较长；大势所趋者亦不少，故对于外来之学，不可不罗致之。他国之学，固优美于我国，然一国有一国之风俗习惯，夏裘而冬葛，北辙

而南辕，不亦为识者所齿冷乎？然则对于我国固有之学，不可一概菲薄，当思有以发明而光辉之；对于外国输入之学，当思开户以欢迎之。

高旭主张：自今以后，既不能只讲"保存"，也不能只讲"吸收"，而要"两主义并行"。文中用语并不尽妥，但纠正了"西化"派与"国粹"派的偏颇，比较全面、公允。

对于中国古代文化遗产，高旭主张"拾其精华，弃其糟粕"。淮南社发起人周实持同一见解。他说："即古圣贤之大义微言，亦当厘其精华而弃其糟粕也。盖古圣贤本因时制宜，谓其言皆不能行于今者固非，谓有言悉可行于今者亦属大谬。"对于既往的遗产和权威，既不全面歌颂，也不一律骂倒，这也是一种比较全面、公允的态度。

南社的成员大部分是戊戌维新失败以后成长起来的新型知识分子。其政治倾向是：要救国，要革命，要共和。南社的作品既继承中国古典文学的优秀传统，又力图反映新的时代生活和一代新型知识分子的精神面貌，充满爱国主义和民主主义精神。应该指出，这种爱国主义和民主主义是此前中国文学中从未出现过的，具有20世纪的现代特色。其文化倾向则上述三派并存。一部分成员致力于绍介西方民主主义的思想和文化，企图革新和改造中国传统文化；另一部分成员则主张召唤"国魂"，"保存国粹"，继承中国文化的精粹。后者在政治上和康有为、梁启超、严复等维新派对立，坚持民主主义、共和主义的立场，和维新派及其后身立宪派、保皇派势不两立，但是，在文化和文学范围内，他们中的许多人却实际上接受了维新派所倡导的文界革命、诗界革命、小说界革命的主张，做了不少改造旧文化、创造新文化的努力。在这一方面，他们是肇端于戊戌时期的近代中国新文化运动的接力者。对此，人们应该看到，并且充分加以肯定。但是，人们也应该看到，南社人并未能正确解决已经提到面前的一个重大的问题：晚清的已经颇具规模和声势的"白话文运动"和正在萌芽的"白话文学"。

在很长一段时间里，中国的书面语言——文学语言的正统是文言文，中国人利用这种语言创造了光辉灿烂的中国古代文学，被南社人视为"国粹"，引以为傲，并且引以自豪，视为应该长期"保存"和继承的宝贝。但是，这种语言严重脱离生活实际，脱离人民大众，难读难写，弊病严重。戊戌时期，维新派为了争取人民大众支持自己的政治主张，开始提倡书面语言的平民化和通俗化，"白话文运动"于焉兴起。南社人为了普及革命思想，自然也乐于试用白话文。南社的主要成员林獬（白水）就是《杭州白话报》和《中国白话报》的编者，陈去病、柳亚子等也都写过此类"通俗体"的诗文。但是，他们又普遍认为，这只是影响和争取"低端群众"的权宜之计，不足以登上文学的圣殿。发端于"五四"前夜的新文化运动的主要内容就是进一步提倡白话文。胡适的功绩就在于力图树立白话文的正宗地位，认为白话文不仅可以扩大社会影响力，而且可以写出第一流的"高雅"作品，因此大力提倡"白话文学"。自然，这就和部分南社人的"保存国粹"观相矛盾了。继承是为了革新；吸收，也是为了革新。两者的目的都在于创造为中华民族服务的、适合现代社会需要的新文化和新文学。如果仅仅"保存"，历史还会有什么发展？新事物何以萌芽、壮大？此后，南社人中，部分成员接受五四新文化运动的影响，组织新南社，可惜寿命不长；另一部分成员则力图维护文言文的正统地位，组织南社湘集，目的在于保存南社"旧观"，这就从拉车前进变为拦车挡道了。由于南社中这一部分人比较多，其结果就限制了南社的成就，使它只能是一个革命的文学团体，而未能发展为文学革命的团体。南社的经验告诉我们，在创立民族新文化的过程中，要善于处理继承与革新的关系，要善于辨别：何者为糟粕，须要批评、否定或扬弃；何者为新芽，须要发育、培植和扶持。不能在

"保存国粹"的名义下保存旧事物，复活旧思想。

人，都是特定时空环境中的人，不可能离开特定时空环境的影响。近代中国思想史上的中学与西学之争、新学与旧学之争，对待民族文化传统的继承与革新之争自然深刻地影响到南社人，也还会继续影响处于文化转型时期的我们这一代以及下一代中国人。历史潮流浩浩荡荡，每个人都应该争当引领时代潮流前进的弄潮儿。

历史的经验应该是：祖宗的宝贝不能丢，"国粹"，民族文化中的精粹，永远应该继承、发扬，南社当年提出的"保国粹""召国魂"的口号，用今天的语言来说，就是应该永远继承和发扬中华民族的优秀传统文化和中华民族的优秀思想与品格，这自然有其长远的，甚至是永恒的意义，但是，这种继承，必须有分析、有选择，而不能全盘接受。以文言文为例，作为现代中国人，学习、理解和阅读文言文是应该的，但是文言文不应该再成为书面语言、文学语言中的主流语言，这也是无疑的。同理，儒学的许多伦理观念，我们也应该有分析、有选择地吸收。以"忠"为例：我们今天仍然应该提倡忠于祖国、忠于人民、忠于中华民族，但是"天王圣明，臣罪当诛"的旧式"愚忠"却绝不能提倡，"文革"时期的"一句顶一万句""三忠于、四无限"一类语言，也不应机械照搬或变相照搬。鲁迅曾经以人脸上的瘤子为例，说明瘤子虽然"粹"，很特别，但是却不应该保留。对于民族文化中的糟粕部分，我们应该批判、否定、扬弃，不能也不应该保留那些过时的、已经不适用的，甚至是有害的成分。

历史的经验还应该是，要承认其他民族的文化中有许多先进的、优秀的、比我们高明的成分。对于这些成分，我们应该善于借鉴、善于吸收，善于"拿来"，而不必以"非我族类，其心必异"为忧，也不必以"蟹行文字，横扫神州"为耻，从而将别人先进的、优秀的、比我们高明的东西拒之门外。对于人类在几千年文明发展中形成的"共同价值"或"普世价值",更不应该投之以"白眼"。一个优秀的民族必然是善于学习其他民族文化中的优点、长处和强项的民族。谁学得快、学得好,其民族文化也就会发展得愈快、愈好。现在,世界已经进入现代化时代,各个民族都在向现代化飞奔,一天等于二十年,我们一时一刻也不能停滞、放松。自信是必要的,但是,自满却必须坚决反对。

研究南社,不仅由于它在近代中国的革命史和文学史上的重要地位,也还在于在这个团体的历史中,包含着某些共同的、普遍的、不可忽视的经验和教训。

［九］

问答篇

进一步发展中华民国史学科

——访荣誉学部委员、近代史研究所研究员杨天石

记者：和许多古老的学科比较起来，中华民国史还是一个比较年轻的学科，您能否谈谈这一学科是怎样发展起来的？

答：中华人民共和国成立后不久，董必武、吴玉章等老一辈革命家就提出要编纂《中华民国史》（同时重修清史）。1956 年，国家首次将《中华民国史》列入全国科学发展规划。1971 年召开全国出版工作会议，周恩来总理再次指示，要编纂、出版《中华民国史》。1972 年，经中国科学院院长郭沫若报请国务院批准，通过当时的"出版口"将此项任务下达给近代史研究所。近代史研究所当时的副所长李新接受了这一任务。李新是抗日战争时期的老干部，到过延安；中华人民共和国成立后在中国人民大学工作，当过吴玉章同志的秘书。他有眼光，有魄力，曾组织陈旭麓、孙思白、彭明等编写四卷本《中国新民主主义时期革命通史》，获得好评。他接受任务后即在近代史所成立中华民国史研究组（后改为室），制订编纂计划，采取"来者欢迎"的办法，吸纳了不少所内的年轻学者参加工作；同时，又联合全国多所高等学校和科研机构的专家开展协作。今天中华民国史这一学科能发展起来，

不能不感念李新的开拓之功。

记者：为什么老一辈革命家在中华人民共和国成立以后就提出要编写《中华民国史》？在您看来，建立和发展中华民国史这一学科有什么样的重要性？

答：中国有几千年的文明史，有悠久的史学传统。从《尚书》《春秋》《战国策》《史记》《汉书》《后汉书》，到《元史》《明史》《清史稿》，我们的祖先留给我们大量的历史著作。它们是我们民族的宝贵精神财富。依靠这些著作，我们民族的生存、发展历史班班可考。从1912年1月1日孙中山在南京成立临时政府，宣告中华民国成立始，到1949年国民党撤离大陆，时间不过37年。但是，这是中国历史的一个重要段落——一个客观存在，不可否认的段落。自然，这一段历史也不可以没有记载。缺了这一段的记载，我国历史的发展就缺少了一个重要环节。中华人民共和国成立以后，老一辈无产阶级革命家提倡编写《中华民国史》，其原因我想主要就在这里。

至于建立和发展中华民国史学科的重要性，我想不外两方面。一个是学术，一个是现实。

自19世纪中叶起，中国逐渐沦为半封建、半殖民地社会，中国人民开始了外抗列强、内谋解放，争取国家独立、富强和现代化的斗争。在孙中山领导下建立的中华民国实现了中国国家政体的变革，是这一斗争的一个重要里程碑。中华人民共和国的建立则是一个更重要的里程碑。历史不能割断。今日中国的政治、经济、军事、外交、文化等方方面面，都是昨日中国的有关方面的发展。两者之间有着切不断的、千丝万缕的联系。只有了解昨天，才能更好地发展今天，预见明天。我们要建设新中国，就必须了解此前的中国，认真理清民国历史，总结有关的经验与教训。随便举个例子：我们在处理对日关系时，常常说"前事不忘，后事之师"。这里所说的"前事"就包括民国时期的中日关系。不了解民国时期中日关系中发生了什么，怎样发生的，如何能发展新时期的中日关系！最近中日两国外长在亚太经合组织会议期间会晤，根据两国领导人达成的有关共识，决定根据"正视历史、面向未来"的精神，开展中日双方的共同历史研究。其内容包括中日两千多年的交往史、近代不幸历史以及战后六十年的中日关系发展史。其中的"近代不幸历史"，就包括民国时期在内。中日关系如此，中外关系的其他方面，中国建设和社会生活的其他方面也都如此。

建立和发展中华民国史学科还有一个重要的理由，这就是实现民族和谐，最终完成祖国统一大业的需要。

在民国史上，国民党曾经是革命的、爱国的政党，有过辛亥革命、反对袁世凯复辟、护法、北伐、抗日等光荣历史，和中国共产党有过两次合作。对于国民党人在中国近代史上的贡献做出实事求是的评价，有助于促进民族和谐，显示中国共产党人尊重历史的光明磊落的态度。去年纪念抗战胜利 60 周年，胡锦涛同志在报告中说："中国国民党和中国共产党领导的抗日军队，分别担负着正面战场和敌后战场的作战任务，形成了共同抗击日本侵略者的战略态势。以国民党军队为主体的正面战场，组织了一系列大仗，特别是全国抗战初期的淞沪、忻口、徐州、武汉等战役，给日军以沉重打击。"胡锦涛同志在肯定共产党的抗日将领时，也肯定了佟麟阁、赵登禹、张自忠、戴安澜等国民党将领；在肯定八路军"狼牙山五壮士"、新四军"刘老庄连"的同时，也肯定了国民党人的"八百壮士"。胡锦涛同志的这篇讲话在海内外获得了广泛的、良好的反应。当年我在台北参加有关方面举办的学术活动时，就曾亲耳听到国民党主席马英九欣喜地说："胡锦涛主席也充分肯定我们国民党在抗战中的作用了。"

毋庸讳言，民国史上，国民党和共产党有过两次分裂，双方曾刀兵相见，不共戴天，因此彼此之间有许多隔阂、分歧、矛盾，甚至敌意。

研究民国史，对相关历史做出实事求是的、科学的说明和阐释，揭示历史真相，剔除其中那些谬误的、不恰当的、被误解了的或被夸张了的成分，有助于消除隔阂，化解怨仇，减轻敌意。这一方面，研究民国史的学者大有用武之地。"度尽劫波兄弟在，相逢一笑泯恩仇。"近年来，两岸研究民国史学者已经取得了不少共识，成了非常好的朋友，一些原来坚持反共的人已经有了很大的转变。

记者：您从学术和现实需要两方面谈到建立和发展中华民国史学科的重要性，很对。但是，从现实需要出发，人们就可能根据需要剪裁历史、解释历史，使历史成为任人梳妆的女孩子。怎样防止这种状况，保证民国史研究在最大程度上的科学性？

答：您的这种担心有道理。历史研究的根本目的是还原真实历史，揭示历史的本来面目，因此，首先要遵循历史唯物论的思想路线。恩格斯说过："原则不是研究的出发点，而是它的最终结果；这些原则不是被应用于自然界和人类历史，而是从它们中抽象出来的；不是自然界和人类去适应原则，而是原则只有在符合自然界和历史的情况之下才是正确的。"恩格斯的这段话指明了历史唯物论的一个最根本的原则。这就是，历史研究的出发点必须是客观存在的历史本身，而不是先前就存在于我们头脑中的某种"原则"。自然，中华民国史的研究也必须如此。

举例来说，辛亥革命时，孙中山让位于袁世凯，怎样认识这一历史现象？通常认为，中国资产阶级和帝国主义、封建主义保持着千丝万缕的密切联系，有着天然的妥协性，因此，从这一"原则"出发，人们很容易认为，孙中山让位一事是中国资产阶级妥协性和软弱性的表现。但是，如果我们从客观存在的历史事实出发，就会发现，孙中山当时完全懂得，只有排除袁世凯，"坚决以武力消除南北之异端"，才能"斩断他日内乱祸根"，"树立完全之共和政体"。孙中山之所以让位，主要是因为革命党人面临巨大的财政困难，使得南京临时政府连维持自身运转的经费都难以筹措，一直到南北和议签字前夕，孙中山还在企图以"举借外债"的方式解决北伐所必需的巨大军费。只是在借债无望的情况下，孙中山才忍痛接受和议，让位于袁世凯。两相比较，显然后者比较接近于真实历史。

人们当然可以根据现实需要去选择自己的研究计划，但是，却不能根据现实需要去装扮、改造历史。人们在任何时候都要将科学性放在第一位，一切违背真实历史的成分都要被赶出历史著作。

客观存在的历史事实不仅是历史研究的出发点，而且也是检验历史判断是否正确的唯一标准。对于既往的民国史，人们有许多判断、观念和看法，它们大都形成于的特定历史条件下，有的正确，有的不正确。这就要根据客观存在的史实加以检验。正确的要坚持，不正确的要修正，不完整的要加以补充。

记者：记得您在什么地方说过，历史如流水，是已经"消失了的过去"。人们怎样以这种"消失了的过去"作为研究的出发点？

答：不错。历史确实是已经"消失了的过去"，看不见，也摸不着了。但是历史又常常有大量遗存，这就是历史资料，包括档案、文献、实物等。人们正是通过这些历史资料去研究并确认历史事实，重建历史的。

民国时期由于距离现在较近，因此留下了浩如烟海的大量历史资料。研究古代史，常苦于史料不足，文献无征。研究民国史，则常常苦于史料太多。据说，南京中国第二历史档案馆收藏的民国档案能铺几十公里长。将全国各地的档案馆、图书馆所收藏的民国档案、文献加起来，其总件数也许要以亿万计。台北中国国民党党史馆的档案有八十万件，蒋介石带到台湾去的个人档案约三十万件，阎锡山档案有二十余万件。美国胡佛研究所近年来大力收集民国档案，除长达五十三年的蒋介石日记外，宋子文档案有六十余盒，孔祥熙档案、陈立夫档案最近也已成为该馆馆藏。要研究民国史，这些档案都必须利用。近年来，我曾五赴日本，六赴美国，七赴台北，目的大都在于收集和研读民国档案，但是所读仍然很有限，真可谓"渺沧海之一粟"。为了研究抗日战争期间孔祥熙和日本方面的秘密谈判，我曾先后访问南京中国第二历史档案馆、日本外务省史料馆、国会图书馆、美国哥伦比亚大学珍本和手稿图书馆以及台北"国史馆"等处，才收集到比较齐全的资料，从而得出孔祥熙是国民党内汪精卫之外的最大主和派的结论。胡乔木同志曾经提出，历史研究要掌握相关的全部资料。这一点对民国史研究者说来可能很难做到，但仍然要尽最大可能，掌握一切可能掌握的资料。

记者：巧妇难为无米之炊。掌握资料对于历史学家的重要性很好理解，但是，资料有真有假，利用假资料，其结论不就大错特错了吗？

答：是的。充分掌握资料之后，必须以辩证的方法进行检验、鉴别、考证和分析。有些资料看上去是铁证，其实靠不住。我举一例子：许多资料都记载，武昌起义时，立宪派首领汤化龙一面表示拥护革命，出任湖北军政府总参议，但同时却秘密串连八省膏捐大臣柯逢时、布政使连甲、鸦片商李国镛、清军第八镇统制张彪的弁目张振标等多人，密电清廷，要求出兵镇压。众口一词，言之凿凿，而且有柯逢时的文案林某作证，因此历史学家们将汤化龙定为反革命两面派。然而，此说有一个明显的破绽，即汤化龙、连甲等，都是有身份、有地位的官绅，怎么会在向清廷上书时，邀请鸦片商、弁目等一类人物联名？循此考索，破绽愈多，我最终在中国第一历史档案馆里找到了连甲以个人名义打给清政府的电报，终于证明，此事与汤化龙无涉，为汤摘掉了"反革命两面派"的帽子。

民国史上这样的例子很多，因此历史学家必须十分谨慎地使用资料。特别需要警惕的是，不对纷纭歧异的众多资料做全面的、辩证的考察，就轻率地取己所需，这种情况常常会造成对历史的误判和误断。

记者：听说民国史学科刚刚建立时，由于"禁区"多，"雷区"多，因此许多学者不敢踏入这一领域，有"险学"之称。过了若干年，研究者愈来愈多，又成了"显学"了。是不是这样？

答：是这样的。民国史学科初建时，反对的人、想不通的人颇多，还有人主张解散刚刚建立的民国史研究组。但是，当时李新顶住了。他说：我们是根据中央的指示开展工作的。你们要解散，拿批件来。反对的人拿不出批件，自然，民国史研究组照常工作。在逐渐做出了成绩以后，原来反对研究民国史的人也就不反对了。此后，研究民国史的学者愈来愈多，原来害怕涉足这一领域的人逐渐解除顾虑，研究的范围也愈来愈开阔，民国史这一门学科确实从"险学"变成了"显学"。

尽管如此，但这并不意味着民国史的研究就没有任何危险了。习惯成自然。有一些错误观念是人们在多年中积淀下来的，不容易一下子改变；也有个别人还不习惯于通过"百家争鸣"的办法去对待学术上的不同认识。因此，我觉得，要进一步发展民国史学科，还需要不折不扣地坚决贯彻"双百方针"，建设宽松的、有利于学术创新的环境，鼓励大家坐下来，深入地掌握资料，深入地进行研究，我相信，民国史学科必定有一个大的发展。

记者：您谈到20世纪70年代，根据周恩来总理的指示，国务院"出版口"将编写《中华民国史》的任务交给了近代史研究所。现在这个任务完成得怎样了？

答：当时，我们计划写几部大书：《中华民国史》12卷；《民国人物传》12卷；《中华民国大事记》39卷；《中华民国的政治、经济、军事、外交和文化》（专题资料）600题。三十年来，我们在人力、财力严重不足的条件下，兢兢业业，精益求精，至目前止，《中华民国大事记》和《民国人物传》都已出齐。《中华民国史》已出版8卷，另4卷的初稿亦已完成。已经出版的部分，受到国内外学术界，包括台湾学者在内的广泛好评，被认为是资料翔实、严谨求实、风格清新，具有高度学术水平的著作。但是，以往编纂工作也存在较多不足。其一，上述著作，成于三十多年中，出于多人之手，有加以修订、统编的必要。其二，近年来，中国大陆、台湾以及国外英、美、日本、俄罗斯各处所藏民国时期档案大量开放，有进一步加以利用的必要。其三，编纂计划制订于三十多年前，限于当时的历史条件和我们的认识水平，现在看来，还存在较多缺陷，例如：原计划以反映民国时期统治阶级的历史为主，以政治史为主，而未能充分反映民国时期的历史全貌；又如，缺少中国历代史书必不可少的"志"与"表"等重要体裁。其四，因人力、财力不足，《中华民国的政治、经济、军事和文化》（专题资料）在出版近50种后即行夭折。上述不足，倘不加以克服和弥补，那么，它将很难成为代表国家和时代水平的学术巨著。借用孙中山的话来说：就是"革命尚未成功，同志仍须努力。"

为《〈百年潮〉精品系列》答《中华读书报》记者问

陈洁女士：

大函敬悉。谈《精品系列》，自然不能不谈到这以前的《百年潮》，但是，我希望大作的落脚点还是《精品系列》。

您所提问题，我只能回答一部分。

关于编辑人员。郑惠，中共党史学会常务副会长，原中央党史研究室副主任。

应该提到杨奎松，他原是副主编，刊物的主要作者之一，是原中国社会科学院近代史研究所研究员，现为华东师范大学特聘教授、紫江学者。

还应该提到胡绳同志的关怀和支持。他不仅倡议创办这一份刊物，而且提出具体的办刊建议，还亲自为刊物写长文和短文。在刊物最困难的时候，他给了我们关键性的支持和鼓励。

主要靠什么。靠敬业精神。刊物的编辑人员大都是近代史方面的专家，有的还是国内、国外中国近代史某一领域的权威专家。大家对创办这一份刊物都有高度的责任感和使命感，觉得应该通过这一份刊物，提倡一种新的学风和文风，告诉读者真实的而不是经过扭曲的近代和现代中国的历史，正确地、全面地总结历史经验，为新时期的改革、开放事业服务。

我是中国社会科学院的研究人员，有很繁重的科研任务。担任《百年潮》主编后，我要把握整个刊物的政治关、学术关、文字关，考虑办刊方向、原则等大的问题，也要组稿、审稿、改稿，还要看清样，写卷首语。为办这份刊物自然耗费了我不少精力，增添了我若干烦恼，也得罪了一些人，甚至连累到我出版的著作和其他一些方面。但是，我觉得做了自己应该做的事情，并不后悔。

学者办刊有它的好处，这就是：一是易于把握学术质量，知道什么是真，什么是伪；什么是学术前沿，什么是老生常谈。二是熟悉学界状况，易于找到写作某一问题的最合适的作者。

办刊中最大的安慰是经常收到大量来信。读者给了我们最大、最热情的鼓励，这使我们感到老百姓在支持我们，我们的心和老百姓是相通的。有一件事使我终生难忘：某次，我坐出租车到编辑部开会，在车上和同行的编委老涂讨论新一期卷首语的设想。司机听了之后，非常赞赏，表示不收车费。（当然，最后我们坚持付了车资。）

办刊中最大的苦恼是，办刊理想常常受制于环境，我们能够挥洒的空间很有限。一些设想无法落实，一些思想性、学术性都很高的文章却由于某些莫名其妙的原因无法刊出。郑惠同志是中共党史专家，副部级的老革命家。他当社长的时候杂志可以自己定稿；他不当社长以后，定稿权就不在编辑部里了。

在中国近、现代领域，有不同意见是正常的。对于这些不同意见，完全可以通过批评、反批评的百家争鸣的方式解决，但是，少数同志却不习惯于这种方式，他们习惯于首先断章取义，然后写匿名信告状，企图借用权力机关的力量来封住别人的嘴巴。《百年潮》遇到过这种情况，但是，感谢中央领导同志明智，现在毕竟是改革、开放的年代了。

现在，《百年潮》由新人来办了。我们已经完成了自己的历史任务。上海辞书出版社出版的《〈百年潮〉精品系列》12 卷，选取的是 1997 年创刊以来的精华之作，其中有我们的心血和劳绩在内，是我们对刊物的回顾和总结，也是对支持我们的广大读者、作者和许多长期献身中国革命和建设事业的老同志的报答。

大稿发表前，最好能赐阅一过。谢谢！

杨天石

为《张学良口述历史》答澎湃网记者问

问：《张学良口述历史》有多少种，其情况如何？

答：张学良在 86 岁至 99 岁（1986—1999）曾多次接受口述访谈，据估计，前后不下 10 次。其中比较重要的有 5 种。最早的是 1986 年在台湾家中与其晚辈的口述自传。1990 年，张学良九十大寿后，陆续接受历史学家唐德刚、日本 NHK 电视台的采访。1991 年，哥伦比亚大学委托张之丙、张之宇姐妹对张进行采访。自 1991 年 12 月至 1993 年 8 月，共采访 60 次，录带 145 盘，时长 7000 分钟。1993 年，台湾郭冠英将其多年、多次对张的采访，结合大陆实景，制成名为《世纪行过》的电视片。其中，张之丙、张之宇姐妹的访问历时最长，资料最丰富，并经张学良本人授权，因而最具权威性。

问：您是何时接触张氏姐妹的口述资料的？

答：张学良于 2001 年 10 月 15 日在美国夏威夷逝世，其所有档案、文献资料被捐赠美国哥伦比亚大学珍本和手稿图书馆，该馆特辟毅荻书斋存藏。2002 年 6 月，书斋藏品开放。同月，我到美国哈佛大学开会，会后即赶赴纽约，阅读这批藏品，包括张学良的日记、书信、回忆录、文稿、笔记等资料。自然，我也用大量时间读了张之丙姐妹的采访记录，并且和这一对姐妹见过面、谈过话。当时，这批资料刚刚开放，因此，我大概可以算是最早的读者之一。

问：张学良的捐赠资料价值如何？您用这批资料做过什么研究？

答：这些资料涉及近代中国的许多重大历史事件，张学良是其中许多历史事件的亲历者、知情者，因此，从总体上说，这些资料的价值很高。回国之后，我于 2002 年 8 月至 9 月，写成《张学良及其西安事变回忆录》《杨虎城与西安事变》二文；2004 年 12 月至次年 1 月，写成《读张学良未刊日记》《张学良三次请缨抗日》二文；2006 年 3 月，我又利用台湾国民党党史馆所藏资料，写成《张学良与胡汉民》一文。上述文章，都揭示了若干不为人知的历史情节。

问：您是怎样参加《张学良口述历史》（访谈实录）的整理工作的？

答：2008 年，圣智学习集团（Cengage Learning）和日本雄松堂取得美国哥伦比亚大学图书馆的授权后，决定联合整理、出版张学良捐赠给哥伦比亚大学的档案文献，中国方面由当代中国出版社组织实施，邀请我出任主编。鉴于这是一项很有意义的工作，我便同意了。最初的计划很大，张学良的日记、书信、回忆录、文稿、读书笔记、名人语录、老照片等，都在整理出版之列，当时曾考虑将这一套书命名为《张学良留存资料全书》或《张学良全书》，后来才决定先行整理出版口述历史。

问：能谈谈具体工作情况吗？

答：第一步当然是成立编委会。我首先邀请的是张学良研究专家张友坤教授。他原来在中国社会科学院近代史研究所工作，是我的同事，后曾任吕正操的秘书，出版过《张学良年谱》等著作，和国内研究张学良和东北军、西北军的学者广有联系。通过他，我邀请了辽宁大学、温州大学、西北大学的胡玉海、王海晨、李云峰等著名学者，组成了一个强有力的工作班子。此外，我又邀请著有《西安事变新探》的杨奎松、杨虎城之孙杨翰，以及台湾的郭冠英参加编委会。

哥伦比亚大学曾请部分研究生将张氏姐妹的采访录音转化成书面资料，有100多本，但是，极为粗糙，听错、记录错误的地方很多。例如将"张之丙"听写为"苏志平"，"张之宇"听写为"张志如"等。我曾戏称，不是错误百出，而是错误千出。因此，我们决定抛开哥伦比亚大学的整理资料，重新听录，将声音转化为文字，在此基础上再行加工、整理。我们确定的原则是：尽可能保持采访原貌；尽可能保留一切有价值的资料；尽可能保持张学良的语言风格。2008年，我曾到东京，和日本学者讨论工作进度、整理体例等相关问题，也曾和张友坤教授等人反复讨论整理方案和样稿。在此之后，整理工作由张友坤等教授以及当代中国出版社的周五一等先生进行，并经张学良的公子张闾琳先生两次审读，有所删节。直到2014年出版，前后共达6年之久。

问：这部口述史料能为我们研究中国近代历史提供哪些帮助？

答：这可以从三个方面来说。

第一，可以帮助人们了解张学良的内心世界。历史学家写特定历史人物，主要通过人物的言与行（事），即他在特定的场景下，说了什么，做了什么。但是，历史学家还必须告诉读者，特定人物在特定场景下为什么这样说，这样做，这就要揭示特定人物的思想动机了。然而，动机深藏于特定人物的内心深处，看不见，摸不着，是历史学家最难下笔之处。靠揣摩？没有准儿，缺少可信度。张学良曾质疑坊间的有关著作："他又不是我，他怎么还能写我心里怎么想？"因此，在一般情况下，历史学家写人物内心，通常一是靠日记——日记记言、记行、记事，有时也记思，即记录本人的内心思虑；二是靠人物自述，包括口述资料。

张学良现存日记自1937年1月1日被"软禁"于南京孔祥熙宅始，无法通过日记了解他此前的思想状况。现在有了口述资料，就打开了通向张学良内心世界的大门。例如，人们熟知，1931年"九一八"事变时，日军进攻沈阳北大营，张学良下令不抵抗，导致沈阳失守，东北三省沦陷。关于此，张学良明确肯定："大概是9月，我是在医院下的命令。"张学良当时是怎样想的呢？

综合张学良对张氏姐妹所述，其原因在于：第一，"判断错误"。"我认为日本不会这个样子"，"日本是来挑衅，找点麻烦，可以多要点好处"，"我们不要跟他抵抗"，"我们要躲避"，"没有想到大规模的（侵略）"。第二，对日军的战斗力估计过高。"我们根本没法子跟人打。不想打？怎么不想打？打可更坏，日本更高兴，日本就希望你打呀。""知道怎样部署也是打不过他。""日本人拿一个师来"，"整个我们打不过呀"，"我们那时候没法子跟他打"。"我们打败了，交涉你得赔偿了。""就是游击队捣乱这可以，正面的作战不行。""人家一个可以当你十个。""人家训练好，装备好。""跟日本人打仗，他不投降，他剩一个人都要打呀！""日本军人实在我可佩服。""好像拿鸡蛋碰石头，绝对打不过的。"

这些叙述，袒露了"九一八"事变时张学良的内心想法，既是真实的，又是可信的。

值得注意的是，访谈中，张学良特别说明："我是爱国狂"，"我实在爱我的国家。""我是中国人，中国需要我的时候，要我的命，我就去送命；要我去当兵，我就打仗。打仗为什么？保卫这个国家，爱这个国。"为什么一个"爱国狂"会成为"不抵抗主义"的提出者，这为张学良研究提出了一个十分重要，也值得思考的问题。

关于张学良的爱国思想，突出地表现在他关于1928年"东北易帜"的叙述上。当时，张作霖新故，张学良面临倒向南京国民政府还是倒向日本的选择。日本派特使林权助到沈阳面见张学良，陈述种种理由，力劝张和日本合作。张回答说："你什么都替我想，就没想我是中国人。"

他告诉张氏姐妹:"事齐乎?事楚乎?我当然得归顺中央。我是中国人,绝不能归顺日本。"又说:"我可以说一贯主张中国统一,所谓易帜,我的主要决定是中国统一,没旁的意思。"

关于"安内"和"攘外"的关系,张学良说:"(蒋)的主意也不是反对抗日,他就是说,头一个你非把共产党消灭。"但是在张学良看来,共产党是"剿不完"的,其原因在于"他得民心,我们不得民心"。关于西安事变,张学良说:"我恨透了内战。""共产党我不打,你打日本,我打,不打共产党。"他总结和蒋介石的分歧,称蒋是"安内攘外",自己则是"攘外安内",结论是"只能想法子跟共产党合作"。他向张氏姐妹介绍自己对蒋介石的不满说:"我怀疑蒋先生很有意思利用共产党,利用剿共来消灭我们的军队。"在"剿共"中,张学良的两个师被消灭了,但"蒋先生对我连安慰的话都没说过","后来他还责备我指挥不当"。"那时候不许我们招兵","暗中胡宗南可以招兵"。蒋介石的这些做法,让张学良感到:"让我们去剿共,等于把我们去消灭。"在叙述事变和平解决,主动送蒋回南京时,张说:"可能把我枪毙,枪毙就枪毙,我是军人,我负责任。"

第二,可以帮助人们了解前所未知的史实,补白、订讹。

访谈中,张学良曾向张氏姐妹说明:"我是主张中国统一的,所以中国内乱打仗,我是劝我父亲,我甚至掉眼泪。"1927年春,张学良到河南指挥部队,抵抗北伐军。他在火车站见到几个老人,捡军队掉在地上的馒头吃,谈话得知因内战而抓兵,使老人没有生路的惨状。同年5月,张学良回京,就对张作霖讲述河南所见,劝张退出关外。他说:"中国打内战,打了几天又好了,好了几天又打,什么意思?也不过是你要抢这个地盘,我要抢这地盘,各人争势力。中国大家要好好的,和和平平的,各人守各人的疆土。"又说:"老百姓受苦是我们搞出来的。我们打,老百姓跟着在这儿受多大的苦,我看见老百姓受苦我难过死了。我们争的是什么？你也统一不了。"在张学良的劝说下，张作霖于同年 6 月退出北京。

奉军出关，原因很多。以上叙述，可以帮助历史学家了解张学良在这一过程中的促进作用。

又如，1932 年 6 月 18 日，汪精卫、宋子文、罗文干、顾维钧、王树翰、曾仲鸣等，自南京飞抵北平，准备会晤自东北调查回平的国联调查团。19 日，张学良在北平顺承王府宴请汪精卫、宋子文。关于这次会面，一般史著均无记载，或只有"协议对日交涉方针"等寥寥几个字，其具体内容，则一无所知，而在张氏姐妹的访谈中，张学良则透露了比较丰富的内容。

此前，监察院院长于右任曾弹劾汪精卫身为行政院长，却未交立法院审查，擅自批准《淞沪停战协定》，要求国民党中央监察委员会予以惩戒。5 月 24 日，国民党中常会否决于右任的弹劾，但上海各民众团体联合会旋即通电全国，要求监察院继续提出弹劾，责成汪精卫引咎自劾，否则，应以法律惩戒。28 日，广东的萧佛成、邹鲁等 16 人致电国民党中央，批评《淞沪停战协定》"乃由违法而签订，则尤难曲恕"，要求中央"不畏强御，执法以绳"。6 月 14 日，日本众议院宣布承认伪满洲国。17 日，国民政府行政院发表宣言，决定"不惜任何牺牲，坚决反对"。19 日，汪、张见面，汪精卫带着蒋介石的一封信，当时二人对话如下：

汪：你在山海关一定要和日本打。

张：中央政府有什么准备没有？打得胜吗？

汪：打不胜。

张：那为什么打？

汪：你不打一仗呀，中央政府的政权就不能保存。

张：我拿我部下的命啊，来换你的政权吗？我不管。

二人的谈话至此出现僵局，汪精卫拿出蒋介石的信。张学良答道："蒋先生的信是让你和我商量，并没有让你给我下命令。既然商量，我当然要说出我的意见。"当汪精卫自称"我是中央"时，张答道："你是中央的行政院长，也没有带着军委会的命令。""院长，我不一定服从你的意见。"结果，汪"非常气愤"。当晚，张学良和宋子文"出去玩"，不理汪。汪精卫离开北平时，张不送。汪回南京，于8月6日致电张学良，批评张"拥兵最多，军容最盛"，"未闻出一兵，放一矢"，要求张"辞职以谢国人"，他自己，也于同日以"外交、财政问题诸感棘手"为理由辞职。

关于汪、张的这次北平会见，张学良在其幽禁台湾期间所写《杂忆随感漫录》中有记载，张氏姐妹的访谈可以与之互证，从而弥补史乘之不足。

人们长期认为，西安事变的主角是张本人，但是，张在访谈中却说：杨虎城是"主角"，"名义是我"。这是一个全新的提法。我曾研究相关资料，在2002年写过一篇文章，标明"美国所藏张档新发现"，受到近代史学界的广泛注意。

访谈中，张学良的叙述可以填补历史空白，订正讹误的地方很多。名记者邵飘萍1926年在北京被奉军设计诱捕，4月26日被杀。访谈中，张学良坦陈"是我给枪毙的"。李大钊于1927年在北京苏联驻华大使馆被捕，4月28日被害，据说这是南方的蒋介石与北方的张作霖暗通声气的结果。对此，张学良断然否认："根本蒋介石和我们没联系"。关于"九一八"事变时的"不抵抗"命令，多年来，众口一词，来自蒋介石，但张学良则一再表示："大家骂我不抵抗呀，好像是奉中央命令的。这不在中央，（中央）没责任的。"对于多年来流行的所谓张学良"口袋里有证据"，"于夫人把它拿到美国去了"等说法，张学良一概表示："没有，没有"，或斥之为"这都是胡说"。

第三，为历史著作提供丰富、生动的细节。细节描写是塑造人物、再现环境、气氛的重要手段，文学家重视，历史学家往往忽略。有了细节，人物和场景就会活灵活现，栩栩如生。但是，历史细节不能虚构，只有靠当事者的叙述和回忆。张学良和张氏姐妹谈话时，在叙述大的历史事件时，有时会连带讲出细节。例如，1928 年张作霖皇姑屯被炸，人已亡，而张家为了隐瞒消息，欺骗日本人，不仅不穿孝，而且故意穿"阔衣服"，张学良的妹妹还故意"出去看戏"，这就很好地表现了谋士杨宇霆的机智，极富戏剧性。1935 年 11 月，国民党召开四届六中全会，抗日志士孙凤鸣开枪行刺汪精卫，一时众人惊乱。警察抓凶手时，发现一个人坐在厕所的地上，问他在这干什么，答曰"解手"，再问"解手你怎么坐在地上？"——原来是吓得坐在地上了。这样的细节就有助于突显现场的慌乱、紧张气氛，是任何天才的文学家都无法想到的。

问：《张学良口述历史》（访谈实录）共 7 卷，其中第 7 卷为《注释／索引》，这是其他有关口述资料所没有的，使用、检索很方便。你们一定下过很大功夫吧？

答：是的。这确是本书的特点。《张学良口述历史》的篇幅在百万字以上，牵涉历史人物多，事件多，典章制度多，时间长。不加注释，读者将茫茫然，如入五里雾中；不做索引，读者也难于使用。在这方面，张友坤等各位学者，特别是执行主编周五一等人做了大量辛勤、细致的工作。即以注释人名而论，名人易注，小人物难注。有些小人物，要给出恰当注释，真正像大海捞针一样了。

问：张氏姐妹的访谈进行于张学良晚年，正是一个人记忆急剧衰退的阶段。如果遇到张学良记错，因而说错的时候怎么办？

答：人的记忆常常不可靠，到了晚年，记错、说错的现象增多，这是必然现象，不可避免。这一要靠访问者的引导。人们从本书可以看出，张氏姐妹常常会给张学良读一些资料，目的是唤起张学良的记忆。其次就要靠整理者。本书在整理的过程中，碰到张学良说错的地方，就查找大量资料，加以考证，在注释中加以辩证，或存疑，决不自以为是，轻易改动张学良的口述。例如，1928年张作霖查抄苏联驻华使馆，张学良提到"那时被枪毙的人有一个姓杨的小姐"，经查，这是张学良记忆错误，其人为湖南醴陵的张挹兰，时任国民党北京市党部妇女部部长，就在注释中做了说明。又如，在叙述1928年的"东北易帜"谈判时，张学良提到林祖涵为南方代表。其实，林祖涵原来是跨党党员，但1927年四一二清党后，林已退出国民党，参加南昌起义，起义失败后，又被中共派赴莫斯科中山大学学习，不可能参加"东北易帜"谈判。因此，本书注释称："疑张回忆有误。"其实，张学良所谈到的另外两个代表汪精卫和李石曾，以及伍朝枢、孙科等，也都未参加"易帜"谈判。当时，南方派出的代表先后是祁宣、刘光、郭同、方本仁、何家驹等人。关于这些，张学良完全记错了。本书注释未能一一指出，是缺点。

问：本书出版，您觉得还有什么遗憾吗？

答：张学良在西安事变前即和中共有秘密联系，拟与杨虎城及中共三方联合，组成西北国防政府，中共还曾批准张学良入党，为共产国际所阻。这些情况，中共为张学良的安全考虑，长期保密，张学良对此也绝口不谈。张学良获得自由后，接受访问时所谈范围逐渐扩大，但仍然顾忌较多，仍对许多问题守口如瓶，不愿涉及。例如，张氏姐妹问，西安事变是怎样解决的，这一问题牵涉苏联和共产国际反对西安事变的明确态度，牵涉中共对蒋介石从交付人民审判到和平释放的变化过程，张学良只在不经意之间透露了一句，周恩来告诉他，"第三国际不支持"，但是，在其他场合，则表示："现在我决不说"，"现在都知道了怎么回事，何必还要我说呢？""何必非要出自我的口呢？""出自我的口就是伤人"，"我伤害任何人就是损失我自己的人格"。这就说明，到这个时候，张学良还不是有什么就说什么。在若干问题上，他还是有保留的。因此，在张学良和西安事变的研究中，还有一些谜团，留待历史学家去探索。

谈《北平无战事》的"史实"与"虚构"

——答《21 世纪经济报道》记者贺莉丹

最近，以 1948 年 8 月至 1949 年 1 月的国共斗争为题材的历史剧《北平无战事》在荧屏上热播，引发热议。2014 年 11 月 5 日，针对《北平无战事》中的历史背景问题，78 岁的中国社科院近代史研究所研究员、著名民国史学者杨天石接受了本报记者的专访。

《北平无战事》是一部以 1948 年国民党肃贪、币制改革与国共谍战为背景的电视剧。该剧的编剧为曾写出《雍正王朝》和《大明王朝 1566》的刘和平。而作为研究中华民国史及中国国民党史知名学者，杨天石先生曾多次赴美国胡佛档案馆与台湾"国史馆"，阅读蒋介石日记等资料，其治学特色是着力于访求各种珍稀未刊档案、日记、函电等第一手史料。其所著《找寻真实的蒋介石》等书，资料扎实，叙述真实可信。在杨天石先生看来，历史学之所以能存在并且对社会有用，其关键就在于要真实。

"铁血救国会"存在，但当时没起很大作用

《21世纪》：《北平无战事》这部电视剧，您看过吗？

杨天石：我看过一小部分。每天只看一个片段，就是吃完晚饭，我看个几分钟，有时候长一点，但从来没有从头到尾看完过。后来剧中的情节，我还是从报上知道的。我跟编剧刘和平有过一次对话。那次我声明，我只谈历史。第一，这部剧我没有从头到尾看；第二，历史剧应该允许作者去想象、去虚构，不能要求历史剧写得跟历史的本来面目一个样子，这是不合理的。

《21世纪》：该剧中，有几个主要人物，比如梁经纶和曾可达，他们是蒋经国创办的"铁血救国会"成员。这个"铁血救国会"在历史上真的存在吗？最近台湾政治大学历史系教授、国民党史专家刘维开在受访时称，他从来没看到材料，能证实"铁血救国会"这个组织的存在，只有一些老一辈人口述时说过，有些野史记载过，不足凭信。

杨天石：我查了台湾"国史馆"保存的档案，可以说，其中没有关于"铁血救国会"一个字的记载。现在能够查到的材料是两个人的回忆：一位是方庆延先生在全国政协出版的《文史资料选辑》第81期发表的文章。他讲到"铁血救国会"成立的情况，时间大概是1948年4月，方庆延当时加入了"铁血救国会"。此文是到目前为止保存下来的关于"铁血救国会"的最完整、最详细的一个材料。另外一篇回忆见于贾亦斌先生所写《半生风雨录》，这本书已正式出版。贾亦斌先生的回忆主要根据方庆延先生的回忆，并没有补充多少新的内容。两位先生的回忆差不多。因为贾亦斌是反对成立"铁血救国会"的，所以蒋经国后来没有找他，他知道的情况并不太多。

由于有这两个人的回忆，所以我相信"铁血救国会"这个组织是存在的。

《21世纪》：从现有资料判断，您认为，"铁血救国会"究竟是一个怎样的组织？

杨天石：根据我的判断，"铁血救国会"这个组织当时没有起很大的作用。因为在"铁血救国会"成立以后没几天，蒋经国又另外成立了一个组织"中正学社"，比"铁血救国会"更加核心，更加重要。但是，方庆延的文章对"中正学社"的活动也没有很多记载，台湾"国史馆"也没有相关档案。我认为，方庆延、贾亦斌两位先生的回忆不会假。贾亦斌先生，我认为他不是一个讲假话的人。

《21世纪》：以往有一种说法是，蒋经国和他所带领的"铁血救国会"成员被认为是当时的第三种势力。剧中对这个组织的核心成员及其作用也有过诸多描绘。历史上是这样的吗？

杨天石：我认为电视剧夸大了"铁血救国会"的作用。当初蒋介石组织三民主义青年团的时候，是想充分发挥其作用的。他当时想把三民主义青年团作为新生的力量来培养、扶植，但后来因为党团之间发生矛盾，所以就将党团合并了。如果说三民主义青年团的作用比较大，可以；如果把"铁血救国会"讲得太重要，我想这和历史事实不符。不过，电视剧毕竟是文学作品，这样写，可以。

《21世纪》：剧中有一个从没出现过的人物，就是"建丰"，他被"铁血救国会"的成员尊称为"建丰同志"。蒋经国本人会让别人用他的字"建丰"来称呼他吗？

杨天石：台湾学者刘维开讲过，蒋经国只有在跟他父亲蒋介石写信的时候才用"建丰"。这种用法并不周全。

我了解到，蒋经国在某些特殊情况下，比如，他到了台湾以后，在阻止《陈洁如回忆录》的出版这件事上，他在打给俞国华的电报中，最后的署名是"弟建敬叩"。这封电报的特殊之处就在于，末尾所署的发电人是"建"。根据几封同类电报判断，"建"应该是蒋经国的化名，而且不止用过一次。

蒋经国和1948年币制改革没有很大关系

《21世纪》：编剧刘和平截取了从1948年8月到1949年1月那段时间，以经济战线作为切入点，试图展现当时发生的一件特别重大的事情——币制改革。蒋经国在其中扮演了什么角色？

杨天石：当时的币制改革主要是财政部长王云五做的。这是蒋介石、翁文灏（时任行政院长）、王云五在莫干山会议上决定的，蒋经国并没有参加决策。应该说，蒋经国和1948年的币制改革没有很大的关系。剧中说蒋经国派了"铁血救国会"的成员去关切、过问币制改革，这在历史上是没有的。

1949年以前，蒋介石有意培养蒋经国；到了台湾，他继续意培养、扶植蒋经国。这是事实。但是在1948年，蒋经国的作用还没有那么重要。他有时会给蒋介石提一些建议，出点主意，但他还不是一个决定性的人物。

《21世纪》：剧中，中央银行北平分行行长方步亭请燕京大学教授何其沧参与修改币制改革方案。何其沧答复："币制改革，银行有准备金吗？那些垄断了市场的财团愿意拿出物资来坚挺市场吗？没有这两条，写什么币制改革方案？！"王云五这批人推行币制改革的主要动力和困局是什么？

杨天石：当时王云五他们想通过币制改革来解决通货膨胀问题，因为物价涨得太厉害了。当时国民党打内战，政府的经费，特别是战争经费都太大，只能滥发钞票，结果引起物价飞涨，老百姓受不了。币制改革主要是想解决物价飞涨的问题，但是最后没有解决。因为只要内战不停下来，军费就不可能减少；军费不减少，通货膨胀的问题是解决不了的。要解决这个问题，只有停止内战，但国民党不愿意把内战停下来。所以说，不停止内战，而只去搞币制改革，那抓的都是次要问题，并没有抓到根上。

当时国民党内部也有人知道，币制改革是改不下去的，而且有一种未经证实的说法，就是搞币制改革是潜入国民党内部的中共党员冀朝鼎提出来的，有意给国民党添乱，陈立夫就持这种看法，但是这个说法是否属实，能不能站得住脚，还需要进一步研究，我还没有来得及做这一方面的研究。

蒋经国上海"打老虎"，并没有打到官员头上

《21 世纪》：当时蒋经国被派往上海担任经济管制员，他的主要职责范围是什么？

杨天石：蒋经国在上海实行经济管制，他主要是做几件事情：一是管制物价。当时国民政府以 1948 年 8 月 19 日为界限，规定物价不能够超过这一天，如果超过了，就犯法，所以蒋经国在上海做的事情是主要管制物价，不允许涨价。二是参与要求老百姓把黄金外汇卖给中央银行的事。蒋经国找过上海的几个银行家，跟他们谈话，要求这些银行家把黄金和外汇交出来。这些人中有当时上海很有名的银行家李铭、大中华企业集团董事长刘鸿生，还有一个是当时上海很有名的资本家、银行董事长周作民。这些事情，蒋经国是参加了的，在他的日记里有记载。

《21 世纪》：反腐在蒋经国上海工作期间占据什么样的位置？在他的日记里能看得到他强烈的反腐决心吗？

杨天石：蒋经国当然是赞成反腐的。但是他当时在上海做的"打老虎"，打的主要是两种人：一种是所谓的奸商，即投机倒把、囤积居奇、抬高物价的商人；另外一种是所谓的社会名人，包括孔祥熙的儿子孔令

侃。当时，蒋经国主要不是打击官僚，而是打击商人、社会名人，如资本家、经理、公司负责人之类，牵涉官僚资本的，主要就是孔令侃。

《21世纪》：对于当时发生在国民党官员内部的腐败，在1948年，蒋经国有过很多触动或涉及吗？

杨天石：那时他基本没有触动国民党内部的腐败官员。他抓了几个人，主要是商人和企业的负责人：一个是申新纺织集团的负责人荣鸿元；一个是证券公司负责人杜维屏，这是杜月笙的第二个儿子；另外还有一个纸业公会的理事长，一个水泥公司的常务董事，一个证券公司的总经理。所以，当时蒋经国在上海的"打老虎"，应该说没有打到政府官员头上。

《21世纪》：在剧中蒋经国说，"局势糟到今天这种地步，关键不在共产党，而在我们国民党……共产党没有空军，我们有空军，可我们的空军在空运走私物资"。这让人印象深刻。在历史上，特别在1948年、1949年间，蒋经国有没有意识到腐败就是来自于国民党内部，而且有可能有些就是来自于官商勾结？

杨天石：这个蒋经国当然知道。他在到上海之前，就跟蒋介石讲过：上海的问题不好办，上海的问题和南京都有联系。这是什么意思？蒋经国的意思是说，上海那些搞投机倒把的、囤积居奇的人，后台都在南京，都在政府衙门里边。可见，蒋经国很清楚这些问题。但是实际上，蒋经国在上海打击的主要对象不是政府官员。

扬子公司事件背后的角力

《21世纪》：在您看来，这是蒋经国考虑到当时的局势，经过了一些权衡或取舍吗？

杨天石：这些蒋经国的日记里没有记载，他也没有讲到他在官僚和商人之间怎么选择的问题。

在孔令侃的问题上，蒋经国有矛盾，有思想斗争，他觉得不好办。矛盾主要体现在，他讲，孔令侃并没有犯法，孔令侃所囤积的东西都不是日常的生活用品，所以没有办法抓孔令侃。现在还是有一些人有同样的看法。我个人不同意这种看法，孔令侃不可能没有违法行为。

当时贾亦斌曾为此当面跟蒋经国吵起来。蒋经国说，孔令侃没有违法，他怎么能抓孔令侃？贾亦斌就说，如果孔令侃不违法，那么谁违法呢？当时，贾亦斌很生气，拍了桌子，从此贾亦斌跟蒋经国决裂，跟中共联系，后来他就在浙江嘉兴起义，反对国民党了。

我写过一篇文章，谈孔令侃和扬子公司案。有一位台湾学者表示不同意，认为孔令侃没有犯法行为。我就讲，当时的国民政府的监察院有一份调查报告，可以证明孔令侃确有违法行为，他囤积的也确实有日用百货，并不全是非日用品。

《21世纪》：剧中提到，扬子公司偷运民生物资，然后高价倒卖，囤积居奇，其中有个片段说是他们靠倒卖大米，牟取暴利。

杨天石：当年监察院的检举书没有提到孔令侃囤积的东西里有大米，但是有譬如西药、颜料、化妆品、玻璃用品、汽车、食糖、煤油等物资。蒋经国所称，孔令侃所囤积的都不是日用品，这个说法好像不能成立，也和监察院的检举书不一致——糖、煤油都是生活用品。关于孔令侃囤积的糖，台湾有人替孔令侃辩解，说那是医药上用的糖。我觉得，孔令侃囤积的东西肯定有日常生活用品。后来蒋经国把孔令侃囤积物资的单子交给蒋介石看，蒋介石看了以后非常生气，这在蒋介石日记中有记载。如果孔令侃囤积的都不是日常生活用品，蒋介石不会很生气。

《21世纪》：在孔令侃与扬子公司事件的处理过程中，宋美龄扮演了什么样的角色？一直有人说她过问了此事。

杨天石：扬子公司案件发生时，蒋介石在北平，肯定是宋美龄给蒋介石打的电话。另外，当时的上海市市长吴国桢有回忆，他本来不想管这件事，但是宋美龄跟吴国桢说，你不能不管，你一定要管。吴国桢的回忆就证明了，宋美龄肯定是插手了这件事情的。

当时蒋经国将扬子公司查封了，但他还没有采取更多的动作，监察院就派了两个监察委员到上海来调查。蒋介石就打电报给吴国桢，说监察院的监察对象是政府官员、政府机构，扬子公司是商业机构，不在监察院的管理范围之内，监察院没有资格调查孔令侃；如果一定要调查，那孔令侃可以聘请律师跟监察院争论。不过，后来两位监察委员还是查了扬子公司。当然，由于不许查，调查很困难，但最后还是把调查报告公布了。从调查报告看来，孔令侃的扬子公司确实有问题。

《21世纪》： 后来对扬子公司的处理并无下文？

杨天石： 不久，孔令侃就跑到香港，再从香港到美国去了。上海的经济管制搞不下去了，蒋经国也辞职了。后来上海的检察机关要传唤孔令侃到上海来出庭，孔令侃不来。上海还是判了，对他的东西分几种情况处理，当时的上海市政府决定：日用品部分等待法院判决，工业原料部分收购以后出卖，还有一部分东西发还。从当时上海市的判决看来，扬子公司的这些物资中确实也有日用品部分。

国民党运黄金，不是飞机，而是海运

《21世纪》： 剧中，北平解放前夕，飞行大队队长方孟敖接受蒋经国的命令，把通过1948年币制改革从民间搜刮的黄金、白银、外汇等运到台湾。历史上是怎样的？有这样的事情吗？

杨天石： 在币制改革的过程中，国民党是搜罗了大量的黄金、银圆和外汇，这是事实。但是这批黄金、银圆和外汇既不是通过飞机运走的，也不是从北平运走的。运送黄金这件事跟蒋经国没有任何关系。

有一本《黄金密档》，是当时负责运走黄金的国民党联勤总部预算财务署长吴嵩庆的儿子写的。我为这本书写过序言。我了解到，这批黄金和外汇，从 1948 年 12 月 1 日到 1949 年 5 月 18 日，前后分 4 批通过海运从上海运到台湾去。最早一批是 1948 年 12 月 1 日的夜里运走的，数量是 260 万两黄金，400 万两银圆，经办这个事情的人是当时的中央银行总裁俞鸿钧。第二批和第三批是在 1949 年 1 月运走的，一共是价值相当于 1.5 亿到 2 亿美元的黄金和银圆。第四批是在 1949 年 5 月 18 日运走的，大概是 19.5 万两黄金，这是由汤恩伯经手的。前后 4 批，加起来相当于黄金 700 万两。

《21 世纪》：现在我们应该如何看待国共内战这段历史？

杨天石：我认为，对于当年的国共关系、当年的国共内战，只有两个原则：一个，要实事求是，忠实地还原历史的本来面目；一个，要考虑到两岸和平关系的建立和发展。近年来，中共领导人不断提出，要"面向未来，捐弃前嫌"，习近平总书记最近提出："两岸一家亲"，提出"两岸复归统一，结束政治对立"，这两点都是要考虑的。

［十］

卷首语选刊篇

我在主编《百年潮》期间，遇有佳文，或有所感悟，常常写点心得，作为"卷首语"，刊于杂志内页。现择其尚有意义者一百余则，录于下：

顺应人民愿望就是顺应历史潮流

　　农村集体经济以"家庭承包经营为基础"，已经煌煌然被写入中华人民共和国的宪法了。但是，它的被承认、被接受的过程却是曲折而漫长的，甚至可以说是极为艰难的。杜润生的《包产到户：来自农民的制度创新》一文，以翔实的资料，写出了这一过程的前一半，读后使人强烈地感到：要做好领导工作，必须倾听人民的愿望，按人民的意志办事。古人有云："民之所欲，天必从之。"又云："民之所好好之，民之所恶恶之。"这实在是一个至当不易的道理。

　　人们爱说，顺应历史潮流。历史潮流者何？民意、民心所凝聚而成的历史发展趋向是也。

（《百年潮》2000 年第 2 期卷首语）

切实保障人民群众的民主权利

1962 年，钱让能目睹"责任田"带给农民的巨大好处，毅然顶风上书保荐，却给自己带来了灾难。钱让能本人的回忆后使我们想起邓小平同志说过的一段话："政治上，要充分发扬人民民主，保证全体人民真正享有通过各种有效形式管理国家、特别是管理基层地方政权和各项企业事业的权力，享有各项公民权利。"

人民是国家的主人。只有如小平同志所言，切实保障人民群众的民主权利，人民的主人地位才会落到实处。

（《百年潮》2000 年第 2 期卷首语）

永远不应忘记的教训

少奇同志贴身卫士回忆少奇蒙难的文章共发表了两期，已经登完。读本文，我们又好像回到了那个噩梦一般的年代。"前事不忘，后事之师"，这是一个永远不应忘记的历史教训。

刘少奇同志说过："好在历史是人民写的。"今天，党和人民已经正确地为少奇同志书写了历史。读完本文，我们相信，读者将会无比钦服邓小平和他的战友们当年拨乱反正的巨大魄力，将会加强维护和坚持改革、开放事业的决心，也将会加深对中共十五大提出的"依法治国"方针的正确性和必要性的理解。

（《百年潮》2000 年第 2 期卷首语）

《论总纲》的写作和国务院政治研究室的历史变迁

经历过"文化大革命"的人都会记得这样一件荒唐的事：三句话都是毛泽东的指示，但是合起来，"以三项指示为纲"，却成了"大毒草"。本期冯兰瑞的文章回忆了当年这株"大毒草"的生长地——国务院政治研究室的历史变迁。从中可以得知：《论总纲》一文的写作经过；"批邓"之风袭来时"秀才"们的各自表现和不同应付方法；"四人帮"垮台后"秀才"们的奋起；小平同志对乔木的大度谅解和高度评价；以及改名国务院研究室以后的种种情况。这是一篇不可多得的好文章。

历史研究需要依靠档案，但是，也需要当事人的回忆。后者常常包含着前者所不可能反映的隐秘、鲜活、生动的素材，有其特殊的重要性。本刊创办以来，一直重视发表当事人的回忆，其原因在此。

国务院政治研究室成立于二十多年前，当事人大多健在。我们希望继续发表其他"秀才"们的回忆，也希望各个方面的老同志将回忆录寄给我们发表。

（《百年潮》2000 年第 3 期卷首语）

关于胡风的信

　　《胡风全集》已经出版，关于胡风的资料也已经发表了不少，但是，本期刊出的《胡风致乔冠华函》却是首次披露。它写于1966年2月11日，当时，胡风被判监禁14年，正处于被送往四川服刑的前夜。信中，胡风说："在我，无论在怎样困难和失败的情况之下，也从未发生过'活下去有什么意思'的问题。糊涂人对阶级事业的理想、对党，总有一种糊涂的自信或痴想也。"读了这一段话，令人不能不对这位有着长期奋斗史的左翼文化人肃然起敬。

　　书信，由于大都写给私人，因此，叙事准确，感情真挚，没有官话、套话，对研究历史、研究人物大有裨益。本刊有志于继续开发这一宝藏，希望得到海内外藏家的大力支持。

（《百年潮》2000年第3期卷首语）

长短兼收，精练些，再精练些

许多读者常常反映本刊的长文章较多，我们也有同感，然而，老是"短"不起来。读本期，细心的读者可能发现，我们的短文章多起来了。

短，并不意味着分量轻。古今中外的名文，能脍炙人口、传诵不衰的大都是短文。自然，长文也有好的，但似乎不如短文多。不知我们的这一感觉如何？

当然，该长的还是可以长，本刊的方针仍然是长短兼收。只是，我们希望作者们能注意"精练"二字，在可以精练的地方，精练些，再精练些。

（《百年潮》2000 年第 3 期卷首语）

写好改革开放史

改革开放已经进行了二十多年，中国的老百姓都能从切身体验中认识到这一段历史的重要性。此前，"文化大革命"将共和国"斗"得天下大乱，经济匮缺，民无宁日；此后，改革开放终于使中国人民告别"票证"时代，步向丰衣足食的小康路。继此前行，富强在望，一个具有高度物质文明和精神文明的中国在望。

作为历史学家，写好改革开放史是责无旁贷的义务；作为历史刊物，为改革开放"鼓"与"呼"是当然的责任。本期《任仲夷主政广东》一文写 20 世纪 80 年代初期，任仲夷出任广东省委第一书记时的历史，从中可见中央领导同志的关怀和叮咛，也可见任仲夷的胆识和魄力。既有许多经验可以借鉴，也有许多情况可以深思。

（《百年潮》2000 年第 4 期卷首语）

腐败不反不得了

　　抗战胜利，中国跻身"四强"，国民党的威信曾经如日中天，但是，曾几何时，数百万用美式武器装配起来的精兵却敌不过以步枪和手榴弹武装起来的解放军。从内战重新爆发，到国民党政权撤离大陆，不过几年光景，可以算得上"弹指一挥间"。

　　蒋介石和南京国民政府为什么失败得如此之快，如此之惨，原因很多。对此，历史学家们可以有多种多样的解释。本期发表的《腐败丢掉民心》就提供了一种解释。它告诉人们，腐败不反不得了，虽反而力度不够也不得了。

（《百年潮》2000 年第 4 期卷首语）

日本的良知和正义

近年来，日本右翼分子相当嚣张，其表现为：要求修改历史教科书中有关日本对外侵略的叙述；判决揭露南京大屠杀的老兵东史郎败诉；甚至公然在大阪举行集会，否认铁证如山的南京大屠杀。但是，在日本，也有不少历史学家和普通百姓，坚持真理，坚持事实，坚持批判日本走过的帝国主义道路。本期《最重要的事情是制止闹剧》一文介绍了一个日本历史学团体及其所召开的国际会议的情况，从中可以认识到，这些坚持不懈地批判日本帝国主义道路的人，才是日本的良知和正义，是真正的日本爱国者。

（《百年潮》2000 年第 4 期卷首语）

周恩来精神和周恩来作风的生动表现

在长期的革命生涯中，周恩来形成了独具特点的思想、性格、作风，它们曾以无比的魅力使无数人钦服、倾倒，今后也将永远成为中华民族的宝贵精神财富。

《周恩来与坦赞铁路的援建》一文虽是写"文革"期间一个援外项目从定案到建成的过程，但从中仍可看到周恩来精神和周恩来作风的一贯表现。

（《百年潮》2000 年第 6 期卷首语）

一个颇为令人感动的故事

赵建文原是"文革"期间北京大学的造反派，属于聂元梓系统，"文革"后期受到审查，定为犯有严重政治错误，但主要之点不实。于是，赵建文写信向邓小平求助。众所周知，邓曾深受造反派之害，当时尚未恢复工作，然而，他仍然将信转到北大，提出"对任何人都要实事求是"，结果，不实之词被全部推翻。现在，赵建文是北京大学马列学院的教授。

这是一个颇为令人感动的故事。它再一次显示了邓小平的求实精神和阔大胸襟。"对任何人都要实事求是"——这是一条极为重要的原则，一条很多人都会赞成，却常常难以贯彻的原则。

除了"对任何人都要实事求是"，我们还想补充一句：对任何事都要实事求是。什么时候，实事求是的原则贯彻到一切方面了，我们做错事的几率就会很小、很小了。

（《百年潮》2000年第6期卷首语）

营造良好的社会气氛和学术环境

　　前些时候,《辞海》关于"毛泽东"的条目引起争议。本期发表的该书主编夏征农的信件对这一条目的编写情况做了说明。我们认为:《辞海》是我们国家的重要辞书,为了出精品,怎样将有关条目修改得更为完善,本可讨论,但是不分青红皂白,甚至不查阅有关文献,无视相关条目,就轻率上纲上线,左联右挂,大批特批,扣帽子、打棍子,这种态度十分不可取。

　　同期发表的《"拔白旗"运动中的巴金》一文所反映的是20世纪50年代"大批判"中的部分情况,可以参看。愿大家都来思考:在新时期,应该如何营造良好的社会气氛与学术环境,以利于思想解放和学术繁荣?

(《百年潮》2000年第6期卷首语)

对拨乱反正时期的珍贵回忆

今年第 3 期，我们刊发了冯兰瑞同志关于国务院政研室的回忆后，颇得读者好评。现在再发一篇于光远同志的回忆。它详细叙述了这一机构的由来和在邓小平同志直接领导下的工作情况，可以帮助我们了解当年反对"四人帮"，整顿"文革"混乱状况的艰难斗争。文中回忆的小平同志的多次谈话尤为珍贵。

一个历史事件能否在历史著作中得到正确再现，既要依靠档案文献，又要依靠当事者的回忆。如果当事者比较多，大家都来写，那就可以相互补充，相互印证，最大限度地减少差错，有关历史就会记录得更完整，更准确。

（《百年潮》2000 年第 7 期卷首语）

允许讨论，才有利于辩明真理与发展真理

中国的民族资产阶级很有点"特殊"，不仅参加了反对南京国民政府的新民主主义革命，而且还敲锣打鼓地迎接社会主义改造。上了年纪的人都会记得，那个时候，工商界人士高举大红喜报，满街游行的状况。

怎样概括中国民族资产阶级的这种特点，章乃器提出了"红色资产阶级"这一概念。这一概念最初曾得到某种程度的认可，但不久就受到严厉批评。本期发表的章立凡文章记述了这一过程。

有无"红色资产阶级"？怎样更准确地概括中国民族资产阶级的特征？它在中华人民共和国成立后还有没有"两面性"？其内容如何？这些，本来都可以在"人民内部"自由讨论。经过讨论，真理会更加明晰，错误会得到纠正，片面会发展为全面，理论之树会常青不凋。假如当时不将有关概念的提出者从"内部"揪到"外部"去，是不是更有利于辨明真理与发展真理呢？

（《百年潮》2000 年第 7 期卷首语）

介绍一位现代女词人

    "五四"以后流行新诗，旧体诗词就成了"古董"了。然而，中国古典诗词拥有高度的思想力量和艺术力量，因而也仍然拥有大量的爱好者，不少人仍然喜欢利用旧体诗词的形式写作，也仍然产生了不少具有高度思想性和艺术魅力的作品，其典范，如毛泽东的诗词。

    本期《天以百凶成就一词人》介绍了一位现代女词人——沈祖棻。她命运多舛，百凶丛集，但是，她感时伤乱，以女性特有的艺术眼光和手法写出了大量优秀的爱国主义诗词。考虑到中国女词人本来就不多，因此，沈祖棻的成就就显得弥足珍贵了。

（《百年潮》2000 年第 7 期卷首语）

如果没有邓小平"这么一句话"呢？

潘景寅原是我国空军某部副政委，优秀的专机驾驶员。1971 年 9 月 13 日，驾驶载有林彪、叶群等人的专机在蒙古温都尔汗坠机。事后，潘的妻子成了"反革命家属"，1980 年恢复自由，但一直没有"说法"。后来，她偶然发现报载《邓小平答美国记者问》中的一句话，于是，潘妻便以此为据，开始上访，终于为潘和自己讨到了"说法"。

文中说："谈到老潘的就这么一句话。这么一句话就足够了。"校稿至此，我们固然敬佩小平同志烛照幽隐的眼光，也为潘的家属庆幸，但是，紧接着我们也产生了一个问题：如果没有小平同志"这么一句话"呢？

（《百年潮》2000 年第 8 期卷首语）

清除"大批判"遗风

今年第 6 期，我们在卷首语中提出——愿大家都来思考：在新时期，应该如何营造良好的社会气氛与学术环境，以利于思想解放和学术繁荣？本期发表的《废止大批判》一文是对这一问题的思考之一。

当然，废止"文革"中那种专门整人、蛮不讲理的"大批判"，并不意味着废止必要的批评。有真理，就必然有谬误，也会伴生偏颇或片面，只有通过百家争鸣和必要的批评、反批评，才能阐明真理，揭示错误。但是，在人民内部，这种批评应该"与人为善"，而不应"与人为敌"；应该实事求是，讲道理，做分析，平等讨论，而不是千方百计往"纲"上拉，往死处整。

"大批判"形成于"以阶级斗争为纲"的特殊历史环境，盛行于"文革"期间，误国害人，流毒深远。今天应该到了彻底清除它的遗风余韵的时候了！

（《百年潮》2000 年第 10 期卷首语）

提倡学术短文

　　章士钊，通常给人的印象是五四新文化运动的反对者，但是，本期刘桂生教授的文章却在不长的篇幅内揭示了《甲寅》月刊对《新青年》的"启先"，观点新颖，论证严密，具有很强的说服力量。

　　学术文章一定要摇笔万言吗？不一定。刘文可为证据。

（《百年潮》2000 年第 10 期卷首语）

知识分子是"自己人"

　　知识分子是工人阶级的一部分。这一点现在已经不是问题。但是，在很长一段时间内，大部分知识分子却被挂在资产阶级属下，被视为社会主义的异己力量。

　　感谢著名记者金凤的文章，她告诉我们，还在 1949 年 10 月，李立三就明确提出：脑力劳动者"属于工人阶级范畴"，"本来是自己人嘛"！李立三当时虽然没有就此做系统、深入的阐述，但这一段谈话无疑应是中国共产党对知识分子认识史上的重要一页。

　　知识推动人类进步。可以毫不夸张地说，历史向前跨出的任何一步都不能离开知识。愿歧视知识，钳制知识分子创造活力的现象永远不再发生。

（《百年潮》2000 年第 11 期卷首语）

炸开乌云的一道阳光

本期采访记事栏内，我们还向读者奉献了另一篇精彩文章。

"文革"期间，"四人帮"推行文化专制主义，多年内，只有"样板戏"和"语录歌"，真正是"万花纷谢一时稀"。

邓小平复职后，亟思改变这种状况，将收集整理文艺界情况的任务交给了胡乔木。乔木将这一"特殊使命"交给了贺龙的女儿贺捷生。于是，就开始了本文所叙述的一系列"地下工作"，就有了毛泽东"调整文艺政策"的有关批示，出现了炸开乌云的一道阳光。

（《百年潮》2000 年第 11 期卷首语）

追思呼吁"法治"的先驱杨兆龙先生

本刊 1999 年第 7 期发表了郭道晖的《从人治走向法治》一文，提到了要求"及时立法"、制定法典的著名法学家杨兆龙的不幸遭遇。发表后，和杨同罹不幸、现已九十三高龄的何济翔老先生在医院里用颤抖的手写出了更详细的文章，现发表于本期。

最近，中共中央在《关于制定国民经济和社会发展第十个五年计划的建议》中说："发展社会主义民主政治，依法治国，建设社会主义法治国家，是社会主义现代化的重要目标。"善哉斯言！它告诉人们，社会主义现代化除了工业、农业、科技、国防，还有民主和法治两项重要内容，杨兆龙先生地下有知，当必为之欢欣鼓舞！

愿人们踊跃提出利国利民的新思想、新主张、新建议；愿他们永远不再为之付出本可不必付出的代价。

（《百年潮》2000 年第 11 期卷首语）

427

中苏论争的重要内情

　　中苏论争是 20 世纪国际共产主义运动中的大事，它深刻地影响着中苏两国和许多国家共产党的历史。这次论争，正误交错，正如邓小平同志所说：回过头来看，我们过去也不都是对的，对别国党发表过一些不正确的意见。但是，我们一直反对苏共搞"老子党"和大国沙文主义那一套。

　　本期推出的阎明复同志的文章回顾了刘少奇和中共代表团在 1960 年莫斯科会议上的活动，它生动、细致地叙述了会前和会上两党之间的分歧和斗争，再现了少奇、小平等坚持各党、各国独立自主，反对各党、各国间的不平等关系和霸权主义的原则立场，有许多不见于文献记载的内情，有助于人们认识和总结相关的历史事件。

（《百年潮》2000 年第 12 期卷首语）

沉痛悼念胡绳同志

胡绳同志走了。这是我国社会主义事业，特别是理论、文化战线的重大损失。

胡绳同志是本刊顾问。从筹备之日起，本刊就一直得到胡绳同志的支持和关怀，因此，本刊同人对他的逝世尤感哀痛。为了表达对这位老革命家、老文化人的悼念和追思之情，我们特在本期推出一个专栏，发表龚育之、魏久明等五位同志的文章。他们都和胡绳交往多年，因此，也就知之甚深。龚文刚刚起头，写对胡绳的"初读"与"初识"，已经呈现出作者文章惯有的议论深刻和情文并茂的特色，后续部分必更有可观。魏文留下了对胡绳最后岁月的记载，弥足珍贵。我们特别向读者推荐文章的结尾部分，那里有胡绳同志的"最后的交代"。胡绳同志提出："现代社会科学及经济和社会发展很快，相对来说，社会科学、人文科学滞后。社会发展中不断出现的许多新的问题，难以及时判断和认识，更谈不上超前预测了。"他又提出："我们不仅要在高速度发展社会主义市场经济方面创造奇迹，还要在建立社会主义新型社会模式上创造奇迹。"这些，可以视作胡绳同志的世纪留言。

（《百年潮》2000 年第 12 期卷首语）

中国为什么要加入 WTO

中国加入世界贸易组织（ＷＴＯ）在即，但是，许多读者对它的历史、性质、功能并不十分清楚，因此，对加入这一组织的必要性也就缺乏充分了解。本期的相关文章就是为满足这一部分读者的需求而发表的。

本文的作者是一位对世界贸易组织有深入研究的专家。本文不仅告诉了我们许多相关知识，而且对中国加入的必要性做了有充分说服力的分析。一切关心中国改革开放事业和全球经济一体化问题的人都不妨一读。

（《百年潮》2000 年第 12 期卷首语）

太平天国的腐败问题

反腐败，可以说是目前国人最热衷的现实话题。但是，本期的相关文章却想将读者暂时引导到历史中去，研究并思考一下太平天国的腐败问题。

多年来，关于太平天国的历史著作出版得很多。前些时期，电视连续剧《太平天国》又曾火红一时。但是，我们觉得，本期的这篇小文仍然值得向读者推荐。它不仅分析了"腐败"问题和太平天国兴亡之间的关系，而且对进一步推进太平天国史的研究也有价值。

（《百年潮》2000 年第 12 期卷首语）

新世纪献词

新世纪终于来了。它给中国人民，也同时给全人类带来新的美好前景。每个人都会高举双手欢迎它。

自从人类进入工业社会之后，历史就空前地加快了自己的步伐。还在 20 世纪初年，中国民主革命的先行者孙中山就说过："世界开化，人智益蒸，物质发舒，百年锐于千载。"在过去的百年中，我们这个星球发生了前所未有的巨大而深刻的变化。如今，和平与发展已经成为时代的主题。可以预期，在新的百年中，科学、技术必将有更加迅猛的进步，世界面貌和人类生活必将发生更巨大、更深刻的变化。风波、曲折也许还难以避免，阴暗、灾难、罪恶也许还难以绝迹，但世界的总图像必然是愈加光明、愈加美好的。

百年之前，中国正处于列强的侵略、蹂躏之下，亡国之祸迫在眉睫。为了改变中国积贫积弱，任人欺凌、宰割的命运，中国人民喊出了"振兴中华"的伟大口号，开始了旨在实现国家独立富强、人民民主和共同富裕的伟大斗争，其规模，其艰苦，其曲折，其深刻，其英勇，其壮烈，都是世界历史上罕见的。终于，在 20 世纪中叶，中国站起来了；终于，在 20 世纪末叶，中国步入小康社会了。当前，中国共产党领导的改革开放事业正在向更深的层次发展。可以相信，在新的世纪里，有中国特色的社会主义事业必将取得更大成就。"一轮红日东方涌"，中国、中华民族、中华文化必将以前所未有的辉煌、壮丽的形象出现于世界的舞台上。

历史学有其特殊的、不可或缺的功能。自本刊创办之日起，我们即以反映鸦片战争以来的中国近、现代史为任务，希望和广大史学工作者通力合作，为中国历史的这一重要段落留下真实可信的记录，从而便于人们正确地总结历史经验，扬清激浊，"察往轨，知来迹"，了解昨天，了解今天，了解中国革命和中国改革开放事业的必要性及其历程，共同投入这一关系中国命运和前途的伟大事业。现在，本刊又能随同广大读者一起进入新世纪，有条件反映新世纪的历史了，这是我们的幸运。

本刊是一个小小的历史刊物，在中国现有刊物中，我们只是万分之一；放到全世界的刊物中，我们可能只是百万分之一。自然，我们的力量和作用都是有限的，摆在我们面前的困难很多，我们的工作中也有不少缺点和不足，但是，我们知道自己的定位，也知道自己的责任。在新的世纪里，本刊将一本初衷，矢志不渝，兢兢业业，做好自己的工作，争取为读者提供更高质量的精神食粮。

衷心感谢广大读者、作者对本刊的理解、帮助和支持。

衷心盼望广大读者、作者在新世纪里对本刊给予更多的理解、帮助和支持。

（《百年潮》2001 年第 1 期卷首语·新世纪献词）

勇士的珍贵回忆

股份制和证券市场，对资本主义社会来说，可谓司空见惯；但是对于社会主义社会来说，却前所未有。张劲夫同志的文章回忆这两件事物在中国大地上初露头角的经过，再现了当年决策时的可贵的探索与创新精神。

螃蟹形状狰狞，而实为美味。鲁迅曾经高度评价第一个吃螃蟹的人，誉之为勇士。愿中国大地更多地出现这样的勇士，既勇于理论创新，又勇于实践探索。

（《百年潮》2001年第2期卷首语）

张爱萍将军与人造卫星的连续上天

1972 年至 1974 的三年，中国只发射过一次人造卫星，而且失败了；但是，1975 年下半年，中国却连续发射了三颗人造卫星，颗颗成功。何以然？一言以蔽之曰：拨乱反正之故。

本期张化同志的文章写出了一个曲折、生动的故事："文革"中，"四人帮"将国防科委搞成了重灾区。邓小平同志复出之后，将整顿重任交给了张爱萍。张将军不负委托，毅然决然、大刀阔斧地进行工作，终于迅速扭转局面，创造奇迹。文中可见"文革"带给国家的巨大灾难和对张将军的人身、心灵伤害，也可见张将军对党、对人民事业的赤胆忠心。

（《百年潮》2001 年第 2 期卷首语）

错综复杂的美蒋关系

蒋介石集团退据台湾之后，企图以美国作为保护伞；美国政府为了自身的利益，对台湾当局采取既保护又牵制的政策。其间的关系相当错综复杂。

北京大学教授、本刊编委牛大勇以六七年时间，深入美国国家档案馆和相关的几个美国总统图书馆，广泛收集资料，研究蒋介石父子撤退到彼岸以后和美国政府的关系，有许多重要发现。我们径牛教授同意，自今年第1期起，连载他的访美成果之一《肯尼迪与蒋介石的关系内幕》，以便帮助读者了解那一段对于大多数中国人来说，还很陌生的历史。

（《百年潮》2001 年第 2 期卷首语）

陈宝箴死因之谜

  1898 年，维新运动兴起。湖南巡抚陈宝箴积极推行新政，使湖南迅速成为当时全国最有朝气的省。同年，慈禧太后发动政变，陈宝箴及其子三立（著名史学大师陈寅恪的父亲）均被革职。1900 年，陈宝箴突然在南昌西山逝世。

  关于陈宝箴的死因，三立的记载是"以微疾卒"。但是十多年前刊布的一条史料却提出，宝箴之死，其因在于慈禧太后密旨赐令自尽。此说一出，或信或疑。本期刘梦溪教授的文章从三立的诗作中寻找蛛丝马迹，论证被迫"自尽"之说为实。是耶非耶？读者不妨一探究竟。

（《百年潮》2001 年第 2 期卷首语）

历史会做出终审判决

日军战时在中国和亚洲各地的罪行罄发难数，战后并未得到全部清算。近年来，在各国（包括日本）正义人士的努力下，慰安妇等问题陆续被揭露。这本是有助于世界和平，也有助于日本今后历史发展的好事，然而，遗憾的是，却始终受到日本右翼人士的反对。为了伸张正义，清算罪恶，2000 年 12 月，东京女性国际战犯法庭对日军的相关暴行进行审判并做出了正义判决。朱成山同志是这一法庭的检察官，他的文章生动地记述了此次审判的全过程。

当然，东京女性国际战犯法庭只是民间法庭，并不具有法律作用，然而它反映出各国人民的良知和道德。人们由此可以得到启示：历史不容篡改或掩盖，它迟早会做出公正无私的终审判决。

（《百年潮》2001 年第 3 期卷首语）

胡绳的治史与为人

　　胡绳有多重身份：革命家、理论家、历史学家，他留给我们的遗产是多方面的。本期龚育之同志的文章则从中共党史研究这一角度，对胡绳的成就做了分析。

　　胡乔木同志曾经赞誉胡绳主编的《中国共产党的七十年》一书"提出不少新颖的见解"。它"新"在何处呢？龚文举出两个例子：其一是将党的十一届三中全会"作为划时期的坐标"；其二是叙述从"八大"到"文革"前十年的历史时，没有采用"过去讲两条路线斗争的传统模式"，而是提出了"两个发展趋向的新概括"。龚文的这一分析，显然有助于人们阅读《中国共产党的七十年》这本重要著作。

　　郑惠同志的文章着重介绍了胡绳的为人，有许多生动的情节和细节：他在"文革"中被批斗时，居然从会议主持人，当时不可一世的关锋那里"取了一支香烟，泰然自若地抽将起来"。这一细节，使我们见到了一向温文谦和的胡绳性格中的另一面。

（《百年潮》2001 年第 3 期卷首语）

琐屑小事看鲁迅

徐梵澄和鲁迅交往的时候，鲁迅已经是大作家了，而徐只是一个无名的小青年。使人惊讶的是，这个小青年却经常麻烦鲁迅为他推荐、转寄稿子，甚至要求鲁迅为他录副寄出。鲁迅无法，只好请许广平代抄，有时就自己动手。不料，徐竟进一步要求"每篇换一个抄写者"，对此，鲁迅虽"殊以为苦"，却并不以为"忤"，还是不厌其烦地为徐介绍、推荐稿子。

鲁迅之所以伟大，从上述情节中也许可以窥见部分缘由。

（《百年潮》2001 年第 3 期卷首语）

440

"左祸"的一面镜子

革命的目的是解放生产力，因此，领导革命的政党必须代表先进生产力的发展要求，代表先进文化的前进方向。倘若领导革命而不代表先进生产力，就必不可免地会做出种种蠢事或坏事，演出这样那样的大悲剧或大闹剧，从而导致对社会生产和文化的大破坏，从根本上违背广大人民的利益。

上述情况，比较典型地表现在"红色高棉"的历史中。从本期徐焰同志的文章可以看出，当波尔布特领导"革命"时，可能不乏善良的愿望，而结果，却给柬埔寨人民制造了巨大的灾难。文章称之为"左祸"，那是很恰当的。

何以愿望与结果之间会产生如此巨大的反差？其中的经验很值得总结。本刊 1999 年第 6 期发表过鲁虎同志的《红色高棉四十年兴亡路》，可以与本文参看。

（《百年潮》2001 年第 3 期卷首语）

研究科技教育史，大力发展科技教育

科技是第一生产力，也可以说是社会发展的第一推动力量。综观人类文明史，它的重大进展几乎都和科技的发展密切相关。从最早的石器时代发展为铜器时代，从铜器时代发展为铁器时代，从铁器时代发展为蒸汽时代，又从蒸汽时代发展为电子时代，人类社会也就依次发生相应的变化。这就告诉我们，不仅应该重视科技，大力发展科技，而且也应该重视科技教育，发展科技教育。只有这样，才能更好、更快地培养人才，推动生产力的迅速发展。

感谢中国科学院、中国工程院和瑞典皇家科学院院士张维教授，他的文章回顾了近代中国 150 年来的科技教育发展的历史，为本刊读者开辟了一个新的、重要的阅读领域。

（《百年潮》2001 年第 4 期卷首语）

联合国席位问题上的复杂斗争

在很长一段时间里，美国一直阻挠中国恢复在联合国中的合法席位。进入 20 世纪 60 年代以后，美国发觉继续阻挠已很困难，便企图制造"两个中国"，既让中国进入联合国，又保留台湾当局在联合国中的席位。但是，蒋介石坚决反对"两个中国"，于是，在美蒋之间便展开了一场曲折、复杂的斗争。

本期牛大勇教授的文章为我们揭示了美蒋斗争中这一重要回合的内情：美国力图安抚蒋介石，保证遵守此前承担的义务，而蒋介石则激愤地批评肯尼迪政府，要求美国采取更强硬的反共政策。双方的冲突一度很激烈，但最终仍然彼此做了妥协。

（《百年潮》2001 年第 4 期卷首语）

永远唾弃江青之流的"整人术"

"文革"中，江青在一封诬告信上做了横蛮武断的批示，于是，中共江苏省委机关报《新华日报》就陷入了灭顶之灾。江苏省委明知诬告信不实，江青的批语不实，但迫于淫威，只能采取虚心检查、委曲求全的态度，而其结果，《新华日报》仍然无法逃脱厄运，江苏省委也没有能保住自己。

从某种意义上看，"文革"史可以说是一部"整人"史。那时，恶人横行，整人有术；好人受压，辨冤无方。本期丁群同志的文章让我们重温了"文革"期间的那段历史，相信读者必将得出一个共同的结论：不仅要将江青之流永远钉在历史的耻辱柱上，而且要将那曾经流行一时的"整人术"永远扫进历史的垃圾堆。

（《百年潮》2001 年第 4 期卷首语）

阎红彦的可贵之处

中国人民解放军上将、云南省委第一书记阎红彦的品格中，有许多可贵之处。

当高岗权势煊赫时，他敢于揭发高岗；当国民经济处于严重困难时，他提出要关心群众生活，不能光唱赞美歌；当"以阶级斗争为纲"成为指导方针时，他敢于提出："没有饭吃，搞哪样阶级斗争"；当陈伯达代表"中央文革"对他横加训斥时，他敢于愤然相对："我就是不承认你是代表中央讲话！你们这样搞下去要出乱子的！"

坚持真理、反对错误，有时固然困难，但尤其困难的是：当错误成为潮流，或者与权力联系在一起的时候。古人云："疾风知劲草，板荡识诚臣。"此之谓也。

（《百年潮》2001 年第 4 期卷首语）

出乎意料的情况：美国人反对蒋介石"反攻"大陆

　　三年困难时期，蒋介石以为机会来了，做起了"反攻"迷梦。自然，他会积极争取美国的援助。按照常情估计，坚决反共的肯尼迪政府一定会大力支持。然而，牛大勇教授本期的文章却以无可置疑的事实证明，肯尼迪政府不仅不支持，而且想方设法"限制""拴紧"。

　　这一事实告诉人们，政治是复杂的，历史是复杂的。

　　肯尼迪政府为什么不支持蒋介石"反攻"呢？细读牛文便知。

（《百年潮》2001 年第 5 期卷首语）

对待历史问题的"大智、大仁、大勇"

在中国共产党的历史上，有过两个关于历史问题的决议。一个在1945年，一个在1981年。这两个决议都在中国革命历史上发挥过重大作用。本期发表的龚育之访谈录回忆了后一个决议的起草、修改、定稿过程，阐述了它的基本思想和所依据的主要原则，是一篇内容既丰富又精彩的好文章。读了它，可以使我们认识到小平、乔木、耀邦等同志对人民、对革命事业的高度责任感，拨乱反正的巨大勇气和对待历史的科学求实精神，也就是龚文所说的"大智、大仁、大勇"吧！

龚文还谈到，对待历史决议，既要坚持，又要发展，这是一条十分正确的原则。人的认识是一个不断探索真理的过程。我们必须坚持那些已被实践证明了的真理，又必须及时根据新的情况、新的实践做出新的理论概括。

（《百年潮》2001年第6期卷首语）

胜利时要多想想自己的不足

本期发表的陈锡联同志的回忆中有一段发人深省的故事。

打了胜仗，适逢中秋，毛主席致电庆贺，传令嘉奖，小平同志通知开会，陈锡联就等着"吃月饼"了。然而没有想到的是，不仅月饼吃不到，陈锡联连刘、邓二位首长的手都没有握上。小平同志在会上严肃地说："不要刚打了两个胜仗就沾沾自喜，握手言欢，你好我好。要多想想自己的不足。"这次会，从头到尾，"反正就是批评"。

胜利是已经到手的果实，跑不掉，飞不走；问题却是有待解决的现实，不正视，不纠正，它就阻挡你前进。小平同志提倡胜利时"要多想想自己的不足"，这里，有着丰富的辩证法。

（《百年潮》2001 年第 6 期卷首语）

用铁的史实驳斥日本右翼教科书

第二次世界大战结束后，日本中学所采用的历史教科书虽有缺点，但在相当程度上反映出历史真相和战后的和平、民主潮流。然而，日本右翼势力却一直看不惯，受不了，千方百计地企图修改教科书。于是，日本历史界、教育界就有了修改和反对修改教科书的漫长斗争。

最近消息传来，由日本右翼团体"新历史教科书编撰会"主导编写的中学历史教科书，居然和其他几家出版社的送审本一起通过，被认定为"合格"。这几种"新版本"，对日本在"二战"期间的侵略行为的认识均有不同程度的倒退，其中的扶桑社本更明目张胆地美化了日本军国主义，宣扬侵略有功论。此事已引起饱受日本侵略之害的亚洲各国人民的巨大愤慨。本期卞修跃同志的文章介绍了有关情况。

本刊是一家历史杂志。我们想说的是，亚洲和世界各国一切正直的历史学家要进一步团结起来，用铁一般的史实驳斥日本右翼分子编撰的教科书，捍卫历史的真实面貌。

（《百年潮》2001年第6期卷首语）

提意见，但决不强加于人

张颖同志的文章讲了几则周恩来和文艺家的感人故事。

当老舍的《茶馆》面临"罢演"危险时，是周恩来肯定了它是"好戏"。当然，周恩来也提了意见，但是，老舍并未照改。吴祖光的名剧《风雪夜归人》也曾被认为故事陈旧，没有意义，仍然是周恩来同志肯定了它。当然，周恩来也提了意见；同样，吴祖光也没有照改。

提意见，但是，听不听，听多少，由文艺家自己决定，决不强加于人。这说明，周恩来深深地懂得文艺创作的规律，懂得尊重文艺家的创作个性和创作自由。

本期还有一篇与文艺有关的文章，它告诉我们，胡耀邦如何反对扣帽子、抓辫子、打棍子，提倡一种民主的、讨论式的、充分说理的批评，可以与本文参看。

（《百年潮》2002 年第 4 期卷首语）

抢救记忆

研究历史，最重要的是利用档案和文献资料。但是，还必须高度重视回忆录、访问记、口述史。前者准确、可靠，后者常常能提供许多隐秘的内幕和鲜活生动的情节，可以弥补档案、文献的不足。

罗亦农是中共历史上的一位重要的革命家。历任江浙区委书记、中共中央长江局书记、中共中央委员、中央政治局常务委员、中共中央组织局主任等职，1928 年 4 月 15 日在上海被捕牺牲。感谢金再及教授，她及时访问了李维汉等老同志，并将访问记录整理成文，不仅再现了 20 世纪 20 年代罗亦农叱咤风云的战斗形象，而且保存了若干不见于文字的珍贵资料。

抢救记忆，这是一件大事、要事，愿更多有心人投入这一工作，并且将成果寄给我们。

（《百年潮》2002 年第 6 期卷首语）

再现历史和人物的多样化

历史是丰富多彩的，历史舞台上的人物也是多种多样的。再现历史和人物的多样化，本刊有志于此久矣。本期，除罗亦农外，我们还编发了教育家吴伯箫、外交家章汉夫、民主人士张东荪、红色绅士牛友兰等人的有关稿件，旨在体现我们的上述意图。

读者可能注意到，本刊有一个新创不久的栏目——《平凡人生》。我们觉得，历史不应仅仅属于领袖、英雄、著名人物，而且也应该属于普通的大众。一滴水可以反映出太阳的光彩，一个普通人也完全可以反映出人间沧桑。本期张汝范的文章写的是他自己的历史：因反对姚文元批判《海瑞罢官》的文章而成为"反革命"，因勇于科技创新而成为新时期的功臣。读了它，读者当有很多感慨，也会有很多思考。

（《百年潮》2002 年第 6 期卷首语）

452

真正的台湾之子

台湾有的人，当年投靠日本殖民统治者，认贼作父，却自诩是什么"台湾之子"，真是不知人间有羞耻事！

本期，我们郑重向读者推荐一位真正的台湾之子——李友邦。1906年出身于台北。1924年组织"台湾独立革命党"，主张民族独立，台湾"返归祖国"。1938年组织台湾义勇队，领导台湾子弟参加抗日战争。1945年9月抗战胜利，派人回台湾升起第一面中国国旗。

李友邦是赤诚的爱国主义者。其事迹将长留青史，其精神将会为台湾人民继承并发扬。

（《百年潮》2002 年第 6 期卷首语）

敢于"杀出一条血路"的闯将

1978 年，历尽劫难的习仲勋被中央派到广东，主持该省的改革开放工作，在不长的时间内，迅速改变了当地的面貌。何以然？就在于习仲勋敢于从实际出发，借鉴世界先进经验，敢于冲破阻碍生产力发展的各种条条框框，制定出一系列符合生产力发展要求的政策和制度。本期卢荻同志的文章生动地叙述了这一过程。

改革就是革命。邓小平同志在研究广东工作时曾经要求："杀出一条血路来"，可见当时改革、开放事业所面临的巨大困难和阻力。今天，我国的改革、开放事业已经取得巨大胜利，其成就有目共睹，有口皆碑，但是，我们仍然不能低估可能遇到的困难和阻力。从这一意义上，我们仍然期望出现更多的习仲勋一类敢于"杀出一条血路"的闯将。

（《百年潮》2002 年第 9 期卷首语）

彻底摒弃"愚蠢的忠诚"

杨献珍同志是一个深受"左"倾路线迫害的老同志，但是，他在平反昭雪后，却首先检讨自己犯过的"左"倾错误，体现了这位老革命家、老理论家的严于责己的可贵品质。

杨献珍同志在沉痛反省自己的错误根源时概括了十个字："忠诚的愚蠢，愚蠢的忠诚。"这十个字，很值得深思。国际无产阶级的战歌《国际歌》写道："从来就没有什么救世主，也不靠神仙和皇帝。"然而，多年来，我们却一直在宣扬一种与《国际歌》完全不相容的思想。这种情况，到了"无产阶级文化大革命"，提倡"三忠于"，"四无限"，大跳"忠"字舞，大唱"语录歌"，"理解的要执行，不理解的也要执行"，"愚蠢的忠诚"遂发展到了登峰造极的地步。

当前，我们正在建设现代化的国家，理论需要创新，科学、民主、法治需要大发展，其中的必要任务就是彻底摒弃"愚蠢的忠诚"。

（《百年潮》2002 年第 9 期卷首语）

努力为史学的创新和发展服务

当前，举国上下都在谈论创新问题。创新，是历史的火车头。人类几千年的文明史，可以说就是一部不断创新的历史。有创新，才有前进，有发展；反之，则僵化、停滞。历史学亦然。

历史，是昨天、前天的事，是已经凝固、不再变化的客观存在，当然无所谓创新问题；但是，历史学，作为人们对于既往历史的认识和反映，却应该与时俱进，不断创新，不断发展。

历史学是实证科学，其基础是史料。随着新资料的发现和历史本相、本质的日渐暴露，人们对相关的历史的认识必然会随之更新。历史学又是一门范围极其广阔的科学，随着社会生活的发展和人们视野的开阔，历史学必然会不断开辟新领域，提出新问题。更重要的是，随着人们观念的更新与进步，历史学家对历史事件的阐释及其意义、价值的开掘也会相应发生变化。谬误与片面必将日少，而真相与全面必将日现。历史科学的创新，不是按照需要去任意装扮和扭曲历史，而应是最大限度地力求反映客观真实。

（《百年潮》2003 年第 1 期卷首语）

苏联归还旅顺海军基地始末

　　旅顺是我国的重要军港和海军基地，1898 年为俄国强租，1905 年为日本强占；第二次世界大战胜利后，表面上中苏共用，实际上是苏联特区；直到 1954 年，苏联政府才决定将它归还中国。本期的相关文章依据苏联解密档案和作者亲身调查记录阐述了这一历史变迁的全过程。它在这一问题上向人们揭示：斯大林的"狡黠"，赫鲁晓夫的"慷慨"，伏罗希洛夫的反对，毛泽东的"犹豫和担心"，周恩来的原则性与灵活性，归还过程中的愉快与不愉快……

　　读者反映，他们喜读《百年潮》的原因之一是它能揭示历史内幕，告诉人们许多前所未知的事情。我们很高兴地向读者推荐，本期沈志华的文章就具有这一特点。

（《百年潮》2003 年第 2 期卷首语）

对托派历史和"第四国际"的新解读

读过《联共（布）党史简明教程》的人都会有这样的印象：托洛茨基派是一个混入苏共的极为阴险、凶恶的反革命两面派，托派分子是一帮叛徒、间谍、卖国贼。这种印象，直到 1988 年苏共为托洛茨基平反后才开始改变。本期高放的文章阐述了托洛茨基和斯大林的分歧及其被打成"反革命派"以至被暗杀的经过，介绍了托派第四国际的建立与活动。分析了各国托派组织存在、发展至今的原因。作者提出："从近几十年实践活动来看，托派组织着实为广大贫苦工人和失业者谋利益"，"似乎在注意克服其极左性和宗派性的固有弊病"，"在一些国家的影响已经超过了共产党"。这些观点，都体现了"创新"精神，是对于国际共产主义运动史上一个重要问题的新解读。

（《百年潮》2003 年第 2 期卷首语）

中美关系正常化的最后一步

　　1972 年 2 月，美国总统尼克松访华，可以视为谋求中美关系正常化的第一步。1978 年 12 月，中国国务院总理华国锋和美国总统卡特分别在北京和华盛顿宣读建交公报，可以视为两国关系正常化的最后一步。从第一步到最后一步，历时近七年。本期陶文钊的文章，运用美方档案和其他资料，生动细致地叙述了这最后一步从跨出到完成的全过程：美国国务卿万斯和国家安全助理布热津斯基的政策对立；美苏对立大背景下中美之间的曲折起伏的谈判；被视为"无能"总统卡特的有眼光、有魄力的决断；邓小平的卓越的政治智慧与高超的斗争艺术；等等。文章比较长，但很好读。相信一读之后，必将增加许多闻所未闻的知识。

（《百年潮》2003 年第 3 期卷首语）

苏联军事顾问在中国国防建设与
朝鲜战争中的作用

苏联是所谓的铁幕国家，就是说，它的面貌像"铁幕"一样，拉不动，揭不开，不好研究。苏联军事顾问在中国国防建设与朝鲜战争中的作用，由于涉及"军事"，就更加情况不明，难以说清。但是，令人高兴的是，本期沈志华的文章却以翔实的资料、明晰的叙述说清了这一问题，而且其中不乏饶有兴味的故事。你想知道金日成、苏联驻华军事总顾问和彭德怀之间的战略分歧吗？你想知道斯大林为何称赞彭德怀是"当代天才的军事家"吗？请读本文。

（《百年潮》2003 年第 3 期卷首语）

探寻近代中国共产主义运动的源头

近年来，国内外史学界有愈来愈多的学者关注近代中国共产主义运动的源头这一课题，出版了一批有价值的成果。但是，研究这一课题有相当多的困难，其一就是涉及许多五四运动前后在华活动的洋人。他们行踪秘密，少有人知，没有留下多少资料，许多情况若明若暗。本期，旅英学者李丹阳和刘建一的文章利用上海公共租界工部局的警务日志和英国在沪情报局的情报摘要，为我们叙述了一位出生于俄国的意大利年轻人在中国的活动，有助于增加人们对近代中国共产主义运动源头的了解。

（《百年潮》2003 年第 3 期卷首语）

前所未知的中共"第三线绝密机构"

人们熟知，抗战时期，中共在国民党统治区有第一线、第二线两套机构。第一线，指八路军办事处、新华日报社等公开单位；第二线，指各省、市的地下党组织。大概很少有人知道，此外还有"第三线绝密机构"——"广大华行股份有限公司"。其成员都是"资本家"，在商言商，以"灰色"面貌出现。他们和国民党上层打得火热，其神通所至，可以依靠宋美龄的航空委员会用飞机倒卖黄金、美钞，可以和陈果夫、宋子文合伙做生意。而实际上，它是中共最隐秘的"地下掩体"和"经济支柱"。本期的相关文章揭示了这一机构的组成及其活动经过。遗憾的是，叙述稍嫌简略。倘有知情者继续赐稿，本刊将十分欢迎。

（《百年潮》2003 年第 4 期卷首语）

一位可敬的坚持讲真话的英雄

做老实人，讲真话、实话，这本是做人的基本原则，也是做好各项工作的基本要求。然而，在过去的某个时期却流行说假话。那时的风气是：说假话是常规，受奖、立功、升官，均赖于此。说真话呢？就可能受批判、受处分、降职、丢官、戴"帽"，成为"另册"中的人物。本期，叶文益的文章叙述了 20 世纪广东一个山区大队支部书记的故事，他在普遍讲假话的年代，能够冒险犯难，坚持讲真话，终于帮助中央发现了问题，纠正了错误。

现在距离那个年代已经很远了，但人们仍然需要考虑：为什么讲假话能成为一时风气，而讲真话为何如此之难？如何从根本上、制度上杜绝假话，让干部、群众敢于讲真话，勇于讲真话？

（《百年潮》2003 年第 4 期卷首语）

反对"台独"是所有中国人的共同任务

　　台湾是中国神圣领土不可分割的一部分，住在岛上的台湾人民是中华民族大家庭的重要成员，这本是人尽皆知的常识。但是，就是有那么一小撮人，背祖弃宗，搞"台独"，真是咄咄怪事！本期谭一青的文章介绍了中国国民党已故领袖蒋介石的反"台独"斗争。它说明，凡属中国人，都有维护国家统一和民族团结的义务。人们的政治主张、思想理念可能不同，但是反对"台独"，反对分裂，维护疆土完整，却是所有中国人的共同任务。

（《百年潮》2003 年第 5 期卷首语）

中共第三条秘密战线的杰出战士

　　上期，我们在卷首语中介绍伊里的《中共第三条秘密战线与广大华行》时，曾经慨叹"叙述稍嫌简略"。本期，我们很高兴地发表同一作者的续作。此文所写主人公，原是小皮匠，在抗日烽火中成为中共地下党员。为了当好"资本家"，他断绝和左派人士的联系，纵横上海滩，周旋于帮会头子黄金荣和中统巨头陈果夫之间，出色地完成了周恩来和地下党交给他的许多任务。不幸，1957 年他被错划右派；万幸，他在改革开放中重放光辉。读本文，似有读传奇小说之感。当下电视连续剧风行，不知文艺家读了此文之后，是否会迸发灵感？

（《百年潮》2003 年第 5 期卷首语）

理论创新需要良好的环境

冯定同志是中共老党员、老革命家、理论家、教育家，从本期的相关文章可以看出，在 20 世纪 50 年代，他就提出过许多重要的理论观点，例如，对工人阶级夺取政权以后的"天字第一号"任务的认识，对个人崇拜的严重危害性的估计，对社会主义与资本主义关系的思考等，但是，正像那个时期许多勇于独立思考的知识分子一样，他也受到了粗暴的批判而不得畅所欲言。本期的另一篇文章回忆了《新建设》杂志贯彻"百花齐放、百家争鸣"方针的情况，肯定了"单身匹马，出来应战"的经济学家马寅初的英雄气概。马老说："决不向专以力压服不以理说服的那种批判者们投降。"诚然，马老没有投降，然而，马老此后也就失去了发表文章的机会。

历史经验说明，学术繁荣、理论创新，都需要不折不扣地贯彻"双百"方针，从而形成良好的社会环境。

（《百年潮》2003 年第 6 期卷首语）

在"上"与"实"发生矛盾的时刻

上级有所指示，但是，与实际不符，怎么办？大部分人恐怕口头上都会回答："唯实"呗！但是，在实际生活中，恐怕不少人都会采取"唯上"的态度：上级说咋办，咱就咋办。何必自找麻烦，自触霉头！

本期王楚光同志的文章写到一个故事：胡耀邦有一个批示，宋一平经过调查，发现事实有误，将真相报告总书记，不料却遭到了"死官僚主义"的严厉批评。怎么办？是照指示办，还是坚持实事求是的原则？宋一平选择了后者，再次写报告说明真实情况。如斯三次，终于帮助耀邦同志掌握了真相。

敢于"唯实"，三次与总书记"顶牛"，这是一个老共产党员的本色；对下级的一再"顶牛"不以为忤，从善如流，这也是一个老共产党员的本色。

（《百年潮》2003 年第 6 期卷首语）

写好拨乱反正史

　　《理论动态》是在胡耀邦同志的亲自指导下创办的一份刊物，名文《实践是检验真理的唯一标准》即首发于该刊。它为拨乱反正和中国的改革开放事业立下了不朽功勋。本期沈宝祥的文章以当事人的身份介绍了该刊的创办和发展历史，阐述了耀邦同志在其中所起的巨大作用，是一篇值得我们向读者郑重推荐的好文章。

　　沈文透露了一个重要的讯息，这就是耀邦同志曾经建议，历史学家们应该写一本《中国拨乱反正史》。这确实是一个大题目，好题目，极为重要的题目。

　　"文化大革命"是中华民族的一次巨大灾难，它充分暴露了极"左"思潮的危害和旧体制的弊端。研究拨乱反正史，将会清晰地向人们显示致"乱"之源，拨"乱"之道，也将会清晰地向人们显示理论之"正"与反"正"之途，一整套使国家富强，人民当家作主，"长治久安"的方略也就包含在其中了。

　　哪一位，或哪一批历史学家来承担这项任务呢？

（《百年潮》2003 年第 7 期卷首语）

为人才脱颖而出扫清障碍

　　人才是第一资源。当今在各个国家、区域、单位之间的竞争，在一定意义上也是人才的竞争。谁拥有第一流的人才，谁的事业就兴旺发达。

　　本期的《智慧人生》介绍了中国科学院院士、著名病理生理学家、全国人大常委会副委员长韩启德经历的沧桑。因为家庭出身，他虽然成绩优秀，努力进步，但总得不到组织的信任；虽然全心全意为贫下中农服务，但是连"学习毛主席著作积极分子"都评不上；虽然党支部已经通过，但仍被拒绝于中共的大门之外。如果没有改革开放，韩启德的才华也许就被扼杀了。本文说明，人才的脱颖而出，除了个人的奋斗，还必须清除各种有形、无形的障碍，创造出有利于人才成长的社会环境。

（《百年潮》2003 年第 7 期卷首语）

不应该淡忘的历史

历史经验是宝贵的财富。正面经验如此，反面经验同样如此。人在摔了跟头、受了挫折、打了败仗之后所得到的教训往往一辈子受用不尽，所谓创巨痛深，讲的就是这个道理。

本期李莉的文章将人们带回"文革"初期那个令人不寒而栗的年代。文章所写主人公是当时中共北京市委常委、宣传部长，1966 年 5 月被点名批判，同年 7 月含冤自杀。本文作者是李琪的妻子，她不仅讲述了此前尚不为人知的许多情节，有助于"文革"史的研究，而且文笔也生动、犀厉，具有震撼力。作者文末说："这种刻骨铭心的悲痛永远不会淡忘。"是的，这确实是一段永远不应该被淡忘的历史。

（《百年潮》2003 年第 8 期卷首语）

调查研究，事业成功的先决条件

　　毛泽东同志有一句名言："没有调查研究，就没有发言权。"通过调查研究，人们才能正确认识环境，认识社会，认识国情，因而才能正确决策，取得事业的成功。反之，事情做糟了，做砸了，常常是因为没有做调查研究，情况不明；或者做得不到家、不彻底，似明而实未明。在这样的情况下所做的决策必然不正确，事业也就很难成功。

　　人们熟知毛泽东教导警卫人员做调查研究的故事，但是，本期原中央警卫局副局长武建华的文章仍然有许多新的内容，读者一阅便知。

（《百年潮》2003 年第 10 期卷首语）

功不掩过，过不掩功

在中共党史上，项英曾经是一个很显赫的人物：领导过京汉铁路大罢工和五卅运动，当过中共中央职工运动委员会书记和中华全国总工会委员长，当过中共中央长江局书记、苏区中央代理书记兼军委主席、中央工农民主政府副主席。红军长征后，项英与陈毅一起在南方坚持游击战争；抗日战争爆发后，任中共中央东南局书记，新四军副军长。自然，他是为中国革命做出过许多贡献的。但是，由于处理皖南事变错误，此后他的贡献就不大为人提起了。本期曾献新的文章肯定项英在纠正中央苏区"肃反"错误中的功绩，这是正确的，也是必要的。

人的一辈子，常常有功有过。历史应该有功记功，有过记过；功不掩过，过不掩功。这样的历史才是真实的历史、科学的历史。

（《百年潮》2003 年第 10 期卷首语）

康生之"左"，由来已久

在中共党史上，康生一贯以"左"的面貌出现。本期有两篇文章叙述此人在民主革命时期所做的坏事。一是信口雌黄，诬蔑陈独秀是"汉奸"；一是1947年在山西"土改"试点中纵容乱打乱杀。这两文使我们进一步了解，康生之"左"，并非一时，亦非偶然。

邓小平同志多次提醒我们："'左'的东西在我们党的历史上可怕呀！一个好好的东西，一下子被他搞掉了。右可以葬送社会主义，'左'也可以葬送社会主义。中国要警惕右，但主要是防止'左'。"这是深悉中共党史的经验之谈。读本期相关文章，有助于加深对小平同志谈话的理解。

（《百年潮》2003年第11期卷首语）

473

真知的重要来源

——调查研究

　　《论十大关系》是毛泽东 1956 年 4 月在中共中央政治局扩大会议上的讲话，论述中国社会主义革命和建设中十个方面的关系。讲话闪耀着辩证法的光辉，至今对我国的社会主义建设还有着巨大的指导意义。它是怎样产生的呢？本期，逄先知和金冲及的相关文章告诉我们，那是毛泽东在 41 天内听取了 35 个部门汇报之后的结果。在那一段时期内，毛泽东日夜听取汇报，提出问题，议论、思考、分析，又研究了苏联方面的缺点和错误，最后才形成了那篇著名的讲话。这一过程说明，真知的来源是实践。除了本人的实践，还要通过调查研究，掌握并善于总结其他人、其他部门、其他国家的实践经验。

　　值得郑重推荐的是，逄先知、金冲及同志的文章公布了许多毛泽东在听取汇报时的插话，十分有助于我们加深对《论十大关系》的理解；文章还述及"百家争鸣、百花齐放"方针的提出，相信会引起理论界、文化界读者的关心和重视。

（《百年潮》2003 年第 12 期卷首语）

上一世纪五十年代的攻台计划

人们都知道，中华人民共和国成立初期，中国人民解放军有过一个以武力解放台湾、完成祖国统一大业的计划，但是，人们对这一计划所知甚少。本期的相关文章比较详细地介绍了这一计划的细节：例如，指挥部的建立和总指挥的确定、登陆时间的选择、渡海准备等；也介绍了这一时期复杂的国际关系和计划中止的原因。

中国政府已经一再表示：我们不会放弃争取和平解决台湾问题的努力，但是，也不会坐视任何分裂祖国的挑衅行为。这是值得彼岸一小部分蠢动的人认真想一想的。

（《百年潮》2003 年第 12 期卷首语）

为广大读者学习历史服务

    2003 年 11 月 24 日，中共中央政治局委员集体学习，邀请专家讲课，其内容为 15 世纪以来葡萄牙、西班牙、荷兰、英国、法国、德国、日本、苏联、美国等 9 个世界主要国家的发展史。此事给了我们很大鼓舞，也给了我们很多启示。

    第一，学习历史很重要。历史是人类的过去，今天由昨天发展而来。了解过去，才能认识今天，预测明天，因而才能很好地处理今天面临的各种各样的问题。中国人一向重视学习历史，世界上没有任何国家有我们那样绵延不绝的修史传统就是明证。延安时期，毛泽东在他的著名报告《改造我们的学习》中曾经尖锐地批评："不论是近百年的还是中国古代的中国史，在许多党员的心目中还是漆黑一团。""对于自己的祖宗，则对不住，忘记了。"当时，条件十分困难，但是，中共领导人还是想方设法，收集资料，成立历史研究室，支持范文澜等人编写《中国通史》。近年来，中央决定编纂大型《清史》，表明了这一传统在新时期的延续和发扬。以胡锦涛同志为总书记的中央领导集体在履新不久，万机待理的情况下，就邀请历史学家讲课，更充分显示出新一代领导人对学习历史的重视。

第二，学习历史必须全面。胡锦涛同志说："在全面建设小康社会、加快推进社会主义现代化的新形势下，在深刻变化的国际环境中，我们要更加重视学习历史知识，善于从中外历史上的成功失败、经验教训中进一步认识和把握历史发展和社会进步的规律，认识和把握时代发展大势，提高治国理政的才干。"胡锦涛同志的这一段话告诉我们：学习历史要全面。既要学习中国史，也要学习外国史；既要学习成功的经验，也要学习失败的教训。世界各国都有其特点和优长之处，我们必须善于取人之长，补己之短。同时，我们还必须既重视成功经验的阐扬，也要重视失败教训的总结。否则，我们的学习就会有缺失，有不足，不能从历史中得到应该得到的智慧。

当本期刊物送达读者手中的时候，《百年潮》已经进入第八个年头。过去的七年中，《百年潮》一直坚持为最广大的读者学习近、现代史服务，广大读者也给了我们很多鼓励。胡绳同志生前说过："《百年潮》是一份好刊物，要积极支持它、扶植它。"但是，办好一份刊物并不容易。我们自知，刊物还有许多不足，要办好，必须克服许多困难。我们将一秉初衷，振奋精神，尽力为读者学习历史做好我们力所能及的工作。

时值新年新岁，我们向所有关心、支持我们的读者、作者致以诚挚的谢意，同时，我们也诚恳地期待读者、作者给予我们更多的关心和支持。

（《百年潮》2004 年新年献词）

"武士道"的历史与李登辉的《武士道解题》

对于日本的"武士道"，人们既熟悉而又不很熟悉。本期台湾许介麟先生的文章，对"武士道"的历史及其作用做了比较详细的考察。它告诉人们："武士道"原是日本封建社会时期的一种道德规范，当时就是"残酷无情"的。其后，日本对外侵略时，这种精神不仅表现在"旅顺大屠杀"和南京的"百人斩"中，而且也表现为对台湾人民的多次"大烧杀""大惨杀""大屠杀"。但是，自称爱台湾的李登辉却写了一本书，声称"武士道"是一种"高尚的品德"。何以如此？这真是值得人们深思的一个问题了。

（《百年潮》2004 年第 1 期卷首语）

周恩来与 1963 年的"跃进"号沉没事件

　　1963 年 5 月 1 日，我国自行设计制造的第一艘万吨巨轮在韩国济州岛附近沉没。事件发生后，外电报道，系被鱼雷击中所致；习惯于从"政治"看问题的该轮政委、二副等人也持相同看法。为了查明事实真相，周总理亲到上海，向东海舰队下达任务。经过十多天的艰苦奋战，72 人次潜水深探，终于查明，轮船沉没的直接原因是触礁，其间接原因则是因不正常的"政审"调走了包括船长在内的精通业务的 22 个船员。

　　事件发生在 40 多年前，但是，它留下的教训仍然值得人们深思，周恩来所表现出来的求真务实精神也仍然值得人们学习。

（《百年潮》2004 年第 3 期卷首语）

解放东南沿海岛屿的"重大失利"

——登步岛之战

  1949 年 11 月，中国人民解放军向舟山群岛中的登步岛发动进攻。守敌国民党军顽强抵抗，战斗激烈；解放军进攻部队伤亡千人，主动撤出战斗，登船返回。这次战斗，没有完成预定的战斗计划，被看作一次"重大失利"。本期刊登的相关文章联系同年的"金门之战"，总结经验教训，同时提出："在很小的岛上登了陆，战而不利，又能无一伤亡地成功撤出"，这是"人间奇迹"。

  世界上没有百战百胜的将军。战斗中有赢有输乃是一种必然。关键是善于总结。胜利要总结，失利、失败也要总结。在某种意义上，后一种总结更为重要。

（《百年潮》2004 年第 3 期卷首语）

沉痛悼念李新同志

著名历史学家、中央党史研究室原副主任、本刊顾问李新同志逝世，使我们深为悲痛。

李新同志生前说过："写历史，最多写30％的虚话和套话，70％写真话，不能写一句假话。"这一段话，值得重视，颇可玩味。

做人要说真话，写史要写真史，这本是普通常识，但是，在过去很长一段时间内，说真话有时很难，写真史有时也很难。李新同志鲜明表示："不能写一句假话。"这句话，掷地有声，永远是历史学家应该遵守的圭臬。近年来，人们十分重视营造良好的学术环境。"良好"意味着人们可以毫无顾虑地说真话，写真史，而无须说任何"假话""虚话""套话"。愿我们共同努力，力争早日达到这一境界。

（《百年潮》2004年第3期卷首语）

必须有充分的民主，才能做到正确的集中

　　薄一波同志曾参与新中国的筹建，是《共同纲领》和《中华人民共和国宪法》的起草者之一，又曾受命协助周恩来，组建中央人民政府。感谢他已高龄之身而仍接受《中国人大》和本刊记者的访问，帮助读者比较深入地了解新中国成立初期的政法建设情况及其经验。

　　薄一波同志谈到，当时"党内党外，和衷共济，真可谓政通人和"。其经验，给他留下深刻印象的有两条，一是《共同纲领》适合中国国情，一是酝酿组成中央人民政府时，充分考虑到同党外民主人士的长期合作问题。他认为，今天的历史条件虽已变化，但是，走民主协商、民主建政之路，则是历史的必然。他还从 1957 年以后的历史教训谈到对邓小平同志一段著名理论的认识："必须有充分的民主，才能做到正确的集中。""为了保障人民民主，必须加强法制。"这些，都会为新时期的民主政治建设和政治体制改革提供有益的启示。

（《百年潮》2004 年第 6 期卷首语）

一位日本历史学家的良心

中国有句话叫"利令智昏"，说的是，利益，特别是私利，会遮蔽人的聪明、灵智、良心，使人是非颠倒，黑白不分，甚至为非作歹，损人利己。例如，钓鱼岛明明是中国的领土，但是，日本有些人听说那里可能有石油，于是，就千方百计，巧言如簧，要把那块地方说成日本的领土。

本期《尖阁列岛·钓鱼岛争议》一文的作者是一位日本的历史学家，但是，他能从历史事实出发，而不是从狭隘的民族私利出发，明确肯定："被日本称为尖阁列岛的岛屿本来是属于中国的。"不仅表现出一个历史学家的严格的科学精神，而且表现出一个正直的日本人的良心。

（《百年潮》2004 年第 6 期卷首语）

遵守宪法，依法治国，依法行政

今年 3 月，十届全国人大二次会议认真审议并通过了我国 1982 年宪法的第四次修正案。这是我国政治生活中的一件大事。

除 1949 年中华人民共和国成立前夕通过的《共同纲领》外，中华人民共和国一共制定过四部宪法，即 1954 年宪法、1975 年宪法、1978 年宪法和 1982 年宪法。其中，1982 年宪法又经过四次修订。这四部宪法，反映出新中国历史的曲折进程和我国社会的发展与进步。为了帮助读者了解新中国的制宪史，特别是 1982 年宪法的制定和四次修改，本期特别刊出对全国人大法律委员会主任委员杨景宇的访谈录。

宪法是国家的根本大法。制定一部符合国情民意的宪法很重要，但是，尤为重要的是遵守宪法、贯彻宪法，依法治国、依法办事。人们的法治观念普遍提高了，国家和社会的面貌必将有新的跃进。

（《百年潮》2004 年第 7 期卷首语）

宋子文日记

——"令人垂涎"的西安事变史料

西安事变是近代中国史上的重大历史事件。关于它的史料，多年来陆续发现，陆续公布，已经斐然可观。但是，一些重要情节仍然若明若暗。2002年，美国哥伦比亚大学开放张学良的口述历史，人们曾经对此寄予厚望。但是，阅读过那部分资料的人发现，一到关键之处，张学良仍然缄口不言。今年4月，美国斯坦福大学胡佛档案馆开放了收藏于该馆的全部宋子文档案以及宋氏亲属新捐赠的文献。其中，宋子文的《西安事变日记》立即引起相关研究者的巨大兴趣。一位专家说：这是"令人垂涎"的史料。

感谢访美学者张俊义先生，他将宋子文用英文写成的《西安事变日记》译为中文，同时，又写作专文，分析日记的史料价值。本刊将继续发表张先生对宋子文档案的其他介绍与分析文章，敬请读者关注。

（《百年潮》2004年第7期卷首语）

寻找贺龙元帅的骨灰

贺龙是中国人民解放军的十大元帅之一。戎马一生，功勋卓著。中华人民共和国成立后，他又投身体育战线，为发展我国的体育事业做出了巨大贡献。谁会想到，在史无前例的"文革"中，他竟会被迫害致死，而且，连骨灰都下落不明。

本期的相关文章叙述了寻找贺龙骨灰的经过以及举行安放仪式的情况。文中，重病在身的周总理致悼词，一百多位高级将领齐声痛哭的场景，读后令人久久不能忘怀。"文革"，现在回想起来，那真是一场巨大的、可怕的"噩梦"呀！

（《百年潮》2004 年第 7 期卷首语）

纪念邓小平同志诞辰一百周年

今年 8 月 22 日是邓小平同志的百年诞辰，本刊特集中发表五篇文章作为纪念。

袁宝华同志长期在经济管理战线工作。他回忆了邓小平同志在"文革"后期领导整顿和"文革"结束后领导改革开放的情况，充分表现出小平同志的大勇与大智。它告诉我们，为了扭转由于"文革"而濒临崩溃的国民经济，小平同志如何选择最难的问题解决，抓重点，抓要害，抓主要矛盾，如何坚毅不拔，顶住重压，和"四人帮"进行面对面的坚决斗争；也告诉我们，在"四人帮"被粉碎后，小平同志如何大刀阔斧，雷厉风行地拨乱反正，推进改革开放。文中既有对党和国家大事的记述，也有生动的细节描写，是一篇再现小平同志丰功伟绩的好文章。本刊将分两期登完。其他几篇文章，或写小平同志民主革命时期的贡献，或写他在社会主义时期所做的多方面的工作，也都各有特色。

（《百年潮》2004 年第 8 期卷首语）

《大公报》的后身《前进报》

  《大公报》是近代中国的著名报纸，其历史情况已为人们熟知，但是，很少人知道，它在"文革"期间被迫停刊后，还曾改名《前进报》，继续存活了103天。本期的相关文章生动、具体地写出了一段辛酸史：报纸受到巨大冲击，陷入风雨飘摇、朝不保夕的境地。该报同人忠于职守，请命中央，易名出版，战战兢兢地"紧跟"，然而最终还是不能逃脱"停刊""封报"的噩运。文中所叙述的"小将们"加给报纸的罪名，今天看来荒唐得令人难以置信，却是那个特殊时期相当普遍的情况。

（《百年潮》2004年第8期卷首语）

努力表现近代史上多姿多彩的人物

本期有两篇文章，一篇写民主革命时期的志士，后来成为岭南派著名画家的陈树人。他初为报人，继则参加孙中山领导的革命组织同盟会和中华革命党，并受孙中山之命，长期在北美华侨中从事党务工作。1922年陈炯明兵变时，他毅然登上永丰舰，与孙患难与共。另一位是中国民主同盟盟员周新民。他是中共早期党员，公开的身份是律师，暗中联络、团结民主人士，促成了民盟与中共的合作，是胡乔木表示要"好好写一写"的人物之一。

中国近代，风流人物辈出。我们衷心希望，本刊推出的历史人物愈来愈丰富，愈来愈多姿多彩。

（《百年潮》2004年第8期卷首语）

小康社会的方方面面

20世纪80年代，薛驹同志在浙江省委工作，受到小平同志的两次接见。本期他的文章忆述接见时直接听到的指示，为研究邓小平理论提供了有益的资料。

文中写到，小平同志肯定江苏省苏州市的工作，认为该地建设"小康社会"的基础较好，下列各项问题易于解决：第一，人民的吃穿用；第二，住房；第三，城乡知识青年的就业；第四，多数人安居乐业，劳动力不再外流；第五，中小学教育基本普及，文化、卫生、体育和其他公共福利事业有能力自己安排；第六，人们的精神面貌变化。小平同志认为，这些问题解决了，就比较接近"小康社会"了。小平同志的这些思想有助于我们理解"小康社会"的标准和应该包含的方方面面。

浙江是我国改革、开放以来发展迅速、变化巨大的省份之一，读本文可以帮助我们了解该省"起飞"的历程和经验。我们很希望各类似地区都来总结经验，并且将稿件寄给我们。

（《百年潮》2004年第9期卷首语）

蓬蓬勃勃的民主运动的深层

　　还在抗战时期，昆明就是著名的"民主堡垒"。抗战胜利后，它又成为广大青年学生和爱国知识分子反内战、反独裁、争民主的斗争前哨。昆明多次爆发过震动全国的罢课和以青年学生为主体的示威游行，产生了横眉怒对国民党特务手枪的民主战士闻一多、李公朴。何以然？本期李凌的文章揭示了中共党员郑伯克、华岗在当地所做的长期、深入、细致的工作，再现了当年蓬勃的民主运动的若干壮阔场面。

　　龙云是长期统治云南的地方实力派，和蒋介石有矛盾。李凌的文章也叙述了中共对龙云的工作，使他从靠枪杆子维持地盘的军阀转变成为"民盟"成员，因而能在若干场合保护昆明的民主运动。

（《百年潮》2004 年第 9 期卷首语）

在世界史的大格局中再现中国近、现代史

　　近代中国和现代中国都与世界密不可分。本刊创刊以来，一直致力于既表现近代和现代中国历史的各个方面，又表现世界与中国联系的各个方面。本期发表的《德国顾问与国民政府的抗日战备》叙述德国顾问和军火在中国战备和抗战初期的作用；《日本战俘在延安"洗礼"》写原来参与杀戮中国人民的一批"日本鬼子"怎样转变成反对日本侵华的战士；《赫尔利的角色》写1944年赫尔利其人受美国总统派遣，来华调解国共矛盾及其最终倒向国民党的经过；《建国前夕未能实现的毛泽东访苏计划》揭示这一计划一再遭到斯大林"婉拒"的原因。以上四文都体现出本刊扩大题材范围，力求在世界史的大格局中再现中国近、现代史的企图，希望得到广大作者的支持。

（《百年潮》2004 年第 9 期卷首语）

"洋狗逃难"事件与郭景琨"黄金舞弊"案

抗战期间，日军强攻香港，抢救要人成为紧迫任务。某日，发自香港的最后一趟班机降落重庆，孔祥熙家族的老妈子、大批箱笼和几条洋狗同时下机。消息传出，《大公报》愤而发表社论抨击，昆明等地因此爆发"倒孔"示威游行。然而，本期相关文章所引宋庆龄未刊函件说明，此事有不实之处。宋庆龄当时对《大公报》社论相当反感。与此事相类似的是郭景琨，这个孔家亲信、战时"黄金舞弊案"的"罪犯"却被宋庆龄视为"无辜者"。这样，事情的真相就值得进一步探讨了。

历史学是科学，真实是它的生命。不因其为正面人物而虚增其善，也不因其为负面人物而滥加其恶，这样写出来的历史才能被称为"信史"。是否有知情者或研究者能对上述两个事件做出翔实的说明呢？

（《百年潮》2004 年第 12 期卷首语）

学术要有风骨　理论要有风格

　　龚育之同志继《党史札记》之后，最近又出版了《党史札记二集》，这是一本好书。本期，我们特发表石仲泉的文章以为推荐。该文不仅简明地介绍了龚著的内容与成就，而且提出了理论工作者普遍应该注意的"风骨"与"风格"问题。

　　李白诗云"蓬莱文章建安骨"，文学作品有风格易；理论文章有风格难，有风骨则更难。

　　在我们看来，这一境界至少应该包含三个特点：第一，敢于坚持真理，不随风，不媚俗，所叙所议，符合客观真实，经得起历史检验；第二，有自己的独到见解，能见人之所未见，发人之所未发；第三，善于表达，有自己独特的叙述、说理方式，使读者易于接受，乐于接受。多年来，我们看惯了一些空洞、人云亦云的文章，愿意借此机会，呼吁大家重视"文风"，将文章写得更好些，力争既有"风骨"，又有"风格"。

（《百年潮》2005 年第 2 期卷首语）

努力培育良好的理论创新环境

很长一段时间内，人们错误地认为计划经济是社会主义的特征，而市场经济则是资本主义的特征。这个观念现在是纠正过来了。

从 1978 年经济学家孙冶方在国务院务虚会上提出"千规律，万规律，价值规律第一条"起，到 1992 年 10 月中共十四大确定经济体制改革的目标是建立社会主义市场经济体制止，历时 14 年。其间，"市场经济"论者曾经受到激烈的批判，被认为是"否定社会主义制度，搞资本主义"。一时间，经济体制改革遭遇到巨大困难。幸赖邓小平同志及时挺身而出，尖锐地批评"拿大帽子吓唬人"的错误现象，说明"计划和市场都是手段"，"市场经济不等于资本主义，社会主义也有市场"。这样，以"市场为取向"的改革目标才逐渐得到认同。

陈锦华同志于 1990 年出任国家经济体制改革委员会主任。当时，正是有关改革受到质疑和批判之际。在本期访谈录中，锦华同志回顾了中国社会主义市场经济体制确立的过程，自称这是他"一生中面临困难最大的一段岁月"，"体重一度消瘦了十多公斤"。读本文，让我们倍感理论创新的重要，更倍感培育良好的理论创新环境的重要。

（《百年潮》2005 年第 3 期卷首语）

湖南自治运动与湖南省宪法的制定

20世纪20年代，"联省自治"的口号曾经响彻一时，许多省都在高喊"自治"。其中，湖南省做得最认真，也似乎做得最有实绩，还产生过一部湖南省宪法，成为各省竞相效仿的对象。但是，这一运动极为纷繁复杂：思潮斑斓，使人目迷五色；政坛人物忽上忽下，使人难知所以。本期的相关文章将这一运动的来龙去脉、幕前幕后写得清清楚楚，娓娓可读，是很不容易的。

早年的毛泽东曾经醉心于湖南自治运动，写过《湖南建设的根本问题——湖南共和国》《"湘人治湘"与"湘人自治"》《为湖南自治敬告长沙三十万市民》等一系列文章。读本期相关文章，可以了解当时中国的政情，也有助于了解早年毛泽东的心路历程。

（《百年潮》2005年第3期卷首语）

电影《海霞》的坎坷命运

电影《海霞》拍摄于"文革"后期,反映海岛女民兵苦练本领,保卫祖国的事迹。周恩来、朱德、叶剑英、李先念等同志看过,都加以肯定,建议上映。然而,"四人帮"控制的文化部却查封该片,视之为"黑线回潮代表作",调查背景,指令检查,组织揭批。编导人员谢铁骊等在被"整得实在没有办法"的情况下,写信向毛泽东申诉,认为当时文化部负责人的一系列做法"违背百花齐放方针","束缚了创作人员的手脚,使之无所适从,谨小慎微,对党的电影事业有害无益"。该函经毛泽东批示印发政治局,由邓小平主持会议,八位政治局常委审看,决定按作者修改过的影片上映。但是,在后来的"反击右倾翻案风"中,该片和有关人员再次遭到批判。

读本期的相关文章,可以了解那个时期"四人帮"实行文化专制主义的情况。

（《百年潮》2005 年第 3 期卷首语）

毋忘国耻

——《马关条约》签订 110 周年

1895 年 4 月 17 日，清廷钦差全权大臣、直隶总督李鸿章与日本全权代表、总理大臣伊藤博文在日本马关签订条约十一款，规定中国割让台湾全岛及所有附属各岛屿、澎湖列岛和辽东半岛；赔偿日本军费二万万两。这是继《南京条约》后又一个苛刻的不平等条约。标志着中华民族危机的进一步加深。本期，我们特别约请华东师范大学谢俊美教授撰文，叙述 1894 年中日甲午战争和第二年在马关的签约经过，让我们重温那一段令所有中华儿女悲愤填膺、铭心刻骨的历史。

落后就要挨打，孱弱必然被欺。110 年前，一个哲人曾经奋力呼喊："振兴中华。"今天，我们仍然要继承这一口号，百倍努力，齐心奋进，实现中华民族的伟大复兴。

（《百年潮》2005 年第 4 期卷首语）

情报、间谍与美国对日作战

　　人们熟知，在第二次世界大战中，美国长期实行孤立主义，不关心美洲以外的事情；美国之所以毅然对日宣战，其原因在于 1941 年 12 月日本偷袭珍珠港。但是，人们很少知道，苏联在促进美国对日战争中的作用。本期《苏联与太平洋战争的爆发》一文介绍了俄罗斯历史学家对原苏联克格勃对外情报局副局长的访问，从而揭示了苏联高层"促使日美迎头相撞"的谋略以及苏联间谍在美国所做的绝密工作，可以帮助我们了解那个时期国际关系的复杂而隐秘的某些方面。

　　　　　　　　　　　　　　　（《百年潮》2005 年第 4 期卷首语）

"知人之长"

　　陈云同志是中共第一代老革命家，革命经历丰富，一生中提出过许多可贵的思想。本期袁宝华同志的回忆文章中提到，延安时期，陈云同志担任中共中央组织部长，经常教育工作人员，要满腔热情地接待来访干部，善于发现他们的长处，启发并帮助他们逐步地克服短处。文章还以对几次被捕的匡亚明的审查和工作分配为例，说明陈云同志怎样通过"知人之长"，为党的组织工作和队伍建设开创出好局面。

　　"知人之长"，看似工作方法，实际上是一种领导艺术，也是辩证法。

（《百年潮》2005 年第 5 期卷首语）

卡斯特罗的"求实"精神

1995 年，卡斯特罗访华，陈锦华同志任陪同团团长。他在本期发表的文章回忆陪同经过，为我们揭示了这位具有传奇色彩的政治家和英雄人物的部分精神风貌，其中使我们很感兴趣的是他在访问西安时的一段插曲：参观兵马俑后，卡斯特罗按照陕西当局的安排访问了当地的一家农户，询问人口、土地、粮食、收入等情况。参观完毕，行车途中，卡斯特罗却突然要求停车，径自走访另一家事先未做安排的农户，询问同样的问题。这件事情，充分体现了卡斯特罗的细心、智慧和"求实"精神。

只有掌握真实情况，才能正确决策。卡斯特罗的上述故事很值得人们，特别是负有责任的领导干部深思。

关于小说《青春之歌》的争论

北京电子管厂的工人郭开对《青春之歌》有意见，提出了十分尖锐却又十分错误的批评。

怎么办？讨论呗！《中国青年》为此开辟专栏，发表郭开以及支持郭开意见的文章，同时也发表反对郭开意见的文章。当然，后者占绝大多数。郭开不服，在《文艺报》上再次发表文章，坚持己见，于是，更多的人投入讨论。自然，肯定《青春之歌》的人仍然占绝大多数。不过有关方面并没有企图"压服"郭开，在准备将小说改编为电影时仍然邀请郭开参加座谈会，听取他的意见。

"百花齐放、百家争鸣"是繁荣文艺、发展科学的正确方针，但是，常常得不到认真的贯彻。本期相关文章记述的关于《青春之歌》的讨论是一个好例子。它表明，对于文艺、科学领域的是非，只应该采取讨论的方法、争鸣的方法，而不应该采取粗暴的方法、不让人讲话的方法。

（《百年潮》2005 年第 5 期卷首语）

全面再现中国抗日战争史

中国人民的抗日战争分两个阶段。自 1931 年 9 月至 1937 年 6 月，属于"局部抗战"阶段，自 1937 年 7 月至 1945 年 8 月，属于"全面抗战"阶段。本期，我们刊发的两篇文章，一篇写 1932 年淞沪抗战期间的爱国名将蔡廷锴，一篇写 1937 年第二次淞沪抗战期间的反谍斗争，分别反映中国人民抗日战争的两个不同阶段。

今年是世界反法西斯战争和中国人民抗日战争胜利 60 周年，我们热烈期待广大作者为我们提供这两方面的稿件。

（《百年潮》2005 年第 5 期卷首语）

大快人心事，战犯受审时

在长期侵华战争中，日本军国主义者占我土地，毁我家园，夺我财产，杀我人民，污我妇女，其罪行，真可谓罄竹难书。1945 年抗战胜利，国民政府在各地逮捕、审判、处理侵华日军战犯，成为轰动一时、大快人心之事。

本期李东朗的文章叙述南京军事法庭的审判过程，为我们描绘了日本第六师团中将师团长谷寿夫，第二十三军司令官酒井隆，杀人狂向井敏明、野田毅、田中军吉等战犯的受审状况。这些人，当年气焰赫赫，骄狂不可一世，而今猥琐瑟缩，百计狡辩，妄图侥幸，然而，终于无法逃脱法律的正义制裁，应了中国人的两句古话："善恶到头终有报，只争来早与来迟。"

文章也叙述了大战犯冈村宁次在蒋介石集团包庇下被宣判"无罪"的经过，反映出这次审判的不彻底性。

（《百年潮》2005 年第 6 期卷首语）

传奇将军的传奇续篇

　　本刊创刊不久，胡绳同志就送来了他的文稿《忆韩练成将军》，写出身西北军的韩练成怎样成了国民党的高级军官，变为蒋介石亲信；怎样在 1947 年的莱芜战役中暗中配合解放军，致使国民党军大败；怎样跑回南京，继续争取蒋介石的信任；最后又怎样从南京逃到香港，成了和胡绳同船奔向解放区的"老张"。那篇文章以其曲折的故事和生动的文笔成为本刊的名篇之一。但是，胡绳同志毕竟对韩练成将军了解不多，读后总觉得还很过瘾。本期，我们发表韩练成将军之子韩兢所写的文章，它可以帮助我们进一步了解这位被视为蒋介石身边最危险的"共谍"的许多秘密，是传奇将军的传奇续篇。

（《百年潮》2005 年第 7 期卷首语）

毛泽东的《论持久战》与
敌后战场的发展、壮大

　　毛泽东同志的《论持久战》是一篇光辉的名文。在那风雨如晦、民族危机深重的年代里，该文批判亡国论与速胜论，指明抗日战争的性质、前途以及取得胜利的途径、方法，论证战争最深厚的伟力存在于民众之中。历史证明，正是在这篇光辉名文的指导下，中国敌后战场愈战愈大，中国共产党所领导的抗日武装愈战愈强，使日军完全陷入人民战争的汪洋大海之中。本期徐焰的文章，阐述《论持久战》一文的构思背景，剖析国共两党关于持久战思想的区别，阐述八路军、新四军向敌后大进军，创立根据地，不断壮大、不断发展的经过，是一篇有叙有议、史论结合的文章。

　　本期我们还发表了孙有光的回忆《安阳战役亲历记》。安阳战役发生于1945年抗战胜利前夕，是太行军区自百团大战以来歼灭日伪军最多的一次战役，表现出人民武装发展、壮大的实绩。

（《百年潮》2005 年第 9 期卷首语）

浴血苦战的滇西战役

　　1944 年 5 月，为配合盟军及中国驻印军在缅甸北部的作战，准备尚未就绪的中国远征军提前出兵，强渡天险怒江，进攻云南西部的日本侵略军，先后攻克松山、腾冲、龙陵、畹町等地，并在 1945 年 1 月跨出国门，与中国驻印军会师。此役，仅龙陵之战，即毙伤日军一万余人，但是，中国军队却付出了接近三倍的沉重代价。本期《滇西大血战》写出了中国军队不畏艰难、不怕牺牲、前赴后继的英勇战斗精神，读后令我们感到，这胜利是用战士们的血肉之躯堆起来的；也令我们感到，那些牺牲在滇西土地上的英烈和牺牲在华夏其他战场上的战士一样，都是国殇，是中华民族的优秀子孙。

（《百年潮》2005 年第 9 期卷首语）

保持崇高民族气节的画家群

　　中国知识分子历来具有爱国主义传统，他们在民族危亡、国家危难之际常常大义凛然，坚强不屈，或毁家纾难，或投笔从戎，或慷慨捐躯，表现出崇高的民族气节，本期的相关文章写抗战时期的徐悲鸿、丰子恺、唐一禾、刘海粟、高剑父、张善子、齐白石，他们的表现各有不同，但无不忧念国事，以画笔为武器，展现他们对祖国的爱和对敌人的恨。他们虽未走上硝烟弥漫的战场，但同样在战斗。其事迹是感人的，其精神是崇高的。

（《百年潮》2005 年第 9 期卷首语）

国际反法西斯战线的强大威力

中国抗日战争是国际反法西斯战争的一个重要组成部分，中国抗战的胜利也和国际反法西斯战争的胜利紧密相关。本期，我们特邀世界史研究专家朱贵生研究员撰写《日本投降始末》一文，它使我们能在广阔的背景下观察日本投降这一重大历史事件：美军在太平洋上的逐岛战斗、盟国的波茨坦会议和《波茨坦公告》、美国投下的原子弹和苏联红军的出兵中国东北……文章告诉我们，世界反法西斯战争的胜利是世界人民的共同成果，维护世界和平的任务也必须由世界人民共同承担。本期的另一篇文章《正义的东京审判》也是我们特邀世界史研究专家沈永兴研究员撰写的，它告诉人们一个朴素的真理：玩火者必自焚。

（《百年潮》2005 年第 9 期卷首语）

让《人民日报》为人民说话

"文革"期间,《人民日报》为"四人帮"控制,成为"帮报""帮舌"。报纸所言,非人民所欲言,是非颠倒,黑白淆乱。广大读者心中对报纸有一个评价:除了出报日期,其他通通是假话。

1976年10月,北京军区副政委迟浩田正在唐山抗震救灾第一线,突然接到紧急电话,命他立即回京。汽车直驶中南海。原来,"四人帮"被捕,中央要迟浩田去人民日报社,"把权夺回来"。本期余焕春同志的文章由此展开:神速进驻,及时接管,为天安门事件平反……《人民日报》终于回到人民手中,为人民说话了。

(《百年潮》2005 年第 10 期卷首语)

"听意见，首先看真话还是假话"

人们都熟悉周惠：他于 1959 年任湖南省委常务书记，因为在庐山会议上讲了真话，差点成为以彭德怀为首的反党集团成员，自此被打入另册。1978 年拨乱反正，周惠重新被起用，出任中共内蒙古自治区委员会第一书记。他依然讲真话，并且大力提倡讲真话。田聪明同志曾任周惠的秘书，本期他的文章回忆自己在周惠身边的工作经历，颇有可发人深思之处。

文章写道："周惠同志听意见，首先看真话还是假话，然后才是对话还是错话，而且是只论对错，不计较态度、方式。"一个领导干部，要了解社情民意，只有听真话，听蕴藏在人民心中的话，才能在此基础上择善而从，分辨对错，正确决策。有些言不由衷的"对话"，可能是人云亦云，或是来自上级或文件，其实听了并无多大好处。至于有些领导干部，专门听"捧话"，闻"捧"则喜，甚至有意制造"捧话"，那就很危险了。

（《百年潮》2005 年第 10 期卷首语）

将抗战史研究推向新高度

　　纪念中国人民抗日战争与世界反法西斯战争胜利 60 周年的活动已经落幕。今年的纪念活动有声有色，轰轰烈烈，在国内外都产生了巨大影响。本期李宗杰的访谈录回顾了这一纪念活动的历程，阐述了胡锦涛同志讲话的重要意义，并指出今年在抗战史的宣传和研究方面的突破，十分有助于今后进一步提高抗战史的宣传和研究水平。

　　抗战史是中国人民伟大爱国斗争的历史，将永远是我们取之不尽、用之不竭的精神财富，中国的历史学家们有责任也有义务推出一部以至多部具有高度科学水平、可以传之久远的抗战史。本期，我们还配发了另外一篇文章，写马克思主义历史学家刘大年研究抗战史的经历和心得。文章讨论的是抗战史中的具体史实，但提出的却是史学研究中一个根本性问题——"照唯物论思考"。如果我们都能这样做，抗战史研究就会有一个很大的提高。

　　　　　　　　　　　　　　　　　（《百年潮》2005 年第 11 期卷首语）

西安事变前后莫斯科政策的变化

关于西安事变的资料已经公布了很多，人们对这一重大历史事件的研究也已经很充分，但是，本期李玉贞的文章仍然为我们提供了新内容。例如，原 19 路军爱国将领陈铭枢在 1933 年的"福建事变"失败后，在 1936 年又企图成立"中国人民革命联盟"，和中共合作反蒋；这一计划还经共产国际批准，这一事件我们过去就不很清楚。又如，在西安事变发生后，斯大林和季米特洛夫的震惊，他们采取的多项紧急措施以及对中共下达的重要指示等，我们也不完全清楚。读李文，可以帮助我们了解那个重要年代中共和莫斯科之间的许多秘密。

中国近代史和中国古代史有很多不同，其重要不同之一就是，中国成为世界的中国，中国人的活动在很多方面都和世界紧密联系着。因此，要写好中国近、现代的历史，就必须广泛、深入地发掘国外的相关资料。

（《百年潮》2005 年第 12 期卷首语）

大可重读的梁启超的《思想解放》一文

　　中国近代史上有多次思想解放的潮流，每一次都能更新人们的思想观念，推动社会改革，使中国历史得到巨大的跃进。没有戊戌至辛亥时期的民主思想的传播，皇帝不会滚下龙座；没有五四新文化运动的发生与发展，不会有中国新民主主义革命的发生、发展与胜利；没有早些年的实践是检验真理的唯一标准的讨论，不会有今日改革开放的巨大成就。可以说，中国近、现代历史跨进的每一步都和思想解放紧密相连，今后的中国社会要进一步发展、前进，也仍然必须伴随着思想的进一步解放。本期，朱尚同为我们介绍了梁启超的《思想解放》一文，阐述了他在重读本文时的感受。梁文写于1919年，八十多年过去了，然而这篇文章仍然光辉闪耀，大可重读。

（《百年潮》2005 年第 12 期卷首语）